二 見 文 庫

誘惑は夜明けまで

ジュード・デヴロー／阿尾正子＝訳

For All Time
by
Jude Deveraux

This translation is published by arrangement with
Ballantine Books,
an imprint of Random House,
a division of Penguin Random House,LLC.
through Japan UNI Agency,Inc.,Tokyo

誘惑は夜明けまで

登　場　人　物　紹　介

トビー・ウィンダム	花屋に勤める女性
グレイドン・モンゴメリー	ランコニア王国皇太子
ローリー・モンゴメリー	グレイドンの双子の弟
レディ・ダナ・ヘクソンバス	グレイドンの許婚
レクシー	トビーのルームメイト
ロジャー・プリマス	レクシーの上司
ジャレッド・モンゴメリー・キングズリー	トビーの友人。レクシーのいとこ
アリックス・キングズリー	ジャレッドの妻
ケネス・マドスン	アリックスの父親。建築家
ヴィクトリア・マドスン	アリックスの母親。小説家
F・ケイレブ・ハントリー	ナンタケット歴史協会会長
ヴァレンティーナ	ケイレブの恋人
ジリー・タガート	グレイドンのおば。家族史研究家
ダイル	グレイドンのいとこ。護衛官
ローカン	グレイドンの護衛官
ギャレット	ケイレブ船長の末弟
タビサ（タビー）	ギャレットの恋人

ナンタケット島

1

　グレイドン・モンゴメリーはその女性から目を離せずにいた。小さな礼拝堂《チャペル》の前方には彼のいとこで新郎のジャレッドと花嫁が立ち、そのあいだに牧師もいたが、グレイドンは三人のむこう側にいるその女性しか見ていなかった。花嫁付添人《ブライズメイド》の彼女は青いドレスを着て、手にブーケを持ち、全身で式に集中していた。

　きれいだが、いわゆる美人とは違う。人がはっとして見直すタイプの女性ではなかった。卵形の顔にブルーベルの花を思わせる青い瞳、しみひとつない肌。まるで新聞記事で見かける社交界デビューを飾った少女のようだ。真珠のネックレスと長手袋をつけていたとしても窮屈そうには見えないだろう。

　いまから少し前、新郎新婦の付添人四名が外で待機していたとき、礼拝堂のなかが騒然となった。どうやら土壇場になってなんらかの手違いが生じたらしく、会場が大混乱に陥ったのだ。ふだんのグレイドンなら、なにが起きているのか躍起になって知ろうとしただろう。

しかし今日は違った。今日のグレイドンは彼女に気を取られていた。

礼拝堂のなかからは怒号や、椅子が床に倒れる音が聞こえていた。ブライズメイドふたりと、もうひとりの花婿付添人《グルームズマン》は、様子を見ようと扉に近づいたが、グレイドンはその場を動かなかった。なんの興味も湧かなかった。件《くだん》の若い女性のうしろ姿を、ただ見つめていた。毛先がカールしたブロンドの髪は背中まで届いている。それにスタイルもよかった。肉感的というのではなく、無駄のない引き締まった体つきだ。

騒ぎのあいだじゅう、グレイドンは彼女たちのうしろに立っていた。周囲のことはおぼろげにしか目に入らなかった。食事とダンスのために用意された巨大なテントも、まわりを囲む森に降り注ぐ月明かりも。結婚式が執りおこなわれる礼拝堂すらも。あの若い女性から数分前にいわれたことしか考えられなかった。

ブライズメイドのエスコート役を頼まれたときは楽な仕事だと思った。なにしろ赤い絨毯《じゅうたん》にも、ありとあらゆる式典にも慣れっこだったからだ。

ところがそのブライズメイドに紹介された際、彼女からいわれたことに彼はショックを受け——いまだに立ち直っていなかった。

礼拝堂内の騒ぎがようやく収まると四人は入場に備えた。グレイドンは彼女の横に移動し、肘を曲げた腕を差しだした。その肘に彼女が手を置くと、彼はあたたかくほほえみかけてから彼女の手に手を重ね、やさしく握りしめた。

彼女は無言で手を引き抜き、二歩下がって彼をにらみつけた。それの意味するところは間違えようがなかった。自分には一切関わってくれるな。そしてそこには親愛の情を示すことも含まれているようだった。

言葉を失う経験などなかったグレイドンも、彼女の怒りを前にして、すべての言葉が頭のなかから消え失《う》せてしまったように思えた。その場に棒立ちになり、目をぱちくりさせるばかりだった。それから、やっとの思いでうなずいた。スキンシップも笑みを交わすことも、付添人の職務に必要ないことは一切しない。

ふたりで通路を進むあいだも彼女はグレイドンと距離を置いていた。手は彼の腕にかけていても、体は六十センチほども離れていた。グレイドンは胸を張り、なんとか自尊心をなだめようとした。女性からこんなふうに……拒絶されたのは生まれて初めてだ。正直いって、自分を遠ざけようとした女性はひとりもいなかった。

グレイドンだってばかじゃない。自分に向けられる媚《こび》やお世辞が、彼が〝不運な身の上〟と考えるようになったもののせいであることはよく知っている。だとしても……。彼となんの関わりも持ちたがらないこの女性の態度にはプライドが傷ついた。

祭壇の前までくると、彼女はグレイドンと離れられることにほっとしたようだった。彼女は祭壇の左へ、グレイドンは右へ進み、父親と通路を歩いてくる花嫁を待ち受けた。

式のあいだも、新郎新婦のむこうにいる彼女を見つめずにはいられなかった。名前はなんといった？　トビーだったか。きっと愛称だ。本当の名前はなんだろう？

式が終わろうかというときグレイドンはなじみの感覚に襲われ――いわゆる〝双子の絆《きずな》〟というやつだ――弟が近くにいるのがわかった。彼は左に目をやって礼拝堂に詰めかけた人々をさっと見渡した。弟のローリーはすぐに見つかった。礼拝堂の一番うしろで人混みにまぎれるようにして立っている。結婚式にふさわしい服装ではなかったものの、革のジャケットにカジュアルなスラックスといういでたちはアメリカ人のなかにうまく溶けこんでいた。ジーンズでないだけまだましだ。

ローリーはもの問いたげな表情でブロンドのブライズメイドのほうにあごをしゃくった。兄のグレイドンが女性に見とれることなど前代未聞だったから不思議でしかたないのだ。

一卵性双生児にはよくあることだが、グレイドンと弟は言葉を使わずに意思の疎通ができた。とはいえ、いま彼の頭を占めているたったひとつの考えを弟に伝える術《すべ》はなかった。

〝彼女はぼくらを見分けることができるんだ〟

ローリーは眉根を寄せることで〝わからない〟と伝えてきた。弟がドアのほうをあごで示すのを見てグレイドンはうなずいた。手が空き次第、外で会う段取りをつけたのだ。

用事がすむと、グレイドンは件の女性に注意を戻した。すぐにまた彼女と通路を歩くことになる。そのときが楽しみだった。

2

式が終わり、礼拝堂を出たトビーは、招待客たちの様子を見に大きなテントのほうへ足を向けた。トビーはプロのウェディングプランナーではないけれど、今回の結婚式はほぼひとりで準備した。花嫁で友人のアリックスからはたくさんの提案があったが、そのアイデアを実現するために寝る間も惜しんで奔走したのはトビーだった。この数週間、問題が起きたときの解決策は〝トビーに訊け〟。そうした問題の大半を解決できたことにトビーは満足していた。いまの望みはこの場にいる全員の幸せそうな顔を見ることで、披露宴を楽しんでもらうために最善を尽くすつもりだった。

「ミス・ウィンダム。あなたに謝罪したいことがあります。時間は取らせませんので」背後から男性の声がした。低くなめらかなその声で、すぐに誰かわかった。なめらかで、上品で、洗練されている。鼻につくほど。母がわたしにあてがおうとしてきた歴代の男の人たちとそっくり同じ。

トビーは振り返る前にためらった。昨夜はルームメイトのレクシーと花嫁の三人でバーにくりだした。店の奥のほうに男性ひとり女性三人のグループがいて、女性のひとりは男性の膝に座り、残りのふたりは彼のいったことに笑い声をあげていた。トビーたちの姿を認めると、彼は女性を膝からおろして立ちあがり、こちらのテーブルに近づいてきた。女なら誰でも手を止めて自分に注意を払うはずだといわんばかりの笑みを浮かべながら。見てくれはまあまあよかったけれど、彼のなにかが――その思いあがった態度や、底の浅い人間だという印象のせいだろうか――ひと目でトビーに反感を抱かせた。彼女はバッグをつかんで店から出ていき、友人ふたりもそれに倣った。

いまから少し前、トビーに許しを請うているこのグルームズマンは、昨夜バーにいた男は自分だとトビーとレクシーに思わせようとした。でも彼が昨日の男でないことをトビーは知っていた。そんなことをした理由がなんであれ、嘘《うそ》つきは嫌いだ。

トビーは振り返って彼を見あげた。顔立ちは遠縁のいとこのジャレッド・キングズリーに似ている。トビーの友人で家主でもあるジャレッドに。ただし、ジャレッドを少し若くして、もっと……そう、こざっぱりさせた感じ。直立不動の姿勢は大理石の彫像のよう。髪の毛は一本の乱れもなく整えられ、タキシードには糸くずはおろか、しわひとつ寄っていない。ひげも完璧に当たってあって、洗濯したてのようなその姿は、とても生身の人間とは思えなかった。

「謝る必要なんかないわ」そういいながら彼の脇をすり抜けた。「悪いけど、お客さまのお相手をしなきゃいけないので」

「どうしてわかったんです？」彼が訊いた。

披露宴のことで忙しいのは本当だったけれど、彼の声には聞き流せないなにかがあった。

「わかったって、なにが？」

「昨夜、バーにいたのはぼくではなく弟だと」

思わず噴きだしそうになってしまった。これって冗談よね？　だって、わたしにいわせれば、ふたりはちっとも似ていないから。トビーは気を静め、振り向いたときには口元に小さな笑みすら浮かべていた。なんといっても、この人はジャレッドのいとこなんだし。「昨夜の彼は海賊みたいだけど、あなたは、その……弁護士のようだもの」向きを変え、大きなテントのほうへ戻りはじめた。

「つまり、瓜ふたつだということだね」うしろからいわれた。

トビーの足が止まった。彼女にお世辞は通用しない。だけど、笑わせてくれる男性は注目に値する。

トビーは彼に向き直った。ふたりはいま大小二張りのテントと礼拝堂を取り囲む森のなかにいて、建物からもれだす明かりがあたりを金色に染めていた。「いいわ」彼を見あげて、いう。「その謝罪とやらを聞かせて」

「海賊版と弁護士版のどちらがいいですか？」

やっぱりこの人、ふざけてる。トビーはにこりともしなかった。「やることがあるので失礼します」ふたたび彼に背を向けた。

「弟が面倒を起こしたときはぼくが身代わりになることにしているんです」彼はいった。「父がかっかしないように。体に障《さわ》るといけないので」

本当のことをいっているかどうかは聞けばわかる。トビーは彼を振り返った。親にまつわる苦労なら、いやというほど知っている。

「たいていは……いや、いつもはそれでうまくいくんです。ぼくらが入れ替わっていることに気づいたのは、家族以外ではあなたが初めてです。本当に申し訳ない。あなたのご友人はぼくのことを昨日バーで会った男だと思っていたので、話を合わせたほうが簡単だと思っただけなんです。あのときまで、弟がこの島にきていることさえ知らなかったので」

話し終えても彼はその場を動かず、なにを考えているのかわからない顔つきでトビーを見つめていた。がっしりしたあごをして、鼻筋が通っている。目は深みのあるダークブルーで、その上の眉は黒くて太い。口はいまにもほほえみを浮かべそうに上向きにカーブしていたけれど、それでいて心の奥底に激しさを秘めているように思えた。

「どうやらわたしの早合点だったみたいね」トビーはそういうと、ふっと口元をゆるめた。「テントのなかに料理が用意してありますから、どうぞ食べてきて。それと、わたしをエスコートするためにナンタケットまできてくださってありがとう」

「いいんですよ」

彼はこれまでの誰とも違う目でトビーのことを見ていた。まるで……わたしがどこの誰か知らないみたいに。トビーは徐々に落ち着かない気分になってきた。

「それじゃ、わたしはこれで。あなたは……そう、弟さんを見つけて」そういうと、またしてもきびすを返した。

「ぼくが滞在できる場所をどこか知りませんか？」

トビーは振り返って眉根を寄せた。「今夜の宿泊場所はみんな決まっているはずだけど」なにせレクシーとふたりでしゃかりきになって手配したのだから。この人はグルームズマンを務めるためだけにメイン州から飛行機でやってきた。まさか、この人の宿を用意するのを忘れちゃった？「ごめんなさい、うっかりしてたわ。でも、きっと見つけられると思う」

「曖昧ないいかたでした、すみません。今夜の宿はあるんですが、一週間ほどこの島に残りたいんです。どこかに部屋を借りることはできませんか？」

事情が違えば、そんなことはほぼ不可能だといっていただろう。ナンタケット島の夏はすばらしいのだ。ここはおとぎの国かと思うほどに。気候は暑くも寒くもなく快適で、太陽は降り注ぐけれど肌を焦がすことはなく、さわやかな風がつねに吹いている。その完璧な天候に引き寄せられて夏には六万人もの観光客がこの楽園に押し寄せるから、事前の予約が必須なのだ。

だけどこの人はキングズリー家の親類だし、キングズリーの人たちは島にいくつも家を持っている。「ジャレッドに訊いてみる」トビーはいった。「ニューヨークに出かけることが多いから、母屋を使わせてもらえるかも。それかゲストハウス。あ、だけど……」語尾がすぼんだ。

彼はほほえんだ。「そのゲストハウスにはぼくのおばが滞在中で、彼女は花嫁の父を……憎からず思っているようだ、といおうとしたのかな?」

トビーはにっこりした。「ええ、そう。島に残りたいのはおばさまがいるから?」

「休暇を取りたいんです。国ではめったに休みを取れないんですが、いまならなんとかなりそうなので」

トビーはテントのほうにちらりと目をやった。ここから見るかぎり、すべて順調そうだ。経験豊富なケータリング業者のおかげでビュッフェテーブルには常に料理がたっぷり並んでいる。生バンドもすでに到着し、まもなくダンスフロアが用意される。でもいまは誰もが飲んだり食べたり笑ったり、楽しそうにしていた。

トビーは男性に目を戻した。名前はなんといったかしら? この二十四時間に紹介された人は大勢いすぎて、全員の名前を思いだすことはできなかった。「お国はどちら? そのアクセントは——」そこで口をつぐんだ。ほとんどわからないくらいとはいえ、なまりがあると指摘するのは失礼だと思ったからだ。

　ところが彼は笑顔になった。「ぼくに英語を教えた家庭教師が聞いたらがっかりするだろうな。それに、アメリカ人の親戚も。国はランコニアです。ですが祖父はメイン州のワーブルック出身です。だからぼくも子どものころは毎年そこで夏を過ごしていました」

「弟さんも？」

「ええ。弟のローリーと一緒に。それに百名ほどの親戚も。いつも最高に楽しくって、実のところ人生で一番幸せな時期でしたよ。それであなたは？　生粋のナンタケットっ子ですか？」

「いえ、まさか。レクシーにいわせると、レクシーというのはわたしのルームメイトですけど、わたしがその名誉を受けることはできないんですって。レクシーは植民地領主の末裔《まつえい》なの。この島に最初に移り住んだイギリス人たちのね。わたしの祖先はメイフラワー号でアメリカに渡ったひとりだけど、レクシーにいわせれば、ナンタケット島に上陸しなかった彼らは、貧しくて哀れなただの非国教徒にすぎないらしいわ」

「祝福されざる者たち、というわけだ」笑うと顔つきがやわらかくなった。「ぼくの祖先は、熊の毛皮を着て戦《いくさ》に明け暮れていた戦士です。あなたのルームメイトが聞いたらなんというかな？」

「きっと、お気の毒に、というでしょうね」トビーの言葉にふたりは顔を見合わせてほほえんだ。そのあと一瞬の間が空いた。「テントへ行って、足りないものがないか確認したほうがよさそう。あなたもなにか食べたほうがいいわよ」

「あなたは？　もう食べたんですか？」

トビーはため息をついた。「今朝早くに食べたきり。やらなきゃいけないことが多すぎて。デコレーションの花は落ちちゃうし、備品をのせた飛行機は遅れるし。バンドメンバーのひとりは気分が悪くなっちゃうし。それにもちろんすべてを極秘に進めなきゃいけなくて……。ごめんなさい、こんなこと聞きたくないわよね。もう行かないと」そういいつつも、トビーはその場から動かなかった。

「じゃ、これは全部あなたが？　あなたひとりで手配したんですか？」

「だいたいはね。あれやこれやを決めたのは花嫁だし、レクシーも手伝ってくれたけど、レクシーはほかにもやらなきゃいけないことが山ほどあったし、それに……」トビーは肩をすくめた。

「当ててみましょうか。あなたほど几帳面《きちょうめん》じゃない彼女は、すべてをあなた任せにする」

「そう！　レクシーのことは大好きだけど、やることがあんまり多すぎると逃げだしちゃうの」

「そういうときにアメリカ人が使う決まり文句はなんだったかな？」

「〝はいはい《ビーン・ゼア》、わかってるってば《ダーン・ザット》〟？」

「そう。子どものころ親からなにかいいつけられると、弟は決まって長いクロスのかかったテーブルの下に隠れるんです。父はそれに気づいていたはずですが、当時は父もローリーの悪ふざけをおもしろがっていたので。あなたはどうです？」

「あなたの弟の悪ふざけは、わたしにはおもしろくなかったわね」

「いや、そうじゃなくて——」そこで彼は初めて声をあげて笑い、きれいに揃《そろ》った真っ白な歯をのぞかせた。

トビーは肩から力を抜くとテントのほうを振り返った。ゲストのお相手をしなくてすめばよかったのに。

「あちらに行かなければならないんですね」

「ええ、そうなの。どういうわけだかウェディングプランナーなんかになってしまったものだから」

「あなたならこんなふうに完璧な仕事をしてくれるとわかっていたからじゃないかな」

「わたしは利用されたってこと？」トビーは冗談めかしていった。

「まんまとね」そういう彼の目は笑っていて、テントからもれる明かりを受けてきらめいていた。「あなたのことをそこまで知り抜いているのは誰かな？」

「ジャレッドね。あなたのいとこの」

「何世代ものあいだ存在も知らなかったいとことはいえ、哀しいかな、血縁であることに変わりない。となると、ぼくが代わりに埋め合わせをしなければならないでしょうね」

トビーの顔から笑みが消え、一歩後ずさりした。月明かりは、決まって男性になにかしらの作用を及ぼす。いまにもこの人はわたしに手を伸ばしてくるはずだ。「もう行かないと――」

「ぼくがテントからあなたの分の料理を取ってくるというのはどうです？」

「えっ？」

「イベントの企画についてはよく知りませんが、ぼくの見るかぎり、いまあなたがテントに入っていったら、あっという間に人に囲まれて質問攻めに――」

「ケチャップはどこ、とか？　もう二回訊かれたわ」

「やっぱり。あちらの人目につかないところで待っていてもらえたら、ぼくがテントから料理と飲みものを取ってきます。そうすれば仕事に戻る前に食事にありつけますよ」

「だめよ、そんな」とはいったものの、その声は説得力を欠いていた。ダンスがはじまってしまえばテントに入っていっても気づかれずにすむかもしれないと思っていたけれど、そのころには料理はなくなっているだろう。「ホタテをいくつか取ってきてもらえる？」

「焼きたて熱々のを半ダースばかり持ってきましょう。ほかには？」

急にひどくお腹が空いていることに気がついた。目をあげると、彼がほほえみを浮かべた。

「あれこれ見繕ってきますよ。シャンパンは好きですか？」

「大好き」

「チョコレートは？」

「とくにイチゴのチョコレートがけに目がないの」

「全力を尽くします。幸運を祈っていてください」

「ありったけの幸運を祈ってる」トビーはいった。

「期待に添えるようがんばります」そういうと彼はするりと暗闇に溶けこみ、トビーはつかのまその姿を見失ったものの、すぐにビュッフェに並ぶ人の列の最後尾にいるのが見えた。ゲストのほとんどが席につこうとしているところで、列はそう長くない。てっきり皿を手に取って料理を盛りはじめるものと思っていると、彼が妙な動きを見せた。スタッフのひとりに小声でなにかいっている。その女性スタッフはうなずき、ふっといなくなったあとでトレイを持って戻ってきた。

すると彼がこちらを振り返り、テントの出入口から顔だけのぞかせているトビーに向かって問いかけるように眉をあげた。トビーはうなずいた。ええ、トレイでオーケイよ。

トビーが見ていると、彼は女性スタッフのあとについてビュッフェテーブルを進みながら、料理を指差してはトレイに取り分けさせた。ただし、トレイを持っているのは彼女のほうだ。彼がビュッフェテーブルの奥にいる若い男性に声をかけると、その男性スタッフはグリルプレートのほうへ向かった。次にべつのウエイターになにかいうと、ウエイターはバーカウンターからシャンパンのボトルと二脚のフルートグラスを取ってきた。長いテーブルを四分の一ほど進むころには、ジャレッドのいとこのために三名のスタッフがせっせと働いていた。

「恐れ入ったわね」トビーは思わず声に出していた。

「見つけた！」レクシーがやってきてトビーの横に並んだ。「こんなところでなにしてるの？　なにが恐れ入ったの？」

トビーはレクシーのほうは見ずに、明かりの届かないところまで下がるよう手ぶりで伝えた。「しーっ。いま隠れているところなの」

「わたしもよ」レクシーはトビーの背後にまわるとテントの出入口に目をこらした。「あなたは誰から隠れているの？　わたしはネルソンとプリマスから隠れているんだけど」

トビーは女性スタッフがトングであげて見せた白パンに首を横に振り、全粒粉のロールパンにうなずいた。

レクシーはトビーの視線の先を追った。「あれってわたしたちが昨夜バーで会った男じゃない？　あなたがいやいや通路をエスコートしてもらった？　あなたがあんまり離れて立つものだから、島から海に落っこちちゃうんじゃないかと思ったわよ」

「そこまでひどくなかったわ」トビーはいった。「ただし、あの人は昨夜の彼とは別人」

「じゃ、あなたは両方につれない態度をとったわけだ？」

トビーは女性スタッフが持ちあげたコールスローにうなずいた。「彼の名前はなんといったかしら？　思いだせないんだけど」

「どっちの彼？　バーにいたほう？　それともあなたと通路を歩いたほう？」

「こっちの彼。通路を歩いたほう」トビーはいった。「どうかしたの？　なんだか怒っているみたいだけど」

レクシーはテントの出入口から離れた。「ネルソンが婚約指輪を買ったって、四人にいわれた」

「あなたのために？」

「それ、笑えないんだけど」

トビーは最後にもう一度料理にうなずくと、テントから離れて友人に目を向けた。「いつかこうなることはあなただってわかっていたでしょうに。ネルソンとはもう何年もつきあっているんだから、結婚を申し込んでくるのは当然のなりゆきよ。今夜プロポーズしてくると思う？」

「たぶん。だからこうして隠れているんじゃないの。おまけに今日はプリマスもきているし。彼からも逃げまわっているのよ」

ロジャー・プリマスはレクシーの上司だが、トビーの見るところ彼はレクシーのことを個人秘書よりはるかに大切な存在と考えているようだった。レクシーと同居するようになって二年以上経つというのに、トビーはごく最近までこの上司に会ったことがなかった。彼についてはひとつもいい話を聞いてこなかったから、本人を見て衝撃を受けた。ロジャー・プリマスは長身で筋骨たくましく、息をのむほどゴージャスだった。あまりの美男子ぶりに、その場に突っ立って見とれる人が続出するほど。それなのにレクシーはあんな顔のどこがいいのかわからない、あいつは世界一の厄介者だと悪態をつく。「ネルソンとのことに二の足を踏むのは、ロジャー・プリマスに心惹《こころひ》かれていることと関係があるんじゃないかと考えたことはある？」

「どうしてそんなことを考えなきゃいけないわけ？　あの男に心惹かれてなんかないわよ」レクシーは答えた。「あんな鼻つまみ野郎」

「そうでしょうとも」トビーはいいながらテントの脇をさっと見まわした。いつになったらあの人は料理を持ってあらわれるのかしら。

レクシーはそんな彼女を見ていた。「彼なら誰かと森のなかに入っていったわよ」

「誰が？」

「あなたが心奪われている人のこと。名前はたしか……グレイソン。違った、グレイドン・モンゴメリーだ。彼を鼻であしらうのをやめたのはどういうわけ？」

「誰かを鼻であしらったことなんて一度もないわよ！」

「はん！　あなたが〝このわたしに触れようだなんて百年早いわ〞という目つきで男たちを震えあがらせるのを何度も見たことがあるけど。わたしにもあれができたらなあ！　あの目でプリマスをにらみつけて、あいつがこそこそ逃げだすのを見物するのに」

「あの人ならあなたのうしろに逃げこむでしょうね」トビーはいった。「それで、グレイドンは誰と話をしていたの？」

「相手の顔は見えなかったけど、ふたりして森のなかへ入っていった。女性ではなかったわ。もしもそれを心配しているならね。彼が戻ってきたらわたしは行くね。ネルソンと指輪のことはどうしたらいいかな」

「イエスかノーか、ちゃんと返事をしないと。はっきりさせなきゃだめよ。彼のことを愛してるの？」

「そりゃね。一緒にいても胸がときめくことはないけど。でもたぶんそのほうがいいのよ。彼と結婚して、彼が相続した家に引っ越して、子どもをふたり持つ。最高じゃない。それ以上、人生に求めるものなんてなにもないわ」

トビーはまたテントの脇にちらりと目をやったが、誰も見当たらなかった。「でもあなたは冒険が好きなんでしょう？」友人に向かってそういった。「それにたぶん冒険心のある男性が」

レクシーは発言の最後の部分を聞き流した。「あなたとわたしでクルーズ旅行に出かけるのもいいかもね。パスポートはあるし……」トビーの顔を見て、レクシーは途中で話をやめた。「で、あなたとそのグレイドンはどうなってるの？　彼が弟のふりをしたことについては許したみたいだけど。そもそもあのふたりが別人だってどうしてわかったのよ？」

「だって、海賊と弁護士はちっとも似ていないもの」トビーはいいながら顔をほころばせた。

「なにそれ？」

「なんでもない。ただのジョークよ」彼女はレクシーを見た。「たぶんわかっていると思うけど、いつかはこの問題と真正面から向き合わなきゃならないのよ。ネルソンはすごくいい人だから、結婚してもロジャー・プリマスのところの仕事はつづけられるだろうし、そうすれば大好きなこの島を離れなくてすむわ」

「わかってる。ネルソンにイエスと答えて、あなたに結婚式のプランを立ててもらうのが、たぶん分別のあるまともなことなのよ。黒いウェディングドレスを着られると思う？」

「レクシー、もしもそんな気持ちでいるなら、ネルソンにイエスと答えるなんて考えてはだめ」トビーは断固たる口調でいった。

「あなたのいうとおりだってことはわかってるの。ただ今夜は自分の一生を左右するようなことは決めたくない。ああ、大変！」

「どうしたの？」

「プリマスを見かけたような気がする。あなたが彼を招待したなんて、いまだに信じられない。今夜彼はどこに泊まるの？　彼の家はゲストでいっぱいなのよ。それともゲストのひとりかふたりと同じベッドに飛びこむとか？」

ロジャーは美形なうえに超のつくお金持ちで、海のそばに数百万ドルの豪邸を所有している。最初の計画では、結婚式のときに島外にいる予定の彼に、寝室が六つある屋敷をゲストに提供してもらうことで話がついていたのだが、最後の最後に結婚式に変更があったため、トビーがロジャーに電話して、礼拝堂の通路をレクシーと一緒に歩いてもらえないかと頼んだのだ。

レクシーを見つめるロジャーの目は、傍《はた》で見ていてもおかしかった。まるで世界一美しく魅力的な女性だといわんばかりの目をするから。

「ロジャーがどこに泊まるつもりかわたしは知らない」いいながら、トビーはまたもテントのまわりを見まわした。「あなたは彼の所在が気になってしかたないみたいだけど」

「どこにいるかわかれば避けられるからよ」レクシーはあわてていった。「あなたこそ、あのグレイドンという男が気に入ったんでしょう？」

「どうかな。まだ会ったばかりだし。でも、いい人みたいよ。ナンタケットに一週間滞在したいんですって。だから部屋をさがしてあげることにした。たぶんキングズリー・ハウスに泊まれるんじゃないかしら。ジャレッドはおそらくニューヨークへ行くはずだし」

「彼はなんで宿さがしをあなたに頼んだの？　親戚でもないあなたに？　いとこのわたしも、おばのジリーだっているのに。そもそもどうして前もって宿の手配をしておかなかったのよ？」

「グルームズマンを頼まれたのが三日前なんですって。きっとナンタケットが気に入ったのよ。島をもっと見てみたいんじゃないかしら。よくあることでしょう」旅行で訪れてそのまま何年も島にとどまるはめになる人は大勢いる。

「ねえ、気づいてるよね？　彼が式のあいだじゅうあなたを見つめていたこと」

頬にさっと血がのぼり、トビーはあたりが暗いことに感謝した。「ええ。何度か見ていたみたいね」

「何度か？　ハッ！　まばたきすらせずに見つめていたじゃないの。その彼がしばらくナンタケットに滞在したいから住むところをさがしてほしいとあなたに頼んだ。なんとも興味深いですこと」

「ねえ」何食わぬ顔でトビーはいった。「いまこちらに歩いてくるネルソンが見えた気がする。手に持っているのはリングボックスかしら？　ダイヤが光ったみたいに見えたけど」

レクシーは暗がりの奥へと後ずさり、「話はまだ終わっていないからね」といい残して姿を消した。

「でしょうね」トビーはつぶやいた。もっとも、ネルソンと結婚すべきかどうかという問題はいまにはじまったことではないけれど。ロジャー・プリマスに会って以来、トビーは、レクシーの問題はネルソンではなくロジャーにあると考えていた。ひとりになったトビーはテントのまわりを見まわしたが、グレイドンの姿はどこにもなかった。トビーはため息をつくとテントのなかへ入りかけた。どうやら彼は帰ってこないみたいだし、そろそろ仕事に戻らなきゃ。

「テーブルへご案内してもよろしいですか？」

トビーは歩みを止めた。思わずにやつきそうになったが、グレイドンに向き直ったときには控えめな笑みに変わっていた。彼女は彼が差し伸べていた腕を取った。

「お待たせしてすみませんでした。途中で弟の待ち伏せを食らったもので」

「呼び止められた、ということ？」

「それが森のなかに引っ張りこまれて説教されたという意味ならそのとおりです。ミス・ウィンダム、ごきょうだいはいらっしゃいますか？」

「いいえ、ひとりっ子」

「では、それがいかに恵まれたことか、いつかお聞かせしましょう」

「ぜひ聞きたいわ」トビーは笑顔で彼を見あげると、その腕にしっかりつかまった。

それより少し前、グレイドンは、料理や備品を運ぶ三名のスタッフを従えて大きなテントから外に出た。思ったより時間はかかったが、ふたりきりのディナーの手はずは整った。どうやらもうひとつ、ここよりはるかに小さいテントがあるようで、そこを使わせてもらうことにしたのだ。テーブルと椅子、それにキャンドルを運びこんで、ミス・ウィンダムと水入らずで——。

「いったいぜんたいなにをしているんだ？」

弟の声とランコニア語にグレイドンの顔から笑みが消えた。弟に頼みごとをするのは、あの若い女性を味方につけてからと思っていたのだ。「食事をするんだ」グレイドンはいった。「若いご婦人とね。あとで話そう」

兄にすげなくされることなどめったになかったから、ローリーは一瞬言葉をなくした。ようやくわれに返ったときには、グレイドンは背を向けて歩きだしていた。「テーブルを囲むゲストを三人にしたくなければ、いま話したほうがいいと思うぞ」

グレイドンは足を止め、しばし歯ぎしりしたあとで振り返った。横を通り過ぎて小さなテントへ入っていくケータリング会社のスタッフを見届けてから、弟とふたりで森の奥へ向かった。「さっさとすませてくれ。彼女が待っているんだ」

ローリーは驚きの表情を隠しきれずにいるようだった。「女の子を引っかけたのか？　兄さんが!?　式のあいだ、ばかみたいに見とれていたあの娘か。たしかにきれいな子だったが、男を夢中にさせる類《たぐい》の女じゃない。なんならもっといいのを――」

兄のこぶしが顔にめりこむのを、ローリーは間一髪のところでよけた。兄を相手にしたトレーニングにかなりの時間を費やしていなかったら、いまごろは地面に伸びていただろう。

「おいおい、〝ナオス〟の怒りに懸けて、いまのはきわどかったぞ！」ローリーはその場に突っ立ったまま目を丸くしてグレイドンを見た。

グレイドンはジャケットの袖口を整えた。「それは悪かったというべきなんだろうが、あいにく今夜は謝罪の言葉を使い果たした。ぼくになにかいうことがあるのか？」

兄弟が仲違いすることなど、これまで一度もなかった。ところが今夜のグレイドン——双子のおだやかなほう——は、もう少しでローリー——双子の気が短いほう——に怒りの鉄拳を振るうところだった。

ローリーは真顔になった。「これは……どういうことだ？　あの子に恋したのか？　ひと目惚《ぼ》れしたのか？」彼は呆気にとられた。

「いや、そんなんじゃない」グレイドンはほの暗いなかで弟を見た。「彼女はぼくらの見分けがつくんだ」

ローリーは一瞬、目をしばたたいた。「どうしてそう思うんだ？」

「バーにいた男がぼくじゃないことを知っていたんだ。彼女にちょっかいを出すなんて、いったいなにを考えていた？」

「ちょっかいなんか出してない。少なくとも彼女個人にはね。とびきりきれいな女の子三人組がいたから挨拶したまでだ。兄さんお気に入りのあの子は、かわいらしい鼻でぼくをふんとあしらって店を出ていった。あんな扱いを受けたのは……うん、後にも先にも初めてだな。ぼくらももう若くないってことか？」

「彼女は見ず知らずの男に声をかけられたくなかったんだろう」

ローリーは小さく笑った。「で、兄さんは彼女の気を惹くべつの方法を編みだしたわけだ」彼は小さなテントのほうへあごをしゃくった。「シャンパンとイチゴのチョコレートがけか。きっとうまくいく。ああいうアメリカ娘たちは――」兄がまたこぶしを固めるのを見て、ローリーはふたたびうしろに下がった。

「わかった。もう軽口はよすよ。彼女がぼくらを見分けられるとどうしてわかるんだ?」

「もうひとりの黒っぽい髪をしたブライズメイドが、昨夜バーでぼくを見たといったんだ。ぼくはよく考えずに、店にいたと答えた。するとブロンドの、トビーと呼ばれている女性が、嘘をついたとものすごい剣幕で食ってかかってきたんだ」

「でも許してもらったんだろ?」

「だといいんだが。さあ、もう行かないと。でもその前に頼みがある」

「彼女に関する情報を集めろって?」

「違う! それは自分でやる。この島に残りたいんだ」グレイドンは小声でいうと弟を見つめ返した。「じつは丸一週間、ここナンタケットに滞在しようと思っている」

ローリーは驚きを隠そうとした。ふたりは双子でありながら性格はまるで違う。グレイドンは責任感があり、自分の務めをすべてに優先する……そう、おのれの人生よりも。ローリーは衝動的で、なんであれ義務など感じていなかった。

「そんなに長いあいだ国を空けられるわけないだろうが」ローリーはいった。「二十四時間姿をくらましただけで大騒ぎになる。父上は軍隊を派遣してさがさせるだろうし、マスコミは皇太子が行方不明だと騒ぎ立てる。そうなれば報奨金を期待して世界じゅうが兄さんの行方を追いはじめるぞ」

「いや、そんなことにはならない」グレイドンは弟をひたと見据えた。「誰もぼくをさがしはしない。なぜならおまえがぼくになるからだ」

ローリーはそれを笑い飛ばした。「他人は騙《だま》されるかもしれないが家族は気づく」

「家族？　父上と母上のことか？　ぼくがふたりと顔を合わせることはめったにない。親戚のモンゴメリーとタガートの面々ならわかるって？　身内に対する彼らの忠誠心は伝説となっている。真相に気づくほどマスコミが目ざといと思うか？」

「ダナはどうする？」ローリーは訊いた。

グレイドンは両手をポケットに突っこんだ。自分ならいざ知らず、ふだんの兄ならしそうにないその無造作なしぐさにローリーは衝撃を受けた。「ぼくらのどちらが皇太子か、とりわけ彼女にはわからないよ。両親に増して彼女と顔を合わせることはないからね。ローリー」彼は弟を見た。「ぼくのためにやってくれるな？」

長年にわたり、兄弟のあいだには暗黙の了解があった。グレイドンは何百回となくローリーの身代わりになってきた。子どものころからくりかえし、弟のしたことの尻拭いをしてきた。当時はゲームのようなものだった。ローリーがいたずらをし、グレイドンがその責めを負う。

〝ローリーの代わりに叱られると、なんだか……〟

〝完全無欠の王子じゃなくなった気がする？〟ローリーはそうあとを引き取った。

〝うん〟そういってグレイドンは笑ったものだ。

しかし成長するにつれ、周囲の人々――召使いが大勢いた――に気づかれるようになった。兄弟が十二歳になるころには、いいことをするのはグレイドンで、悪さはローリーの領分と決まっていた。

ローリーは兄の顔をまじまじと見た。まるで見知らぬ誰かになってしまったような気がする。「それもこれも全部、ぼくらを見分けられるとかいうその娘のせいなのか？」自分でも気づかぬうちにローリーは背筋を伸ばして、いつもよりしゃんと立っていた。一週間ものあいだ兄のふりをすると考えただけで体に変化があらわれたらしい。

「ぼくらを見分けられることがなにを意味するのか彼女は知らない」グレイドンはいった。

「だが彼女は皇太子と領地を持たない王子の区別がつくといったんだろう？」

「彼女は知らないんだ」

「知らないって、いつの日か兄さんが一国の王になることをか？　兄さんがランコニアの公爵令嬢と結婚することは？　自分が役立たずの弟《ユースレス・ヤンガー・ブラザー》を袖にして未来の国王を選んだことぐらいは知っているんだろう？　彼女はなにを知っているんだ？」

グレイドンは両手をポケットに入れたままにしていた。「なにも知らない。なにひとつ」

「モンゴメリー家とタガート家に伝わる、双子を見分けられる者についての言い伝えは？」

「もちろん知らない。ローリー」グレイドンは断固たる口調でいった。「ぼくは確かめたいんだ……」

「なにをだ？」ローリーは怒りを声ににじませた。「くだらない言い伝えにあるように、彼女を惚れさせることができるかどうか？〝ジュラ〟に懸けていうが、それは酷《むご》いことだぞ！そんなことはしちゃだめだ！　ふたりの恋に未来はない。彼女とは結婚できないんだから。心やさしいダナでも、さすがにかわいいブロンド娘の愛人に目をつぶってはくれないぞ」

「ぼくはあの子に惚れてなどいないし、これからも惚れるつもりはない」グレイドンは息を継いだ。「ぼくはただ十二歳のときからおまえが持っているものをほしいだけだ。ひとときの自由がほしいんだよ。少し長めの独身最後のパーティだと思ってくれ」彼は弟にぐっと顔を近づけた。「まるまる一週間、おまえはぼくになるんだ。わかったか？」

「ああ」ローリーはいいながら後ずさった。これほど殺気立ったグレイドンを見るのは初めてだ。祖先の戦士たちを見ているような気がした。「宮殿でのんびり遊んで暮らすよ。昼も夜も召使いたちにかしずかれて。朝からシャンパンでも飲んでね」

グレイドンはうしろに下がった。「それはいまのおまえの生活だろう。だがぼくがここにいるあいだはおまえが公務を肩代わりするんだ。重要な会談は延期できるが、慈善活動には顔を出してもらわないと。贈呈式がいくつかあるし、テープカットのセレモニーにも一度は出てくれ。呼ばれたらどこへでも出かけていけ。では、ぼくはこれから麗しのレディと食事をするから――」

「彼女に話せ」ローリーはいった。「約束しろ。自分がどこの誰で、なぜ彼女を残して国に戻らなければいけないのか、きちんと伝えると」

グレイドンは背を向けたまま一度うなずくと、テントのほうへ戻っていった。

今度はローリーがポケットに両手を突っこみ、木にもたれかかった。さっきの兄には度肝を抜かれた。立場を入れ替わってくれと頼まれるのは、さほど珍しいことじゃない。これまでずっとやってきたことだ。ふつうはグレイドンがローリーになりすます。ついひと月前にもやったばかりだ。グレイドンがひと晩だけ公務から解放されたいといったから。くそまじめな兄が弟の自分になろうとするのを見るのは、いつだって愉快だった。グレイドンは時速三百キロで車をかっ飛ばすことも、三角波の立つ海でボートレースをすることもない。

「だってぼくは自分の命だけじゃなく、王国そのものも危険にさらすことになるからね」

臆病だなと笑うローリーにグレイドンはいった。それを聞くと、ローリーの笑い声がぴたりとやんだ。おまえが死んでも誰も困らないが、ぼくは違う、といわれたも同然だったからだ。

「ＵＹＢだもんな」ローリーはつぶやいた。それは子どものころに思いついた言葉だった。

「役立たずの弟《ユースレス・ヤンガー・ブラザー》」略して「ＵＹＢ」

グレイドンが女性たちの心を虜にするようになると、ローリーの自尊心はさらに踏みにじられることになった。前回それが起きたのは、グレイドンを拝み倒して、つきあって数カ月になる女性とのディナーの代役を務めてもらったときのこと。以前つきあっていた恋人がひらくパーティに行きたいと思っていたローリーは、いまの恋人の嫉妬を買いたくなかったのだ。

グレイドンが護衛官から逃れるのはけっして楽ではないのだが、その夜はなんとかやり遂げ、そして入れ替わりのデートは大成功を収めた。ただし、それ以来そのガールフレンドは、あの夜のあなたになってとローリーにせがむようになった。「あなたはものすごーーーくロマンチックだった」ことあるごとにそういわれた。「ぼくがなにをしたか、もう一度教えてくれるかな」ローリーが尋ねると、彼女はうっとりした目でため息をもらした。「あなたはリュートをつま弾きながらわたしに歌を捧《ささ》げて、あの小さなブドウを食べさせてくれた。それから――」ローリーは彼女の言葉をさえぎり、二度と兄にデートの代役を頼むことはなくなった。そのガールフレンドとはそれからすぐに破局を迎えた。「あなたは変わってしまった」別れ際に彼女はいった。「あの夜のあなたはわたしに世界の中心にいると思わせてくれた。なのにそのあとは、ただの……あなたに戻ってしまった」

ローリーは後日、あの子のことをどう思った、とグレイドンに訊いてみた。「とてもきれいな子だったけど、頭は空っぽだったな。母上に頼んでべつの誰かを見つけてもらおうか？」

グレイドンは暗にダナのことをいっていた。未来の王妃に選ばれた女性のことを。ダナは背がすらりと高く見目麗しい、最高の教育を受けたランコニアの公爵令嬢だ。完璧な姿勢で馬を乗りこなし、ピアノはプロ級の腕前で、二百人のゲストを招いた晩餐会《ばんさん》の主人役もやすやすとこなす。人柄についていえば、慈善活動に情熱を注ぎ、人の名前はけっして忘れず、常にやさしく、思いやりがある。ミスを犯すことも、誰かに腹を立てることも一切ない。

つまるところ、ダナはまったくもって非の打ちどころのない女性で、そして彼女はグレイドンと結婚して次期ランコニア女王になることが決まっていた。

唯一の問題点は、グレイドンがダナを愛していないことだ。それなりに好いてはいるが、ふたりのあいだにあるのは友情だけだった。しかし三十一歳になるグレイドンは、そろそろ結婚して王位継承者となる子どもをもうけなければいけないこともわかっていた。そしていつものように彼は自分の義務をきわめて真剣に受け止めていた。自分は弟とは違う。愛だけで結婚は決められない。そう、グレイドンは皇太子妃に、ひいては王妃に必要とされるすべてを備えた女性を見つけなければならないのだ。何時間も立ちつづけ、常に笑顔を絶やさず、慈善活動に積極的に取り組む。グレイドンと同じくらい自分の役割に専心する。今日日そんな女性を見つけるのは至難の業だ。

ローリーは月に照らされた景色を見渡した。テントのなかでバンドがロックンロールを演奏しはじめたのが聞こえた。はたしてグレイドンはロックで踊れるのだろうか？　どちらかというと兄貴は猥雑《わいざつ》なロックよりワルツのタイプだ。

実際には兄が変化にわけなく対応できることをローリーは知っていた。最初のうちはまごつくこともあるだろうが、それも長くはつづかない。

苦労するのはむしろローリーのほうだろう。胸をぐっと張って兄のようにふるまえることはわかっている。直立不動の姿勢で、グレイドンが修得した次期国王然とした表情を顔に張りつけることもできる。

いや、問題は、ローリーが秘密を、兄すら知らない秘密を胸の奥に隠し持っていることにあった。彼は兄が結婚することになる女性にどうしようもなく恋しているのだ。

ローリーは寄りかかっていた木から体を起こした。利己的かもしれないが、今回の入れ替わりはなんとしても実現させるつもりだった。ダナのそばにいられるなら、たとえそれが数日でも、なにもないよりましだ。それにはまずあのルームメイトを厄介払いして、グレイドンのために地ならししてやる必要がある。彼女はロジャー・プリマスの下で働いているという話だった。プリマスとは何度か会ったことがある。ふたりで頭をひねれば、たぶんなにか方法が見つかるだろう。

小さなテントのなかを見たとたん、トビーにはこの男性の魂胆がわかった。問題は、どうしてそれを一度も疑わなかったかということ。

3

彼女は床まで届くクロスをかけたテーブルと、火の灯《とも》されたキャンドルと、ミスティブルーの布で飾られた椅子を見つめた。女性を誘惑するシーンそのものね。トビーは後ずさりしながら、とてもいい人だと思いはじめていた男性をにらみつけた。「やっぱり遠慮するわ」その口調は、あたたかな光景とは正反対の冷たさを帯びていた。彼女は大きなテントのほうへ戻りはじめた。あそこなら知り合いに囲まれていられる――女たらしではなしに。

五メートルほど進んだところで、「今度はぼくはなにを間違ったのかな？」という声がした。トビーはそのまま二、三歩歩きつづけたが、そこで立ち止まってうしろを振り返った。彼はテントのそばに立ったまま、すっかり途方に暮れた顔をしていた。

トビーは彼のところへ引き返した。「わたしについてなにを聞いたの？」

グレイドンは何度かまばたきしてトビーを見た。彼女が歩み去ろうとしたのは、彼が王子だと誰かから聞いて、関わりになりたくないと考えたからだと思っていた。グレイドンが王族だと知ったときの外国人女性の反応はふたつにひとつ。とっとと逃げだすか、ぱっと目を輝かせて、王冠はいくつ持っていらっしゃるの、と質問攻めにするか。どうやらこの女性は逃げだすタイプらしい。

しかしそれなら、自分についてなにを知っているのかと訊いてきたのはどういうわけだ？

「あなたについて知っていることはほとんどありません」その声は当惑をにじませていた。「名前はトビーで、花嫁と、もうひとりのブライズメイドのご友人。残念ながらそれくらいです。誰かに尋ねておくべきでしたか？」

いまではトビーのほうが困惑しはじめていた。「なにも知らないなら、どうしてここまで？」彼女は手ぶりでテントを示した。出入口の垂れ布《フラップ》は開いたままで、キャンドルの明かりがふたりのところまで流れてきている。

「ああ」ようやくのみこめたというようにグレイドンは声をあげた。「アメリカ人のように考えているんですね」

「それ以外にどう考えろと？」

「ミス・ウィンダム、改めてお詫《わ》びします。このディナーにはなんの下心もありません。テーブルについてゆったり食事をとりながら、知的な会話でも楽しめればと思っただけです。弟を誘ってもよかったのですが、あなたのほうが魅力的だし、食事もまだだということだったので……」彼は肩をすくめた。「ついでながら、これまでの人生で口にした謝罪の言葉を全部足しても、今日あなたに謝った回数のほうが多いくらいですよ」

この短いスピーチの最後のくだりに、トビーは思わずほほえんだ。「わたしたちアメリカ人があなたをまごつかせるのはよくあることなの？」

「しょっちゅうですよ」彼はいった。「どうか考え直してディナーにおつきあいいただけませんか？　弟はいまぼくに腹を立てているので、楽しい相手になりそうにないんです」

「わかった」トビーはテントに足を踏み入れた。初めて会ったときからこの男性に冷たく当たりすぎていたかもしれない、そんな気がしはじめていた。

彼はトビーのために椅子を引いてから、自分も席についた。「かまいませんか？」大きなスプーンとフォークを手に取り、料理を取り分けるしぐさをした。「あなたが男性との食事を拒むわけについて、ぼくが知っておくべきことは？」

「なにもないわ」トビーはすかさずいったが、彼はこちらを見つめたまま待ちつづけていた。どことなくジャレッドに似ているけれど、ジャレッドの肌が小麦色なのは年じゅう船で海に出ているからで、この人の肌は生まれつき浅黒いのだろう。「この島の男の子たち――文字どおり、若い子たちだけど――のあいだで、誰が一番先にわたしを、その、ものにできるか競争になっている、といったところよ」

「なるほど」彼はトビーの皿にホタテをのせた。「アメリカ式のいいまわしはなんでしたか？　〝堕落の道へいざなう《ルア・ユー・アシュトレイ》〟？」

その古めかしい表現にトビーは微笑した。「ええ、男の子たちがしようとしているのは、まさにそれ」彼女は自分でサラダをよそった。

「でもあなたはその若者たちに魅力を感じなかった？」

トビーは話の流れが気に入らなかった。自分のプライベートを話題にするのはごめんだ。

「弟さんはいまあなたに腹を立てているといっていたけど。どうして？」

「あなたのことで口論になったんです」

「わたしの？　どうしてそんなことに？」驚きのあまり声が大きくなった。「口論の原因になるほど、あなたのことも弟さんのことも知らないのに」

「言葉が足りませんでした。また謝らなくては。弟は、ぼく自身のことをあなたに打ち明けるべきだと考えているんです。そうしないのは酷だと」

トビーは眉間にしわを寄せ、キャンドルの明かりごしに彼を見た。「どういうことか説明してもらったほうがよさそう」さまざまな可能性が頭をよぎった。前科がある。依存症治療のための施設から出てきたばかり。国際刑事警察機構《インターポール》の取り調べを受けている真っ最中とか。

「アメリカ人の祖父がランコニアの王位継承者である女性と結婚したので、ぼくと弟は王子という立場にあるんです」

「まあ」平静を取り戻すのに少し時間がかかった。「おじいさまはお国のために尽くされたの？」

「ええ。旧態依然としたわが国を二十世紀へ導いてくれました。ランコニアがいま自立国でいられるのは祖父のおかげです。いまだに時代遅れのところはありますが、そこが観光客を惹きつけるようで、経済にひと役買っています。父が四十歳になると、祖父母は父と母に王位を譲りました。両親もすばらしい仕事をしていますが、アメリカ志向は弱まりましたね」

「つまり、あなたはいずれ国王になる、と。ほかにわたしが知っておかなきゃいけないことは？」

「年内に婚約の儀が催され、そこでレディ・ダナ・ヘクソンバスとの婚約を発表することになっています」

トビーはホタテをゆっくり味わいながら、いま聞いた話について考えをめぐらせた。「つまり、妻《めと》を娶り、一国の王としての責任を引き受ける前に、ここナンタケットで少しだけ羽を伸ばしたいということ？」

「そのとおりです。ローリーがぼくになります」

「どういう意味？」

「ぼくが一週間の休暇を取れるよう、弟がぼくの替え玉になるんです」トビーが疑わしげな顔をすると、彼はさらに言葉を継いだ。「あなたはぼくと弟を見分けられるようですが、そうできる人間はほかにいません。まあ、祖父母はべつですが。でもそれはローリーとぼくが子ども時代の大半を祖父母と過ごしたからです。父と母は国を治めるのに忙しかったものですから」

彼の瞳の奥をかすかな炎がよぎるのが見えた。ご両親にほったらかしにされて傷ついているんだ、とトビーは思った。もっとも、口に出してそれを指摘するつもりはなかったけれども。「その女性を愛しているの?」代わりに、そう訊いた。

彼女の言葉にグレイドンがびくりとするのを見て、トビーは間違いを犯したことに気づいた。彼の目からあたたかさが消え、背筋がすっと伸びた。「もちろんです」彼はいった。

嘘をついてる、とトビーは思った。あるいは、事実を隠しているか。その女性のことを心底愛しているけれど、人にはいいたくないか、あるいはまったく愛していなくて——そのことを人に知られたくないか。まさか政略結婚なんてことはないわよね。この二十一世紀に!もっとも、見合い結婚はいまだに世界のほとんどの地域でふつうにおこなわれていると、テレビのドキュメンタリー番組でいっていたけど。

「わかった。あなたの泊まれる場所を見つけられるかどうかやってみる」彼に目をやりながら、トビーは頭をフル回転させた。「だけど……」そこでちょっと言葉を切った。「あなたの、えー、職業のことは誰にもいわないほうがよさそう。家族には知らせるとしても、島外の人間には内緒にしておきましょう」

「なにしろぼくはお忍びでここにいるわけですから」彼は同意してそういった。

「同行者はいるの？　お付きの人は？」

「ぼくのために料理をし、車でどこへでも連れていってくれる人間ということですか？」

トビーは少しためらったあとでうなずいた。

「メイン州にいるいとこたちのおかげで、ひととおりのことはできますよ。シャツもひとりで着られるし、靴の紐《ひも》も結わくことができる」

「侮辱するつもりでいったんじゃないの」トビーはテントの出入口のほうをちらっと見た。このあたりが潮時かも。

「正直いうと、やりかたのわからないことがいくつかあります」

「たとえば？」

「食料品の買いかた。スーパーマーケットにはメイン州で行ったことがありますが、支払いはしていません。ローリーはクレジットカードを使うので、たぶんそれを借りられるでしょう。車の運転はできますが、国ではぼくが公道を走るとき通行止めになるので……」彼はそこで肩をすくめ、あとはトビーの想像に任せた。

トビーは驚きの目で彼を見た。ジャレッドの広い屋敷で椅子に座り、ゆっくりと餓死していくこの男性の姿が目に浮かんだ。一時停止の標識を理解できず自動車事故で死ぬところも。ナンタケット島に信号はないけれど、環状交差点《ロータリー》はいくつかあって、観光客が猛スピードで突っこんできては、交差点に入ろうとする車にクラクションを鳴らす。彼らも脅威になりうるわ！

「たぶんジャレッドが……」いいかけた言葉がすぼんだ。ジャレッドは本土にある設計事務所に出かけるといっていたし、わたしもレクシーもフルタイムの仕事についている。いまは夏だから島の人間はみんな忙しい。「あなたには同居人が必要なようね」

「世話を焼いてくれる人間が必要だということですか？」彼は笑顔でからかった。

「誰だって友だちは必要よ。町の中心に近い家がいいわね、そうすればレストランまで歩いていけるし。ヴィクトリアも長年ここで夏を過ごしているけど、車は持っていないわ」

「ヴィクトリアというのは？」

「赤い髪、緑のスーツ？」

「ああ。彼女ならよくおぼえています」

「男の人はみんなそうよ」ヴィクトリアはすらりと背の高い美人で、砂時計のようなくびれを持っている。トビーの母親と同い年であるのに、ヴィクトリアのセクシーさが衰えることはなかった。彼女が部屋を横切ると、いまだに男たちの視線がついてくる。

「島にいるとき彼女はどこに滞在しているんです？」

「キングズリー・ハウスよ」

「完璧だ」グレイドンは笑顔になった。「そのヴィクトリアにぼくのルームメイトになってもらいましょう」

「あなたはもうじき婚約するんだと思っていたけど」

「ぼくは美しいものに囲まれているのが好きなんです。それがアンソニー・ヴァン・ダイクの絵画でも、レースの下着が見えそうなほどぴったりした緑のスーツを着た女性でもね」

そう告げる彼の口ぶりは無邪気そのもので、トビーは声をあげて笑った。「ハントリー博士がうんといわないでしょうね。ヴィクトリアは自分のものだと思っているようだから。ヴィクトリアは博士の家に移ることになるかもしれないし、その家はとんでもなく小さいの。だからあなたにはべつの場所を見つけてあげる。レクシーならきっといいところを知っているわ」

彼はイチゴのチョコレートがけがのった皿を差しだした。「僭越《せんえつ》ながら、あなたはどこにお住まいなんです?」

「キングズリー・ハウスから通りを少し下ったところ。僭越といえば、もうじき婚約するあなたがどうしてわたしのことをあれこれ訊くのかしら?」

「あなたをどんな道にも誘うつもりはありませんよ。ただ、家族以外でぼくとローリーを見分けられる人に会うのは初めてなので。ずっと前からの知り合いでも区別がつかないのに。それであなたに絆のようなものを感じているわけです。それに島にいる知り合いはあなたとおばのジリーだけだし、おばに協力を求めるわけにはいきませんから」

トビーはうなずいた。彼のおばとケン——トビーの友人アリックスの父親——は、つきあいはじめたばかりの恋人どうしだ。誰にも邪魔されたくないと顔にはっきり書いてあった。この人が島の住民をほとんど知らないのは事実のようだし、短期間の滞在といえども寂しい思いをするかもしれない。「知り合いに訊いてみる」口ではそういったものの、いくら考えてもこの男性が快適に過ごせる場所など思いつかなかった。ホテルは？　でも話し相手はどうするの？　キングズリー一族の誰かの家なら泊まらせてもらえるかも。でもこの人の完璧なテーブルマナーに対抗できる人がどこにいる？　それに自分の家に王子が泊まっていることを黙っていられるかしら？　ばれてしまったらどうなる？　島の人たちは彼を守ろうとするだろうけど——なにしろセレブの滞在客には慣れっこだから——よそ者の耳に入ったら？　そうなったら彼はガラスの檻《おり》に入れられたも同然になってしまう。

「ずいぶんと真剣な顔でぼくを見ていますね」グレイドンがいった。「ご心配なく。ぼくは生身の人間ですよ」

「問題はあなたが自分をどう見ているかじゃなく、世間があなたをどう見るかなの」

「鋭いな」

「ジャレッドの大おばのアディが生きていてくれたらよかったのに。きっとあなたを自分のお屋敷に連れていって面倒をみたはずよ。ラム酒も山ほど飲ませてくれたでしょうね」

グレイドンは声をあげて笑った。「それはいいな。でも、守っていただく必要はありませんよ。ときには流れ弾が飛んでくることもありますが、そう多くはないですから」

冗談めかした口調だったがトビーは笑わなかった。王族の暗殺未遂事件は、いやというほど耳にするから。「ボディガードはついているの？」

「国ではついていますし、メイン州に一名残してきましたが、ここへはひとりできました」

「だけど、誰かに気づかれたらどうするつもり？」

「ミス・ウィンダム、名もない小国の王子であることの利点のひとつは、国民以外にぼくの顔を知っている者はいないということです。ありがたいことに、ぼくはイギリス王室のメンバーじゃない。彼らのふるまいは逐一記録され、噂《うわさ》や批判の的になりますが、われわれランコニア人はそこまで海外から関心を持たれることはありません」国内では彼の言動のすべてがトップ記事になることはつけ加えなかった。

トビーとしても、ウィリアム王子の結婚式はなにひとつ見逃したくないと思っていたけれど、ふと新郎新婦の視点から考えてみた。そんなプライバシーのかけらもない結婚式のどこがロマンチックなの？「あなたの結婚式は盛大なものになるの？」

「ええ。古い大聖堂があるのですが、そこが人であふれるでしょうね。国じゅうが三日間の祝日になる予定です」

「さっき〝婚約の儀〟といっていたけど、それはどういうもの？」

グレイドンはトビーが最後のイチゴを取れるように皿を持ちあげた。「結婚式までの一年間におこなわれる多くの祝典の幕開けとなるものです」

「で、あなたはその祝典のすべてに出席するわけ？」

「ええ」グレイドンはなにかを考えるように一瞬うつむいた。「婚約が発表されたとたん、ぼくはかっこうの肴《さかな》になる。六つの州をすべてまわり、数日から数週間つづく飲めや歌えの祝宴に顔を出して、そこで飛びだす卑猥なジョークに大笑いするんです」

「花嫁はどうするの？」

「伝統的に花嫁は処女と見なされているので、ふつうは祝宴に出席しません。家にこもることになりますが、ダナは自分の馬を持っていますし、それに嫁入り道具の支度もありますからね」

「彼女がひとりで楽しくやっているあいだに、あなただけ国じゅうを駆けまわるなんて不公平じゃない？」

グレイドンは笑った。「そんなふうに考えたことはなかったな。ぼくだけいい思いをしているという人もいますよ。ぼくはパーティ三昧なのに彼女は違うから」

「それで、一年後に結婚式を挙げたあとは……？」

「そのあとはぼくとダナがぼくの両親の公務の大半を引き受けることになります。母は遠出を好まないので、ダナとぼくが合衆国をはじめとする諸外国を訪問して、ランコニアの産物を買ってもらい、われわれが必要とするものを売ってもらえるよう交渉できればと思っています」

「なんだかビジネスマンみたい」

「そう考えるのが好きなんです。ただし、礼服を次から次へと着替えて、常に笑顔でいなければなりませんが」

トビーは最後のイチゴを食べながら椅子に寄りかかった。「じゃ、ゆっくりできるのは本当にこれが最後なのね？」

「ええ」グレイドンはトビーの物わかりのよさにほほえんだ。「一週間だけ、なんのスケジュールも入っていない時間がほしいんです。いつ、どこへ行けと誰からもいわれない時間が」彼はそこでふっと黙った。「ひとつ質問させてください。この島の男たちはどうしてあなたを射止めようと躍起になっているんですか？　あなたはたしかに美しいが、ほかにもなにか理由があるんですか？」

「わたしが誰ともつきあおうとしないから、ただそれだけよ。男のプライドってやつで、手に入らないものはなにがなんでもほしくなるの。それで、いつ——？」

トビーの声が途切れた。テントのフラップがさっと開いて、レクシーが顔をのぞかせたからだ。「邪魔してごめん。でも、みんながあなたのことを心配しているものだから。あなたがくるまでケーキカットはしないというし、いつケーキを食べられるんだと、もうひとり子どもに訊かれたら、ウェディングケーキの上にその子たちを投げ飛ばしちゃいそう。そうなったら、連中は大喜びだろうけど。まったく悪ガキどもめ！　ジャレッドのトラックのキーがどこにあるか知ってる？　それと、プリマスに妹のお目付役として南フランスへ行ってほしいから、明日の朝、島を発《た》ってほしいといわれた」レクシーはそこでグレイドンを見た。「どうも。あなたとわたしはいとこどうしよ」それからトビーに視線を戻し、返事を待った。

　トビーは息を吐いた。「十分したら行く。子どもたちにはカップケーキをあげておいて。テントの奥の隅にある青いクーラーボックスに入っているから。トラックのキーは運転席のサンバイザーの上。それで明日発つの？」

「そう。明日ね」レクシーはなにもはまっていない左手をあげてみせた。「これですべてを先送りにする理由ができた」彼女はくるりと背を向けたが、そこでグレイドンを振り返った。「トビーって最高でしょう？」

「ええ、そう思います」グレイドンは答えた。

　レクシーはにっこり笑うとテントから出ていった。

　トビーが席を立つと同時にグレイドンも立ちあがった。「どうやら行かなきゃいけないみたい」

「プリマスというのは誰です？」

「レクシーの上司。仕事だけの関係じゃないと、わたしはにらんでいるけど」

　グレイドンの瞳が真剣な色を帯びた。「なにをしている男です？」

「仕事のこと？　わたしの知るかぎりなにもしてない。裕福な家の出なんじゃないかしら？

遊んでいるところしか見たことないもの。この島にやってくるのはそういう人たちばかりよ」トビーはテーブルにちらりと目をやった。「後片づけに誰かよこすわ」

「それはこちらでやっておきます」グレイドンはいった。

トビーは、彼がいとも簡単に三名の給仕スタッフを手足のように使っていたことを思いだした。あのときはどうしてそんな芸当ができるのかわからなかったけれど、王子なら朝めし前だろう。「膝を曲げてお辞儀したほうがいい?」真顔を保とうとしながら訊いた。

「ええ、ぜひ。女性に目の前でかがんでもらうのは大好きですよ」

「ひとりで夢見てなさい」トビーは笑いながらテントを出ていった。

グレイドンはしばらくそのうしろ姿を見送っていた。

彼女の察しのよさが好ましかった。それに彼の……彼女曰く〝職業〟に怖《お》じ気《け》づかないところも。人とこんなに早く打ち解けられたのは生まれて初めてだ。

そこでいきなり現実に引き戻された。彼女のルームメイトは、明日この国を離れなければならなくなったといっていた。そしてそのルームメイトは、なにもしていない金持ちとつきあっている。その人物説明は弟の友人すべてに当てはまった。このフランス行きの陰に弟がいることは間違いない、とグレイドンは確信した。どうやらローリーは、兄ひとりではなにもできないと考えたらしい——またしても。

グレイドンはポケットから携帯電話を取りだし、弟にメールを打った。〝いまだ!〟

4

大きいほうのテントへ戻ったトビーは、バンドの演奏と大勢のゲストのにぎわいのなかに足を踏み入れながらも、たったいまディナーをともにした男性のことしか頭になかった。王子ですって！　しかもその王子に対する全責任を、なぜだかわたしが背負いこむことになってしまった。

彼女は巨大な白いテントの天井から垂れ下がるリボンやブーケの数々を見あげた。アリックスとレクシーと三人で何時間も話し合った末にできあがったデザインだったけれど、実際に作業したのはトビーだった。草原をスキップしながら野の花を集めたかのごとく見えるよう苦心しながら、小さなブーケをいくつも作ったのは。

テント内を一周しながら、ブーケのひとつひとつに目をやった。ここ数週間、トビーの世界はこの結婚式を中心にまわっていた。グレイドン王子の豪華絢爛《けんらん》な結婚式のことを想像せずにはいられなかった。いま恩を売っておけば、式に招待してもらえるかしら。

だめだめ、そんなことを考えては。そう自分を叱りつけた。見返りなんて考えずに手を貸してあげなくちゃ。

　みんなが楽しんでいるか確かめようと、混み合ったダンスフロアをぐるりと見まわした。片隅にある大きな円テーブルに年かさの子どもたちが群がっていた。一緒になにかするでもなく、それぞれが無言で携帯電話にメッセージを打ちこんでいる。さっきそばまで行ったとき、誰にメールしているの、と訊いてみた。すると、おたがいにやりとりしているのだとわかった。トビーは首を振りつつその場を離れた。どうしてふつうに話さないのかしら。でも当人たちはそれが楽しいらしかった。

　一九五〇年代に作られた美しいウェディングドレス――キングズリー家の屋根裏で見つけたものだ――をまとった花嫁は、タイラーという名の小さな男の子と踊っていた。ふたりは手と手をつなぎ、タイラーは天使のように愛らしい笑みを浮かべている。と、ジャレッドがふたりに歩み寄り、仲間に入れてくれと頼むのが見えた。にこにこしていたタイラーが、見る間に怖い顔になった。ジャレッドをにらみつけ、バンドの音量に負けない大声で「だめっ！」と叫ぶ。

　トビーが笑い転げていると、ジャレッドは彼女の腰に手をまわしてダンスフロアへ引っ張っていった。「ぼくのことを笑ってるんだな？」トビーに聞こえるよう、耳元に顔を寄せなければならなかったが、そこで速く激しい曲が唐突に終わり、スローな曲がはじまった。「やれやれだ」ジャレッドはつぶやき、トビーを引き寄せて踊りはじめた。

トビーをくるくるまわしながら、ジャレッドは、ふたりが知り合ったいきさつを思いださずにいられなかった。数年前の夏、彼はトビーの両親がナンタケットに持っている夏の別荘に増築する来客用の翼棟をデザインした。トビーの父親のバレットは週末ごとに飛行機で本土と島を行ったり来たりしていたが、母親のラヴィディアは夏じゅう島にいた。

工事の進み具合をチェックするため、ジャレッドは週に一度、建築現場に顔を出し、そのたびに名門女子大を卒業したばかりの愛娘トビーを叱りつけるミセス・ウィンダムの声を聞かされるはめになった。あるときは、立ち姿がしゃんとしていない、着ている服がみっともない、と大声で叱責し、身なりにもっと注意を払わないと一生お嫁に行けないわよ、と怒鳴りつけていた。

「娘を助けに行ってやったほうがよさそうだ」バレットはため息混じりにいうと、重い足取りでパティオのほうへ向かった。

その夏、ジャレッドはミセス・ウィンダムの不平不満をひっきりなしに耳にした。トビーはといえば、母親になにをいわれても気にしていないように見えた。無言で目を伏せ、ひと言もいい返さなかった。母親の説教もどこ吹く風という感じだった。キッチンで建築作業員たちに出すお茶菓子を焼いたり、庭で花の手入れをしたりして日々を過ごしていた。

九月になり、ウィンダム夫妻が島を離れる日が近づいてきたあるとき、ジャレッドは花壇の前にしゃがみこんでいるトビーを見かけた。彼女は泣いていた。

なにがあったかは尋ねなくてもわかっていた。ヨットを所有しているどこかの男の息子と出かけようとしないトビーは〝救いようのないばか〟だと、彼女の母親が夫のバレットに話しているのを聞いてしまったからだ。ジャレッドはその父親と息子の両方を知っていたが、自分ならどちらの男とも身内の女性をふたりきりにさせようとは思わない。

彼は円筒形に巻いた図面を地面に置き、長椅子の端に腰かけた。「この問題をどう解決するつもりだい？」前置きや説明は必要なかった。どちらもなんの話かわかっていた。

「わたしになにができる？」そういうトビーの声は怒りをはらんでいて、彼女が感情をあらわにするのをジャレッドは初めて見た。「アルバイトひとつしたことがないのに。家を飛びだしても父が援助してくれるのはわかっているけど、それのなにが自由よ？」

「きみは庭仕事が得意だし、大きなフラワーアレンジメントを作っているのを見たこともある」

「すてき！　わたしにできるのは、花を組み合わせてきれいに見せることだけ。そんなものに誰がお金を払うの？」トビーは彼を見た。「花屋さん？」囁《ささや》くようにいう。

「ぼくでもそう考えるな。で、冬のあいだ店の手伝いをさがしている人間をたまたま知っているんだ。きみがナンタケットに残りたいならの話だけど」

「島に残る？　この大きな家にたったひとりで？　町の中心からこんなに離れた場所で？」

「キッチンを使ったあと、きみはちゃんと片づける？　というのも、キングズリー・ハウスの近くに住んでいるいとこのレクシーが新しいルームメイトをさがしていてね。前にいた子は、料理はできたけど後片づけはからきしだったらしい」

トビーの瞳に初めて希望の色が見えた。「わたしはシンクをぴかぴかに磨きあげて消毒したあと、いい香りがするようにカウンターにレモン汁を振りかける」

ジャレッドは名刺の裏に走り書きした。「私用の携帯電話の番号だ。レクシーの家に住む気があるなら知らせてくれ。ただし、ほかの誰かに貸すのを待ってもらうのは二十四時間が限度だと思う」

ジャレッドは一瞬躊躇《ちゅうちょ》した。間違った判断だったろうか？　この若い女性のことはよく知らないが、どこか弱々しい感じがする。母親にぼろくそにいわれても、黙って素直に聞いていた。気の強いレクシーに、はたして耐えられるだろうか。それに、彼女が親元を離れたとたんにはめをはずして遊びまくるタイプの子だったら？　彼はトビーを上から下までじろじろと眺めまわし、この先の展開を見定めようとした。

彼の目つきに気づくと、トビーは背筋を伸ばした。「ミスター・キングズリー、この申し出にはなにか交換条件があるんですか？」

なにをいわれたのか最初はわからなかったが、トビーの目を見て合点がいった。昔から女性にもてたジャレッドは、彼女たちから「イエス」といわれることに慣れていた。ところが、この子は違った。身のほどをわきまえろ、と一喝された気がした。その瞬間、トビーのように華奢《きやしや》な女性があの母親に耐えていられる理由がわかった。もしも自分に妹がいたら、きっとこんな感じなのだろう。トビーを見つめながら、ジャレッドは思った。守ってやりたいという気にさせられるのだ。「ただ力になりたいだけだよ。それに、きみとレクシーなら間違いなくうまくいく」

ふと目をあげると、トビーの母親が窓からこちらを見て渋い顔をしていた。たぶんジャレッドと娘の距離が近すぎるとでも思っているのだろう。彼は椅子から立ちあがった。

「きみが本気でやりたいなら、働き口についてはぼくがなんとかする」なんならぼくが雇ってもいい、そういいたかったがやめておいた。「明日の十一時にまたくるから、返事はそのとき聞かせてくれ」

「たぶん荷造りして待っていると思う」

「ではトラックでくるとしよう」ジャレッドは笑顔で立ち去った。翌日の昼までにトビーはレクシーの家に移り、それ以来ジャレッドはこの若い女性ふたりをずっと気にかけてきたのだった。

「既婚者になったご気分は？」トビーが訊いてきた。

「最高だよ。きみはいままでどこにいたんだ？」ジャレッドは踊りながらトビーをくるくる回転させた。「さがしに行こうとしたんだけど、殺されたくなければやめておけとレクシーに脅された。いったいなにがどうなっているんだ？」

「礼拝堂でわたしをエスコートした男性が王子さまだって知っていた？」

「その称号はもう売約済みだと思ったが」

最初はなにをいわれたのかわからなかったけれど、意味がわかったとたんトビーは笑いだした。「たしかにあなたはアリックスの理想の王子さまだけど、いま話しているのはいつの日か国王になる、正真正銘、本物の王子のこと」

ジャレッドはトビーの腰を支え、ぐっとうしろに倒した。「じゃ、彼と親戚関係にあるぼくも公爵かなにかになるのかな？　ひょっとするとぼくも王子だったりして」

「さだめし、魚の王子ね」ジャレッドに引き起こされるとトビーはいった。「あの人、一週間この島に滞在したいといっているの。誰にも邪魔されずにのんびりしたいって」

「島の人間に知られずにか？　国旗をつけた車列でばれてしまうんじゃないかな？」

「ジャレッド！　これはまじめな話なの。冗談をいうのはやめて」

ジャレッドはトビーをリードしながら円を描いた。「きみがこんなふうに男について話すのを聞くのは初めてだな。で、みんなから隠れて、そいつとふたりでなにをしていたんだ？」ジャレッドの保護本能が頭をもたげはじめた。

「食事をしていたのよ。グレイドン王子の帰国後、ランコニア人のお嬢さんとの婚約が発表されることになっているの。結婚式は一年後だそうよ」

「アメリカ娘は花嫁にふさわしくないって？　それとも国に戻る前に、この島の女の子たちと楽しくやろうと考えているのか？」その口調にジャレッドの心情があらわれていた。

トビーは身を振りほどこうとしたが、ジャレッドはしかとつかんで放さなかった。「わかった、もういわない。で、ぼくにどうしてほしいんだ？」

「あなたのいとこは——」親戚関係であることを強調した。「島での滞在先を必要としているの。ルームメイトがいるとなおいいわ。彼に手を貸してくれる人がね」

「やつのために肉をこまかく刻んでやったり、朝の着替えを手伝ってやったりってことか？」

「彼になにができて、なにができないかは知らないけど。キングズリー・ハウスに泊めてあげられない？」

「うちは来週いっぱい満員御礼だよ。親戚連中を押しこまなきゃならなかったし、レクシーのボスがひと部屋占領しているからね。きみのところはだめなのか？」

「うちは寝室がふたつきりだし、そうでなかったとしてもまずいと思う」

ジャレッドは真剣な面持ちで彼女を見た。「その男にいい寄られでもしたのか？」

「まさか」

そこでダンスが終わり、バンドは休憩に入った。ジャレッドは動きを止めてトビーを見つめた。「トビー、島にいきなりあらわれて、宮殿と召使いの一団を用意しろなんて無理な話だ。彼には、あるもので我慢してもらわないと。きみの家の二階のリビングにソファベッドがあるだろう。あれを使わせればいい。レクシーもいるんだし、ひと晩ぐらいどうってことないよ。彼が文句をつけてきたら、誰かの車で寝ろといってやれ。明日にはハントリー博士かヴィクトリアが長期滞在できる場所を見つけてくれるだろう。王子だろうとなんだろうと、もう子どもじゃないんだ。自分の面倒ぐらいみられるよ。さてと、そろそろケーキでもどうだい？」

「いいわね」トビーは答え、わたしのことはいいから行ってと身振りで伝えた。ジャレッドのいうとおりだとわかっていた。それでもグレイドン王子に責任を感じてしまう自分がいた。

トビーは大勢のゲストの顔を見まわした。ちょうどアリックスとジャレッドがケーキカットをしているところで、全員がふたりに注目している。給仕スタッフの背後にレクシーがいた。相変わらず運命の男たちから身を隠しているらしい。トビーは人だかりをよけながら友人のところへ向かった。「ちょっと話せる？」

「いいわよ」レクシーはカットされたケーキののった皿をふたつ、ひっつかんだ。「フォークをお願い」

トビーがフォークと紙ナプキンと、カップに入ったパンチを二個取ると、ふたりしてテントの外に出た。「なにがどうなっているのか知りたいんだけど」潮の香りを含んだナンタケットのさわやかな夜気のなかに出るとすぐ、トビーはいった。

「それはこっちの台詞《せりふ》よ」レクシーは返した。「テントのなかのあなたとあの男、まるで小説のワンシーンみたいだった。キャンドルの明かりとチョコレート。あとはあなたの髪にバラを一輪飾ればカンペキ」

「自分のことから話をそらそうとしているでしょう?」

「そのとおり」レクシーは大きなため息をついた。「トビー、本当に悪いんだけど、プリマスにいわれたの。十四歳の妹の付き添いとして南フランスに行ってくれる人間が必要なんだけど、考えてみてもらえないかって」

「彼と一緒の旅行なんかしたくないんだと思ってた」

「プリマスはこない。車関係の用事があるとかでね。きっとどこかのカーレースにでも出るんでしょうよ。でも、フランスに連れていくと妹さんと約束してしまったんだって」

「その妹に親御さんはいないの?」

「プリマスのお父さんは、いま四人目の妻と暮らしているのよ。今度の奥さんは二十歳そこそこでね。三カ月もベビーシッター役をやらされるのはごめんだって」

「三カ月?」

「そうなの」レクシーはうしろめたそうな顔をした。「九月一日までだから正確には二カ月半だけど、それでも……」

ここは相手の身になって考えなければ。レクシーにしてみれば、めったにないチャンスなのだから。ロジャーが旅行先にあらわれないなんて、トビーはこれっぽっちも信じていなかったし、頭のどこかではレクシーもわかっているはずだった。一度ナンタケットを離れてみれば案外レクシーも、自分が人生になにを望んでいるのか、その答えを見つけられるかもしれない。

そうはいっても、ふたりはシェアして住んでいる家の裏庭で、フラワーショップに卸す花を栽培して副業にしている。大きな温室がひとつと、土を盛って高くした花壇《レイズドベッド》がいくつもあって、どれも毎日の草取りと肥料やりが欠かせない。

「わたしの分の家賃半分は送金する」レクシーはいった。「むこうに行っているあいだは給料を倍にするとプリマスがいっているから、その点は心配しないで」

家賃のことは気にしないで、といいたかったけれどいえなかった。あの家の家主はジャレッドで、島外の人間に貸すときの相場よりはるかに安い金額で住まわせてもらっている。それでもトビーの給料のかなりの部分がこの家賃に消えていた。

「花のほうはジリーが手伝ってくれると思う」レクシーはすがるような表情でトビーを見た。「迷惑かけちゃうのはわかっているけど、どうしても行きたいの。プリマスの妹とは去年会っていて、とってもいい子なのよ。本が大好きで、美術館めぐりをしたいといってるんだって。あのプリマスが美術館にいるところなんて想像できる？」

想像するもなにも、トビーは彼のことをほとんど知らない。ジリーはといえば、ケンとつきあいはじめたばかりで、彼のことしか見えていないようだった。それにケンは本土の大学で教えているから、ふたりで島を離れることが多くなるはずだ。だからジリーを当てにできるとは思えなかった。

だとしても、レクシーにこの息抜きが必要なのはわかっていた。トビーは大きく息を吸いこんだ。「もちろん行くべきよ。こんなチャンスを逃す手はないわ。もしかすると、心を決めるきっかけとなるようなことが起こるかも――」

「ありがとう！」レクシーはケーキの皿を地面に置いてトビーをぎゅっと抱き締めた。「荷造りしなきゃ。ここ、ひとりで大丈夫？」披露宴がおこなわれているテントのほうをあごで示す。

「ええ」トビーは皿を拾いあげると、友人の姿が闇にまぎれて見えなくなるまで見送った。

空いた食器を抱えたまま、しばらくテントの外でさわやかな夜気に体をひたしていた。今日はとびきりおかしな一日だった。昨夜レクシーたちと出かけたバーで、あの男性が女性たちに囲まれて座っているのを見た瞬間から人生が変わりはじめたみたいに。

彼女はテントのなかに目をやった。ダンスをする人、ケーキを食べる人、お酒を飲みながら笑っている人。戻っても心配はなさそうね。

ローリーは服を着替え、いまでは兄とまったく同じタキシードに身を包んでいた。グレイドンがブロンド娘のところへ戻っていったあと、ロジャー・プリマスは難なく見つかった。

ロジャーは大きなテントの片隅で、三人のきれいな娘たちとおしゃべりしていた。ローリーは、外で話そうと身振りで合図した。

ふたりきりになって最初に口をひらいたのはロジャーだった。「人垣のうしろにきみの姿がちらりと見えたような気がしていたんだ。やっぱり、兄弟揃ってきていたんだな。なにかあったのか？　王室主催のパーティでもひらくとか？」

「キングズリー家とは親戚関係にあってね」ローリーは早口でいった。世間話をしている暇はない。「ブライズメイドのレクシーがきみのところで働いているというのは本当か？」

「ああ」ロジャーはいいながらかぶりを振った。「なんとも手ごわい女性でね。いまはぼくを毛嫌いしているが、なんとか口説き落とそうとしている最中だ。あと二カ月もあれば、なびかせることができると思う」彼は乾いた笑い声をあげた。「一年前にもそういって、まったく進展していないんだけどね。でもまあ、夢見るのは自由だろう？」そこで目元がすっと険しくなった。「彼女を追いまわそうとか考えているわけじゃないだろうな？」

誰彼かまわずなんでも打ち明ける、このアメリカ式のやりかたには、いつまで経ってもなじめそうにない。「いや、そんなことは考えていないよ」

「わかったぞ。レクシーのことを訊いたのは、きみの兄さんが彼女のルームメイトに関心を持っているからだな。見たよ、式のあいだじゅう彼女のことをじっと見つめているのを。最初はきみだと思ったんだ。でもきみなら人前であんなふうに心の内をさらしたりしないからね。きみの兄さんは腑《ふ》抜けた顔で彼女に見とれていた」

「それは少しいいすぎだ」ローリーはこわばった口調で兄の肩を持った。

「いいすぎなものか。彼がいつか王になる人だというのは知ってるし、ぼくはきみたちの国が好きだ。世界一のスキー場があるし、食事もまずまずだし。だから忠告しておく。聞いた話だと、かわいいトビーをものにするより、国王になるほうがずっと楽みたいだぞ」

「どういう意味だ？」

「この島に住む男の半数がトライしたそうだ。噂によると、彼女は〝結婚するまで大事に取っておく〟タイプらしい」

「つまり彼女は……？」

「バージンだとみんなはいっている。事実はどうあれ、あの娘がみんなから好かれているのは間違いない。きみの兄さんがベッドの支柱に新たな刻み目をつけるためだけに彼女を追いまわそうと考えているなら、大勢の人間を敵にまわすことになる。ジャレッド・キングズリーはいうまでもなく」

これが昨日なら、グレイドンはそんな男じゃないといっていただろうが、今日は天地がひっくり返ったようなありさまでなにがなんだかわからなかった。「兄はここナンタケットに一週間滞在したいといっている。しばらくあの若いレディのそばにいたいとね。それにはあのルームメイトが邪魔になると思うんだ。彼女はきっと――」

「みなまでいうな！」ロジャーはさえぎった。「レクシーと一緒にいるためにぼくがどんなに苦労してるか、いっても信じないだろうな。自分でなにかを隠して、見つけられないふりまでしているんだぞ」彼は顔をしかめた。「だから彼女はぼくをとんだまぬけだと思っている。でもそうでもしないと〝トビーが呼んでるから〟と走っていってしまうんだ」

「じゃ、たった一週間だろうとあのルームメイトを忙しくさせておくのは無理だってことか？　旅行へ連れだすというのは？」

「彼女が旅行したがっているのは知っているし、誘ったこともあるが、笑い飛ばされただけだよ。そうだ！　妹に手伝ってもらえばうまくいくかもしれない。レクシーとは気が合っていたから。いつからはじめる？」

「いまだ。いますぐ」ローリーはいった。

「やってみよう」ロジャーはそこでローリーを見た。「今度きみの国に行ったときはきみの家に泊まらせてもらえるかな」

取引というわけか。「宮殿のもっとも古い部分に泊まらせてやる。そこは幽霊が出るから、女の子たちを連れていくと悲鳴をあげて抱きついてくるよ」

ロジャーは渋い顔をした。「レクシーにその手が通じるといいんだが、彼女なら幽霊と友だちになってしまうだろうな。この島に広まっているキングズリー一族にまつわる噂の数々を、きみにも聞かせてやりたいよ！」

なんのことかわからなかったが、質問している暇はなかった。やらなきゃならないことがほかにある。ローリーは礼をいい、挨拶を交わしてからロジャーと別れた。

ローリーが小さなテントのほうへ戻ってみると、兄と例の女性はまだそこにいた。テントのなかにはキャンドルが灯され、外は暗かったから、ちょうど映画のスクリーンを見ているようにふたりの姿がはっきり見えた。ふたりは身をのりだすようにして顔を寄せ合っていて、グレイドンは他人には見せたことがないような生き生きした顔で話をしていた。グレイドンが気を許すのはごく限られた人間だけで——その全員が血のつながった親族だった。その兄が、会ったばかりの女性と手振りを交えて熱心に話しこんでいる。

だがグレイドンがどれだけこの娘を気に入っていようと、ローリーにはひとつだけどうしてもやらなければならないことがある。彼女が本当に兄弟を見分けられるのか確かめるのだ。双子の区別がつく者にまつわる、モンゴメリー、タガート両家に残る言い伝えなどどうでもいい。この目で真実を確かめなくては。

ローリーは側近に電話し、数分後には兄とそっくり同じ服に着替えていた。パーティ会場の隅でシャンパンをすすりながらグレイドンのディナーが終わるのを待っていると、ロジャー・プリマスがさがしにきた。ロジャーは勝ち誇った笑顔で、夏のあいだじゅうレクシーを島から遠ざけておく方法を妹が考えだした、見たところレクシーは承知しそうだと告げた。「ぼくは同行しないと請け合わなきゃならなかったが、たぶんぼくは近いうちに骨を一本か二本折って、ふたりのそばで療養することになるんじゃないかな」ロジャーは笑い声をあげた。「ぼくにとってこれはレクシーの心を射止める最大のチャンスだ、せいぜい利用させてもらう。きみのところに泊まるときは彼女を連れていけるよう祈ろう」

ローリーが外に出ると、ちょうどグレイドンとトビーが食事をしているテントへレクシーが走っていくところで、やがて興奮した彼女の声が聞こえてきた。トビーのルームメイトがリッチでプレイボーイの上司——ローリーの知り合いによくいるタイプの男——のいいつけで島を離れると聞いたら、グレイドンはすぐに誰のしわざかぴんとくるはずだ。兄は偶然というものを信じない。弟が近くにいるときはとりわけ。

案の定、ローリーの携帯電話が音をたて、兄からひと言だけのメールが届いた。〝いまだ！〟。いますぐ話があるという意味だ。ローリーは〝キングズリー・ハウスにいる。そこで会おう〟と返信した。兄はお付きの者をすべてメイン州に残し、お忍びでここへきている。つまり移動手段がないということだ。ここからキングズリー・ハウスへは、町の中心を抜けてメインストリートからキングズリー・レーンまでかなり歩くことになる。たとえグレイドンが誰かの車に同乗させてもらったとしても、知るべきことを知るための時間はまだたっぷりある。

ローリーはタキシードの襟を正し、ぐっと胸を張ると、次期国王然とした表情を顔に張りつけて大きなテントのほうへ足を踏みだした。全力で兄になりきるつもりだった。

5

トビーはゲストで埋まった大きな円テーブルのそばで、なにか必要なものはないかと訊いてまわっているところだった。ローリーは少し離れたところで彼女の手が空くのを待った。グレイドンならきっとそうするはずだ。自分なら、いますぐ彼女をかっさらってダンスフロアへ引っ張っていく。文句をいわれたら、キスで黙らせるまでのこと。だがそれはグレイドンの流儀じゃない。

そこで彼女が体をめぐらせ、彼に気づくと少し驚いた顔をしたが、すぐにあたたかな笑みを浮かべた。

「一曲踊っていただけますか?」ローリーは、兄らしいばか丁寧な口調で誘った。

「喜んで」彼女は答え、彼が差しだした手を取った。

背筋を伸ばし、礼儀正しい態度を崩すな。そう自分にいい聞かせる。スローな曲でよかった。軽快な曲だと、お行儀よくしていられる自信はない。彼女とここまで接近するのはこれが初めてだが、思っていたよりきれいだった。青い瞳を持つ上品な顔立ちはグレース・ケリーを思わせる。メイクは控えめで、素顔と見まがうほど。目元をもっと強調して深紅のルージュを差せば、ものすごい美人になるだろうに。

ローリーはやさしいリードでフロアに円を描きながら、おまえはグレイドンだと、絶えず自分にいい聞かせた。「今夜のディナーはとても楽しかったですよ」

「そう？」トビーはにっこりした。「で、誰と食べたの？」

「誰って……」一瞬なにをいわれたのかわからなかったが、次の瞬間ローリーは笑いだし、肩の力を抜いた。「わかってたのか」

「最初からね」トビーの顔から笑みが消えた。青い瞳に怒りがたぎる。「お兄さんにいわれて、わたしを試しにきたの？」

ローリーはすぐさま自分の過ちに気づいた。「違う」真顔でいった。「グレイドンはなにも知らない。邪魔されないようにぼくが追い払って――」

「それでわたしが嘘つきかどうか確かめようとした？　わたしに魂胆があるかどうかを？」トビーの目は怒りでぎらついていた。「ねえ、あなたたち兄弟を見分けられることの、なにがそんなに問題なわけ？」

ローリーは答えを避けた。「グレイドンは自分のことをどこまできみに話した？」

「いつか王になること。上流階級の若いご令嬢――若いというのは、わたしが勝手に推測したことだけど――との結婚が決まっていること。その前に少しだけのんびりしたいこと。島での宿泊先を見つけると彼に約束したわ。そのあいだの公務はあなたが引き継ぐからって。でも、兄弟してこんなろくでもないゲームにうつつを抜かしているなら、あの話はなかったことにしたほうがよさそう。誰かの悪ふざけの対象になる気はないの」

ローリーは顔から血の気が引いていくのを感じた。どうやら兄はすべての段取りを自力でつけていたらしい。その努力がいま、自分のせいでふいになろうとしている。これ以上、グレイドンの怒りを買いたくはなかった。

「ゲストのお相手があるので」トビーは彼から離れようとした。

しかしローリーは彼女の手をつかんで放さなかった。「ミス・ウィンダム、お願いです。この件に兄は一切関与していません」まっすぐに見つめる彼の目に、トビーは哀願の色を認めた。「事情を説明したら考え直していただけますか？」

「本当のことを話してくれるなら」

ローリーは曲に合わせて彼女をターンさせた。「真実を話すと、命に懸けて誓います。ダンスがうまいですね」

トビーは彼をにらみつけた。「お世辞を並べるつもりなら、もう行くわ」

「わかった。まず理解してほしいのは、グレイドンがぼくのふりをするのは、ぼくが誰の期待にも応えられない男だからなんだ。どうやら親を怒らせる無限の才能を持って生まれてきたらしくてね。まあ、だとしてもぼくはいっこうにかまわないんだけど。ただ、兄が気にしてね。というか、グレイはなんでも気にかけずにいられないんだ。家のない人々、けがをした動物、子どもたちが読み書きできるかどうかも。なにかにつけて心配するんだ。だからぼくがいるべきところにいなかったり、してはいけないことをしたときは、身代わりになって罪をかぶろうとする。ぼくにいわせれば、自分の始末は自分でつけさせるべきだと……」

ローリーはそこで言葉を切り、息を継いだ。「一番の問題は、兄がぼくのためを思ってそうしているということなんだ。でも今回ぼくの罪を兄に着せたら、当然の休暇を兄から取りあげることになってしまう。それはフェアじゃない。ぼくにだって節操はあるんだ」

彼が話し終えるころには、ふたりは動きを止めてフロアに立っていた。ローリーはトビーの腰に手を添えたまま、いま聞いた話について彼女が考えをめぐらせるあいだじっと待っていた。

「わかった」ついにトビーはいった。「彼に手を貸すわ」

ローリーは握っていた彼女の手を裏返して、甲にキスした。「ありがとう」そしてまた踊りはじめた。ただし今度は誰のふりでもなく、その動きは前よりはるかにキレがあった。

「彼のふりをしているなら、そんなふうに踊っちゃだめよ」ローリーの軽快なターンについていこうとして、トビーはほとんど息を切らしていた。

「わかってる」ローリーはいった。「きみには本当にぼくらがそこまで違って見えるのかい？」

「ええ」トビーは少しだけ顔をうしろに引いた。「あなたたちはまるで違う。彼はもともと謙虚だけど、あなたは無理してそうしてる。それにあなたは自分の居場所がわかっていないような印象があるわ。グレイドンは自分の属している世界を完全に理解しているけど」

ふたりがフロアをくるくるまわりだすと、周囲は踊るのをやめて見物にまわった。長年ダンスのレッスンを受けてきたふたりは優雅で美しいカップルだった。「ぼくはきみからグレイを守りたかった」ローリーはいった。「でも、いま守りたいのはきみのほうだ」トビーに向けたまなざしには心の奥底からの思いがあらわれているようだった。もう笑っていなかったし、からかうような口調も消えていた。「兄に恋してはいけないよ。グレイは自分の使命をとても真剣に考えている。たとえ最愛の女性ができたとしても、常に国への義務を優先するはずだ」

彼のいいたいことはわかったけれど、トビーは気に留めなかった。グレイドンはわたしと違いすぎる。別世界の人間だ。彼に恋するなんて、とても考えられない。「その義務には、もうすぐ皇太子妃になる女性も含まれているの？」

「ああ、そうだ」

「どんな人？」トビーは訊いた。

「背が高くて、美人で、髪と目は黒。聡明。娘を皇太子妃の地位につけたいと考えた両親に、赤ん坊のころから英才教育を受けてきた」

彼はトビーをくるくるまわしながら腕を伸ばし、ふたたび自分のほうに引き寄せた。

「ふたりは相思相愛なの？」

「その質問に答えるのは兄への裏切り行為になるな。本人に訊いてくれ」ローリーは彼女をターンさせてうしろを向かせると背中から腰に手をまわした。「ただし、グレイは個人的な質問を好まない。たとえぼくからだろうとね」

「知ってる。急によそよそしくなるのよね」

曲が終わると、まわりから拍手喝采が湧き起こった。ローリーに一礼されると、トビーは誘惑に負け、膝を曲げるお辞儀を返した。「殿下」彼にだけ聞こえる声でトビーがいうと、ふたりは噴きだし、ローリーは彼女をエスコートしてダンスフロアを離れた。


「あの子たち、いったいどうしちゃったのかしら？」ジリーの隣の椅子に腰をおろしながらヴィクトリアはいった。ふたりの女性は知り合ったばかりだったが、ヴィクトリアがジリーとケン――ジリーの想い人――の仲を取り持ったことで固い友情の絆で結ばれることになった。「まずはレクシーが夏の終わりまで島を留守にするといいだしたかと思ったら、今度はトビーがいなくなって、どんなにさがしても見つからなかったのに、いまは毛嫌いしていたはずの男性とああして踊ってる」

ジリーはダンスフロアにいる美しいカップルを見た。最初のうちは真剣な面持ちで話していたふたりも、いまは氷の上をすべっているかのごとく優雅なダンスを披露している。「レクシーのことはなにも聞いていないけど、グレイドンは——トビーが踊っている相手よ——モンゴメリーの人間だから、たぶんほしいもののまわりをぐるぐるまわっているんだと思う」

「それがトビーとどう関わってくるの？」いつものことながら、ヴィクトリアはまばゆいばかりに美しかった。緑のシルクのスーツが、赤褐色の髪とエメラルド色の瞳を引き立てている。そして、その目はつねにハントリー博士の姿を追っていた。博士はいま彼女の娘のアリックスと踊っている。ヴィクトリアは生まれて初めてというほどの幸せを感じていた。

ジリーは手をひらひらさせた。「なんでもない。ただの内輪のジョークよ」ヴィクトリアに見つめられ、彼女は言葉を継いだ。「うちの家族にはモンゴメリー家とタガート家がいるの。わたしはタガートの人間で、兄のマイケルにいわせると、わたしたちは正直で率直で、勇敢で勇気がある。だけどモンゴメリーの人間は……」ジリーは肩をすくめた。

ヴィクトリアは眉根を寄せた。「ヘビみたいに狡猾《こうかつ》？　気に入らないわね。トビーはいい子なのよ」立ちあがろうとした彼女を、ジリーが腕に手をかけて止めた。

「違うの」ジリーはいった。「グレイドンなら大丈夫。ひどいことはしないから。ただ、ほしいものに手を伸ばすまでに、ものすごく時間がかかるってだけ」

「で、そのほしいものがトビーだと思うの？」ヴィクトリアはまだ眉間にしわを寄せたままだった。

ジリーはため息をついた。「はっきりしたことはわからないけど、トビーにいたく興味を惹かれたみたいで、しばらくナンタケットに滞在するつもりなんですって。じつはね、トビーは双子の見分けがつくらしくて、うちの家族にとって、それは大事なことなの。一大事といってもいいくらい」

ヴィクトリアは世界的なベストセラー作家で、おもしろい話に目がなかった。眉間に刻まれていたしわが晴れ、彼女はゆったりと椅子にもたれた。「全部聞かせてちょうだい」

「大した話じゃないの。家訓のようなものでね。双子を見分けられる相手は真実の愛で結ばれた運命の恋人だといわれているの」

ヴィクトリアは無言でダンスフロアに目をやり、トビーと、彼女が踊っているとてもハンサムな青年を見つめた。ほかのペアはみな踊るのをやめて見物にまわりはじめていたけれど、トビーも相手の男性も気づいていないようだった。「彼と前に会ったことがあるかしら？顔に見おぼえがあるような」

「なにかの雑誌で写真を見たのかもしれない」

「彼は役者なの？」

「似たようなものね。グレイドンはランコニアの皇太子なの」

ヴィクトリアがこちらを向き、表情の読めない顔でジリーを見た。「つまり、その皇太子には双子の弟がいて、トビーは兄弟を見分けられる。そして双子を見分けられるのは、トビーが皇太子の運命の恋人である証《あかし》だってこと?」

「ええ」ジリーは慎重に答えた。ヴィクトリアのことはよく知らないけれど、ケンは、今回の結婚式の裏にはヴィクトリアがいて、なにもかも彼女がお膳立てしたのだろうといっていた。まあ、実際には「ずる賢いヴィクトリアが陰であれこれ画策したんだ」といったのだけど、ケンは以前ヴィクトリアと結婚していたから、少しぐらい大げさにいっても許されるのだろう。

「浮かない顔をしているのはなぜ?」ヴィクトリアが訊いた。

「自分でもばかみたいだと思うけど、もしも言い伝えが本当だったら? グレイドンとかわいいトビーが恋に落ちてしまったら? そのときはどうしたらいいの? グレイドンの母親は恐ろしいほど厳格な人で、ふたりの結婚を絶対に許さないわ。仮に許しが出たとしても、トビーが自由な生活をすべて手放して異国の地で王女として生きられると思う? あの国には何度か行ったことがあるけど、グレイドンのような孤独な生活をわたしはしたくない。日々の公務だって殺人的なスケジュールなのよ!」

ヴィクトリアは考えこむような表情でジリーを見ていた。「愛があれば生きていくのが楽になるかもしれないわ」

「わたしにはとても――」そこまでいって、ジリーはかぶりを振った。「わたしがどうこういうことじゃないわね。わたしがしたくないからって、みんながその仕事を嫌うわけじゃないし」

「王子は今夜どこに泊まるの？」

「空港まで彼を迎えに行ってくれた若い男性の家よ」

「ウェス？」ヴィクトリアはぞっとしたような声を出した。

ジリーはその男性のことを知らなかったが、ヴィクトリアの視線を追ってテントの奥に目をやった。テーブルのうしろの暗がりで、ジャレッドのいとこのウェスと目の覚めるほどきれいな若い女性がひしと抱き合い、人目もはばからずに濃厚なキスをしていた。まさに〝部屋でやれ〟のいい見本だ。

ヴィクトリアがいきなり席を立って、ジリーを見おろした。「わたしは運命の愛を信じる」ヴィクトリアの顔は真剣そのものだった。「だから、その可能性が少しでもあるなら、しっかり見定めるべきよ。ここはわたしの出番みたいね」

「あとで全部話してくれる？」ジリーはいった。

「もちろん。あなたはケンの顔から〝惨めでかわいそうなぼく〟という表情を消し去ってくれた。わたしのせいだとあの人が思っている表情をね。だからあなたには借りがある」ヴィクトリアは人混みをかき分けて歩きだした。

「ダーリン」トビーがダンスフロアを離れたところで、ヴィクトリアが腕を絡めてきた。「あなたとあのゴージャスな殿方ふたりのあいだで、いったいなにが起きているの?」

トビーがテントの出入口のほうに目をやると、グレイドン王子とローリー王子が並んで立っているのが見えた。どちらもタキシード姿で、とても凛々《りり》しく見える。ローリーはいまにも兄に殴られるんじゃないかとびくついている様子だったが、たしかにグレイドンはやりかねない顔をしていた。原因はわたしだと思うと、なんだか笑いだしたくなった。「ただの兄弟げんかよ」トビーはヴィクトリアに向き直った。「大したことじゃないわ」

ヴィクトリアはトビーに顔を寄せて声を落とした。「この場合は兄弟げんかじゃなく、王子どうしの戦いといったほうがよさそうだけど。あなた、本当にふたりの見分けがつくの?」

「ええ」トビーは答えた。ヴィクトリアがふたりの正体をどうして知っているのかは訊かなかった。「でも、だからなんなのって感じだけど」そこで話題を変えた。「楽しんでくださっている?」

「最高にね」ヴィクトリアはトビーの腕をぎゅっとつかんだ。「あなたは本当にすばらしい仕事をしてくれた。なんとお礼をいったらいいか。それでね、わたしの結婚式もあなたにお願いしたいと思っているの」

トビーは目を丸くしてヴィクトリアを見た。ヴィクトリアは超有名人で、有名人の友人も大勢いる。野の花を集めて作ったようなブーケをテントの天井から吊り下げたくらいの結婚式では満足しないだろう。ヴィクトリアのことだもの、クリスタルのシャンデリアと、ハワイから空輸したランの花と、日本の神戸ビーフと——。

「トビー！」ヴィクトリアの声がした。「地球に戻ってきて！」

考えをまとめようとするけれど、うまく言葉にならなかった。「わたし……できない……」

「あら、もちろんできるわ」ヴィクトリアはいった。「わたしの式は娘の礼拝堂で挙げなきゃいけないでしょう？　で、その礼拝堂はここナンタケットにあるわけだから、わたしはこの島で結婚することになるわね」ヴィクトリアの娘のアリックスは学校を卒業したばかりの新人建築家で、見事な礼拝堂を設計した。アリックスの父ケンと新郎のジャレッドは設計施工のできる建築家で、今日の結婚式に間に合うように礼拝堂を建てたのだった。

トビーは少しずつ落ち着きを取り戻していた。「あなたの結婚式なんて、とてもわたしの手に負えないわ」

「なにいってるの！　ねえ、トビー、夢は大きく持たなくちゃ。そして自分を信じるの」

「どんな結婚式にしたいの？」きっぱり断るべきだと内心思いつつ、囁くような声で訊いた。

「それはあなたに任せる。賢いあなたのことだもの、きっといいテーマを思いつくわ。手伝いたいけど、新作の締め切りが何カ月も遅れていて。だからあなたが考えて。わたしはきっと気に入るから」

三十一通りのウェディングプランをヴィクトリアに見せて、そのすべてを却下されているところが目に浮かんだ。「プロのプランナーに頼むべきよ。わたしは今回の結婚式が初めてだし、だから――」

「あなたの王子が今夜、ドレイトンにあるウェスの家に泊まるって知っていた？」ヴィクトリアはテントの奥のほうで椅子からずり落ちそうになりながら夢中でキスしている男女をあごで示した。「ああ、よかった！　ジャレッドがふたりを引き離しに行くわ。ウェスが住んでいる寝室ふたつの小さなバンガローを見たことある？　今夜あなたの王子が眠れるといいけど。寝不足で帰国するはめになったら――国はどこだったかしら？」

「ランコニア」

「ああ、そうそう。行ったことがあるわ。美しいところよ。アメリカの国家経営に不可欠な金属の産出国だとか。でもまあ、未来の国王が夜通し……その、男女の営みを聞かされたぐらいで外交関係に支障をきたすこともないでしょう。王子だってその手のものを聞くのは初めてじゃないでしょうしね。さてと、そろそろ行かないと」ヴィクトリアはトビーの腕を放すと、くるりと背を向けた。「ああ、それからね、トビー。結婚式は八月の三十一日までに挙げたいの。いまナンタケットにいるお友だちは九月に入ると島を離れてしまうでしょう？でもわたしは全員に式に出てもらいたいのよ。つまり、あと二カ月ちょっとしかないわけ。だからプランはできるだけ早く見せてね。キャッ！」婚約者が彼女の手をつかみ、ダンスフロアへ引っ張っていこうとした。「彼って、強引でしょう?」口もきけずにいるトビーにヴィクトリアはいった。

「なにを企《たくら》んでいるんだ?」ヴィクトリアを腕に抱きながらF・ケイレブ・ハントリー博士はいった。

「あら、なにも企んでなんかいません」

「そんなごまかしは通用しないぞ」ケイレブはいった。「トビーは新しい帆のように血の気の失せた顔をしているじゃないか。あまりの驚きに微動だにできずにいる」

「簡単な仕事を頼んだの、それだけよ。レクシーは島を離れるらしいから、トビーは誰かべつの人に手伝ってもらわなきゃいけなくなる。だから……」ケイレブのリードでワルツを踊りながらヴィクトリアはほほえんだ。

「それはどういう意味だ?」

「その手伝いを見つけてあげられないかやってみようと思って。トビーが考えていることとは違うかもしれないけれどね」

ケイレブは目の前の女性をじっと見つめた。愛するヴィクトリアのことならよく知っている。彼女の企みはすべて善意からはじまるのだが、ときに思わぬ結果を招くことがあるのだ。「トビーにどんな仕事を頼んだんだ?」

ヴィクトリアはケイレブの肩ごしに、テントの出入口のそばにいるふたりの王子を見やった。どうやら議論は終わったらしく、ひとりはテントを出ていき、もうひとりはトビーのほうへ歩いていく。そのトビーは、いまも動けずにいるようだった。

「なにかいった?」ヴィクトリアは訊いた。

「その仕事だ。トビーにどんな仕事を頼んだ?」

「ああ、そのこと。わたしたちの結婚式のプランを立ててほしいと頼んだの。気を悪くしないでほしいんだけど、八月の終わりまでには式を挙げたいと彼女にいってしまったわ」ヴィクトリアは問いかけるように彼を見た。ふたりのあいだで結婚の話が出たことは一度もなかったし、まずはこの人に相談するべきだったかしら。

「八月の終わりだって?」ケイレブは眉間にしわを寄せた。

ヴィクトリアは踊るのをやめ、無言で彼を見つめた。

「どうしてそんなに先なんだ? 明日じゃだめなのか?」ケイレブはそういうと彼女を抱いてくるくるまわりだし、ヴィクトリアの笑い声があたりに響き渡った。

6

「ミス・ウィンダム」トビーのそばまでくるとグレイドンはいった。「どうやらまたお詫びしなくてはならないようです。言い訳になりますが、弟からキングズリー・ハウスで会おうといわれていたんです。やつの魂胆に気づいたときは、もう屋敷に向かっているところでした」グレイドンは彼女を見ているのに、トビーの目は前方のダンスフロアに向けられたままだった。「なにかあったんですか?」彼は訊いた。

トビーはなんとか頭を現実に引き戻そうとした。「わたし、ノーということをおぼえないと」

「どうか弟のことじゃないといってください」

ヴィクトリアにいわれたことが衝撃的すぎて、グレイドンがなんの話をしているのかわからなかった。トビーは彼のほうに顔を向けたが、彼のことは見えていなかった。

「こっちへ」グレイドンは彼女の腕を取ると出入口のほうへ引っ張っていった。ビュッフェテーブルの前を通りかかると、彼はボトル入りの水とシャンパン用のフルートグラスを取りあげた。

人々のあいだを縫うようにしてひんやりした夜気のなかに出ても、どちらも口をきかなかった。そのまま歩きつづけて、音楽や人々のざわめきから遠ざかる。倒木がふたりの行く手を阻んだ。グレイドンはジャケットを脱いで幹にかけ、座るようトビーにうなずいた。

「あなたの上着が汚れてしまう」

「気にしなくていい」

トビーとしてもどこかに腰をおろしたかったけれど、その席は少し高すぎた。

「いいかな？」グレイドンは彼女の腰の横に両手を差しだした。

トビーがうなずくとグレイドンは彼女の腰を持ちあげ、自分のジャケットの上に座らせた。

ボトルの口を開け、グラスに水を注いで、彼女に手渡す。

トビーはほっとした思いで水を半分ほど飲むと、グラスを彼に返した。「かまいませんか？」グレイドンは彼女の隣をあごで示した。

「どうぞ」

彼は倒木に腰かけた。「弟のことでないとしたら、なにがあなたを動揺させたんです？」

「ヴィクトリアが彼女の結婚式のプランをわたしに立ててほしいって」

「わかりますよ。今日の式はすばらしかったから」

「だけど、ヴィクトリアは有名な作家なのよ！　あなたの国では知られていないかもしれないけど、アメリカでヴィクトリア・マドスンの名前を知らない人はいないの」

「噂はもちろん聞いていますよ。祖父は彼女の作品をすべて読んでいるし、父もそうなんじゃないかな。べつの結婚式のプランを引き受けるのが、なぜいやなんです？」

「ヴィクトリアはきっと盛大な式を挙げたがる。完璧を超えた式をね。式のテーマを考えてくれといわれたけど、そんなのわたしにわかるはずないわ」

「式のテーマ？　みんなになにかの衣装をつけさせるとか？」

「披露宴だけならまだしも、会場の飾りつけやなにかもすべてそのテーマに合わせないといけないのよ。テーブルの中央に貝殻を並べるとかね。でもそんな平凡なことでヴィクトリアが満足するはずない。彼女なら……彼女がなにを気に入るか見当もつかないわ」

「ランコニアをテーマにしてはどうかな？　男性は全員、熊の毛皮を着て槍《やり》を持ち、女性は丈の短いチュニックで、矢筒を背負うんだ」

トビーは一瞬、気でも違ったのかという顔で彼を見たが、すぐに笑みを浮かべた。「ヴィクトリアはその扮装《ふんそう》を大いに気に入るでしょうけど、むこうにいる男の人たちが熊の毛皮を着ているところを想像できる？」

「大きな毛皮だよ。グリズリーとか」

「どんな料理を出すの？」

「山羊の丸焼き」

トビーは不安を忘れかけていた。「馬上槍試合もする？」

「〝ホノリウム〟ならできるな。女性どうしの試合で、勝者が王と結婚できるんだ。この場合の王は新郎ということになるだろうけど」

「ヴィクトリアと戦うような度胸のある女性はいないわ。そんな試合が本当にあるの？」

「もちろん。ぼくの国では王妃はそうやって決められてきたんです。ローカン王が廃止するまではね。彼を勝ち得たのがとんでもない醜女《しこめ》で、王はとても……。つまりその、ふたりのあいだに子どもはできなかったんです」

トビーは頬をゆるめた。「話を作っているでしょう」

「作っていませんよ。その後、ホノリウムはもう一度だけおこなわれて、そこで美しきジュラが偉大なるローワン王《ローワン・ザ・グレート》を勝ち得た。ふたりは相思相愛で、六人の子どもをもうけ、それぞれが異なる部族と結婚した。そうすることで、複数の部族をひとつの国家に統合するという父王の夢を実現したんです」

トビーは彼を見てほほえんだ。「おかげでだいぶ気分がよくなってきた。だけど、ヴィクトリアの頼みはやっぱり断ったほうがいいと思う。レクシーがつきあう相手を決めるか、あなたのおばさまとケンが結婚を決めるのを待つわ。ヴィクトリアほど盛大な結婚式じゃなければ引き受けられると思う。もちろん、頼まれればの話だけど」

「ジリーおばさんはタガート家の人間です」

「だから？」

「タガートは声も体も大きい騒々しい一族で、ジリーの結婚式となれば大挙してナンタケットへ押し寄せてくるでしょうね。十八人から二十人の女の子たちの相手をすることになりますよ。ほら、小さなかごを持つ役目の？」

「フラワーガールのこと？」

「そう。しかもジリーおばさんはきょうだいが多くてその全員が子だくさんだから、タガートの家族はどんどん増殖している。その全員を上陸させるにはナンタケットの島民の大半を立ち退《の》かせないと、タガート家の重みで島が沈んでしまうかもしれない」

「じゃ、ジリーの結婚式もそう簡単にはいかないってこと？」トビーは笑いそうになるのをこらえた。

「タガートの男たちを見たことは？　ひとりで牛一頭を平らげるような連中です。彼らの食欲を満たすだけの食料を手配するには航空母艦を島に横づけしないといけないでしょうね」

トビーはこらえきれずに噴きだした。「それじゃまるで巨人族《トロール》じゃないの」

「トールキンが誰をモデルにあの怪物を作りだしたと？」

トビーは笑い転げ、グレイドンが渡してくれたグラスの水を飲み干した。「オーケイ、すっかり元気が出たわ。わたしならできる、そうよね？」

「ええ」グレイドンは月明かりにきらめく彼女の髪を見つめた。トビーにひと目で見破られたよ、とローリーはいっていた。似たような服を着て、あの癪《しゃく》に障るものまねをしているときのローリーを見破る人間がいるなんて信じられなかった。しかし、この若い女性はそれをやってのけたのだ。

グレイドンの表情が真剣なものに変わった。「弟がくだらないまねをして、あなたに迷惑をかけてしまった」

「ううん。最初の数分間を除けば、とても感じのいい人だったわ」彼女はグレイドンを見た。「あなたのことをとても大事に思っているのね」

赤くなった顔を隠してくれる暗闇がありがたかった。「あなたを煩わせるなといっておきました」

「みんなあなたのためにしたことよ。あなたの使命について念を押されたわ」

「きっと大げさにいったのでしょうね」

「かもしれない」トビーはすべるようにして地面におりた。グレイドンもすぐにそれに倣い、上着を羽織った。「そろそろ戻らないと。もう時間も遅いし、みんなが帰りはじめるから。それにあなたの今夜の宿泊先もさがさないといけないし」

「今夜の宿はあるといったはずですが」

「ウェスのところでしょう。でも、それはいい考えとは思えない」トビーは彼に背中を向けたが、そこで振り返った。「あなたの国にある、わたしたちが必要としている金属というのはなに？」

「バナジウムです。鋼の硬度を増すなど、さまざまな用途がある。結婚式で誰がバナジウムの話なんかしたんです？」

「実はヴィクトリアなの。あなたがウェスの家に泊まったら、きっとさんざんな思いをして、アメリカへの輸出をやめてしまうんじゃないかと心配しているみたい」

そんなばかな、といおうとして思い直した。「ではヴィクトリアはどこに泊まれと？」

「それについてはなにも。でもジャレッドは、わたしの家の二階の居間にあるソファベッドを使わせればいいって」

長年の鍛錬で磨かれた自制心のおかげで歓声をあげるのはかろうじてこらえたが、これでジャレッドは〝お気に入りの親戚ナンバーワン〟の地位を新たに獲得した。ナンタケット島に残りたいとはいったものの、ひとりきりはさすがに心細かったのだ。グレイドンは口をつぐんだまま、トビーが心を決めるのを待った。

「今夜はレクシーもいるし、ひと晩くらいなら問題ないと思う。明日にはべつの宿泊先を見つけるから」

「ご厚意に感謝します」グレイドンは一礼した。

「そういうランコニアの作法は嫌いじゃないわ」

グレイドンは彼女に腕を差しだした。「テントまでお送りしてもよろしいですか？」

「グリズリーに出くわしたら、バナジウムで硬度を増したあなたの鋼の剣で退治すると約束してくれるなら」

グレイドンはにっこりした。「バナジウムの国の王子の名誉にかけて誓います」

ふたりは声を合わせて笑いながらテントまで戻った。グレイドンはそこでトビーと別れ、テントの外で弟に電話した。「おまえが持ってきている衣類を一枚残らず引き渡せ。トビーの家を見つけて――キングズリー・レーンのどこかだ――二階の居間に運び入れておけ」

「手際がいいな」ローリーはいった。「わかっているのか、あの子を傷つけたら大勢の人間の怒りを買うことになるんだぞ。モンゴメリー家、タガート家、キングズリー家、みんなだ。考え直してラスベガスで一週間の休暇としゃれこむのはどうだ？　そのほうが――」

「メイン州へ戻る飛行機は明朝六時の予定だ。忘れるなよ、今回の入れ替わりを知るランコニア人は少なければ少ないほどいい。やれると思うか？」

「もちろん」ローリーはいった。「問題は、そっちがやれるかどうかだ」

「ぼくのことは心配するな」ひと呼吸置いてつづけた。「恩に着る。これはぼくにとって大事なことなんだ。ローリー？」

「うん？」

「トビーになにをいってくれたか知らないが、とにかくありがとう」

「本当のことを話したまでだ」そこでローリーはいいよどんだ。「今回の件を成功させるために、ひとつ訊いておかなきゃならないことがある」大きく息を吸いこむ。「兄さんとダナは深い仲なのか？」

思わず顔がにやけ、弟に見えなくてよかったと思った。グレイドンは、むっとした声を作った。「おい！　言葉に気をつけないと舌を切り落とすぞ！　ダナには指一本触れていない」

「そうなのか？　いやその、当然そうあるべきなんだが、ひょっとしたらと思って……。とにかく、知っておく必要があったんだ」

「彼女には節度ある態度で接するように。実のところ、顔を合わせることはめったにないし、ふたりきりで会うなんて皆無だ。なんならぼくのためにひと肌脱いでくれてもいいぞ。トビーにしたように」

「あるいはな」ローリーはいった。

弟がにやついているのが電話ごしにも伝わってきた。「困ったときはいつでも連絡してくれ。それにローカンが常にそばについている」

「ああ」そこで兄弟はつかのま、電話を手に黙りこんだ。

これほど大がかりな入れ替わりは初めてだった。両親に気づかれたり、入れ替わりの事実がランコニア国民に知られたらどういう事態になるか話し合ったこともない。

法律上の問題にもなりかねない。いずれにしろ、ランコニア国王の顔に泥を塗ることになるだろう。

「幸運を祈る」グレイドンはいった。

「そっちもな」ローリーは返した。「ダナのことは任せておけ。きっと露ほども疑わないよ」

「頼んだぞ」グレイドンはいい、電話を切ったあともしばらくその場を動かなかった。弟がダナに恋していることは百も承知だった。ダナに向けるまなざしや、彼女が近くにいると口数が少なくなる様子を見れば、いやでもわかる。グレイドンとしては喜んで身を引き、ローリーに譲りたいところなのだが、それはできない相談だった。

休暇がほしいと口ではいったものの、本当は考える時間がほしかった。国を取るか弟を取るかで悩んでいたからだ。自分がダナと結婚しなかったら国じゅうが大騒ぎになるだろう。彼女を弟にくれてやったりすれば、激しい怒りと深い恨みを買うはずだ。

実をいえば、グレイドンが王位を放棄する以外に解決策はないのだが――そうしたところで一件落着とはならない。代わりに継ぐことになれば、ローリーは王位を嫌悪するはずだ。だからダナと過ごす一週間を弟に与えてやるのが、いまのグレイドンにできる精一杯のことだった。そのあいだになにかが起こるかもしれない。いい解決策が浮かぶかもしれない。

あのトビーという女性と出会えて運がよかった。自分と弟を見分ける能力に興味をそそられていた。本当に外見だけでわかるのだろうか？　変えるに変えられない癖のようなものがぼくらにあるとか？

どんな能力があるにせよ、トビーが親切でやさしい女性であるのはたしかで、彼女の助力にグレイドンは深く感謝していた。ホテルの一室に放りこまれるくらいなら、彼女と一緒にいるためにできることはなんでもしよう、とすでに決めていた。

落ち着いた静かな場所で自分の問題と向き合う。目的はそれだ。トビーは彼のジョークに声をあげて笑い、一緒にいて楽しい相手だ。この美しい島にいる短いあいだだけでも彼女の人生に関われたら愉快だろう。

とにかく、グレイドンは自分にそういい聞かせた。実際は、あの若い女性に混乱させられていた。彼女のことでローリーに殴りかかった理由がいまだにわからなかった。トビーが本当に自分たちを見分けられるのか試すために弟に追い払われたと気づいたときに、なぜあれほど激昂《げっこう》したのかも。ひょっとして、熊の毛皮を着て剣を差し、女性をめぐって戦った古《いにしえ》のランコニアの男たちの遺伝子がそうさせたとか。

そう考えると笑みが浮かんだ。祖先の話でトビーを笑わせるのがグレイドンは好きだった。それどころか、彼女を笑わせるのは、すでに彼の趣味のひとつになりはじめていた。

携帯電話をポケットにしまうと、テントのほうへ足を向けた。客たちが帰っていくところで、トビーはそのひとりひとりに楽しんでもらえたか訊いてまわっていた。みな料理やケーキの入った箱をお土産にもらい、トビーに笑顔を向けている。

誰かが無理やりにでも連れださないと、トビーはひと晩じゅうここにいるのではないかという気がした。会場がきれいに片づいたかどうか、夜中の三時に確認している姿が目に浮かぶようだ。

明日からの一週間は、国政も軍隊も慈善活動も気にしないですむ。働きすぎの若いレディひとりぐらい、ねぎらってやれるはずだ。

グレイドンは笑みをたたえてテントに入っていった。

7

グレイドンは実際、トビーをテントから引っ張りださなければならなかった。ゲストたちが出入口へ向かうなか、トビーはゴミを片づけ、空いた椅子を畳み、テーブルフラワーを一カ所に集めはじめた。生花は明日、地元の慈善団体が引き取りにくることになっている。グレイドンは彼女の腕をつかんで引っ張っていこうとした。「少し休まないと」彼はいった。「おばとケンがきみの家まで車で送ってくれるそうだ」

「だけど、まだやらなきゃいけないことが――」

「明日の朝やればいい。ぼくも手伝うから」

皇太子がゴミ集め、と考えて、あやうく笑いそうになったけれど、それは失礼というものだろう。それにバンドはすでに引きあげ、ゲストたちも帰りはじめたいま、たまっていた疲れが一気に押し寄せてきた。ここ数日はアドレナリンだけで動いているようなものだった。今夜だって、グレイドンがいなかったら夕食にもありつけなかったはずだ。

「わかった」トビーはいった。「帰りましょう」

グレイドンはテントの出入口を手ぶりで示した。そこではジリーとケンが待っていた。ジリーはグレイドンとトビーの顔をかわるがわる見つめたが、なにもいわなかった。

ケンが大型ＳＵＶ車のエンジンをかけるとすぐにトビーは後部座席でうとうとしはじめ、グレイドンの肩に頭をもたせかけてきた。グレイドンが頬に手を当てて支えてやると、トビーは体をすり寄せた。

助手席のジリーが体をめぐらせ、まずはトビーを、次にグレイドンを見た。ジリーは眉間のしわを消せずにいた。

「ぼくを信じて」グレイドンは小声でいった。「彼女を傷つけるようなまねは絶対にしませんから」

ジリーは前に向き直り、ケンは彼女の手をぎゅっと握った。数分後、車はこぢんまりした家の前で停まった。

「ここよ」ジリーはふたりを振り返った。「やっぱりケンが——」

「やだ！　居眠りしていたみたい」車内灯が点くと、トビーはまっすぐに座り直した。

「疲れ切っているんだろう」ケンは車を降り、トビーのためにドアを開けた。そして彼女の腕に両手を置いた。「今日は本当にありがとう。いくら感謝してももし足りないくらいだ。きみはすばらしい仕事をしてくれた。なにもかもが完璧だった」

「ヴィクトリアが、ハントリー博士との結婚式のプランをわたしに立ててほしいって」トビーは一気にいった。

「そうなのか？」ケンはぴんときた。トビーは前もって教えてくれているのだ。男というのはときおり、別れた妻の再婚話におかしな反応をすることがあるから。「それを聞いて私もうれしいよ」ケンはいった。「きみなら立派にやれる」身をかがめ、トビーの頬にキスを落としながら耳元で囁いた。「私とジリーの結婚式も頼めるかな？　まだ、ふたりだけの秘密だよ。まずは彼女にプロポーズしないと」

トビーはうなずいた。

ケンは車に乗りこみ、トビーはジリーに手を振った。車が走り去ると、トビーはグレイドンに向き直った。あたりは闇に包まれ、玄関ポーチの明かりだけがぽっと灯っている。「勝手口へまわってもかまわない？　表の階段を使うとレクシーの寝室の前を通らなきゃならないの。彼女を起こしたくないから」

「ついていくよ」グレイドンはいった。

敷地の端までくると、家屋とフェンスのあいだに一メートルばかりの空間があった。石畳の小道の両側には低木や花が植わり、二本の木がおおいかぶさるように枝を伸ばしている。そこを抜けると視界がひらけ、たくさんの花で埋まった花壇らしきもののシルエットが見えた。温室と、鉄細工の大きなあずまやまである。そこここに灯った金色の淡い照明が、庭を魔法の世界のようにしていた。

「美しいね」グレイドンはいった。「きみがデザインしたの？」

「まさか！　やったのはジャレッドよ。レクシーとわたしで何カ月もせがみつづけなくちゃいけなかったけど」

「彼が有名なのもうなずけるな」

トビーが勝手口のドアを開け、ふたりはなかに入った。トビーがドア横の明かりのスイッチを押すと、とても居心地のよさそうな――そして、とても古い――部屋が目に飛びこんできた。天井が低い。あと数センチ低かったら、グレイドンの頭は梁《はり》にぶつかってしまうだろう。梁と梁のあいだには白い漆喰《しっくい》が塗ってある。作りつけの食器戸棚は当初のままのようだった。「一七〇〇年代初頭？」

「そう」トビーは彼の知識に感心した。「ジャレッドは建築家として初めて受けた仕事のデザイン料でこの家を買って、週末を使って修復したの。ジャレッドの主義は〝魚のはらわたは抜いても家のはらわたは抜くな〟だから」

「それはどういう意味？」

「ナンタケットの歴史地区委員会は古い屋敷の外観の維持にはものすごくうるさいけど、室内は好きなように作り替えてかまわないのよ。ステンレスとプレキシガラスだらけにしようとね」

「でもきみは古いものが好きなんだね？」

「ええ。そうなの」トビーは階段をあがっていき、グレイドンはそのあとにつづいた。

「ぼくが家で一番好きな場所は十三世紀に建てられたんだ。当時の家具もまだいくつか残っているよ。刀傷だらけだけどね」

「そのバナジウムは本当に役に立つのね」

「そうなんだ。あるいは、ぼくの先祖の剣さばきがへただったか。〝ばかめが！　テーブルではなく敵を切れ〟」

トビーは笑い声をたてた。階段をあがりきったところで、彼女はひとつのドアを指差して声をひそめた。「レクシーはあそこで寝ているの」

グレイドンはうなずいた。廊下の角を曲がると、ローリーが置いていった荷物が見えた。

「嘘でしょう」三列四段に積まれた鞄《かばん》の山を見てトビーはつぶやいた。階段ぎわの壁の半分が占領されている。人が入れそうなくらい大きな革製の旅行鞄がふたつにダッフルバッグがいくつか。アタッシェケースが二個に、厚みのあるガーメントバッグが三個。一番下にまだなにかあるけれど、見えなかった。

「弟は身軽に旅するということをしないんだ」グレイドンはいった。

「あなたは？　いつも旅になにを持っていくの？」

「軍の半個師団かな」グレイドンはしかめっ面で答えた。

トビーは彼を見た。「どうやって逃げだしてきたの？」

「嘘をついたんだ。ぼくは現在きわめて伝染性の強いウイルスにやられて隔離中だと、護衛隊長以外のスタッフはみな信じている。医者をしているモンゴメリー家のいとこが断言したんだ。ばれたら困ったことになるだろうね」

「結婚式に出るためだけにそんな危険を冒したの？」

「二、三日、監視の目から逃げだすのはこれが初めてじゃない」グレイドンは夢見るような目でほほえんだ。「でも、今回はまるまる一週間だ！　こんな機会が持てるなんて思ってもみなかった。なにもかもきみの寛大なご厚意のおかげです。感謝の言葉もありません」

そんなふうにいわれて、トビーはちょっとくすぐったかった。

「どうやってこの恩に報いればいいのか」そういう彼の声はとても小さく、まるで吐息のようだった。

なんだかおかしな雰囲気になってきた。薄明かりのなか、とても魅力的な男性とふたりきり……。「あなたの結婚式に招待して」トビーはいった。

「光栄です。最前列では？」

「すてき」彼がどこの誰かを思いだしたとたん、おかしな空気は消えてなくなった。グレイドンは彼女を手伝ってソファの上のクッションをどかし、座面を引きだしてベッドにした。一度、キキーッという大きな音が出てしまったときはふたりとも動きを止めたが、レクシーの部屋のドアのむこうは静かだったので、ふたたび作業をつづけた。ベッドに清潔なシーツを広げ、トビーはクロゼットから毛布を二枚取ってきた。

「申し訳ないけど、バスルームはわたしと共同よ。レクシーは専用のを持っているんだけど、わたしはこの部屋とドア一枚でつながったバスルームを使っているの」

「国防軍に所属していた三年間は、数百名の隊員と共同だったよ」

「わたしのバスルームはそこまでひどくないと思いたいけど」

グレイドンは一瞬、気を惹くような台詞を口にしようかと思ったが、やめておいた。そんなことをしたら、なにもかもぶち壊しになってしまう。弟とジリーおばに約束したんだ。その約束を違《たが》えるつもりはない。

「これでよし、と」ベッドが整うとトビーはいい、「先に使わせてもらうわね」とバスルームのほうに首を動かした。

「どうぞ」グレイドンは礼儀正しくいった。

トビーはシャワーを浴び、ヘアメイクの人に吹きかけられたスプレーやらムースやらを髪から洗い流し、こってり塗られたメイクをこすり落とした。思ったより時間がかかってしまったけれど、さっぱりして気持ちがよかった。タオルで体を拭き、クリームをたっぷり塗ると、洗い立ての寝間着を身につけた。

で、次はどうする？　バスルームが空いたことを王子に知らせる正しいやりかたは？　ばかみたい、トビーはひとりごちた。王子だってひとりの人間じゃないの。彼女は居間に通じるドアを少しだけ開け、そこから顔を出した。

グレイドンは居間のむこう端にある古いウイングチェアに座っていた。読書用の電気スタンドを点けて本をひらいている。読んでいるのは、ナンタケットを舞台にしたナサニエル・フィルブリックの手に汗握るノンフィクションだ。

トビーは声をかけずに、ただ彼を見ていた。ひとりでいるのに背筋をまっすぐ伸ばして座っている。ジャケットは脱いでいたものの、シャツのボタンは襟元まで留めたままだ。

一見、ひどくきちんとしているのに、なぜだか粗い毛皮を肩にかけ、重い剣を振りかざす姿が想像できた。グレイドンは国のためならなんでもする。彼の弟がいっていたのはそういうことなのかもしれない。国を守るために剣を振るわなければならないとしたら、この人はためらわずにそうするだろう。

彼が顔をあげ、見つめられていることに気づいていたかのようにほほえんだ。

「バスルームが空いたわよ」トビーはいい、赤くなった顔を見られる前に寝室に飛びこんだ。人にじろじろ見られる生活って、さぞかし大変なんだろうな。

ベッドにもぐりこむと、たちまち眠りに落ちた。

8

南フランスでひと夏を過ごすのだとわくわくしていたわりに、レクシーは昨晩、死んだように眠った。きっとシャンパンを飲みすぎたせいだ。それとも帰宅後、荷造りするのに階段を百回くらいあがりおりしたせいかも。とにかく、ベッドに倒れこんだときにはエネルギーが切れていた。トビーが古いソファベッドを引きだす、きしんだ音が隣の居間から聞こえたのをぼんやりとおぼえている。誰か泊まるのね、と思っただけで、すぐにまた眠りに戻った。

そして朝、レクシーはベッドを出てバスルームに入った。まだ夜が明けたばかりだったけれど、七時に空港でプリマスと会うことになっている。彼のプライベートジェットで島を発つのだ。レクシーには初めての体験だった。

夏のシーズン、ナンタケットの小さな空港はプライベートジェットの駐車場のようになる。フェンス脇にずらりと並ぶ小型機を見ていると、自家用飛行機は一家に一機のごくありふれたものに思えてくる。滑走路の奥には大型の自家用ジェットが停まっていた。ケープコッド沖にあるふたつの大きな島は、よくこんなふうにいわれる。〝百万長者はマーサズ・ヴィニヤードへ行き、億万長者はナンタケットへ向かう〟。レクシーのボスのロジャー・プリマスは二番目の部類に属していた。

いとこのジャレッドから借りているこの小さな家の二階の間取りは、もともと寝室が三つにバスルームがふたつだったが、レクシーとトビーはキングズリー一族の屋根裏部屋から掘りだしてきた家具を使って、中央の寝室をオフィス兼居間に作り替えていた。人を泊めるときには、この居間に置いた古いソファベッドを使わせた。

トビーのバスルームからはシャワーの音がしていた。友人が起きていてよかった、とレクシーは思った。出かける前にさよならをいいたかったのだ。庭仕事をトビーひとりに任せるのは気が引けたけれど、代わりの手伝いを見つけると、ゆうべジャレッドが請け合ってくれていた。

歯をみがきながら、きっと夏のナンタケットが恋しくなるな、と考えた。太陽の光、塩気を含んだ空気、夕焼け、よそ見をしながら歩く観光客に悪態をつくこと――そのすべてを恋しく思うだろう。

なにより、トビーと離れるのがつらかった。昨日の秘密のディナーのことをいますぐ聞きたかった。ひと言ももらさずに。キャンドル、シャンパン、ナンタケットの天然ホタテ。レクシーがかいま見たものはとても美しかった。もしかしてトビーは――。

そのとき、うがい用のグラスをうっかり洗面台から落としてしまった。グラスはタイルの床に当たって割れ、足元に破片が散らばった。「うわっ！」思わず大きな声が出た。「動かないで」男性の声にレクシーが顔をあげると、思いも寄らない光景が目に飛びこんできた。バスルームの戸口に、昨日の夜トビーと食事していた男性が立っていた——身につけているのは腰に巻いた小さな白いタオルだけ。タオルの端は左腰の上で結んであって、そちら側は船首から船尾まで、つまりつま先から頭までオールヌードだった。

「こんな見苦しい姿で申し訳ない」彼はいった。「しかし、動くと足を切ってしまう」

たとえ爆弾が仕掛けられているといわれたとしても動けなかったと思う。レクシーのボスは〝美男子〟と見なされているし、よく裸同然の格好で走りまわっているから、男性の裸には免疫があるといいたいところだった。ところが、この男性はオリンピック選手のような肉体の持ち主だった。筋肉は引き締まり、無駄な脂肪は一グラムもついていない。それに、彼にはちょっと人と違うところがある。なんとなく、不意に思いがけない行動に出そうな感じ。女性を肩に担ぎあげてさらっていきそうな？

レクシーは歯ブラシを手にその場に突っ立ったまま、ガラスの破片を拾いはじめる彼を見おろしていた。タオルの結び目の下から蜂蜜色の長い脚がのぞいている。タオルがネイティブアメリカンの腰布みたいだ。

彼が黒々したまつげごしにレクシーを見あげ、彼女のそばにあるティッシュの箱をあごで示した。レクシーはティッシュを数枚抜きだして彼に渡した。

「さあ、これでいい」彼は床からゆっくり腰をあげた。すると、裸の胸がレクシーの顔から数センチのところにあった。腹筋はきれいに割れて、いくつあるか数えられるほど。胸筋は鋼のようで、うっすらとした体毛がひと筋、タオルの下に消えていた。

レクシーは棒立ちのまま、ただ見つめていた。

彼は割れたガラスをゴミ箱に捨てると、レクシーに向き直ってほほえんだ。「出かける前に朝食を作りましょうか？」

レクシーはうなずくのが精一杯で、彼は長い脚で颯爽《さっそう》と部屋から出ていった。落ち着きを取り戻すまでに少し時間がかかった。グラスを割ったら、神々しいほどの美男子が裸同然の姿でどこからともなくあらわれ、救いの手を差し伸べてくれるなんて、めったにあることじゃないもの。

鏡に向き直り、自分の姿を見た。唇に歯みがきの泡がついていて、髪はくしゃくしゃ。着ているのはジャレッドから奪い取った古いTシャツだ。それなのに彼は、サテンのドレスを着たプリンセスでも見るような目でわたしを見ていた。

「トビー」レクシーは鏡のなかに呼びかけた。「あなた、とんでもないことに足を突っこんじゃったみたいよ」

「おはよう」レクシーはキッチンの入口から声をかけた。彼はコンロの前にいた。三つのフライパンがじゅうじゅうと音をたて、うっとりするほどいいにおいがしている。

「〝タバール・ニューウェイ〟」彼はいった。「ランコニア語の〝おはよう〟です」

「知ってたわ」軽口を叩きながら部屋に入っていった。この人は未来の国王なのだということが頭から離れなかった。ちっちゃいタオル一枚だけの姿はなおさら。

グレイドンはほほえんだ。「それはちょっと信じられませんね。地図上でぼくの国を見つけられる人もめったにいませんから。まあ、無理もないが。山に埋もれたような国で、世界の大国の陰に隠れた存在なので」コンロにちらりと目をやった。「あなたの好みがわからなかったので、卵とベーコンとパンケーキを焼いているところです」

「自分で作らなくていいならなんでも好きよ」レクシーはまだ彼を見ていた。ダークブルーのスラックスはロンドンの紳士服店のオーダーメイド、しかも総手縫いのようだし、黄褐色のシャツのカフスには〝RM〟のイニシャルが入っていた。「料理はどこでおぼえたの?」

彼は料理を皿に山と盛ると、あちらへどうぞ、とキッチンの先を手で示した。家の裏手に小さなサンルームがあるのだ。すてきな空間だった――というか、トビーとレクシーが物置として使っていなければ、すてきな空間だっただろう。ところが、この男性はキッチンの隅にあるそのサンルームをきれいに片づけ、テーブルの上の袋や段ボールをすべてどかして、食器戸棚の一番上にしまってあった上等の食器を並べていた。

「これだけのことをいつやったの?」レクシーはびっくりして尋ねた。

「ぼくは睡眠時間が短いので早く起きたんです。ここはいい部屋ですね」

「そうなの。でもトビーもわたしも仕事をふたつ持っているものだから、なんでもここに放りこんじゃって」

「あなたがたのふたつ目の仕事というのはなんなんです？」

「あれよ」レクシーは窓の外の温室と花壇のほうに頭を振った。それから彼がテーブルに置いたひとり分の皿に目を落とした。「あなたは食べないの？　トビーが起きてくるのを待ってるとか？」

「喜んでおつきあいします」彼はキッチンへ向かい、料理を盛った皿を持って戻ると、レクシーの向かいに腰をおろした。「先ほどは失礼しました。ガラスの割れる音がしたあと、あなたの叫び声が聞こえたので。動脈でも切ったかと思ったものですから」

「ううん、足の裏が危険にさらされただけ。救いにきてくれてありがとう」

「お役に立てて光栄です」

「光栄に思うのはわたしのほうだと思うけど」レクシーは両眉をあげて問い返した。

テーブルごしに彼が投げてよこしたまなざしはとてもあたたかく、レクシーは手で顔をあおぎたくなった。でもそうはせず、代わりに眉をひそめた。「あなたがどんなつもりでいるか知らないけど、これだけはいっておく。トビーは遊び半分で男の人とつきあうような子じゃないから」

グレイドンの顔つきが一変した。先ほどのあたたかい視線が見間違いだったのかと思えてくるほど、よそよそしく冷たい表情になった。「ミス・ウィンダムはぼくにとって友人以外の何者でもありませんし、それはこの先も変わりません。ぼくがここにいるのはほんの短いあいだで、その後は国に帰って職務をつづけることになる。いろいろと親切にしてくださった女性に迷惑をかけるような卑劣なまねは絶対にしません」

レクシーは口をもぐもぐ動かしながら、いまひどく堅苦しい言葉で語られた話の内容について考えた。「トビーを傷つけたら新聞社にいいつけてやる」

「いいでしょう」グレイドンがいい、それで話はまとまった。「卵をもっといかがです？」

「ありがとう、でももうじゅうぶん。どれもすごくおいしいわ。それで、料理はどこでおぼえたの？」

「ランコニア国防軍にいるときです。陸海空の三軍から成るわが国の軍隊です——もっとも、戦艦も戦闘機もそう多くは保有していませんが。軍には三年いましたが、わが忠臣たちは、ぼくにもっとも卑しい仕事ともっとも過酷な訓練を課すことを最高のジョークと考えたんです」

「あなたの実力を試すために？」

「まさしく。課せられた仕事のひとつが、一度に百名を超える兵士の食事を作ることでした。かなりの難題でしたが、おかげですぐにコツを身につけた。それに、やってみると料理はけっこう楽しかったんです。家に帰ってからも、厨房へ入っていってあれこれ質問するようになりました。野鳥のお腹にフィリングを詰めるのは大の得意ですよ」

レクシーは彼お手製のパンケーキをひと口食べた。おいしいけれど、ちょっと変わった味がした。リキュールでも加えてあるのかしら。「なんだか島を離れるのが惜しくなってきたわ——理由は料理だけじゃないけど」レクシーの思わせぶりな言葉に、彼は礼儀正しい控えめな笑みを返した。この人とのあいだになにも起こらないことは、いわれなくてもわかっていた。昨夜テントのなかでトビーを見ていたような目で彼がわたしを見ることは絶対にない。

そのとき玄関のドアがノックされた。「迎えの車がきたみたい」

「荷物は二階ですか？」

「ええ。少し待っていてほしいとドライバーに伝えてもらえる？　トビーにさよならをいってきたいから」レクシーが席を立つと、グレイドンも立ちあがった。彼は玄関へ向かい、レクシーは階段を駆けあがった。

そこではたと足を止め、壁際に積まれた荷物の山に目を瞠《みは》った。あの王子さま、一週間どころか数カ月は滞在するつもりでいるみたい。

寝室のなかは暗く、トビーはまだ布団の下に埋もれていた。「起きて！」レクシーがベッドの端に腰をおろしながら声をかけると、トビーは寝返りを打って目を開けた。「そろそろ出かけるから、さよならをいいたくて」

トビーは上体を起こして枕を背中に当てると、目をこすって眠気を払った。「もう？　あなたが行ってしまうなんて、まだ信じられない」

「わたしもよ。申し訳ない気持ちでいっぱい。やっぱり行くのはよして――」

「切り花の栽培を手伝うために、一生に一度のチャンスをふいにする？　うん、いい考えだわ。ネルソンは有頂天になるでしょうしね」

レクシーは声をあげて笑った。「きっとあなたが恋しくてたまらなくなるわ」

ふたりはひしと抱き合い、少ししてレクシーは体を離した。「あの王子のことはどうするつもり？」

「わからない」トビーはいった。「体重九十キロの赤ちゃんのお守りを頼まれたような感じだもの」

「彼は赤ちゃんじゃないし、ひとりじゃなにもできないわけでもないと思うけど」

「でも、いいたいことはわかるでしょう？」

「トビー、あの男はとんでもなく洗練されていて、信じられないくらいセクシーよ。プリマスもハンサムだけど、あんなふうに男の色気を発散させてはいない」

「なんの話？　男の色気？　グレイドンが？　彼は国に身を捧げている立派な人よ。正直いうと、少し気の毒なくらい」

「彼は同情してほしいなんて思っていないんじゃないかな。結婚するまでセックスはしないと、あなたが誓いを立てているのは知ってる。でもね、人生には予期せぬことが起こる場合もあるの」

「わたしの考えはいまも変わらない」トビーはいった。「セックスするかしないかは個人の自由だと思ってる」

「それはそう。でも男ってね、女の考えを変えさせるコツを心得ているものなの。割れたガラスとちっちゃなタオルで――ここで重要なのは〝ちっちゃな〟よ――女たちにあらゆる誓いを破らせることができるのよ」

「あなたにそんなことをいわせるようなことがなにかあったの？」

「まさか。なにもないわよ。ただ、男のことになるとあなたは初心《うぶ》だから」

「あなたが考えているほど幼くもなければ初心でもないけど」

「トビー、わたしは彼と楽しむべきだといっているの。大いに楽しむべきだってね。いわせてもらえば、みずからに課した誓いなんか忘れて、一日じゅう彼とベッドにいてもいいくらいよ。最高に楽しませてくれるという気がするわ。だけどなにがあっても、絶対に、彼を好きになってはだめ」

「そんなつもりはないわ。わたしたちに未来はないもの。そもそも、誰ともベッドに入るつもりはないし」

「このままずっとこの話をしていたいけど、もう行かないと」レクシーはベッドから腰をあげた。「毎日メールしてくれる？」

「ええ」トビーはベッドから出て、もう一度友人を強く抱き締めた。「さあ、行って！　わたしは着替えて王子に食事をさせないと。彼はどんなものを食べると思う？　ハチドリの舌？」

レクシーは笑わなかった。「彼にはびっくりさせられるはずよ。いまごろはもう地下室と屋根裏部屋の掃除を終えているんじゃないかな」

「あなたこそ、彼とのあいだになにがあったのかメールで教えて」

「わかった」部屋を出たレクシーは、自分のスーツケース四個がなくなっているのを見ても驚かなかった。王子が運びおろしてくれたに決まってる。「そっちも逐一報告してよ！」レクシーは声を張りあげた。

「わかった」ドアのむこうでトビーが叫んだ。「なにもかも報告する」

階下におりると、グレイドンは玄関でレクシーのジャケットを腕にかけて待っていた。

「つまり、わたしの荷物はすべて車のなかってこと？」

「ええ」グレイドンは答えた。

「ねえ、わたしのボスも抜け目がないと思っていたけど、あなたのほうがはるかに質《たち》が悪いわ。それ以上、魅力を振りまかないでもらえる？」

グレイドンは笑わなかったが、その目はきらめいていた。「実はリュートも弾けるんです」

レクシーはうめいた。「トビーをうらやめばいいのか気の毒に思えばいいのかわからなくなってきた。とにかく、あなたがここを出ていくときトビーは笑っているようにすると約束して」

「それなら約束できます」グレイドンはレクシーのおでこに兄がするようなキスをした。「彼女の面倒はちゃんとみますから」

「わたしはそれを心配しているの」レクシーはそういうと、待っている車のほうへ向かった。

トビーが階下におりたときにはすでに時間に遅れていた。とっくに昨日の会場に戻っているはずだったのに。なにしろ作業が山ほど残っているのだ。キッチンはたまらなくいいにおいがしていた。たぶんロジャーがレクシーのために朝食を届けさせたのね。あたりを見まわしたが、王子の姿はどこにもなかった。ふと、窓の外に視線をやると、目が動きをとらえた。グレイドンは裏庭をぶらぶら歩きながら花壇を見ていた。

「彼の庭にはきっと庭師が一ダースはいるんでしょうね」そうつぶやくとコンロのところへ行き、あたたかいパンケーキを一枚つまんでみた。一風変わったパンケーキだ。小ぶりで、オートミールを加えてあるみたい。フルーツの味がするけれど、種類はわからなかった。でも、とってもおいしい。

「おはよう」

振り返ると、戸口のところにグレイドンが立っていて、トビーはそこで初めてサンルームに気がついた。荷物が全部なくなってる！　テーブルと椅子だけを残して部屋はきれいに片づき、驚いたことに奥の壁際の作りつけのベンチまで見えていた。

「わあ！」トビーは声をあげた。「出かける前にここを片づけるなんて、レクシーは本当に申し訳ない気持ちでいたのね。すごいと思わない？」

「そうだね」

「いけない。礼儀を忘れていたわ。おはよう」トビーは彼をじろじろと見た。まるでガーデンパーティへ出かけるみたいないでたち。それに引き換えわたしは、くたびれた綿のパンツに、もっとくたびれたTシャツというありさま。さて、この人をどうすればいいのだろう？　わたしの知り合いはほとんどが島外の人間だし、彼が長逗留《とうりゅう》できる場所をどうやって見つけようか。

「このパンケーキ、食べてみた？」トビーは尋ねた。「すごくおいしいわよ。どこで買ったのかロジャーに訊かないと」

「少しいただいたよ。今朝は昨日の礼拝堂へ出かける予定なんだよね？」

「ええ、その予定ははずせない」

「というのも、きみの車がべつの車に替わっているみたいだから」彼はカーテンを脇へ寄せ、家の横の狭い私道に停まっているジャレッドのくたびれた赤いピックアップトラックを示してみせた。

「嘘でしょう！　きっとウェスのしわざね。今朝は空港とフェリー乗り場にゲストのみなさんを送っていくことになっていたから、ＳＵＶのほうが大勢乗れていいと思ったのよ。わたしが会場の片づけにいかなきゃならないのは知っているはずなのに。どの車で行けというの？」

「あのトラックのキーはもらっていないの？」

「キーはついていると思うけど、あれは標準的なマニュアル車で、わたしはオートマしか運転できないの。ケンに頼めばなんとかしてくれるかもしれない」

「ぼくが運転しよう」グレイドンはいった。

「あなたが？　でも、運転のしかたを知らないといっていなかった？」

「ぼくはすべての道路標識を知っているわけじゃないといっただけで、あれより大きな車も運転したことはあるよ。それに、片づけを手伝うと約束したしね」

トビーはためらった。「その服はゴミ集めにふさわしくないんじゃないかしら」

グレイドンの顔から笑みが消えた。「弟の荷物からようやく見つけたのがこれなんだ」

代わりのジーンズを見つけてあげようかとも思ったけれど、その時間が惜しかった。運転に関しては、彼に頼むか、一時間かけてべつの誰かを見つけるか。「わかった」トビーはいった。「道はわたしが教えるから」

「そうしてくれると助かるよ」

外に出ると、トビーはトラックの荷台を確認した。彼女の車に積んであった道具はすべて荷台に移してあった。グレイドンは彼女のためにドアを開け、トビーは古いトラックの助手席に乗りこんだ。彼は運転席に収まり、日よけの裏に挟んであったキーを取ってエンジンをかけた。

「このトラックを運転する人はみんな文句たらたらなの」トビーはいった。「ジャレッド以外は、だけど。でもこれは彼の車なわけだし。ギアがなかなかセカンドに入らないのと、たまにクラッチが引っかかるんですって。それと、この家の私道はものすごく狭いの。まっすぐバックしないと、サイドミラーがもげちゃうかもしれない。あと、前の通りの見通しがきかないから、歩行者を轢《ひ》いちゃわないように注意して。ついでにいうと、通りそのものも狭くて、しかも両面通行だから。初めてこの島にきたときは運転にひどく苦労したものよ。通行人や駐車中の車にぶつかるんじゃないか、対向車と衝突するんじゃないかって……」そこで声がすぼまった。グレイドンが車をバックさせようと座席の背もたれに腕をかけたまま、トビーの話が終わるのを待っていたからだ。

「ほかにぼくが知っておくべきことは？」

「もうないと思う」グレイドンがバックで私道から車を出しはじめると、トビーは息を詰めた。家の側面と背の高いフェンスのあいだは本当に狭く、最低でも片方のサイドミラーをこするだろうと思った。ところがそうはならなかった。

彼は車を一台やり過ごすためにいったん停まり、それから流れるような動きで前の通りにトラックを出した。

「気をつけて」トビーはいった。「いまは夏だし、景色ばかり見て道路を見ない観光客が何千人もきているから」そのとき、黒の大型SUV車が一台、こちらに向かってきた。運転している女性は携帯電話を耳に押し当てていて、トラックが目に入ってすらいないようだ。トビーははっと息をのみ、片手で座席のシートを、反対の手でアームレストをつかんだ。

グレイドンはハンドルをなめらかに右に切ってトラックを壁際に寄せた。助手席のトビーが手で触れられるほど壁に近いのに、車体は一切こすっていない。トビーは彼の顔をのぞきこんだが、二台の車がわずか数センチの距離ですれ違うことなど日常茶飯事だとばかりに、まったく動じていないように見えた。

彼は通りの端で一時停止し、左右を確認したあと、左折してメインストリートに出た。トビーは力んでいた両手をゆるめると、年季の入ったギアを難なくセカンドに入れるグレイドンを見つめた。

「たしかセンター・ストリートを進んでクリフ・ロードに入るんだったね」グレイドンはいった。「それともお薦めのルートがほかにある？」

「いいえ、それでいいわ」トビーは彼の顔をまじまじと見た。「地図を暗記しているの？」

「うん、ここにくる飛行機の機内で熟読したんだ」車は左折してセンター・ストリートに入った。「いままで島を見てまわる時間がなかったけど、ここは本当に美しい場所なんだね」

トビーは見慣れた風景をさっと見まわした。完璧な形で保存された古い家並み、優雅な佇《たたず》まいのショップ、歴史を感じさせる空気、そのすべてがそこにあった。グレイドンは二軒のキャンディショップを通り過ぎ、当たり前のようにジャレッド・コフィンハウスのところで左折した。通りの先に目をやると捕鯨博物館の美しい建物が見える。そのむこうは海だ。

「車にはよく乗るみたいね」

「かなり乗る。たいていは未舗装道路や羊道のような悪路だが。ランコニアの部族のうちふたつが山上の小さな集落に住んでいて、そこまで断崖絶壁の細い道がつづいているんだ。その集落へ行くときは車を使うことにしている。もっとも、ボディガードのローカンは心臓発作を起こしそうになるけどね」

「でしょうね。オフロードの運転はできるのに、クレジットカードを使ったことはないの？」

「一度もない」グレイドンはにっこりした。「ローリーは自分のカードを置いていってくれたかな？」

「パソコンの使いかたは知ってる？」

「あまりくわしくないかな」そういいながらも口元には小さな笑みが浮かんでいて、怪しいものだとトビーは思った。

「それはパソコンの起ちあげかたを知らないってこと？　それとも、趣味でプログラムを作成してるという意味？　なにせ苦手だとばかり思っていた運転も、けっこう得意みたいだから」

「なんだかがっかりしたような口ぶりだね」グレイドンは礼拝堂の私道に車を入れた。

トビーはそれには答えないまま車を降り、荷台から金属製の工具箱を取りだすとあたりを見まわした。礼拝堂の敷地にはトラックが四台停まっていた。椅子とテーブルはまとめられ、発電機は荷台に積みこまれ、大きなテントは解体されつつあった。トビーは作業のただ中へ入っていこうとした。

グレイドンがその前に立ちはだかった。「なにか気に障るようなことをしたのかな。それともぼくがおとぎ話に出てくるような、当たり前のことがなにもできない王子じゃなかったことに失望した？」

そんなふうにいわれると、たしかにばかみたい。だけど……。「ええ、たぶんそうだと思う。人は幻想にひたりたいものなのよ」

グレイドンは一瞬びっくりしたようだったが、すぐに笑いだした。「ということは、きみにいいところを見せようとするのはやめたほうがいいってことか。弟の荷物は彼の近侍が詰めていて、そこには法則のようなものが存在しているらしいんだが、ぼくには解けなくてね。

シャツ一枚とズボンを何本か見つけるだけで三十分かかってしまった。それにひげを剃るのにどれだけ苦労したか！　一時は、丸一日タオル一枚で過ごすことになるんじゃないかと思ったよ。きみのルームメイトがうがい用のグラスを落としたときだって、着られる服が一枚もなかったんだ」

「〝割れたガラスと、ちっちゃなタオル〟」トビーはレクシーの言葉を引用した。「だんだんとわかってきたわ。わたしは――」急に大声がして、トビーは話を中断して声のしたほうへ顔を向けた。テントのレンタル会社の人間とケータリング業者がなにかで揉めているようだった。

グレイドンはトビーを見た。「スタッフの扱いは得意なほうなんだ。だからここはぼくに任せてもらえないかな」

三名の給仕スタッフにディナーの席を用意させたときの手際のよさが思いだされた。

「じゃ、お願い。わたしは礼拝堂にいるから」

揉めているふたりのほうへ歩いていくグレイドンを、トビーはしばらくその場で見ていた。言い争いはやめろと、上から命令するのかしら？　ところが違った。彼は双方の話を聞いたあと、おだやかに二言三言なにかいった。すると男たちは満足げな顔でその場から離れていった。

トビーは笑みを浮かべて礼拝堂に入っていった。ううっ、ひどい！　昨日の結婚式には二百名を超えるゲストが参列し、そのほとんどがこの小さな建物に詰めこまれた。壁にはこすられた跡がつき、床は汚れ、平らな面はどこもかしこもキャンドルの蠟《ろう》が落ちて固まっている。式がおこなわれる前のきれいな状態に戻すのは簡単ではなさそうだ。

敷地の正面に水道があるから、そこでバケツに水をくんできて掃除に取りかかろう。でも、まずはこの蠟からだわ。トビーは蠟をこすり取りながら、ヴィクトリアの結婚式のテーマを考えようとした。

真っ先に浮かんだのはお決まりの紫陽花《あじさい》と貝殻だったが――紫陽花はナンタケットを代表する花なのだ――ヴィクトリアの興味を掻き立てるには、もっと斬新なアイデアが必要だ。

ふと、自分はおとぎ話の王子とは違うといっていたグレイドンの言葉がよみがえった。そこからの連想で子どものころに読んだ童話が頭に浮かんだ。シンデレラ。白雪姫。この時代におとぎ話というのもありなんじゃない！

礼拝堂の扉がいきなり開き、日差しを背にグレイドンのシルエットが浮かびあがった。

「おとぎ話だ」彼はいった。

説明されなくても、トビーにはなんのことかわかった。「わたしもちょうど同じことを考えていたの。ランコニアのおとぎ話をなにか知ってる？」

「血や内臓が飛びだすくだりがないものはひとつもないな。ヴィクトリアの作品から選ぶというのは？」

「どの作品も不貞や殺人のオンパレードよ。どれもベストセラーだけど」

「グレイ！」男性の大声がした。「なあ、これはどこに置いたらいい？」

「行かないと。ガラスの靴が出てくるのはなんだった？」

「シンデレラ。わたしの第一候補もそれだけど、ヴィクトリアはありきたりすぎるというかもしれない」

グレイドンはちらりと横に視線を投げてからトビーに向き直った。「トラックがぬかるみにはまってしまって、引っ張りださないといけないんだ。中世をテーマにベルベットを大量に使うというのは？　ローリーに頼んでぼくのリュートを送らせよう。きっとそれらしい雰囲気が出る」そういうと、トビーに手を振って離れていった。

「八月にベルベットは暑すぎるわ」うしろから呼びかけたが、グレイドンは行ってしまった。

トビーは蠟を落とす作業に戻った。「ぼくのリュート？」いいながら顔がほころんだ。おとぎ話の王子さまにぴったりくるところも、ひとつはあるみたいね。

9

グレイドンとトビーは礼拝堂とその周辺を結婚式前の状態に戻そうと奮闘した。トビーは何時間もかけて礼拝堂内をきれいにし、グレイドンは外の片づけを受け持った。

業者がすべて引きあげたあと、ふたりは大きなゴミ袋を手に敷地をまわり、たばこの吸い殻や片方だけ落ちていた靴やなにかを拾っていった。

ゴミを集め終わったときには午後四時になっていた。ランチは〈サムシング・ナチュラル〉で買ったサンドイッチですませ、食べながら話したのは残っている作業のことだけだった。ここで初めて次になにをしたらいいかわからなくなり、ふたりは顔を見合わせた。

「トラックの荷台に、大判のタオルが詰まった帆布の袋が置いてあるのを見たけど」グレイドンはいった。

「ビーチタオルよ」トビーは答えた。「ジャレッドは泳ぐのが大好きだから、つねに用意してあるんだと思う」

グレイドンは数メートル先にある海のほうへ目を向けた。「ランコニアは内陸にあるから海が珍しくて。きみを待たせるのは気が引けるけど、下着だけになって少し泳ぎたいといったら、あきれさせてしまうだろうか。よければ一緒にどうかな?」グレイドンがどこへ話を持っていこうとしているのかトビーにはわからなかった。だから黙ったままでいると、彼はトラックのほうに体を向けた。「きみを家まで送ってから戻ってくればいいか」

これはわたしをのっぴきならない状況に追いこむための作戦なんじゃないか、頭のどこかではそう考えていた。だから断るべきだ、と。ところが、トビーはそうしなかった。「汚れちゃったし、泳ぐのもいいわね」

トビーは浜へおりると、気が変わらないうちに服を脱いで下着姿になった。ときどき、誰もが誰かとベッドに飛びこもうとしているように思えてならないことがある。聞いた話だと、デートにセックスはつきものだとか。トビーは人生にもっと深いものを求めていた。体だけでなく心のつながりも経験してみたかった。そんなの人生の楽しみの大半を棒に振ってる、とレクシーはいうけれど、トビーはそう思わなかった。

つまりは、われを忘れ、まわりが見えなくなるほど夢中になれる相手にまだ出会っていないだけの話だ。

とはいえ、ブルーのレースのブラと揃いのショーツをつけてきてよかった。トビーは急いで水のなかに入った。水は冷たくも生ぬるくもなく、暑いなかの作業で汗をかいた体に気持ちがよかった。

グレイドンがやってくるのを見て、トビーは首まで水に浸かった。「あなたには冷たすぎるかも」

「国の気候にくらべたら、この島は熱帯のようだよ」

立ち泳ぎしながらも、トビーは服を脱いでいくグレイドンから目を離せずにいた。靴、靴下、シャツ。トビーは目を丸くした。上半身についた筋肉からして、相当体を鍛えているみたい！　彼がスラックスの前ボタンをはずしはじめると、トビーは水中にもぐった。水面に顔を出したときには、グレイドンは波打ち際から海に入ろうとしているところだった。昔ながらの質問の答えは〝ボクサーショーツ〟か。

「いい気持ちだ」彼はあたたかな水にすべりこむと腕で水をかいて泳ぎはじめた。

トビーはうしろに下がってそれを見ていた。グレイドンはアスリートのような伸びやかな動きで水を切っていく。ゆったりした長いストロークはほとんど波が立たない。あまり遠くまで行くので、心配になりはじめた。気をつけてと声をかけようと思ったとき、グレイドンは頭から水中にもぐった。

トビーは彼が浮かびあがってくるのを待った。ところが、グレイドンの姿はどこにもなかった。さざ波ひとつ立たず、動くものはなにもない。

トビーは顔色を変え、体を回転させながら彼をさがしたが、なにも見えなかった。三周目に入ったところで、彼女の顔のすぐ横にグレイドンが頭を出した。「驚かせないで！」

「ごめん。軍の訓練なんだ。水中での隠密《おんみつ》偵察。ぼくひとりのためにでっちあげた訓練だと思うけど。〝われらが未来の国王を震えあがらせることができるかどうか見てみよう〟って」

トビーは笑った。「その企みはうまくいったの？」

「それはもう。半年間は恐怖で震えっぱなしだった。いまだに水中戦の夢を見てうなされるよ」

本気か冗談かトビーにはわからなかった。

「きみはどう？」グレイドンが訊いた。

「水中戦はしたことがないわね」いいながら仰向けになり、水面に体を浮かせた。「夏にプールでぼうっとしているだけ」

グレイドンも仰向けになって浮こうとしてみたが、すぐに沈んでしまった。「なかなかうまくいかないな」

「気の持ちようよ。心を静めて、ゆったりと考えるの」トビーは仰向けの姿勢からジャックナイフのように体を折り曲げて水に入り、それから彼を見た。

グレイドンの瞳の奥を一瞬、トビーには計り知れないなにかがよぎったが、すぐに消えてしまった。「無理だよ」もう一度やってみたものの、腰が沈んでしまう。「やらなきゃいけないあれやこれやがすぐに頭に浮かんで、体が鉛のように重くなるんだ」

トビーは両手を彼の腰のくぼみに当てて押しあげた。「よいしょっと！ ほら、体の力を抜いて。頭を空っぽにして、ナンタケットの美しい風景のことだけ考えるの」

グレイドンは目を閉じた。「それより、長いブロンドの髪を三つ編みにして、ぼくが沈まないように支えてくれている人魚姫のことを考えたいな」囁くようにいった。

「人魚をテーマにしたらヴィクトリアは気に入ると思う？」

グレイドンが目を開けると、トビーは数メートル離れたところにいた。とたんに体が沈んで、彼は咳《せ》きこみながら水面に顔を出した。「手を放したな！」

「人魚の王子さまの呼ぶ声が聞こえたから追いかけたの。真珠をくれるというものだから、誘惑に負けちゃって」彼女はくるりと向きを変えて泳ぎ去ろうとした。

グレイドンは水中にもぐり、トビーの足首をつかんで引っ張った。

トビーは昔から水泳が得意だったし、高校時代には男性ホルモン過多の少年たちから逃げまわった経験もある。だからつかまれていないほうの足でグレイドンの肩をぐいと押して水中で宙返りし、彼の手から逃れた。いったん息を吸いに浮上したあと、ふたたびもぐる。

グレイドンは水面に顔を出したが、トビーはどこにも見えなかった。そのとき足をつかまれ、水中に引きこまれた。水のなかで、グレイドンは一瞬トビーの姿をとらえた。彼女は白くしなやかな肢体をブルーのレースのブラとショーツで包み、長い三つ編みが一方の肩にかかっていた。まるで伝説の聖なる海の生きもののようだ。彼女がくるりと背を向けて泳ぎ去るとグレイドンはあとを追ったが、その姿を見ていられるように少しだけ距離を空けた。彼の国の女性たちは髪も目も黒い。だから、金髪で色白のトビーはエキゾチックに見えた。

どうにかして彼女のそばにいたい、と改めて思った。ローリーに一本電話を入れれば、宿泊先が見つかるのはわかっていた。プリマスが海外へ出かけるなら、彼の家が空いているはずだ。そこならハウスキーパー兼コックがいるだろうし、高級車はもちろんモーターボートだって使えるかもしれない。プリマスに頼めば、島を訪れている著名人たちを招いてディナーパーティをひらくこともできるだろう。美女と笑いとワイン。まさに独身最後のパーティだ。

ふと目をやると、トビーは海から岸にあがるところだった。濡れた下着は透け、引っ張って位置を直したところで意味もなく、グレイドンは思わずにやけてしまった。

仰向けになり、両腕を広げて、じっとしていた。実をいうと、水に浮かぶのは昔から得意だった。トビーが体に手を添えてくれたときほどうまくはいかなかったが、それでも沈むことはなかった。

トビーといるのは楽しいし、リラックスできた。彼女にとってはなんでもない一日も、彼には貴重な体験だった。ランコニア大学を卒業すると同時に兵役についた。三年後に除隊し、帰郷すると、祖先が築いた宮殿には彼専用の居住区が用意されていた。騒々しい大学寮と兵舎から、誰もが彼を「殿下」と呼ぶ、だだっ広い住居へ。その変化は衝撃的だった。

専用の使用人と婚約発表までの日程表を与えられ、あまりの過密スケジュールは見ただけでうんざりした。楽ではなかったものの、次第に慣れていった。単調な日々と――職務に伴う孤独から逃れられるのは、ローリーが宮殿に顔を出すときと、グレイドンがメイン州にいるときだけだった。

だから今日は本当に楽しかった。終わらせたくなかった。いまはまだ。必要なのは、この美しい女性のそばにいるための口実。彼が必要だと思わせる理由を見つけなければ。

グレイドンは、タオルを体に巻きつけ、砂浜に広げたべつのタオルに腰をおろすトビーをうかがい、もう少し泳いでから岸にあがった。「人魚がテーマ？」タオルを手に取りながらいった。「そこらじゅうを真珠で飾るとか？」

「それもいいわね」トビーはいった。「人魚の格好をさせたボディビルダーに、ヴィクトリアを抱いて礼拝堂の通路を歩かせるとか」

「新郎がうんというかな？」

「たしかに」トビーは彼を見た。「ヴィクトリアの娘のアリックスはキングズリー・ハウスにあるお母さんの寝室を〝エメラルドの都〟と呼んでいるの。ヴィクトリアの瞳の色に合わせて、すべてを緑で統一してあるから。濃い緑、明るい緑、黄緑に薄緑、赤みを帯びたグリーンまであるのよ。すごくすてきだけど、ちょっと……」

「度が過ぎる？　でも、それはいいアイデアだな。緑でなにか考えよう。プランはどんなふうにヴィクトリアに提示するつもり？」

「そんなこと考えてもみなかった。ただ口で説明すればいいと思っていたんだけど」

「それより色つきのスケッチを見せたほうがいいんじゃないかな。経験からいって、言葉だけの説明より視覚に訴えるプレゼンのほうが聞き手の反応がいいんだ」

「そんなの無理よ」トビーはたじろいだ。「明日は仕事に行かなきゃならないし、そんな時間を作れるかどうかわからない」

「ぼくが手伝うよ」グレイドンはいった。「この島に画材店はある？」

「ええ。アメリア・ドライブにいい店が一軒あるけど」

「明日ぼくがその店で必要なものを買ってくるから、きみが帰宅したあと一緒にデザインを考えるというのはどうかな？　それに庭仕事のほうも、やりかたを教えてもらえれば手伝えると思うんだ」

　だから家に置いてくれ、と彼が頼んでいるのはわかっていた。新しい宿を見つけるのではなく、わたしの家にとどまりたいといっているのは。そんなのだめ。彼を泊めてくれる家がどこかにあるはずよ。だけど、今夜は無理だ。もう時間も遅いし、まだ宿泊先の目星すらついていない。だから今晩はうちに泊まってもらって、明日職場で訊いてまわろう。

「それもいいわね」トビーは立ちあがり、大判のタオルを体にきっちり巻きつけた。トラックのところに戻ると、濡れた下着の上から服を着るのに苦労したものの、どうにかやってのけた。「お風呂に入りたい」濡れて張りつくストレッチ素材と格闘しながら、そうつぶやく。

携帯電話をさがしてバッグをのぞくと、レクシーからメールが届いていた。

いまニューヨーク。プリマスはCA《カリフォルニア》へ行ったから、今夜は彼のアパートメントに泊まるの。それがこぢんまりしたいい部屋でね。彼がこんな部屋に住んでいるなんて驚き！　明朝の便で発つ予定。
王子の手料理は気に入った？　それに彼が片づけてくれたサンルームはどうよ？　プリマスの豪邸はいま空いているから、王子に使わせても大丈夫よ。だけど、まだあなたのプリンスを追いだすつもり？　なにがあったか全部教えて！

レクシー

あの朝食はグレイドンが作ったの？　サンルームを片づけたのも彼だった？　グレイドンはなにもできないわけじゃないと思うといったレクシーの言葉の意味が、ようやくわかってきた。

顔をあげると、グレイドンがこちらに歩いてくるところだった。彼の服はしわひとつなくぱりっとして、髪は完璧に整えられ、ディナーパーティへ出かけるところかと思うほどだ。

ふたりはトラックに乗りこみ、グレイドンの運転で帰路についた。「夕食用に途中でサンドイッチを買って帰る？」

「いいね」

「それとも自分でなにか作る？　部屋の掃除でもする？」

グレイドンは声をあげて笑った。「どうしてばれちゃったのかな？」

「レクシーが告げ口したの。そんな活動的な人なら、わたしが仕事で一日家を空けているあいだはどうするつもり？」

「読書かな？　ビーチを見つけて、何時間も寝転がっているとか」

「今朝は一時間もじっとしていられなかったのに、何日も連続でなにもせずにいられると思う？」

「きみが働いている花屋だけど、人手は足りている？　アルバイト料は安くしておくよ」

トビーは首を振った。「丸一週間ももつと思う？」そして彼の答えを待たずにつづけた。

「やっぱり、もっと休暇を楽しめる場所に移るべきよ。モーターボートのある家とか」車の窓ガラスの先を見つめたままいった。

「ほかに移るといえば、文句はいいたくないけど、居間のソファベッドのマットレス、まるでスチール製のコイルの上で寝ているような感じなんだ。体に食いこんでくるというか」

「あのソファベッドがキングズリー家の屋根裏部屋の隅に放りこまれていたのは、そのせいかもね」トビーはにっこりした。「『エンドウ豆の上に寝たお姫さま』ならぬ王子さまってところね」

　グレイドンは噴きだしたが、そこでふたりは顔を見合わせた。

「だめだめ」トビーは彼の気持ちを読んでいった。「会場にマットレスを敷き詰めてエンドウ豆をばらまく？　ぜんぜん結婚式っぽくない。あなたの結婚式にはテーマがあるの？」

「どうかな。でも、ぼくの希望は訊かれないだろうね。国の行事だし、なにを着て何時にどこへ行くか指示されるだけだよ」

「着るのは軍の礼服？　勲章がたくさんついた？」

「山ほどつけるよ。どれも左側に。だから式の四週間前から右手だけウェイトトレーニングしないといけないんだ。体のバランスを保てるようにね」

「あなたってどんなことも楽しい話にしてしまうのね」

「そうでもないよ。弟によると、ぼくは彼のいう〝楽しいこと〟ができないらしいし」

「ふうん。当ててみましょうか。彼の考える楽しいことって、カーレースやロッククライミングやスカイダイビングじゃない？　それに、彼にしがみつく裸同然の女性たち」

「弟のことがよくわかっているみたいだね」

　返事をする前にトビーは少しためらった。「そのうちのいくつかはナンタケットでもできるけど」静かな声で告げた。

「それで、独特の美的センスを持つヴィクトリアを満足させられるような、悪趣味極まる結婚式のテーマをひねりだすチャンスをふいにしろと？　いや、遠慮しておく」

トビーの顔に思わず笑みが広がった。ひとり暮らしはこれまで一度もしたことがないし、それがどんなものか知りたいとも思わなかった。「わかった」彼女はいった。「レクシーの部屋を使っていいわ」

「思いがけないお言葉。なんとお礼をいったらいいか――」

「よくいうわ。最初から居座るつもりでいたくせに。ずっとほのめかしていたじゃないの。あからさますぎて、クジラより目立っていたわ」

グレイドンは笑いだした。「それとなくやったつもりだったんだが。なにしろ、見知らぬ人に会う機会が多すぎて――」

「かわいそうな王子のふりをしても無駄よ。あなたは料理も車の運転もできるし、人をあごでこき使ったり、口論の仲裁だってする。そのうえ、裸同然の格好でわたしのルームメイトの前をうろついたり――」

「きみの前でも」

「わたしの前でも。いわせてもらえば、あなたはなんでも人並み以上にこなせる人よ。それどころか、ひとりで国を動かすことだってできると思う。それなのに、どうしてわたしのところに泊まりたいの？　セックスがしたいから、という答えはやめておいたほうが身のためよ」

「傷つくな」グレイドンは芝居がかったしぐさで胸に手を置いた。「ぼくは弟とは違う。

もっとも、国を動かすことについてのくだりは非常に光栄だったが。そうできるよう努力していくつもりだからね」彼はしばらく生活をともにすることになる家の私道に車を入れ、エンジンを切った。トビーのほうに向き直ったとき、その顔には笑みの名残すら浮かんでいなかった。「きみの質問への答えはわからない」彼はいった。「いまぼくの人生はわからないことだらけなんだ。どう対処すればいいか見当のつかない問題がいくつかあって――その話をしてきみをうんざりさせるつもりはないよ。でも、きみといるとなぜだか気持ちが落ち着いて、いつかは解決策が見つかるんじゃないかと思えてくるんだ。どこかよそへ行けば、いわゆる刺激的な体験ができるのもわかってる。でも……」小さな家のほうに手を振った。「いまのぼくに必要なのはこれなんだ。庭のある家で、ぼくを笑わせ、人魚の話をしてくれる若いレディと静かに過ごすことが。これで説明になっているだろうか？」

「ええ」トビーは答えた。「自立するために両親の家を出たときは怖くてたまらなかった。でもレクシーが迎え入れてくれて――」そこでいったん口をつぐんだ。「じゃ、こうしましょう。あなたとは友だちになれそうだし、島にいるあいだこの家に泊まってかまわない」トラックのドアハンドルに手をかけたところで彼を振り返った。「あなたを悩ませている問題について話したくなったら、いつでも聞くから」そして車を降りた。

家に歩いていくトビーをグレイドンは見ていた。いまぼくを悩ませているのは、頭にちらついて離れない濡れた下着姿の彼女だけだ。

彼はゆっくり車を降りると、荷台の荷物をおろしはじめた。最後に残ったトビーの赤い道具箱を見て、思わず顔がほころぶ。自分専用の道具箱を持っている女性はそうはいないぞ。おろした荷物はすべて温室の脇にある小さな物置へ戻した。

園芸のことはくわしくないが、温室の草花はみな水をほしがっているように見えた。グレイドンは床に丸めておいてあるホースを取りあげ、蛇口をひねると、花に水をやりはじめた。それは不思議と心休まる作業で、考えごとをするのにちょうどよかった。ランコニアのこと、ダナとローリーのこと、結婚後の自分の将来について……。

ところが、なにひとつ考えられそうになかった。ブルーのレースの下着をつけたトビーのことで頭がいっぱいだった。

10

トビーの携帯電話が鳴ったとき、彼女とグレイドンはダイニングルームで、グレイドンが作ったフリタータとトビーが混ぜ合わせたサラダを食べていた。発信者名はヴィクトリア。

「まさかもう、わたしたちがなにか思いついたかどうか知りたいというんじゃないでしょうね」トビーはそういいながら電話を耳に当てた。

トビーが〝わたしたち〟という言葉を使ったことでグレイドンは大いに悦に入り、返事はせずにおいた。

「ダーリン」ヴィクトリアがいった。「あなたの家に移ってきた謎の男性の話で島じゅうが持ちきりだってこと、知っているといいんだけど」

トビーはグレイドンにちらりと目をやると、ナプキンをテーブルに置いて席を立ち、居間に入っていった。ヴィクトリアの話がなんであれ、グレイドンに聞かせたくなかった。「わたしたちはルームメイトよ、ただそれだけ」

「もちろんわたしは知っているけど、みんなは違うでしょう。こんなことといってはなんだけど、あなたの評判に取り返しのつかない傷がついてしまったようよ」

「よかった。わたしはもう男の子たちがほしがる安物のトロフィーじゃなくなるってことね」

ヴィクトリアは笑い声をたてた。「そういう見かたもあるわけね。じつはね、あなたに訊きたいことがあって電話したの。昨日ジリーと何時間もかけて、あなたの王子のことをいろいろ調べたのよ。彼の国はアメリカにとって必要不可欠な金属を持っている、とても大事な国なの。だから、彼が島にいるあいだはあなたが相手をするべきだと思うのよ」

「どうやって？　わたしには仕事があるのに」

「わたし、島にはお友だちが大勢いるから、フラワーショップの仕事を一時的に代わってくれる人を見つけられると思うの。もちろんあなたがうんといってくれればだけど」

トビーはグレイドンの様子を見ようと居間の入口に近づいた。彼はまだテーブルについていた。食事の手を止め、トビーが戻るのを待っている。

「トビー、ダーリン。あなたの王子と一緒にいられるように短い休暇を取ることはできないかしら。彼にナンタケットを案内してあげるだけでいいんだけど」

「それならできると思うけど」

「ああ、よかった」ヴィクトリアはいった。「それで、結婚式のプランのほうは進んでいる？」

「もう少しアイデアが出たらプレゼンをするつもり。たぶん二、三日中にはプランをまとめて――」

「すてき！　じゃ、明日の午後二時にうかがうわ。もう切らないと。わたしの代わりにあなたの王子にキスしておいて」ヴィクトリアは電話を切った。

トビーは言葉を失い、入口のところにしばらく立ちつくした。

「悪い知らせかい？」グレイドンは席を立ってトビーに近づいたが、返事はなかった。「冷める前に食事を終えてしまおう」彼女の手を取り、テーブルまで連れていく。席につくと彼はいった。「ヴィクトリアがなにをいったのか教えてくれないか」

トビーはナプキンを取りあげた。「あなたが島にいるあいだわたしが休暇を取れるように、フラワーショップの仕事を代わってくれる人を見つけるって」

グレイドンは顔に笑みが広がるのを抑えられなかった。「それはすばらしい。じゃ、明日はこの美しい島を見てまわれるのかな」

「いいえ。ヴィクトリアが二時に訪ねてくる。わたしたちが考えた結婚式のプランを見せてほしいといわれたわ。それはそうと、食事の途中で電話に出たりしてごめんなさい。ヴィクトリアによると、いまやわたしはあなたの国とわたしの国の橋渡し役なんですって。だから礼儀正しくしないと」

「それはつまり、バナジウムを守るのがきみの責務ということ？」

トビーはうなずいた。

「ヴィクトリアがだんだん野生馬に見えてきた。自分の行きたいところに向かって突き進む」

「それも二十頭分の威力。しかも、乗り手はみんな剣を抜いているの」

「なんならぼくが彼女と戦おうか？」

トビーは怖い顔で彼をにらんだ。「そんな暇はないわよ！　あなたにはわたしを手伝ってもらわないと。今夜はあなたの荷物の山と格闘しながら結婚式のテーマを出し合うの」

夕食の後片づけをふたりでさっさとすませると、ローリーの荷物を解くために二階へあがった。グレイドンは生まれてこの方、荷物を詰めたことも荷ほどきをしたこともなかったし、そのやりかたをいま学ぶつもりもなかった。それで画材はあるかとトビーに訊くと、机のなかをさがしてといわれた。古いスケッチブックと鉛筆が見つかった。

レクシーの寝室は広く、隅にふたりがけのソファとコーヒーテーブルが置いてあった。グレイドンはそこに腰を落ち着けると、これまでに出たアイデアを手早くスケッチに起こしていき、荷ほどきはトビーが受け持った。ふたりしてできるだけ多くの案を出し合ったが、なかにはひどくばかげたものもあった。グレイドンは熊の毛皮をまとって槍を構えたランコニアの戦士の絵でトビーを笑わせた。

「それをヴィクトリアに見せちゃだめ。絶対に気に入るから。ハントリー博士にその格好をさせようとするわ。いったいぜんたいこれはなに？」

グレイドンはトビーが持ちあげている分厚い毛織の軍服をちらりと見た。「第一槍騎兵の軍服だ。ローリーはときどき部隊の検閲をするんだ」

「アメリカへの観光旅行にどうしてこんなものを持ってくるの？」

「なにかの災害が起きたときに――」

トビーは片手をあげた。「そこまででいいわ。この手の服は奥にしまって、ジーンズとカジュアルなシャツを手前に持ってきましょう。胸に〝ナンタケット〟のロゴが入ったTシャツを買わないとね」彼女ははっと顔をあげた。「そこまで昔じゃないランコニアならテーマにできるかも。もう少し現代風な。あなたの国の人は、いまはどんな服を着ているの？」

「ジーンズに、ナンタケットのような観光地で買ってきた地名入りのTシャツ」

「残念」スーツケースの底から、ノートパソコンとｉＰａｄと電子書籍リーダーやブルートゥース対応の周辺機器を納めたハードケースが見つかった。もうひとつ、小ぶりなケースのなかには革の財布が入っていた。

財布を取りだしながらグレイドンに声をかけようとしたけれど、彼はスケッチブックにおいかぶさるようにして鉛筆を走らせていた。トビーは財布をひらき、クレジットカードがあるかどうか確かめた。カードはあった。アメリカの百ドル紙幣で三千ドルほどの現金も。しかしトビーが興味を惹かれたのは、若く美しい女性を写した一枚の古い写真だった。長い黒髪と、たったいまベッドから出たばかり――あるいはこれからベッドに入るところ――のような色っぽい目の持ち主だった。

写真のくたびれ具合からして、ローリーは何年も肌身離さず持ち歩いているようだった。つまり、グレイドンの弟は恋しているわけね。プレイボーイ然とした彼にはどこかそぐわない気がするけれど。

グレイドンにちらりと目をやったものの、この手の内輪話をするのはまだ早い気がした。ローリーの恋愛事情について尋ねるのは、もう少し親しくなってからにしよう。

「受け取って！」トビーは彼に財布を投げた。

グレイドンは左手で財布をキャッチすると、なかからクレジットカードを抜きだした。

「これで間に合うかな？」アメリカン・エキスプレスのプラチナカードだった。

「限度額無制限のカードよ。ロールスロイスだって買える」笑わせるつもりでいったのに、グレイドンは笑わなかった。

「きみはそれがほしいのかい？」真顔で訊いた。

「いいえ。去年の誕生日に父が高級車を買ってくれようとしたけど、わたしは花を入れておく冷蔵ストッカーをねだったの」

「それなら温室で見たよ」

トビーはぎょっとしたように目を見ひらいた。「花に水をやるのを忘れてた」三個のスーツケースをまたいでドアに急いだ。

「水ならぼくがやっておいた」グレイドンはいった。「道具箱やなにかを片づけたときに元気がなさそうに見えたから。よかったかな？」

トビーはほっとして笑みを浮かべた。「大正解よ」どうやらこの人、最初に考えていたようなお荷物にはならなそうね。彼女は荷ほどきに戻り、ひげ剃り道具をバスルームに置いた。電気かみそりではなく、昔ながらのブラシと石鹸《せっけん》を泡立てる小さな容器と安全かみそりを使うようだ。

すべてのトランクから中身を出し終えるまでに、グレイドンはさまざまなアイデアで二十枚近いスケッチを描きあげていた。ひと仕事終えたトビーは大きく安堵《あんど》のため息をつくと、ソファの彼の横にどさりと腰をおろしてスケッチを見ていった。中世から一九四〇年代までの歴史をテーマに、舞台設定も農場の納屋でバンジョーを弾くものから『華麗なるギャツビー』に出てくる大邸宅もどきまで、じつにさまざまだった。おとぎ話も四つ採用し、そのうちのひとつは妖精やこびとが出てくるランコニアの昔話だったが――内臓をえぐり出すくだりは割愛してあった。

「絵がうまいのね。大学ではなにを学んだの？」携帯メールをチェックしつつ尋ねた。〝あなたの仕事を代わってくれる人間が見つかった。明日の朝から働ける〟と、ヴィクトリアが知らせてきていた。

「あらゆることを」グレイドンは答えながら、すぐ横にいるトビーを見つめた。肌はほんのり上気して、髪は長い三つ編みにしている。彼女はこちらに横顔を向けていて、グレイドンはその唇から視線を剝がすことができずにいた。

トビーがこちらに顔を向けるのと同時に彼は目をそらした。「あらゆることを広く浅く、というところかな。子どものころから絵の先生についていたし、音楽とダンス、乗馬とフェンシングも個人レッスンを受けていた。きみは？　なにを学んだ？」

「主に美術史よ。母は〝夫をつかまえる方法〟を学ばせたかったんだけど、そういう学科は見つからなかったの。必死にさがしたみたいだけどね」

「それはきみにぜひとも必要な学科のように聞こえるな。それで、これまでに結婚の申し込みをいくつ断ったんだい？」

トビーは笑った。「三つよ。でも母には内緒ね」そのあとで彼をじっと見た。「わたしがプロポーズされたことをどうして知っているの？」

「世の中には恋人にしたい女性と妻にしたい女性がいる。きみは後者だ」

「どうしてそんなことがわかるわけ？」

「男だけが知る秘密を、いまここで明かせると思うかい？」

トビーは笑みを浮かべて立ちあがった。「そういうことなら今夜はおひらきね。明日わたしは……」にっこり笑った。「なにもしなくていいのよね？」

「水彩絵の具を買いに行って、グリーンをテーマにしたスケッチを仕上げないと」

「それなら簡単よ。絵の具を買ったらビーチへ行ってもいいわね。次はあなたが働いて、わたしはなにもしない番よ」トビーは空になったスーツケースをあごで指した。

「ぼくは王子だ」グレイドンは横柄に告げた。「荷造りはしない」

「ちょっと――！」トビーは彼のほうに一歩踏みだしたところで足を止めた。「そんなことをいうと、あなたのマットレスの下にエンドウ豆をひと粒入れてやるから」

「ううっ、背中が痛い！」

ふたりは声を合わせて笑ったが、そこでふっとぎごちない空気が流れた。どうやって〝おやすみ〟をいえばいい？

その問題を解決したのはグレイドンだった。席を立ち、トビーの手を取って甲にキスした。

「おやすみ、マイ・レディ」やさしい声でいった。

トビーはつかのま彼を見つめた。部屋のやわらかな明かりと、開け放った窓のむこうから運ばれてくる低い霧笛の響きに、もう少しで彼のほうに足を踏みだしそうになった。でも、こらえた。「あなたの洗面道具はレクシーのバスルームに置いてあるし、シーツは洗い立てよ。それに……。じゃ、また明日」

「朝が待ち遠しいよ」彼はいった。

自分の寝室に入ってドアを閉めても、気持ちがざわついて眠れなかった。よくわからないけど、学生のころに女の子たちがくすくす笑い合っていたときはこんな気持ちだったのかしら。グレイドンはこれまでに出会ったどんな男性とも違った。なにかにつけて手を伸ばし、わたしにさわってきたりしない。胸のなかに飛びこんでくるのを待っているような目でわたしをじっと見つめることもない。

それどころかわたしのことを友人か、そう、親戚のように考えているみたいだ。

それでいいのよ。パジャマに着替えながら考えた。彼はもうすぐ婚約するんだし、ほかの女性によそ見なんかしちゃいけない。もっとも、少しはわたしに気があるのかもしれないと思えたら、それはそれですてきだけれど。

グレイドンはシャワーの下にいた。壁に額を押しつけ、氷のように冷たい水を頭から浴びても、体の奥で猛《たけ》り狂う熱いものを冷ますことはできなかった。

「イリアル、ゼルナ、ポイレン、ヴァテル、フィアレン、ウルテン」ランコニアの六部族の名を唱えた。子どものころに編みだした呪文だった。ほんのささいな過ちで母に怒鳴りつけられているあいだ——父が声を荒らげたことは一度もなかった——この呪文を唱えて気をまぎらすのだ。

ところが、いまはなんの効果もなかった。すぐ近くにトビーがいるということしか考えられなかった。いくらも離れていない場所に。壁一枚を隔てて。その壁を広刃の刀で叩き切り、彼女の元へ行くところを想像した。

「いかにもランコニア人のやりそうなことだな」シャワーを出ても、しばらくその場から動かなかった。窓は開けてあり、ひんやりした夜の空気が濡れた肌に心地よかった。

おまえには四分の一、アメリカ人の血が流れているんだぞ。「だから紳士的な行動を心がけないといけないんだ」声に出して自分にいい聞かせる。アメリカ人の男は壁を叩き切ったり、ベッドに剣を突き刺したりしない。ましてや女性の服を引き裂くなんてありえない。

タオルで体を拭いてベッドに入っても、眠りはなかなか訪れてくれなかった。


翌朝、トビーは音をたてないようにして服を着替えると、つま先立ちで階下へおりた。グレイドンが起きてくる前にコーンマフィンを作ろうと思ったのだ。ところがキッチンへ入っていくと、きれいに掃除されたばかりのサンルームの小さな円テーブルでグレイドンがノートパソコンをひらいていた。「おはよう」トビーは声をかけた。

パソコンから顔をあげたグレイドンは、世界一会いたい人がきたとばかりの笑みを浮かべた。「おはよう。弟が国を破滅に追いやっていないか、ネットで確認しようと思ってね」

「それで？」戸棚からコーンミールの箱を取りだしながらトビーは訊いた。

「いまのところは大丈夫だ。でも明日、ある工場の落成式があるから、ローリーがテープカット用のリボンに火を点けて、リボンが燃えているあいだに愛らしい女性三人の唇を奪ったりしていないか、あとで確かめないと」

またもや冗談か本気か判断がつかなかった。「結婚式のテーマだけど、なにか新しいアイデアはひらめいた？」

「海賊は？　アメリカのギャングはどうだろう？」

「それはありかも。ブライズメイドはフラッパー・ドレスにパールのロングネックレスをつけさせる。ヴィクトリアはきっと気に入るわ」

「きみならどうする？　きみの結婚式はどんなテーマにしたい？」

「テーマはいらない。ただし、わたしはレースを何メートルも使った純白の美しいドレスを着て、大切な女友だち全員にさまざまな色合いの青いドレスを着てもらいたいわ。会場全体を白と青の花で埋めつくして。薄青のテーブルクロスに白い食器。ケーキにはアイシングのヤグルマギクをこぼれるほどたっぷりトッピングするの」

トビーはそこではっと口をつぐみ、そんなこまかい点までぺらぺらしゃべってしまったことが恥ずかしくなった。「ごめんなさい。お店で結婚式用の花を扱ってばかりいるから、つい自分のときのことを考えてしまって」肩をすくめながらいった。

グレイドンはテーブルを離れてトビーに近づくと背後に立った。「きみの結婚式は、ぼくらが考えたどのテーマより美しいと思う」

「ありがとう」照れたまま、もごもごいった。グレイドンが動こうとしないので、トビーは彼を見あげた。ほんの一瞬、彼の目に浮かんだ表情に、トビーは足を前に踏みだした。

とたんにグレイドンは向きを変えて離れていき、トビーは思わず眉をひそめた。いいことよ。これって、結婚相手の女性を愛している証拠でしょう？　すばらしいことじゃないの。トビーはコンロに向き直った。

朝食のあとは水彩絵の具を買いに行き、そのままジェティーズ・ビーチまで車を走らせ、波打ち際を延々歩いた。最初のうちこそ結婚式の新しいテーマを考えながら歩いていたけれど、次第に話はおたがいの生活のことに移っていった――とにかく、トビーのほうはそうだった。グレイドンは彼女に子どものころや学生時代のことを尋ね、好きなものや嫌いなものについて質問した。

トビーはそうした質問に答えながらも、本当に個人的なことは明かさないように気をつけていた。母親の話になったときは、家事を手際よくこなすことは話しても、やむことのない母の批判につらい思いをしていることはいわずにおいた。

トビーも本音を隠していたとはいえ、グレイドンのほうがもっとひどかった。答えを出さなければいけない個人的な問題があると彼はいっていた。それなのにトビーがいくら水を向けても打ち明けようとしなかった。

〈ブラントポイント・グリル〉でランチを食べてから家に帰った。グレイドンが絵の具でスケッチの仕上げをしているあいだ、トビーはヴィクトリアがくる前にシャワーを浴びて着替えをすませた。

階段をおりてくるトビーを見たとき、グレイドンの目をまたあの表情がよぎった。トビーはさんざん迷った末に、瞳の色に合うといわれたことのあるブラウスを選んでいた。グレイドンは一瞬、まぶしそうな目をしたけれど、次の瞬間にはトビーが〝王子の顔〟と密《ひそ》かに呼ぶようになっていた淡々とした表情に戻ってしまった。

グレイドンはトビーが緊張していることを見て取った。「ヴィクトリアはきっとどのアイデアも気に入って、明日には大量の花を注文することになるよ」

トビーはため息をついた。「ひとつでも気に入ってくれれば、それでじゅうぶんよ」ダイニングテーブルに広げたスケッチは、シンプルなものから手の込んだものまで、全部で二十六枚あった。グレイドンはそのうちの何枚かに彩色をほどこしていた。トビーから聞いた話を元に、画材店で売られていたありとあらゆるグリーンの絵の具を買いこみ、その絵の具を混ぜ合わせることで緑の色調をさらに増やした。

ドアを叩く音にトビーは思わず息をのみ、自分がひどく緊張していることに気づいてぎょっとした。

「ぼくがついているから」グレイドンは彼女の手を一瞬強く握ってからドアを開けに行った。

そこにはヴィクトリアがいた。赤褐色の髪は日差しを受けてきらめき、見事な曲線を描く肢体を、緑のシルクのブラウスとすばらしい仕立ての黒いパンツに包んでいる。「グレイドン王子！」彼女は彼の脇を通り抜けて家のなかに入った。「またお会いできてとてもうれしいわ。トビー、まあ、ダーリン。今日はいつにも増してきれいじゃないの」

「いらっしゃい」トビーはいい、ヴィクトリアの頬にキスした。

「ふたりとも、なにかいるものはない？　なんならわたしのケイレブをよこすわよ。ほらあの人、この島のことはなんだって知っているから。それともふたりきりでいるほうがいい？それで、そのすてきなプレゼンはどこでやるの？」

ヴィクトリアの背後からグレイドンが顔をのぞかせ、トビーを見て両方の眉を吊りあげた。彼を押しのけるようにして部屋に入り、紹介されるのも待たずに話しはじめるような人間には慣れていないのだろう。大げさに目をむいた彼の顔を見て、トビーは噴きだしそうになるのをこらえた。

ダイニングルームをのぞき、テーブルに広げられたスケッチに気づいたヴィクトリアは、一直線にそちらへ向かった。トビーとグレイドンを両脇に従え、テーブルのまわりをゆっくり歩きながら、一枚ずつスケッチを見ていく。「海賊。なんて独創的！　それにおとぎ話。ずいぶんあるわね。グリーン。これはすごくいいわ。バンジョーにハープにバイオリン。音楽もバラエティーに富んでいる」

ヴィクトリアはテーブルの端で足を止めると、期待に満ちたグレイドンとトビーの顔を見た。「だめ。どれも違うわ。みんなとても興味深いけど、心に響いてくるものがないのよ。なにかべつのものを考えてちょうだい。さてと、もう行かないと」

彼女はトビーの頬にキスし、それからグレイドンの頬にも唇を寄せた。「わがファミリーへようこそ。じゃ、トビー、あなたがたのとっておきのアイデアを見せる準備ができたら知らせて。見送りはけっこうよ。またね」そして玄関から出ていった。

トビーはソファにへたりこみ、グレイドンもそのかたわらにどさっと腰を落とした。

「一度、ハリケーンを経験したことがあるけど、ここまで強烈じゃなかったよ」グレイドンはいった。

「あなた、ヴィクトリアがいるあいだにひと言でもしゃべった？」

「いいや。ぼくに紹介されるのを待って列をなす人もいるというのに」

「ヴィクトリアは違うのよ」トビーは彼を見た。「それより、わたしたちのとっておきのアイデアってなに？」

「さあ」グレイドンは立ちあがり、トビーに手を差しだした。「いまぼくらがするのは、町へ出て、ナンタケットを見てまわることだ。なにせ最後のチャンスかもしれないからね。ヴィクトリアが、なんでも知っている愛しのケイレブとの結婚式にぼくらの人生を捧げるべきだといいだす前の」

トビーは笑いながら彼の手を取ると、そのまま立たせてもらった。「ありがとう」本心からそういった。「これは失敗したくないの」

グレイドンは彼女の手を口元に持っていって、甲にキスした。「失敗なんかしない。ぼくが保証する。アメリカにアイスクリームはあるかい？」

「アイスクリームを発明したのはアメリカ人よ」トビーは真顔でいった。

「いやいや。あまり知られていないことだが、アイスクリームを発明したのは、ランコニアの偉大なる王ローワンだ。イノシシを追って森のなかを走りまわったローワンは、体の熱を冷ます必要があった。その解決策がアイスクリームだったんだ」

「そんなのでたらめよ」トビーはいった。「アイスクリームは、初代アメリカ合衆国大統領ジョージ・ワシントンの夫人、マーサ・ワシントンが牛乳を玄関の外に置きっぱなしにしたからできたの」

ふたりはふざけていい合いしながら、家の前の通りを歩いていった。

11

あと一日。グレイドンにちらりと目をやりながらトビーは考えた。いまふたりはサンルームの円テーブルで、ヴィクトリアの結婚式のスケッチを見ているところだった。あと一日したらグレイドンはランコニアへ帰ってしまい、たぶん二度と会うことはないだろう。彼の結婚式を除けば。またしてもトビーは、べつの誰かと結婚するグレイドンを教会の最前列で見つめているところを想像した。

あなたはグレイドンとつきあっているわけじゃないのよ。そう自分を叱った。それでもこの六日間でふたりは友になった。六日間、片時も離れなかった。ナンタケットの町を散策し、美しいスコンセットを見てまわり、個性的なショップをさがした。

グレイドンは最高の相棒だった。つねに朗らかで笑顔を絶やさず、誰とでも気さくに言葉を交わした。一度だけ、ひやっとしたことがあった。グレイドンに気づいたある女性が、ランコニア皇太子だと騒ぎだしたのだ。トビーはものもいえずに立ちすくんだ。そこは波止場のそばにある店で、誰もが足を止めてこちらを見ていた。ところが、グレイドンは違った。

彼はその女性に顔を向け、にかっと笑ったが——どういうわけか前歯が一本欠けているように見えた。「よお、ハニー」きつい南部なまりの英語でいった。「この人、おれが王子だとさ。おまえがいつもいってんのとは違うな」

トビーはすぐに意図を理解し、同じなまりで返した。「あんたが王子? ハッハッハ。てか、王子っていったら、あんたのいとこのウォルターでしょ」

「いつだってウォルターだ!」嚙《か》みつくようにいった。

「怒鳴るのはやめてっていってんでしょ」トビーは両手を振りあげて店から出ていき、グレイドンもあとにつづいた。

ふたりはそのまま歩きつづけ、メインストリートの噴水のところまでくると足を止めて笑いだした。「あなたの歯!」トビーがいうと、グレイドンは少し前に買ったチョコレートがけクランベリーの包みをあげてみせた。

「彼女、信じたかな?」

「これっぽっちも信じなかったと思うけど、ご主人のほうは気でも違ったのかという顔で彼女のことを見ていたから、たぶんおかしなことをいうのはやめろといってくれるんじゃないかしら」

「同感だ」

六日間、ずっとそんな感じだった。最高に楽しいことばかりで、笑いが絶えず、万事意見が合った。でもトビーは内心、欠けているものがふたつあると思っていた。ひとつは、グレイドンが個人的なことを絶対に明かそうとしないことだ。どんな学校へ行き、どんな友人がいるかということは話しても、完全に心をひらこうとはしなかった。トビーが本音に関わる質問をすると、ジョークや他愛ないおしゃべりでさりげなく話をそらした。

当然でしょう。トビーは自分にいい聞かせた。グレイドンは王子なんだし、マスコミのことを考えればどうしたって慎重になる。縁もゆかりもない人間に心の内をさらすような危険は冒せないのよ。

でもトビーは、縁もゆかりもない人間と思われたくなかった。そうじゃなくて……。そうじゃないならなんなのだろう？　ひとつだけはっきりしているのは、グレイドンが王子に変身するときわたしは貧しい村娘に戻るということ。

欠けているもうひとつは、彼と体の関係を持ちたいのかどうか、自分でもわからないということだった。トビーは先日のレクシーとの電話を思いだした。

「で？」レクシーはいつもどおりあけすけにいった。「もう彼とベッドに飛びこんだの？」

「いいえ。誘われてもいないわ」明るい口調を保とうとしたけれどうまくいかなかった。

「きっとそっちのほうの興味はないのよ」

「信じられない。だって、あなたと寝たくてうずうずしているんじゃないなら、どうしてあれこれ面倒なことをしてまであなたのそばにいようとするのよ？」

「友情のためよ」トビーは答えた。「わたしたち、すごく気が合うの。それに、彼はもうじき婚約するんだし。ねえ、レクシー、なにかべつの話をしない？」

「彼を好きになったりしてないよね？」

「してない。グレイドンはただの友だちよ。彼が出ていくときは、さよならと手を振ってそれでおしまい。あなたこそどうなの？」

「退屈」レクシーはいった。「前に会ったときはいい子だと思ったんだけど、すっかりおもしろくなくなっちゃってて。田舎をめぐるドライブにすら連れだせないのよ。前に見たからいいって」

「残念ね。あなたは世界じゅうを見てみたいと思っているのに、その子は短い人生のあいだにあちこち引っ張りまわされてうんざりしているなんて。あんまりつまらないようなら帰ってくればいいわ」

「ただし、彼が発つ土曜日以降に。でしょ？　空港まであなたが車で送るの？　それともリムジンが迎えにくる？」

「彼はリムジンってタイプじゃないから。ときどき王子だってことを思いだせなくなるくらいよ」

「毎日ヴィクトリアの結婚式のことを手伝ってもらっていたら、そうなるのも無理ないわね」

グレイドンはそもそも女性に興味がないのかもしれないとほのめかすことで、レクシーが励ましてくれているのはわかっていた。だけど、彼がきれいなウェイトレスに笑いかけ、生地をほとんど使っていないようなビキニ姿の女性に目を丸くするのをトビーは見ていた。グレイドンは地球上のすべての女性を好ましく思っているように見えた。トビーを除いて。

レクシーとは連絡を取り合うことを約束して電話を切った。

「負けを認めなくてはいけないようね」トビーはいまグレイドンに向かってそういった。ふたりはスケッチの山に目を通しているところだったが、いまのところヴィクトリアの興味をそそりそうなアイデアは浮かんでいなかった。

グレイドンは椅子にもたれかかった。「ぼくらならやれるといいたいところだけど、ぼくもなんだかそんな気がしてきたよ」

トビーはスケッチに目を戻した。牧師がスカイダイビングでおりてくるものから、トビーがずっとあたためてきた自分自身の結婚式まで、あらゆるスケッチがあった。テーブルに絵の具を用意し、色づけはほとんどトビーがやった。

「もっと個人的なテーマにしないといけないいんじゃないだろうか」グレイドンがいった。「ヴィクトリアのことをもっと知らないと、彼女が気に入りそうなものを想像することしかできない」

グレイドンがいい終えたとたん、ふたりははっとした。目と目が合い、気持ちが完全に通じ合う。

「どこへ行く？」グレイドンが訊いた。

なにをいわれたかすぐにわかった。この島でヴィクトリアのことを誰よりよく知っている人物は、彼女の結婚相手のケイレブ・ハントリー博士で、グレイドンはどこへ行けば彼が見つかるかと訊いているのだ。

「彼はナンタケット歴史協会《NHS》の会長なの」腕時計に目をやる。「この時間ならたぶん職場にいるはずよ」トビーは自分が着ているジーンズとTシャツに目を落とした。「着替えてくる」そういって階段を駆けあがった。

グレイドンがあとにつづく。「ぼくもネクタイをしたほうがいいだろうか？」

「だめよ！　ネクタイなんかしたら観光客に見えちゃう。あのライトブルーのデニムシャツとダークブラウンのパンツにして」トビーは自分の寝室に入ると服を脱いで下着姿になった。

「靴は編みあげのやつがいいわ」開け放したドアのむこうに叫ぶ。

「茶色？　黒？」大声が返ってきた。

「茶色」答えながらクロゼットのなかをのぞきこんだ。レクシーの部屋にあるウォークイン・クロゼットの三分の一もないスペースに、すべての服をぎゅうぎゅうに詰めこんである。ピンクと白のワンピースはどこだっけ？

「どちらの靴がいい？」開けたままのドアからグレイドンが入ってきた。ダークブラウンのパンツに、シャツの前は開けたまま。素足で両手に二足の靴を持っている。「あ、失礼」下着姿のトビーを見るとくるりと背を向けたが、靴を持った手を背中にまわしただけで出ていこうとはしなかった。

「わたしの左手、つまりあなたが右手に持っているほう」トビーはワンピースをクロゼットから引っ張りだして体の前に持ってきた。グレイドンはまだこちらに背を向けたまま立っている。「悪いけど？」

「かまわないよ。着替えをつづけてくれ」グレイドンは動かない。

そういう意味でいったんじゃないんだけど。トビーはバスルームに入り、ドアを半分だけ開けておいた。

グレイドンはベッドの端に腰かけて靴下を履きはじめた。「で、その男性になにを訊く？」

「さあ。ヴィクトリアがひた隠しにしている秘密を、夢想している願いごとを教えて、とか」頭からワンピースをかぶると、鏡を見ながらメイクに取りかかった。

「成功間違いなしだな」彼は皮肉めかした。「靴べらなんか持っていないよね？」

「テーブルの横にある」トビーはいった。「さりげなく探りを入れたあとで、いきなり核心に迫るほうがいいかしら。わたしのような経験の浅い人間に自分の結婚式を任せたくないといわれるんじゃないかと心配」

グレイドンはバスルームのドアをいっぱいに押し開けてからシャツのボタンを留めはじめ

た。トビーはマスカラを塗っていた。「そのハントリー博士についてなにを知っている?」

「知っていることは大してないわ。彼とヴィクトリアが真剣なおつきあいをしていることもアリックスの結婚式まで知らなかったくらいだし。ふたりが手をつないでやってきて、牛みたいな潤んだ目で見つめ合っているのを見たときはびっくりした。ひどい頭! ほどいて編み直さなきゃ」トビーがいっているのは、顔の両側に垂らした三つ編みのことだ。

「貸して。ぼくがやろう」グレイドンは彼女の手からヘアブラシを取りあげた。そして三つ編みをやさしくほどきはじめた。

トビーはその場に立って、鏡のなかのグレイドンを見ていることしかできなかった。男の人に髪にブラシをかけてもらう、このささいだけれど信じられないほど親密な行為こそ、トビーが昔から結婚生活に夢見ていたことだった。女の子たちがくすくす笑いながら話していた、車の後部座席でするくんずほぐれつのセックスなど興味がなかった。少女のころのトビーが夢見ていたのは、男の人に髪にブラシを当ててもらうことだった。グレイドンは顔をうつむけ、一心に彼女の髪を見つめていて、トビーは彼のほうに体をまわして両手を首に巻きつけ、キスしたくてたまらなくなった。

トビーは無理やり視線をそらした。この人はあなたのものじゃないのよ。自分にそういい聞かせる。いまも、これから先も。それにこの六日間、いい雰囲気になりそうになるたびグレイドンに避けられたじゃないの。キスを期待して彼のほうに顔を向けたことが二度あったのに、二度とも彼はすっと身を引いた。十五歳のときから男の子たちに追いまわされてきたのに、ここにきて急にわたしが近寄っただけで男の人が後ずさりするようになるなんて。傷ついたし、正直いって自尊心を打ち砕かれた。

視線を元に戻したときトビーは笑顔になっていた。彼が進んで差しだそうとするものだけでは足りないなんて、絶対に知られたくない。

グレイドンは鏡のなかでトビーと目を合わせた。「これでいいかい？」

「完璧よ、ありがとう」トビーは彼の前からするりと抜けだすと寝室に戻った。ジュエリーボックスから小さなハートのロケットがついたネックレスを取りだし、首につけようとした。

グレイドンは彼女の手を払うとネックレスを留めてやった。「贈りもの？」

「十六歳の誕生日に父がくれたの」鏡のなかで一瞬目と目が合い、トビーはまた彼のほうに体をめぐらせたくなった。

いつものようにグレイドンは彼女から離れた。「ちょっと失礼。階下で会おう」自分の部屋に戻ってドアを閉めると、彼はそこにもたれかかった。ぼくはいったいなにをしているんだ？　下着姿のトビーを見たとき部屋を出るべきだったのに、できなかった。長い時間をかけて培ってきた自制心が、一瞬で消えてしまったかに思えた。裸同然のトビーの姿に欲望を掻き立てられ、彼女をベッドに押し倒して下着をむしり取りたい衝動に駆られた。しかし、そのあとはどうする？　明日ここを離れたらトビーとは二度と会えないんだぞ？　一夜きりの関係からトビーは立ち直れるかもしれないが、グレイドンは自信がなかった。自分はべつの女性と生涯をともにする運命にあるのに、トビーは……。

グレイドンは目を閉じた。国に帰らないわけにはいかない。来週には二名の大使がランコニアを訪れる予定だが、ローリーは彼らのことをなにも知らない。入れ替わりの事実をかぎつけられるのにそう時間はかからないはずだ。新聞の見出しが目に見えるようだった〝双子の王子、世界を騙す〟。ランコニアは世界じゅうで物笑いの種になるだろう。ランコニアの歴史の教科書にも載って、百年後の子どもたちはそれを見て笑うのだ。グレイドンの写真の横にトビーの写真も並ぶだろうか？　それどころか、グレイドンの企みのせいでランコニア国王の権威は失墜したと書かれるのか？

国に帰らなければいけないのはわかっていた。それでも明日ここを離れると考えただけで胸が締めつけられた。自制心を完全に取り戻して一階へおりるまでにずいぶんと時間がかかってしまった。

階下ではトビーがすでに待っていた。ピンクと白のストライプのサマードレスに華奢なサンダルを合わせた姿はとても愛らしく見えた。「ハントリー博士のオフィスは歩いていけるから」彼女はそこで彼を見た。「大丈夫？　なにか心配ごとがあるような顔をしているけど」

「いや、なんでもない」グレイドンはそっけなく返した。

グレイドンがまたなにか隠していることがトビーにはわかった。彼は玄関のドアを開けたが、そこでふたりの足が止まった。ドアの外に、目を瞠るほどの美男美女が立っていた。

「殿下」ふたりはグレイドンに向かって頭を下げた。

トビーが目をやると、グレイドンはたったいま人生が終わりを告げた人の顔をしていた。

彼はドアを大きくひらいてふたりを通した。

12

ランコニアでの事故のあと一時間もしないうちに、ローカンとダイルはプライベートジェットでニューヨークへ向かった。JFK国際空港に着くと、すぐさまナンタケット島へ向かう小型機に案内された。ダイルはローカンのけががが心配だったが本人に訊けずにいた。ひとつには周囲に人がいすぎて、極秘事項に関わることをうかつに話せなかったからだ。それにあざがひとつふたつできたくらいで、王族のボディガードとしての腕が落ちたとほのめかされるのは、ローカンとしてもうれしくないだろう。グレイドン王子には彼女が必要だ。だからきてもらうしかない。

ダイルは誰とでも気楽につきあえる質だったから、いまも周囲と天気の話をしたり、彼らの助力に感謝したりしていた。

ローカンはといえば、地球を半周するほどの長旅のあいだ、ほとんどしゃべらなかった。かなりの長身で、背中の中ほどまである長い黒髪をポニーテールにまとめたローカンは、誰もが振り返る女性だった。しかし、そうした視線に彼女は一切反応しなかった。国外に出るのはこれが初めてだというのに、その視線がダイルからそれることもない。彼のあとについて空港を進み、やれといわれたことをやった。彼女が傷の痛みに顔を歪《ゆが》めたとき、ダイルは目で〝大丈夫か？〟と尋ねた。ローカンは無言で短くうなずいただけだった。

誇らしさに笑みがもれ、ダイルは気づかれないように横を向いた。ローカンのやつ、立派に育ったものだ。

ナンタケット空港に到着すると、手荷物受取所のターンテーブルに自分たちのトランクや荷物が流れてくるのを待った。ローカンの抗議の声を無視し、ダイルはその大量の荷物の大半を自分でおろした。ランコニアと連絡を取り合うのに必要なもののほかに、訓練用の機材と私物を持参していた。すべての荷物が揃うとレンタカーに積みこんだ。

ローカンは車に乗りこんでようやく、話しても大丈夫だという気になった。「彼女、どんなだと思いますか？」空港から車を出すダイルに訊いた。

〝彼女〟が誰かは尋ねるまでもない。グレイドン王子を窮地に追いこんだ女性のことだ。

「王子にはこれといったタイプがないからな。これがローリーなら簡単だ。長身のブロンド美人で、好きで危険に飛びこむローリーに喜んでついてくる女性。しかしグレイは……」

国王の親族で、王位継承順位第六位にあるダイルは、グレイドン王子のことを名前で呼ぶことができる。しかしローカンは彼らとは階級が違った。彼女はゼルナ族の出で、幼くして両親を亡くし、高齢の祖父母に引き取られた。ローカンが十二歳で王室奨学金を獲得すると、祖父母は大層喜んだ。それ以降、食事や衣服や教育はもちろん、訓練まで官費で受けることができるからだ。武道、拳闘、剣術、ありとあらゆる武器の使いかたを習得した。クラスの上位五位以内の成績で卒業したローカンは、王室に採用された。三年後、彼女のとっさの判断と機敏な行動が、ある王族の命を救ったことをきっかけに、グレイドン王子専属のボディガードに任命されたのだ。

「王子の好みのタイプは知りませんが」嫉妬する気持ちはなかった。王子とは友情で結ばれている。それ以上のものは望んでいない。「レディ・ダナでないのはたしかです」

ダイルは声をあげて笑った。「この一週間で彼女がローリーとふたりきりで食事をしたのは何回だ？」

ローカンは顔をしかめた。「もしも彼女が国王と一緒に階段を落ちていたら、ローリー王子はどちらを助けようとしたでしょうね」

いまから数時間前、ランコニア国王が大理石の大階段から落ちた。ローリーは――みんなはグレイドンだと思っているが――落下の衝撃を弱めようと国王の前に身を投げだした。そして左腕から着地し、手首を骨折した。その程度のけがですんだのは、国王がよろけた時点でローカンがふたりの前に飛びこんだからだった。身の危険も顧みず、みずからの体をクッションにしてふたりを救おうとしたのだ。だから終わってみれば一番下になったのはローカンで、その上にローリー、国王は一番上だった。おかげでもっとも軽傷ですんだ――とにかく体の面では。報道機関は知らないし、王室関係者も躍起になって隠そうとしているが、国王は脳卒中を起こして転落したのだ。

「グレイが彼女に興味を持ったのは、彼女が双子を見分けたからだとローリーはいっていたが」

「どんな手を使ったんだか」ローカンはダイルを見た。「彼女の狙いはなんでしょうか?」

「さあな。ひょっとするとグレイにひと目惚れしたのかもしれない」ふたりは顔を見合わせ、鼻で嗤《わら》った。

「彼女はたぶん妊娠をもくろんでいるんですよ。コンドームに針で穴を開けたりして」

ダイルは肩をすくめた。「しかし、王族に隠し子がいるのはよくあることだ。モナコ公国のアルベール王子のときだって大した騒ぎにはならなかったぞ」

「われわれの王子はもっと利口だと思っていました」

「利口かどうかは関係ない」そういうダイルの声は怒気を帯びていた。「グレイは愛のない結婚と、正気の人間なら誰も望まない職務に踏みだそうとしているんだ。だから彼女に惚れたのならいいと思う。彼女がグレイに惚れたのでもかまわないが。いずれにしろ、全力でやつを応援するつもりだ。それに子どもが生まれるなら、それはすばらしいことだ!」

「わたしの判断は彼女に会うまで保留しますが、彼女はこの国が生みだした下層階級の人間か、でなければ豪邸の持ち主で、王子は彼女の……つまり……」

「おもちゃ、か？　頭がおかしくなるまでやりまくる相手？　氷の女王ダナとベッドに入るときに思いだせるような？」

「そんなふうにいわれれば、わたしも王子が彼女のおもちゃになっていればいいと思いますが」

「ま、おれたちもそこに住むわけだから、彼女にはぜひとも寝室がいくつもある大豪邸を持っていてほしいものだ。床に寝るのはぞっとしないからな」

「年を取って、やわになりましたね」

「そう思うか？」ダイルはローカンに横目をくれた。彼とグレイドンは同い年で、子どものころから一緒に訓練をはじめていた。ローリーが最初の寄宿学校に入れられたあとは、グレイドンに残された真の友人はダイルだけになった。ふたりはともに学び、スポーツに興じ、秘密を分かち合った。ところが成長するにつれ、グレイドンの母はふたりを引き離しにかかった。グレイドンには必要な特別教育があり、将来の役割に備えてだんだんと公務に関わるようになっていった。

ふたりが再会したのは、大学を卒業し、ともに軍務を終えたあとだった。だがそれも、グレイドンが好む過酷な訓練についていけるだけの体力と――ふさわしい身分を持っているとと女王が見なした人物がダイルしかいなかったからにすぎない。

ローカンがグレイドンのボディガードになったとき、彼女は難なくふたりに溶けこみ、それ以来三人はチームになった。少なくとも、結婚式に出るためにナンタケット島へ飛ぶとグレイドンがいいだすまではそうだった。あのときを境にすべてが変わった。

そしていま、事態はさらに変わろうとしている。ローリー王子は手首にギプスをはめ、国王はスイスの病院に身を隠し、ダイルとローカンはローリーだと思われている男を母国から遠ざけておくためにナンタケットに送りこまれた。

「ありました」ローカンがいった。「キングズリー・レーン。ここで曲がってください」

トビーは、家に入ってきたふたりから目を離せずにいた。ゴージャスという言葉では控えめすぎた。どちらもかなりの長身で——男性は百九十センチ以上、女性のほうも百八十センチはあるだろうか。髪と瞳は夜の闇に似た深い黒、肌は蜂蜜を思わせる黄褐色だ。男性はグレイドンと同じ三十代前半。女性はもう少し若くて、たぶんトビーとあまり違わないだろう。レザーとウールという異素材を組み合わせた服は全身黒一色で、そこここに使われた銀色がアクセントになっている。その装いと直立不動の姿勢だけでも人目を惹くのに、そのうえふたりは顔まで美しかった。わずかに吊りあがった切れ長の目、筋の通った鼻、ふっくらした厚い唇。とにかく、遠い過去から時代を超えてやってきたような感じだった。

部屋に入るなり、男性とグレイドンはランコニア語とおぼしきもので話しだした。トビーはこれまでわずかな単語しか聞いたことがなかった。低い声で喉の奥から発せられる言葉は、古めかしくも美しい響きを持っていた。

とはいえ、男性の話を聞くうちにグレイドンの眉間のしわがどんどん深くなるのを見れば、なにかまずいことが起きたのは明らかだった。

トビーは脇に控えて、事情が説明されるのを待った。しばらくして、なにがあったのか訊こうとグレイドンの腕に手を伸ばしかけたが、女性に射るような視線を向けられ、思わず伸ばした手をおろして後ずさった。〝王子〟に指一本でも触れたら飛びかかられそうな気がした。

話が終わるとようやく、改まっての挨拶となった。男性どうしは腕と腕を固く組み合わせ、手を肘に当てて頭を前に倒した。グレイドンが女性に触れることはなかったが、代わりに心からの笑みを交わした。三人が旧知の間柄なのは見ればわかった。

グレイドンはトビーに顔を向けた。「実は……」そういいかけたものの、いま聞いたばかりの話に動揺したのか言葉がつづかない。

「外にいるから、用があったら呼んで」トビーはやわらかな声でいうと励ますように笑いかけた。グレイドンは感謝のまなざしを返した。

トビーはキッチンを通って勝手口へ向かった。おそらくランコニアでなにかが起こって、あのふたりはそれをグレイドンに知らせにきたのだ。誰かが死んだのではないといいのだけど。トビーは心からそう思った。家族の死はどんな人にとっても悲劇だが、グレイドンの場合は次期国王になるかどうかの話になってくるから。

温室へ行き、日課の水やりをはじめた。ときおり家のほうに目をやったけれど、誰の姿も見えなかった。なにがあったにせよ、グレイドンはすぐにでもここを出ていくことになるはずだ。いまごろ二階で誰かが——あの女性だろうか？——荷物をまとめはじめているのだろう。荷造りはしない、といっていたグレイドンの言葉を思いだし、トビーは頬をゆるめた。あの人たち、彼のそういうところを知っているのかしら？　あの女性はセーターの正しい畳みかたを知っているようには見えなかったけど。

ニオイゼラニウムの葉を持ちあげ、根元に水をやった。温室内で葉に水をかけると葉焼けしてしまうのだ。

もちろん、帰国を一日早めるしかないだろう。グレイドンは王子で、王子としての務めがあるのだから。ここ数日そのことをほとんど忘れていたとしても、そんなことは関係ない。考えてもみなかったけれど、つまりはヴィクトリアの結婚式のプランニングを手伝ってくれる人がいなくなるということだ。だったら誰かに……。でも正直いって、あてにできそうな人はいま島にはひとりもいなかった。トビーは昔から友だちが山ほどいるタイプではなかった。それどころか、親しい友人がほんの数人いるだけで、その数人も島を離れているとなると……。

ツバキの鉢植えを六個床におろし、花台をごしごし洗って消毒した。ジャレッドかレクシーに訊けば、夏のあいだだけルームメイトになってくれる人はたぶん見つかる。だけど並んで料理を作ったり、ヴィクトリアの結婚式のことを一緒に考えてくれる人はどこで見つければいいの？　わたしを笑わせてくれる人は？

鉢植えを元に戻しながらちらりと目をあげると、ランコニアからきた男性が温室のほうへ歩いてくるのが見えた。本当にきれいな顔！　それなのに、なにかあれば一瞬で行動に移れそうな歩きかたをしている。

トビーはつけていた大きなエプロンで手を拭いながら出入口へ向かい、外に出た。

「深刻な状況なんですか？」そこで口ごもった。「詮索するつもりはないんですけど、なにかあったみたいだから。荷造りを手伝いましょうか？」

男性は怪訝《けげん》そうな顔でトビーを見つめた。「殿下から事情を説明するよういいつかってきた」

誰のことをいわれたのか、一瞬わからなかった。「グレイドンはいつ出ていくの？」

「出ていかない。滞在を延ばす必要が出たので、われわれもこの家にとどまりたいと思っている。もちろん、きみの許しが得られればだが。もうひとつの寝室を私と同僚で使うということでどうだろう」

グレイドンは出ていかない、この家でひとりきりにならずにすむとわかったら、安堵のあまり満面の笑みが浮かんだ。「ええと、ミスター――？」

「ダイルだ」肩書きはおろか、名字さえも抜きだった。

「ぴったりね」トビーはつぶやいた。「わたしは庭仕事をするから、あなたはそこに腰かけて――」一段高くなった花壇の縁を指差した。「事情を説明するというのはどう？　そうだ！　一階にあなたたちの寝る場所を作らないと。あなたがグレイドンと同じ部屋を使うのならべつだけど」トビーは彼を見た。「それとも彼の部屋に入るのは……彼女のほう？」

ダイルはぎょっとして目を見ひらいた。「ローカン？　彼女は護衛だ。アメリカ式にいうとボディガードだったか」

トビーは息をのんだ。「グレイドンに危険が迫っているの？　誰かが彼の命を狙っているとか？」

「いや」ダイルは声を落とした。

いい声。それでもトビーは、豊かに響くグレイドンの声ほどすてきじゃないと思わずにいられなかった。

「危険も脅威も迫っていない。ローカンと私は双子の入れ替わりについて承知している。そこで、ローリー王子と思われている人物の護衛を買って出たんだ。ただし、グレイドン王子にはこの先数週間、ここから公務を取り仕切ってもらう必要がある」

「数週間？　どうして元に戻るだけじゃだめなの？」トビーはダイルが口をひらく前に片手をあげた。「ふたりが瓜ふたつでいられなくなるようななにかが起きたのね。お願いだから、ローリーがオートバイで宮殿の階段を駆けあがって脚を折ったとかいわないで」

それを聞くとダイルは声をあげて笑い、それから体の力を抜いた。彼はトビーの手からホースを取りあげた。「最初から話すから、座ってくれ。だがその前に、どうして私はグレイと同じ寝室を使わないといけないんだ?」

トビーは彼を見た。「ランコニアの風習は知らないけど、あなたにわたしの寝室を使わせるわけにはいかないもの」

ダイルはまた笑い、それから水道の水を出してフェンス沿いの花の列に水をやりはじめた。トビーは座らずに彼と並んで歩き、雑草を抜きながら花壇を移動していった。ダイルは、転落する国王と大理石の階段のあいだに挟まってローリーが手首を骨折したことを話して聞かせた。「それにローカンも打撲傷を負った」ダイルはいい、彼女の勇敢な行動についても語った。

あの若く美しい女性のことを話すときダイルの表情がやわらいだことにトビーは気づいた。

「それで、彼女はあなたの……?」

「生徒だ。子どものころから私が教えこんできた」

そんなふうにいうと年寄りめいて聞こえたが――目の前にいる彼は年寄りからほど遠かった。「とすると、あなたはいくつになるの? 五十二、五十三?」

ダイルは一瞬、愕然《がくぜん》とした顔をしたものの、すぐに目をきらめかせた。「どうやら私の年は日によって違うようだ。ローカンが訓練を休んで、この老体に休養を取らせてくれるといいんだがね」

トビーは彼を見た。服の下に鍛え抜かれた肉体が隠れているのはひと目でわかった。グレイドンと同じように。「見るからにだらけた体をしているものね」

こちらに向き直ったときダイルの瞳は甘く燃えていて、トビーは思わず息をのんだ。彼女はあわてて雑草を三本抜くと、山になった草の上に放った。グレイドンは一度もあんな目でわたしを見てくれたことがなかった。そう思ったとたん、怒りがこみあげてきた。さっき会ったばかりのこの人だってわたしを好ましく思っていることを目線で伝えてくるのに、グレイドンときたら！　彼女は顔をそむけたままでいた。

「それで、これからどうなるの？」

「ローリーの手首が癒えるまで、グレイドン王子はランコニアから離れている必要がある。グレイにギプスをつけさせることもできるが、医師団はきっと気づくはずだ。それに、国王が体を動かせない状態にあることは、いまはまだ誰にも知られたくない。その息子たちが……」ダイルはぴったりくる言葉をさがそうとしているようだった。

「子どもじみたいたずらで全国民を騙していることも？」トビーは代わりにいってやった。

「よくわかっているじゃないか」

「誰にだってわかるわ」トビーはそこで、はっと顔をあげた。「国王が入院しているなら、彼の務めは誰が果たすの？　悪いけど、ランコニアのことはよく知らないの。ロイヤルファミリーってテープカットをしているだけでいいの？　それとも、もっと重要な仕事があるの？」

ダイルはため息をついた。「王室の仕事が一般市民の考えているようなものだけなら簡単なんだが、わが国にとって重要な客人はみな王族と話をしたがる。契約の交渉は国王かその息子としたいというんだ。長老団ではだめだとね。宮殿に招かれ、ワインと料理でもてなされることを望むんだ」

「そうなの」トビーは花壇の縁に腰をおろした。「グレイドンならそうしたこともうまくこなせるでしょうけど、聞くところによるとローリーはランコニアを離れていた時期が長いらしいから、必要なことをすべて知るだけの時間はなかったんじゃないかしら」彼女はダイルを見あげた。彼はホースを手にしたまま彼女を見おろしていた。トビーは目の上に手をかざし、彼の背後から差す日光をよけた。「グレイドンは国王の代わりだけじゃなくローリーの仕事もやらなくちゃいけないのね？　それも地球の反対側から」

「どうやらきみにも問題が理解できたようだな」

その口調に、トビーは思わずほほえんだ。ひどく満足げに聞こえたからだ。「ちょっと待って！　婚約の儀はどうなるの？　これぱかりはローリーがやるわけにはいかないでしょう？　それに、例の女性は入れ替わりのことを知っているの？」

ダイルは笑みを隠すために横を向いた。〝例の女性〟というのはレディ・ダナのことだよな？「いや、知らない。彼女はローリー王子のけがをひどく案じているが、ローリーのことをグレイドンだと思っている。べつの相手と契りを交わさせるわけにはいかない。婚約の儀が終われば結婚したも同然だからね。だがその点についてはローカンと計画を立ててある。婚約の儀の前夜にグレイドンをこっそり帰国させて、その後ふたたび連れだすんだ」

「だけど、ローリーはお父さまのお見舞いに行くんじゃないの？」

「公には国王は温泉地で保養中ということになっているから、ローリーが予定外の訪問などしたら、いらない注目を集めることになる。国王の発作のことは誰にも知られないほうがいい。婚約の儀が終わっても国王に快復の兆しが見られないようなら、そのまま退位して、グレイドンがあとを継ぐことになる」

トビーは家のほうに目をやった。つまり、グレイドンは近々、国王になるかもしれないということか。「彼はいまなにをしているの？」

「六年前までほとんど知られていなかった国の大統領への対応を弟に教えている。一頭の羊が穴に落ちて、引っ張りあげてみたらラベンダーダイヤモンドが四つ、毛に絡まっていたんだ。それ以来、誰もがダイヤを見つけようとして、いまじゃ国土はずたずただ」

「見つかったの？」

「何個かね。レディ・ダナの婚約指輪にもひとつ使われる」

「それはよかったわね」トビーはいったが、その声にはあまり熱がこもっていなかった。

ダイルは彼女のことをじっと見つめた。「レディ・ダナは今回のことをなにも知らない。われわれは国家機密をきみひとりに委ねようとしているんだ」

「心配しないで」トビーはいった。「密告したりしないから」

ダイルがなにかいい返そうとしたとき勝手口のドアが開いて、ローカンが顔をのぞかせた。不機嫌を絵に描いたような顔をしている。

「私に用があるらしい」ダイルはいい、軽く頭を下げた。「楽しかったよ」

「こちらこそ」ふたりは笑みを交わした。

ダイルは家のほうに戻りかけ、そこで振り返った。「明日はきみもトレーニングに加わるといい」

「わたし、運動はあまり得意じゃないの」

「私が教えるよ」ダイルの目はひどく謎めいていた。

「わかった」トビーはそれしかいえなかった。

「武器はきみが最初に選んでいい」ダイルは背を向け、急ぎ足で家のなかへ入っていった。

「武器?」ホースを丸めていたトビーは、そこでふと、ヴィクトリアはランコニアの結婚式を気に入るかもしれない、と思った。輝くばかりに美しい男たちが二列に並び、剣を掲げて作ったトンネルの下をヴィクトリアが歩いていく。最高にドラマチックな演出だわ。

「ずいぶん長くかかったな」ダイルがダイニングルームに入っていくなりグレイドンにいわれた。ダイニングはすでに執務室に変わっていた。

パソコンの画面にはローリーがいた。「よお、ダイル！」彼が声をかけてきた。「ナンタケットは気に入ったか？」

ダイルは画面を自分のほうに向けた。「まだほとんど見ていないが、通りは広くていいな」ランコニア語でいう。

ふたりは声をあげて笑った。ランコニアやナンタケットより狭い道を見つけるのは至難の業だろう。

「トビーの印象は？」ローリーが訊いた。

「じつに美しい。おまえが面倒を起こしたと思ったようで、オートバイで宮殿の階段を駆けあがって脚の骨を折ったのかと訊かれたよ」

「傷つくなあ！」ローリーは左胸に手を当てた。「ぼくは身を挺して王を守ったんだといっておいてくれ」

「ハッ！ ローカンがクッションになっただろうが。彼女の迅速かつ的確な行動がなかったら、国王もおまえも首の骨を折っていた」

ローリーの笑い声がやんだ。「ローカンはどんな具合だ？」

ダイルは画面の前に腰をおろした。「口でいっているより打撲の程度は重いだろう」

「ぼくが礼をいっていたと伝えてくれ。父さんがあんなにデブでごめん、と」

ダイルはにやりとした。「かならず伝える」

「グレイがあらゆることを心配しているのは知ってる」ローリーは声をひそめた。「ぼくも最善を尽くすが、なんとかかっていうロシアの大使が明日やってくることになっているんだ。まいったよ、なにをどうすりゃいいのかさっぱりだ！」

ダイルはパソコンのマイクに顔を近づけた。「そいつの好物はウォッカと、背のばか高い女だ」小声でいったあとで顔をあげ、グレイドンに聞かれたかどうか確かめた。それから声のボリュームをあげた。「兄上の話をよく聞いて、いわれたとおりにする。それがおれからのアドバイスだ」

「ぼくもそうするつもりだったよ」ローリーが同じくらい大きな声でいうと、ダイルは画面の前から離れた。

「もう寝ろ！」グレイドンは弟にいった。「明日また話そう」画面をオフにすると、椅子に背をあずけてダイルを見た。「あんなに長いあいだトビーとなにを話していた？」

「われわれがここにいる理由、部屋割り、そんなところだ。彼女とおまえの寝室が別々だと聞いて驚いたよ」

「彼女はまだ男を知らない。そして、それを変えるつもりはぼくにはない」

「だったらおれたちはどうしてここにいるんだ!?」ダイルは心底困惑していた。

「それは……」いいかけたものの、これはという回答は思いつかなかった。「ぼくは彼女を手伝って結婚式のテーマを考えているんだ」

ダイルは真顔だったが、目だけが笑っていた。「おまえ自身の式のテーマカラーはもう決めたのか？」

「黒と青はどうだ。ぼくとの対戦でおまえの体にできるあざの色に合わせて」

「そいつは楽しみだ。じゃ、食事にするか？　それともアメリカ人に感化されてビ、、ビーゲンになって、いまじゃトーフとケールだけしか食べないとか？」

「絶対菜食主義者のことをいっているなら〝ビーガン〟だし、ナンタケットの住民はグルメだ。トビーを呼んでくる」そのとき彼の、つまりはローリーの携帯電話が鳴り、発信者を見ると宮殿からだった。「この電話には出ないと」

「では、ミス・トビーはおれが謹んでお連れしよう」ダイルはいい、グレイドンが異議を唱えるま間もなく、さっさと部屋から出ていってしまった。

電話を終えたグレイドンがキッチンへ入っていくと、ダイルとトビーは、グレイドンが掃除した部屋で、グレイドンが片づけた小さなテーブルに隣り合って座っていた。

テーブルの上はダイルとローカンがランコニアから持参した食料品でいっぱいだった。ロースト肉、ソーセージ、パテ、雑穀パン、チーズ、オリーブ、ブドウのピクルス、レーズン、ナッツ。ランコニアのビールまであった。外交特権を行使しての渡航なので税関を通す必要がないのだ。
「これを試してごらん」ダイルはいい、トビーの両手がふさがっているのを見ると、自分でつまんで口に入れてやった。

「おいしい」トビーはいった。「なんのハーブ？　初めて食べる味だけど」

「ランコニアの美しい山々の高所に生える野草だ。いつか連れていってあげよう」

「ぜひ！」

ふたりを見ながら、グレイドンは、トビーのことを話すローリーに殴りかかったあの晩と同じものを感じていた。ただし、いまはダイルの首を絞めあげてやりたい。

足を一歩踏みだしたとき、背後にローカンが立った。彼女は両手でグレイドンの肩をしかとつかむと、親指で首のうしろをマッサージしはじめた。対戦前後の緊張やけがへの対処法も訓練の一環だった。

「いつものことです」グレイドンの耳元でいった。「きれいな娘を見るとちょっかいを出したくなるんです。意味はありません」

「トビーはただきれいなだけの娘じゃない」グレイドンはうなるようにいった。

「そうでしょうとも」ローカンはぞんざいな口調にならないよう気をつけた。グレイドン王子はこのアメリカ人のことを特別な存在と考えているかもしれないが、彼女のほうも同じ気持ちでいるとは思えなかった。それどころか、あっさり男を乗り換えるタイプに見える。たぶん自分ならこのちゃらちゃらした女の真の狙いを暴けるかもしれない。彼女の正体を知れば、国に帰る段になってもグレイドン王子はさほど悲しまずにすむだろう。

レディ・ダナのことは好きではないけれど、男と見れば色目を使うようなこの女よりはるかにましだ。

ダイルはといえば、いまはブロンド女と頭をくっつけ合うようにしていて、ローカンはふと彼の目的も自分と同じかもしれないと思った。ダイルもまた、グレイドン王子がどれほど危ない橋を渡ろうとしているのか、本人に見せつけようとしているのかもしれない。

顔をあげたトビーは、美しいローカンがグレイドンの首に手を添えながら、ダイルをじっと見ていることに気がついた。ふーん、なるほどね。トビーはグレイドンに笑いかけ、隣の椅子に手招いた。「お腹がぺこぺこでしょう。ここへきて食べたら?」

グレイドンが隣に腰をおろしたところで、その目つきと黙りこんだ様子から、かなり気が立っているのがわかった。お父さんのことが心配なのかしら? それとも心配しているのはローリーのことで、指南役のいないローリーに公務がこなせるかどうか不安なのかも。

「これを食べてみて」トビーはライ麦クラッカーに薄黄色のチーズを塗った。

「だめ!」テーブルの反対側でローカンが声をあげた。

それは彼女が初めて発した英語だった。「どうかした?」

ローカンはランコニア語でなにかいった。

「グレイドン王子はそのチーズが好きじゃないといっている」ダイルが通訳した。

「あら。それはごめんなさい」三人の顔を順繰りに見たところで、トビーはようやく理解した。ダイルが馴れ馴れしくしてくるのも、寝室について質問してその答えにひどく驚いたのも、嘲《あざけ》るようなローカンの表情も、そしてグレイドンがいま押し黙っているのも、ランコニアとはなんの関係もなかった。彼らはトビーの人となりについて憶測していたのだ。そこからどんな結論に達したかは、それぞれの顔に書いてあった。どうやら新参者ふたりは、トビーが大事な王子を誘惑して国と義務を捨てさせようともくろむ魔性の女《ファム・ファタール》だと考えているらしい。そしてグレイドンは……。信じられないことに、嫉妬しているように見えた！　わたしが美しきダイルとベッドに直行するとでも思っているの!?

トビーはクラッカーをテーブルに置くと、椅子をうしろに押した。「なんだかお腹がいっぱいになっちゃった。仕事の話もあるだろうし、わたしは席をはずすわ」彼女は立ちあがり、玄関へ向かった。

外へ出たはいいけれど、どこへ行けばいいのかわからなかった。わかっているのは、ここにはいられないということだけ。

外は雨になっていた。音もなく降る夏の夕立だから、木が倒れたり、屋根が吹き飛んだりすることもない。ナンタケットでは〝暴風雨〟は比較上の言葉なのだ。

しばらく玄関先に立っているとドアのむこうで音がしたので、あわててキングズリー・レーンのほうへ向かった。通りに出ると、道の反対側にある古い屋敷の玄関が開いているのが見えた。グレイドンの親戚が購入することになっている家だ。人がいるようには見えないし、たぶん誰かがドアをしっかり閉めていかなかったのだろう。あのままじゃ雨が吹きこんでしまう。それにわたしには行き場がいる。ゆっくり考えられる場所が。

雨に打たれながら走って通りを渡り、家のなかに駆けこんだ。玄関広間の大理石の床は濡れていた。ドアの取っ手を握り、ぐいと押して閉める。

つかのま、ドアに寄りかかった。目の前には大きな階段があり、それを挟むようにして左右にドアがある。トビーは二階に行ってみることにした。

階段をあがりきったところに部屋がふたつあり、どちらもドアが開いていた。稲妻が右手の部屋を照らしだし、トビーはそちらに入ってみた。部屋は汚れていた。蜘蛛《くも》の巣が張り、ほこりが厚く積もって、中央にマホガニー製の巨大なベッドフレームがあった。これだけ大きいと、のこぎりでふたつに切らないかぎり部屋から運びだせそうにない。部屋の片側には幅広の暖炉があって、木製の炉床はたくさんのバラの花と葉の彫刻がほどこされていた。

部屋の奥に扉がふたつあり、トビーはなにかに導かれるようにして左の扉を開けた。そこはかつての図書室のようだった。こぢんまりして、居心地がいい。

一方の壁際に小さな暖炉があって、その両側は本棚になっていた。二面の壁にも棚が据えられていたが、いまは空っぽでほこりが積もっている。最後の壁に二重窓がひとつあり、その下に背もたれの曲線がレトロな古いソファが置いてあった。

雨が降っているせいで室内は薄暗かったけれど、この部屋にいるとなぜだか心が落ち着いた。古いソファに腰をおろすとほこりが舞いあがったが気にならなかった。

背もたれに頭をあずけて周囲に目をやると、この部屋のかつての姿が見えるようだった。書棚はすべて革装丁の本で埋まり、暖炉では小さな火がぱちぱちと音をたて、わたしは白いコットンのロングドレスを着ている。暖炉に火が入っているのに部屋は肌寒く、わたしはショールをきつく体に巻きつける。ショールは赤のペイズリー織で、誰かが――ケイレブ船長かしら？――中国への最後の航海で買って帰ったもの。ありありと目に浮かぶその光景にほほえむうちにまぶたが落ちて、いつのまにか眠ってしまった。

トビーは夢を見た。誰かが彼女の手に触れ、甲にキスして、うっすらと無精ひげが生えた頬に押し当てている。トビーの口元に小さな笑みが浮かんだ。心から愛している人だとわかったから。

「トビー」深みのある声がいった。

目を開けると、グレイドンが心配そうにトビーの顔をのぞきこんでいた。一瞬、頭がこんがらがってしまった。夢が鮮明すぎて、書棚に本が一冊も並んでいないのを見て驚いた。暖炉に火は入っていないし、トビーは白いドレスも着ていなければ、美しい深紅のショールを肩にかけてもいなかった。

彼女は背筋をしゃんと伸ばした。「出ていって」

グレイドンは後ずさり、全身をこわばらせた。「それがきみの望みなら」堅苦しくいい、ドアのほうに向かいかけたが、そこで足を止めて振り返った。「トビー、ぼくは――」

グレイドンを見あげたとき、トビーの目には涙が浮かんでいた。「あのふたりがわたしを、あなたに国を捨てさせようとするふしだらな女だと考えているのを知ってる？　それとも、甘い言葉で機密情報を聞きだそうとするスパイかしら。どちらにしても、わたしは有罪判決を下されたのよ！」

「知っている」グレイドンは静かに告げた。「誤解はぼくが正す。すべての責めはこのぼくが負う」

トビーは彼を見つめた。「もうわからないことだらけなの。あなたに会った瞬間から、わたしの人生はめちゃくちゃになってしまった。友人のレクシーは急に島からいなくなる。盛大な結婚式のプランを押しつけられて、本業のほうは取りあげられる。そして、そこにはいつもあなたがいた。まるですべてあなたが仕組んだみたいに」

ドアの横に立つグレイドンは、彼女のひと言ひと言にどんどんよそよそしくなっていくように見えた。

「でもどうして？」トビーの頬を涙が伝った。「わたしたちっていったいなんなの？　この一週間、あなたは最高の女友だちみたいだった。一緒にいろいろなところへ出かけて、いろいろなことをしたわ。なにもかもが楽しかった。だけど……」彼女は息を継いだ。「わたしたちのあいだに親密さのようなものはかけらもなかった。相手の体に軽く触れることも、秘密を打ち明け合うこともない。心から打ち解けたことは一度もなかった。同じ家に住んでいても、見知らぬ他人のままだった」

そのとたんグレイドンのよそよそしさが——世間から身を守る壁が——崩れた。「きみはそんなふうに思っているのか？」その声には驚きと怒りがにじんでいた。「ぼくはほかの誰よりきみに心を許してきた。実の弟よりずっと」

トビーは立ちあがった。ずいぶん前から鬱憤がたまっていたことに自分でも気づいていなかった。「わたしにはとてもそうは思えない」

グレイドンは眉間にしわを寄せ、この突然の感情の爆発を引き起こした原因を突き止めようとしているかに見えた。「ローカンはぼくがウルテン・チーズを苦手としていることをきみにいうべきではなかった。あれは出すぎた行為だった」

トビーは両手のこぶしを握りしめた。「あれはチーズ云々の話じゃない。あの人は、あなたは自分のものだとわたしに思い知らせようとしたの」

グレイドンは呆気《あっけ》に取られた顔をした。「ローカンとぼくは一度として——」

トビーは両手を振りあげた。「男ってどうしてこうもまぬけなの？　よくそれで服をひとりで着られるわね！」

グレイドンは目を見ひらいた。

トビーは息を吐き、握っていたこぶしをゆるめた。「これまで女性に怒鳴りつけられたことは？」

「一度もない。それにいわせてもらえば、なぜ怒鳴られなければいけないのか皆目わからない。ぼくはずっと礼儀正しいふるまいを心がけてきた。礼を失したことは数えるほどしかない。きみが……」彼は手を上下に動かした。「……肌もあらわな姿のときにきみの部屋にとどまったのはよくないことだった。しかし、どうしても出ていくことができなかったんだ」

「あなたはちっともわかってない！」トビーは涙を拭った。もう泣きたい気分は失せていた。いまは胸のなかで怒りが渦巻いている。「ダイルは結婚しているの？」唐突に訊いた。

「いや、していないが」

「どうなのかなって思っただけ。その気があるならいつでも応じると彼にほのめかされたから。いまはその申し出を受けようかと思ってる」トビーはそういい捨てると、ドアを抜けて古い寝室に入った。

グレイドンが腕をつかんだ。殺気立った顔をしている。彼のことをよく知らなければ震えあがるところだ。「ぼくの家臣と寝ることは許さない」

トビーは彼をにらみつけた。「たしか、わたしには自由意志があったはずだけど」つかまれた腕を振りほどき、一歩進んだところで振り返る。「本当のことを知りたい？」彼の返事を待たずにつづけた。「わたしがバージンなのは〝結婚するまで大事に取っておきたいから〟じゃない。聞こえがいいからそういってきただけ。本当は、本で読んだみたいな情熱を感じさせてくれる男性がひとりもいなかったからよ。大学時代、女友だちは服をうしろ前に着てきては、くすくす笑っていた。でもわたしは絶対にまねしなかった！　同級生の男の子たちにも、まったく関心がなかったわ。だけどダイルに見つめられたときはまんざらでもなかった。でもそこで気づいたの。ダイルの背をちょっと低くして、肌の色を少し明るくしたらあなたにそっくりだから、わたしが本当にほしいのはあなたなんだって。だけど――」トビーはいらだたしげに両手をあげた。「だからどうだっていうの？　だって、あなたはわたしになんの興味もないんだから」彼女は身を翻し、階段をおりかけた。

「そういうことなのか？」背後からグレイドンの声が飛んだ。「ぼくがきみを欲していないと思っているのか？」

　トビーは振り返ってグレイドンをにらんだ。「当然でしょう？　だってあなたはべつの人と婚約するんだから。もう婚約したようなものなんだから。あなたが結婚するその人は漆黒の目をしたものすごく背の高い女性で、わたしみたいな白茶けたブロンド女を蔑《さげす》みの目で見るのよ。きっと槍かなにかの武器を持って雄々しく戦うんでしょうよ。そうだ！　ナンタケットにはクジラの銛《もり》投げ大会があるから、ローカンやあなたの愛しいダナも参加したらいいわ。優勝間違いなしよ」トビーは階段を駆けおりたが、おりきったところでグレイドンに追いつかれ、肩をつかまれた。「放して！」

グレイドンは放さなかった。彼はトビーにぐっと顔を寄せた。「なんでわからない？」その目はトビーと同じくらい怒りに燃えていた。「ぼくが毎日どんな思いできみといるかわからないのか？　すぐ近くにいるきみに触れることもかなわず、気が狂いそうになっているのに。夜はきみの寝室のすぐそばでまんじりともせず、きみのところへ行ってベッドにもぐりこみ、この腕にかき抱くところを夢に描いているのに」

「でもあなたはそんなこと、言葉にも態度にも出さなかったじゃない」

「きみの首筋に唇を押しつけるところを夢に見た」グレイドンの瞳は暗さを増して黒炭のようになり、欲望をぎらぎらとたぎらせていた。指先が食いこむほどに彼女の腕を強くつかんでいる男は、楽しげによく笑うグレイドンとは別人だった。笑顔とは無縁の男のように見えた。古《いにしえ》のランコニアの戦士のようだった。

彼はやさしいとはいえないしぐさでトビーをぐいと胸に引き寄せた。「朝はきみのほうに身をかがめる。そうすればきみの髪のにおいをかげるからだ。ふわりと香るにおいを一度でも吸いこめればそれでよかった」

「グレイドン」かすれた声でいったけれど、彼は先をつづけさせてくれなかった。

「ぼくはあらゆる国籍の女性たちを見てきた。姿形の違う女性たちを。だが、きみほどほしいと思った人はいない」それは人の声というより獣のうなりに似ていた。「初めて会った日からきみに触れたかった。きみを愛撫《あいぶ》し、愛を交わしたかった」

トビーは驚きに目を見ひらいて彼を見つめた。こんな気持ちになったのは初めてだった。生まれて初めてほかの女の子たちと同じ気持ちを味わっていた。ため息をついたり、くすくす笑ったりする気持ちを。そしてそれは——最高の気分だった！　感動的とさえいえた。いままでこんなふうに感じたことはなかった……そう、女性であることがこんなにもうれしいなんて。

禁断の果実にでも触れるかのように、彼にキスしたくてたまらない。だけどそのあとは？ふたりで床に倒れこむ？

心のなかでかすかに勝利のほほえみを浮かべつつ、トビーは彼を押しのけた——それも力いっぱい。するとグレイドンの目に、トビーの見たかった表情がついに浮かんだ。彼の体から炎のように発散される熱がトビーをたぐり寄せようとする。いまのグレイドンとくらべたら、ダイルが子どもに見えた。グレイドンの先祖が王権を勝ち取った理由が、いまならわかる気がした。

「いいえ」彼女は静かな声で告げた。「あなたを受け入れるつもりはない。既婚者も同然だもの」

グレイドンは後ずさって階段の親柱にぶつかった。「きみを求めていないというから態度ひとつで示したのに、いまになって拒絶するのか？」

「ええ、そうよ。でもこれでようやく自分の立場も、なにが問題なのかもわかった。ひとついっておくわ、グレイドン・モンゴメリー。わたしはあなたに恋するつもりはないから」トビーは玄関のドアを乱暴に開けると、うしろに下がって彼に目をやり、出ていくのを待った。

グレイドンはなにかいいたそうにしていたが、なにをいえばいいかわからないようだった。ほとんど途方に暮れているように見えた。

彼に救いの言葉をかけないでいるには、ありったけの自制心が必要だった。初めて会ったときから、わたしへの気持ちを隠していただなんて。そのことが無性に腹立たしかった。しかも今度は、本心を見せさえすればすぐにでもわたしがなびくと思っているらしい。

冗談でしょう、わたしはそんな安っぽい女じゃない！　グレイドンは両手をポケットに突っこんで家をあとにした。

13

グレイドンが玄関を出た直後、トビーは雨に濡れた大理石の床ですべってドアの角に頭をぶつけた。床に倒れこむ前になんとか足を踏ん張ると、しばらくその場に立ったまま、キングズリー・レーンに向かって小道を歩いていくグレイドンを見ていた。あんなふうに肩を落とした彼を見るのは初めてだった。叩きつける雨にも気づいていないように見える。

彼が通りを渡ってトビーの家に入るまで、ずっと見ていた。グレイドンが振り返り、ここに立つわたしを見てくれないかと心のどこかで望んでいたのに、彼が振り返ることはなかった。

玄関ドアを閉め、しばらく戸板に寄りかかっていた。胸のなかでたぎる怒りが収まるまでに、しばらく時間がかかりそうだった。それに、自分の人生についていますぐ考える必要もあった。ひとつだけはっきりしているのは、あのランコニア人たちを家から追いだすのが、多少なりと分別のある判断だということだ。もうすぐ結婚するグレイドンも含めて。キングズリー・ハウスにはもう誰も泊まっていないから、なんならあの家に住めばいい。

とにかく、どうするか考える時間がほしかった。稲妻がひらめき、廊下を一瞬照らしだして、ふたつの部屋に通じるドアが見えた。二階にいたときと同じで、どちらのドアを開けたらいいか自然とわかった。右手のドアの内側は広い部屋で、一方の壁際に大きな暖炉があった。暖炉の横には戸棚があった。「この下には古いかまどがあったのよ」つぶやいてから顔をしかめた。どうやらナンタケットの古いお屋敷をめぐるツアーに参加しすぎたみたいね。

部屋の奥にもうひとつドアがあったので、そちらにも行ってみた。なかは狭い部屋で、壁際に小さな暖炉が据えられていた。

急にめまいがし、額に手を持っていくとぬるりとしたものを感じた。ふたたび稲妻が光り、指先に血がついているのが見えた。すべってドアにぶつかったときに額を切ったらしい。家に帰って包帯を巻くべきなのだろうけど、グレイドンと顔を合わせることを考えるとためらわれた。まずはこの状況をあらゆる角度から考えないと。おたがいの気持ちをさらけだしたあとはどうなるの？　ふたりの友情はここで終わり？　これからの数週間はレクシーのアドバイスに従って、グレイドンとベッドで大いに楽しむ？　彼が去るときにはつらい思いをするだろうと、いまではわかっているのに？　それに、口説きのダイルとせせら笑いのローカンが階下にいるところで事に及ぶの？

考えれば考えるほどめまいがひどくなった。

トビーは小さな部屋を見まわした。家具と呼べるものは、片側の壁にくっつけるように置いてある小さな硬い簡易ベッドだけだ。「カードテーブルはどこ?」トビーはつぶやいた。それに大おばのマージョリーが全面にニードルポイント刺繍《ししゅう》をほどこした、小さくて硬いソファは? おばにはそれだけの時間があったのだ。なにせ、二十四歳で寡婦になってしまったから。

「いまのわたしと同い年で」そうつぶやくと、また目がまわった。どうしてありもしない話をしているの? やっぱり額の傷をちゃんと診てもらったほうがよさそう。

ドアに手を当てたところでうしろを振り返り、古ぼけた板壁の一枚に目をやった。はっきりとは見えなかったけれど、そこに細長い扉があることは知っていた。羽目板が隠し扉になっているのだ。だからふつうは壁を見ても、そこに扉があることはわからない。

ところがトビーは扉の場所はもちろん、開けかたまで知っていた。一枚の羽目板を片側に押すと、裏に隠された真鍮《しんちゅう》の掛け金があらわれるようになっているのだ。

部屋のそちら側に引き寄せられるようにして、ふらふらと近づいていきながらも、トビーは壁に触れまいとした。扉の内側に恐ろしいものがあると知っていたから。違う! このなかでとても恐ろしいことが起きたのよ。

トビーは羽目板に片手を置き、横にずらそうとした。長い歳月——じつに数百年だ——のあいだに羽目板は膨張収縮し、ジョン・ケンドリックスの手による仕上げも剝げてしまっていた。

両手を使って板を押し、ようやく横にずれたときにはトビーは声をあげて泣いていて――額に負った傷から頬を伝って血が流れ落ちていた。

わたしはここで死んだ。そんな考えが頭に浮かび、トビーは声に出してそれをくりかえした。「わたしはここで死んだ」

片手を突きだしてドアを開けようとしたものの、どうしてもできなかった。トビーは壁に背を向けた。「家に帰らないと」そうつぶやく。「ギャレットのところへ」外で雷鳴が轟《とどろ》いた。「違う。サイラスのところよ」

額を手で押さえ、なんとか簡易ベッドまでたどり着いた。頭のなかにいくつもの顔や場面が浮かんでは消える。どれも懐かしく、それでいて初めて見るようでもあった。ヴィクトリアがいた。トビーに笑いかけている。赤い髪を高く結いあげ、ドレスの胸元はトビーが思わず赤面するほど大きくくれている。それにヴィクトリアは若かった。トビーと同じ年ごろに見える。

「大丈夫？」ヴィクトリアが訊いた。「りんご酒を飲みすぎた？　それとも踊り疲れたのかしら？」

トビーは額に触れてみたが、もう血は出ていないようだった。

「ここで少し休んでいたらどう？」ヴィクトリアは笑顔で彼女を見おろした。「気分がよくなったら戻ればいいわ」

トビーはソファにきちんと座り直すとあたりを見まわした。見おぼえのある部屋だったけれど、どこかわかるまでに少しかかった。「わたし、キングズリー・ハウスにいるの？」

「あらあら！　キングズリー家のふるまい酒をずいぶんと飲んだようね。ここはケイレブ船長の新居よ、忘れたの？　わたしは本人に会ったことがないけれど。主《あるじ》がまだひと晩も過ごしていないこの屋敷を借りて、建築者が自分の結婚式を挙げたことを、航海から戻った船長が知ったらなんというか、みんな噂しているわ。でもまあ、誰もキングズリー家の男の誇りを傷つけることを、さほど心配していないみたいだけれど。いろいろ話を聞いたあとでいわせてもらえるなら、ああいう男たちにはいつかどこかの女がきっぱり〝ノー〟といってやるべきなのよ。単なる楽しみのためだけでもね」ヴィクトリアはトビーのほうに身をのりだした。「でもこんなこと、あなたにいうまでもなかったわね。この家の人たちには今夜話すつもり？」

頭は徐々にはっきりしてきたものの、まだいくぶん混乱していた。自分に目を落とすと、ヴィクトリアと似たようなドレスを着ているのがわかった。白一色のドレスで、袖は短いパフスリーブ。ネックラインは深くくれ――肌はヴィクトリアの半分くらいしか見えていないけれど――丈の長いスカートは裾にぐるりと美しい刺繍がほどこされている。なんとなく自分で刺したおぼえがあった。どうかしてる。生まれてこの方、お裁縫なんかしたことないのに。

「わたしがジャレッドになにか話すってこと？」トビーは尋ねた。どのジャレッドのことをいってい
るの？」
「あなた、この島にはジャレッドが十人以上もいるのよ。どのジャレッドのことをいってい
「ジャレッド・モンゴメリー・キングズリー七世のことだけど」トビーは友人のフルネーム
を告げた。
ヴィクトリアはにこやかな顔でトビーの手を引っ張って小さなソファから立たせた。「こ
の島にいるモンゴメリーはわたしひとりだし、この姓にキングズリーの姓をつなげてもいい
と思えるような男性はひとりもいないわね。みんな尊大で威張りくさった男たちばかり
……」言葉が途切れた。「でもこんなこと、あなたはとっくに知っているわね」
ヴィクトリアはトビーの全身にざっと目をやると満足げな顔をした。「前言撤回。こんな
ところに隠れている必要はないわ。あちらへ行って一緒にお祝いしましょう」彼女はトビー
の腕に腕を絡め、部屋から連れだした。
「わたしたち、なにをお祝いしているの？」トビーはおそるおそる訊いてみた。
ヴィクトリアは笑い声をたてた。「そこまで酔っ払うなんて、しかたのない人！　ジョン
とパーセニアの結婚式じゃないの。でも、いいたいことはわかるわ。ずいぶんと地味だもの
ね。わたしが結婚するときはシルクのドレスにするつもりよ。袖に青いサテンのリボンがつ
いた。それに相手は永遠にわたしを愛しつづけてくれる人じゃないとだめ」

「ずいぶんと高望みね」

「そう思うのは、あなたが男性に求めているのが長生きすることだけだからよ」ヴィクトリアが扉を開けると音と光がどっとあふれだした。音楽と笑い声。煌々《こうこう》と灯されたろうそくは百本はあるだろうか。目の前には歴史ドラマのワンシーンのような光景が広がっていた。そこはキングズリー・ハウスの奥の客間で、部屋いっぱいの人たちはみなジェーン・オースティンの作品の映画から抜けだしてきたような服装をしていた。女性はトビーが着ているものと似た、ハイウエストからすとんと流れ落ちるようなロングドレス。男性はウエスト丈のジャケットにタイツのようにぴったりしたズボンを穿いている。

三人の男性がヴィクトリアの前で足を止め、気づいてもらえるのをじっと待っていた。無理もないわ。ヴィクトリアは目を瞠るほどの美人だし、想像の余地もないほど胸元が大きくくれたドレスを着ているから。

「大丈夫?」ヴィクトリアが訊いてきた。

「ええ」そう答えたけれど、本当は走って逃げてどこかへ隠れたい気持ちだった。

ヴィクトリアはトビーに身を寄せて囁いた。「今夜はかならずあの人たちにいうのよ」

「誰になにをいうの?」離れていこうとするヴィクトリアを見て、トビーはうろたえた。

ヴィクトリアは笑った。「あんなことをいわなきゃいけないとしたら、わたしでも忘れようとするでしょうね」彼女はダンスをする人たちのほうへ足を向けた。「なにかお食べなさい。頭がはっきりして勇気が湧いてくるはずよ」

ヴィクトリアが立ち去ってもトビーはその場から動かなかった。これは夢よ。ここ数日いろいろありすぎたせいで、やけに鮮明な夢を見ているのよ。

トビーは後ずさり、ダンスを眺めている数名の女性の背後にまわった。彼女たちは親しげに笑いかけてきたが、トビーは会ったことがあるかどうかも思いだせなかった。人陰に入るといくらかほっとして、この妙にリアルな夢に圧倒されることもなくなった。

ひと組の男女が通りかかった。男性は女性のほうに身をのりだすようにして、彼女の腕をしかと握っている。まるでそうしてつかまえておかないと、彼女がどこかへ飛んでいってしまうとでもいうように。トビーははっとした。ジリーとケンだった。少し前に知り合ったばかりなのに、もう恋人どうしになったふたり。

知った顔を見たことで、いくぶん緊張がほぐれた。どうやらわたし、知り合いを夢のなかに登場させているみたい。最初はヴィクトリアで、今度はケンとジリー。誰もが摂政時代の衣装を身につけているのも納得がいった。トビーはジェーン・オースティンの映画が大好きでDVDも全部持っているから。「ほかには誰を登場させるの？」そうつぶやく。

「なにかいった、タビー？」前にいる年配女性がこちらを振り返った。

トビーはにっこりした。「それはタビサの愛称ですか？」

するとべつの女性ふたりもこちらを振り返り、心配そうに眉をひそめた。「お母さんをさがしに行ったほうがいいんじゃなくて?」女性の片方がいった。

「いいえ」トビーは愛想よく答えた。「これはわたしの夢ですから、母とのシーンは飛ばすことにします」彼女は女性たちの横をまわって戸口へ向かった。三人の人を先に通してから——どの顔も見おぼえはなかった——戸口を抜け、気がつくとキングズリー・ハウスの奥の廊下にいた。

キングズリー・ハウスは真新しかった! どこもかしこも光り輝き、築二百年どころか建てたばかりのように見える。廊下を端までいくと屋敷の表側にある客間に行き当たった。そこは昔からこの屋敷でもっとも格式張った部屋で、最高級の調度品を設《しつら》え、ケイレブ船長が航海から持ち帰った美しい品々が飾られていた。

客間はトビーが知っている部屋によく似ていたけれど、調度品は半分ほどしか入っていなかった。しかもそのすべてがぴかぴかの新品だった。トビーとレクシーが数え切れないほど腰をおろした古いソファは見当たらず、代わりに航海の風景を刺繍した長椅子が置いてあった。港と船。紳士の腕にすがりつくレディたち。たっぷりしたシャツに細身のズボンとブーツの男たち。大きな荷物を担いで動きまわる作業夫。

客間にいたひと握りの人たちが笑顔でトビーにうなずいた。

「タビー、全部食べられてしまう前にケーキを取ってきたほうがいいぞ」ある人がいい、連れの女性と部屋を出ていった。

そうします、と答えてから、改めて室内を見まわした。部屋の隅の飾り棚に置かれた細長い漆塗りの小箱は、前にキングズリー・ハウスの屋根裏部屋で見たおぼえがあった。トビーが蓋を開けようとすると、レクシーにこういわれた。「鍵がないの。いつのまにかなくなっちゃったんだって」

「錠前師に頼めばいいのに」トビーはいった。

「やることリストの一番上に書いておく」レクシーは答え、ふたりして笑い合った。

その鍵がいま鍵穴から突きでているのが見えた。なるほど。箱の中身がずっと気になっていたから夢に出てきたのね。トビーは鍵をまわして箱を開けた。サテンを張った箱の内側は十二に仕切られ、そこに動物をかたどった翡翠《ひすい》がひとつずつ納められていた。中国の十二支だわ。「なんて美しいコレクションなの」トビーは声に出していうと、蓋を閉じて鍵をまわした。

「ここにいたのね！」いやというほど知っている女性の声がして、うなじの毛が逆立った。これはわたしの夢なんだから。トビーは目をきつくつむって念じた。消えて！　いますぐ消えて！

「タビサ？」その女性はつづけた。「あなたの具合が悪そうだとヴァレンティーナにいわれたのよ」

トビーは鍵穴から抜いた鍵を握りしめると、振り返って母親の顔をまっすぐに見た。

その顔は母によく似ていたけれど、ひとつだけ違うところがあった。娘がまたしても大罪を犯したといいたげな怖い顔でこちらをにらみつけていないのだ。トビーはその表情とともに育った。子どものころからずっとその表情を向けられてきた。トビーのすることが母の意に適《かな》ったことは、記憶にあるかぎり一度もなかった。

ところが夢のなかのこの女性はそんなふうにトビーを見ていなかった。娘を見ていかにもうれしそうにしているとはさすがにいえないけれど、それでも目に気遣いの色を浮かべていた。トビーの体調を本当に心配しているように。

「お母さん?」そっと訊いてみた。

彼女はうっすらほほえんだ。「なんなの、初めて会ったような顔をして」

「実際、初めてなのかも」トビーは答えた。

女性が笑った。その笑い声はトビーが初めて聞くものだった。トビーの母はひどくきまじめな人だった。家事はきっちりこなし、必要なときは夫を手伝い、そしてなにより娘の花婿さがしに全精力を注いでいた。

「さあ、なにか食べに行きましょう」

母がするりと腕を絡めてくると、トビーは驚きに目を瞠った。さりげない愛情表現など、母とは無縁のものだったから。こみあげてくる涙をトビーはどうすることもできなかった。

「ヴァレンティーナのいっていたとおりね。今夜のあなたはちょっとおかしい。じきにサイラスがやってくるから。あの人、棺桶《かんおけ》を届けに行っているのよ。大事な用事があるときにかぎって人が死ぬんだから、いやになるわね」

その無神経な物言いにトビーは笑いだした。こういうところはわたしが知っているお母さんだわ。「ヴァレンティーナというのはあの赤い髪の女の人？」

「そうに決まっているでしょう」

「ええ、もちろんそうよね」遠い昔ケイレブ船長とヴァレンティーナは恋人どうしだったのだと聞いたおぼえがあった。

戸口のほうへ歩いていったとき、客間に女性が入ってきた。「ラヴィニア、タビー」そう声をかけられ、ふたりはその女性に会釈を返した。

この生々しい夢の外の現実の世界では、トビーの母の名前はラヴィディアだ。「ラヴィディアとラヴィニア、トビーとタビー」声に出していってみる。

「あなたはもうりんご酒を飲んではだめよ、タビー」ラヴィニアはいい、娘の手をさすった。

廊下を隔てた向かいにあるダイニングルームに入っていくと、長テーブルに色とりどりの料理が並んでいた。テーブルのまわりには人がちらほらいて、その人たちが手にしている美しい皿をトビーはナンタケット捕鯨博物館の展示で見たことがあった。

「あのお皿はケイレブ船長が中国から持ち帰ったものだったの？」

「荷物を解くのを手伝ったのはあなたでしょう」母は料理に目を据え、丹念に選んでいるところだった。

取り皿に手を伸ばしたところで、あの小箱の鍵をまだ握っていることに気がついた。なるほど、この夢は失われた鍵という事実に沿って進行しているわけね。この鍵を鍵穴に戻しておいたら、目が覚めたときにもそこにあったりして。その考えにほほえむと、トビーは皿を取ってマッシュルームがのった魚料理に手を伸ばした。「それで、ケイレブ船長はどうしているの？」

トビーにすれば他愛ない質問だったのに、こちらを向いた母の顔にはトビーが子どものころから見つづけてきた怒りの形相が浮かんでいた。「船長の話なんか聞きたくない！」それは人間の声というより獣のうなりに似ていた。

トビーは後ずさった。「深い意味があって訊いたわけじゃないの。だってここは彼の家でしょう？」

ラヴィニアは何度か呼吸をくりかえして、ようやく口がきけるようになった。「もちろんそうですよ。だけどあの男の財力に騙されてはだめ。海の男と結婚するとどうなるかは、あなただってよく知っているじゃないの」

「たぶんそうなんでしょうね」トビーはカスタードクリームらしきものがたっぷり盛られた小さなボウルを取りあげた。「じゃ、サイラスは海とはなんの関係もないのね？」

ラヴィニアはテーブルのむこう側から娘を見た。「あなた、今夜はどうしちゃったの？

いつものあなたじゃないみたい」

「自分の人生を見直しているだけ。大したことじゃないわ。サイラスとわたしのことをお母さんがどう考えているのか知りたいわ。わたしたち心から愛し合っているのかしら？」

「もう、タビサったら！　さっきからおかしな質問ばかりして！　あの人と一緒になると約束したんだからそうなんでしょうよ」

「わたしたち婚約しているの？」

ラヴィニアは長いこと娘の顔を見つめていた。「あなたまさか……また彼のことを考えているんじゃないでしょうね？」

「まさか！　彼のことなんかこれっぽっちも考えていないわ」〝彼〟が誰だか知らないけど。わたし、なんてすごい夢を見ているのかしら。自分にこんな想像力があるとは知らなかった。ここまでの話をまとめると、わたし――つまりタビサは、好きな人がいるのにべつの男性と婚約していて、その婚約者のことを愛しているのかどうかはまだ不明。

現実より夢のほうがはるかに刺激的ね！「今年は何年？」

「タビサ、なんだかあなたが怖くなってきたわ」

「気にしないで。〝彼〟ではなくサイラスを選んだわたしの判断が間違っていないことを、ちょっと確認したいだけだから」

ラヴィニアの目つきが鋭くなった。「そんな心配は無用よ。あの男の船が戻るころにはあなたは結婚しているんだから。つまり美男子ぶりを鼻にかけたあの兄弟にあなたがのぼせあがるようなことは起きないの」

「彼の兄弟というのは誰なの？」

ラヴィニアは娘のほうにぐっと身をのりだした。「いいこと、タビサ・ウェーバー。ケイレブ船長はじきに死ぬ。向こう見ずだし、うぬぼれが強すぎるからよ。海に出ると怖いもの知らずになると乗組員たちもいっている。それがいつか命取りになるわ。そのときは弟のギャレットも道連れになるのよ」

このアドベンチャーロマン風の話に興味をそそられ、トビーの眉がぴくりと動いたのを母は見逃さなかった。

「彼と一緒になろうだなんて考えてはだめ！」せっぱ詰まった声でいった。「うちには海に夫を殺された女たちがごまんといるし、サイラスの申し出を断るわけにはいかないのよ」彼女は料理を山と盛った皿をテーブルの端に置いた。「ほらごらん。あなたのせいで胸がこんなに激しく打って！　横になって休まないと」

「ごめんなさい、そんなつもりじゃ――」トビーはいいかけたが、ラヴィニアは娘の横をすり抜けて小走りに部屋を出ていってしまった。周囲に目をやると、誰もが咎《とが》めるような目でトビーのことを見ていた。母を逆上させた理由がなんであれ、どうやらそれは周知の事実のようね。

トビーは自分の皿をテーブルに置いた。「母の様子を見てきたほうがよさそう」当然だといいたげな女性たちの視線を浴びながら、トビーは部屋から出ていった。

母を見つけてなだめるつもりがないことにうしろめたさを感じた。だって、わたしになにがいえる？　タビサは無鉄砲な海の男ではなくサイラスと結婚すると約束するの？　でもお母さんはその船員が航海から戻ってくる前に結婚式を挙げてしまう気でいるようだし、だったら事情のわかっていないわたしが誓いを立てる必要もないんじゃない？

だからトビーはダンスルームへ戻り、音楽に耳を傾けながら、いつ目が覚めるのだろうと思った。すべって頭を打ったときに脳震盪《のうしんとう》を起こしたんじゃないといいけれど。こんなに長い夢を見るなんて、昏睡《こんすい》状態にあるんじゃないかと思えてきた。

かといって、これが現実のはずない。トビーはダンスに興じる人々を見まわした。島で見かけたことのある顔もちらほらあったけれど、名前まではわからなかった。でもこれがわたしの作りあげた夢なら、どうしてジャレッドが出てこないのだろう。ヴィクトリア——ヴァレンティーナ——が彼の名前を知らないなんてありえないわ。

踊り手が左右に分かれたとき、部屋の反対側の窓台の下にある作りつけの腰掛けに小さな女の子が背中を丸めて座っているのが見えた。スケッチブックにおおいかぶさるようにしている姿に、どことなく見おぼえがあった。

トビーは踊り手たちをよけるように大まわりして少女の隣に腰をおろした。「なにを描いているの？」

「窓よ」女の子は答えた。

トビーはにっこりした。この子が誰かわかった。現代のアリックス・マドスン。生粋の建築家。

「当ててみましょうか。あなたのお父さんはケンね。ここではジョン・ケンドリックスと呼ばれていて、彼は今日パーセニア、つまりジリーと結婚したのよね」

少女は、この人なんの話をしているのだろうという顔でトビーを見た。「わたしの妹はアイビーで、わたしたちのお母さんは死んじゃったの」

「そうだったの、ごめんなさい」トビーは静かな声でいった。「新しいお母さんは好き？」

「おうちを建てる積木をわたしにあげてって、お父さんにいってくれたのよ」

「それは最上級の褒め言葉ね！」トビーはいい、しばらくダンスを見ていた。「ケイレブ船長が帰ってきて今日のことを知ったら怒るかしらね？」

少女はお絵かきに戻った。「もう帰ってきたよ。さっき見たもの。裏の階段をあがっていった」

「あらまあ。長い航海からようやく戻ったら、自宅は人でごった返している。彼が隠れようとするのも当然よね。ケイレブ船長とヴァレンティーナは屋根裏部屋で出会った、というようなことをアリックスから聞いたおぼえがあるわ。ここはわたしがひと役買って、屋根裏部屋で少し休んだらどうかとヴァレンティーナに勧めてみるのもいいかもしれないわね」トビーは少女を見た。「あなたの名前、知っているとは思うんだけど、なんだったかしら？」

「アリーサよ。でもみんなはアリって呼んでる」

「そうこなくちゃ」トビーはいった。「あなたはサイラスというのが誰で、わたしの母がどうして海の男たちを毛嫌いしているのか知っている？」

「あなたは未亡人たちと一緒に暮らしているの。あなたのお母さんとお姉さん、それに三人のお兄さんの奥さんたちよ。男の人たちはみんな船が沈んで死んでしまったの。しっかり者のあなたがいなければ、未亡人たちはみんな飢え死にしてしまうだろうってわたしのお父さんはいってる。あの女たちはばかの集まりだからって」

トビーは笑いそうになったが、タビーのまわりでそんなにたくさん人が亡くなっていたのかと思うと、その気は失せた。「だんだんわかってきたみたい。サイラスはこの島でなにか商売をしているのね」

「大きなお店をやってる。ミスター・オベッド・キングズリーのお店の次に大きいのよ」

トビーはいま聞いた情報を消化しようとして——この話を作ったのは自分だということを思いだした。この数週間で何人かの人から聞いた歴史の断片を元に創作したのだろう。

彼女はアリに顔を寄せた。「わたしにほかに好きな人がいることをあなたは知ってる？」

「そのことならみんな知ってるわ。ケイレブ船長の弟のギャレットよ。ギャレットはあなたと結婚したがっているのに、あなたのお母さんがだめだっていうの。あなたは家に残って未亡人たちの面倒をみなきゃいけないからって」

「ずいぶんひどい話ね」ふと、自分は本当はタビサで、現実世界のトビーは〝未亡人たち〟から逃避するために作りあげた空想なのではないか、というばかげた考えが頭に浮かんだ。

「アリ、おうちの絵を描きつづけるって約束して。お父さんに建築のことを教わって、いつか本物の家を設計するの。住む人に愛されて、何百年と受け継がれる家を。約束してくれる？」

「わかった」少女はきょとんとした顔で答えた。二十一世紀に生きるアリックスと同じで、アリもまた建物を設計していない自分の姿など想像もつかないのだろう。

腰掛けから立ちあがったところでカチンと小さな音がして、トビーは漆塗りの小箱の鍵をクッションの裏側に落としてしまったことに気がついた。手を入れてさがしたけれど鍵は見つからない。

「お父さんはまだこの家を建て終えていないの」アリがいった。

表側の客間に置いてある小箱の鍵を落としてしまったからお父さんにさがしてもらって、とトビーは頼んだ。アリはうなずいた。

「いま住んでいる家を見に行きたいと思うんだけど。その家はなんと呼ばれていて、どこにあるの？」

「キングズリー・レーンの終わりよ、メインストリートに近いほうの。呼び名は〝海に永久《とわ》の別れを〟。未亡人たちがつけたのよ」

「ありがとう」トビーはその部屋をあとにした。なんて悲しい名前なんだろう。愛する夫に二度と会えなくなってしまったから、海と無縁の男性を求めているのだ。その家はいまわたしが眠っている家なのだろう。のちに〝時を超えて《ビヨンド・タイム》〟と改名されたのは、こんな夢を見るからかしら。

人々のあいだを通り抜けて表玄関に向かっているとヴァレンティーナを見かけたので、こっそりここから抜けだして屋根裏部屋でひと息入れたら、といってみた。いつものように彼女は若い男たちに囲まれていた。

それはいい考えだわ、とヴァレンティーナはいった。

潮の香りのする外の空気は涼しくさわやかで、トビーは大きく深呼吸した。近くの生け垣の奥でなにかが動くのを見て、彼女はほほえんだ。どうやらどこかの恋人たちが逢《あ》い引きの真っ最中のようね。

キングズリー・ハウスを出ると左に曲がった。現実の世界ではこの家と、モンゴメリー家とタガート家が共同購入した屋敷のあいだには家が三軒ある。ところがいまそこには更地があるだけで、道の反対側にも家はなかった。ナンタケットの人たちは住宅の移築が得意だから、いずれこの場所にもどこかから家が移ってくるのかもしれない。もしかして、おとなになったアリが設計した家が立ったりして。トビーはその思いつきを大いに気に入った。

狭い通りには馬と馬車と歩行者があふれ、そのすべてが煌々と明かりの灯るキングズリー・ハウスに向かっていた。

通りの端の、頭を打った屋敷までやってくると、トビーは門に手をかけたまま足を止めた。道の反対側に、トビーとグレイドンが――それにいまではあのランコニア人たちも――共同生活をしている、はるかに小さい家があった。トビーは振り返ってその家を見た。家は完全な闇に沈んでいて人の気配はなかった。いまは誰が住んでいるのだろう。

トビーは門を開け、大きな屋敷の横手にまわった。玄関をいきなり開けるのは、あまりいい考えとは思えない。

屋敷のそばに一本の大木があった。現実の世界にはないその木は枝が低く垂れ下がっていて、トビーはそちらへ歩いていった。

「会いにきてくれるとわかっていたよ」なじみ深い声がした。その男性はグレイドンに似ていたけれど、トビーが知っている彼であるようなないような感じだった。

トビーが口をひらくより先にたくましい腕が腰のあたりにまわされ、ぐっと引き寄せられた。トビーはとっさに押しのけようとしたが、夜と空気と星とこの男性への懐かしさがそれを押しとどめた。

自分を抑えられずに彼のほうに顔をあげると、彼が唇を重ねてきた。

　キスは前にもしたことがあるけれど、グレイドンに話したとおり、相手に対してなんの感情も湧いてこなかった。だけど、このキスは違った。体と体、唇と唇がぴたりと合わさり……魂がひとつに溶け合っていくような感じがした。いまこの瞬間、自分はべつの誰か、たぶんタビーなのだろうけど、そのタビーがこの男性のことを心から愛しているのがトビーにはわかった。

「会えなくて寂しかったか？」彼が囁いた。彼の手がトビーの頭からヘアピンを抜くと、髪が肩の下まで流れ落ちた。「ぼくのことを考えた？　ぼくを思いだしたか？」

「あなたはもうわたしのことなんかほしくないんだと思ってた」そういいながらトビーは、自分のことをいっているのかタビサの話をしているのかわからなかった。

「きみは昔からそういってる」彼は笑った。

　からかわれているのだとわかった。トビーは片手で彼の頬に触れた。「あなたを好きになったりしないといったのは今日のことだけど」

「どうして好きにならずにいられる？　ぼくがこんなに愛しているのに」彼はトビーの手のひらにキスした。「お母さんは今度、きみを誰と結婚させようとしているんだ？」

「サイラスとかいう人」

　彼はほほえむと、トビーの顔にキスしだした。「ぼくが帰ってきたからには、きみはぼくと結婚するしかないぞ」

それで最初の夢に出てきた人だとわかった。「ペイズリー織の赤いストールは買ってきてくれた？」

「ひどい人！」トビーは笑いながらいい、また彼の頬を撫《な》でた。無精ひげがちくちくする。

きみのお母さんはべつだ。彼女に耐えられる男はいないからね！」

ことがある」ひとつため息をつく。「だから男の義務を果たして全員を妻にするよ。ただし、

彼は体を引くと、ひどく真剣な表情をトビーに向けた。「ぼくは一夫多妻の国にも行った

「だけど未亡人たちはどうするの？」

「ああ。でも、どうしてわかったんだ？」

「夢で見たの。二階の小さな部屋、図書室にいるときに、そのショールを肩にかけている夢を見たの。あなたはわたしの手にキスしていたわ」

「きみの全身にキスしたいよ。さあ、いますぐベッドへ行こう。そして明日結婚しよう」

「そうする権利はわたしにはないと思う」トビーはいった。「これはわたしの体じゃないし、わたしの未来でもないから」

彼は体を離してトビーを見た。「いまのきみはすっかりお母さんのいいなりで、これは自分の体だということすらできないのか？」

「わたしがいったのは、この体はタビサのものだってこと」

彼はにやにやしながら、そのまま彼女を抱き寄せた。「タビサじゃないなら、きみは誰な

んだ？」

「トビーよ。とにかく父がつけた愛称はそれ。本名はカルパティア」

「いいね。船にぴったりの名前だ」彼はいった。「どんな名前だろうときみを愛してる。今日ぼくと結婚してくれないか？　わが一族の名がついたこの通りに新居を建てて、生涯きみを愛しつづける」

「あなたが国王にならなければね」

「わからないな。ぼくが島を発つとき、誰に反対されようが結婚しようと決めたじゃないか。きみがくれた手紙にもそう書いてあった。きみのお母さんがぼくをよく思っていないのは知っているが、いい夫になってみせるよ」

「タビサのために海をあきらめるつもり？」

彼は声をあげて笑った。「ぼくが海で、海がぼくだ。海はぼくの血のなかにある。キングズリー一族の血のなかを流れているんだ」

「グレイドンの血のなかにランコニアがあるように」

「その場所のことは聞いたことがある。槍を持った男たちが大勢いる野蛮な土地だそうだ。そこでは女も戦うらしい。ぼくは行きたいとは思わないな。で、そのグレイドンというのは何者だ？」

「あなたの名前はなんだったかしら？」

彼は笑い声をあげ、トビーを抱きあげてくるくるまわった。「離れているあいだ、ずっときみが恋しかった。きみへの土産を山ほど買ったら兄のケイレブに笑われたよ。女を愛すると男は軟弱になるから、誰も好きにならないという誓いを立てているらしい」

「心配ないわ。ヴァレンティーナに会えば変わるから」

「で、そのヴァレンティーナというのは？」

「彼女は――。ううん、あなたは彼女に会っちゃだめ。ものすごい美人で、どんな男性も彼女の魅力にはあらがえないから」

「それはどうかな。中国で息をのむほど美しい女性たちを見たよ。ものすごく小さな足をしていて――」

「そんな話、いまは聞きたくないわね」

彼はトビーを抱き寄せた。「こんなふうにぼくを笑わせてくれる女性はきみしかいない。ぼくと結婚してくれ。いま、ここで。きみのためにラベンダーダイヤモンドを持ち帰ったんだ」

トビーは彼の胸を押してその顔を見あげた。「でもそれはダナに贈るものでしょう」

「そんな名前の人は知らない。貿易商から買ったんだ。なんでも、どこかの男の羊が穴に落ちて――」

「引っ張りあげてみたらラベンダーダイヤモンドが四つ、毛に絡まっていた。どうしてそれを知っているの？」

「トビー！　トビー！　起きて」声が聞こえ、トビーは彼のほうに顔を向けた。「もう行かないと。またここに戻ってこられるかわからない。もう一度キスして」

「望むところだ」

でも彼の唇が彼女の唇に触れることはなかった。目が覚めるとトビーは、メイン州にいるグレイドンの親戚が買った屋敷に戻っていた。

14

目が覚めたとき、トビーはグレイドンの顔がすぐそこにあるものと思っていた。この家から出ていったときの打ちひしがれた表情のまま、こちらをのぞきこんでいるのだろうと。ところが驚いたことに、すでに夜が明けていて、部屋には誰もいなかった。

ただ、誰かがいたのは間違いなかった。トビーの頭の下にはきれいなカバーでくるんだ枕があったし——がたがきた古い簡易ベッドで寝ていたから助かった——体には毛布がかけてあったから。

体を起こすと、床にバスケットが置いてあるのが見えた。水のボトルとラップできれいに巻いたロールサンドと、フルーツが少し入っている。バスケットの横にはトビーのトレーニングウエアとシューズがあった。それから厚手の紙を用いた封筒も。いまどきこんな封筒を使っているのは王室の人間ぐらいだろう。

トビーはロールサンドをひと口食べた。ランコニア風ね。昨日食べたハーブの味がする。

封筒にはグレイドンからのメモが入っていた。彼の筆跡は少し変わっていて——トビーは結婚式のスケッチで見たことがあった――〝r〟の形が独特だった。

われわれ全員を殴らせてあげるから帰っておいで。煮るなり焼くなり好きにしていい。
あなたの卑しき僕《しもべ》、グレイドン・モンゴメリー

メモを読むとトビーは笑いだした。なにより感心したのは、昨日あれだけのことをいわれたのにグレイドンがむくれていないことだった。すぐにむくれる人間は、昔から大嫌いなのだ！　いつまでも不快そうに唇を突きだしているものだから、こちらとしてはなにがそんなに気に障ったのか教えてくれといわずにいられなくなる。あげく、あれこれ釈明し、誤解を与えてしまって悪かったと平謝りするはめになるのだ。勘弁して！

二階にある大きなバスルームへあがると、ありがたいことに水道は止められていなかった。三つ編みはほつれて髪が飛びだしていたが、そこでグレイドンが――違った、ギャレットよ――ほどいたのだと思いだした。夢の記憶にほほえみつつ、髪を編み直した。十分後にはトレーニングウエアに着替えていた。扉の裏の鏡で全身にざっと目をやった。運動が得意じゃないというのは本当だし、スポーツクラブにも入っていないけれど、仕事柄、苗木用の平箱やテラコッタの鉢を毎日のように持ちあげている。だから、ぴったりしたウエアもまあまあ様になっていて、ほっとした。

バスケットを取りに一階の客間へ戻ると、隠し扉があるはずの板壁のほうにちらりと目をやった。明るい昼間なら隠し部屋を恐ろしく感じることもないだろうと思ったのに、その予想ははずれた。それどころか、扉を開けて部屋のなかに足を踏み入れたら最後、生きて出てこられないような気さえした。

トビーはバスケットをつかむと、屋敷を飛びだしてキングズリー・レーンを走って渡った。あんなふうに怒鳴りつけてしまったあとだけに、グレイドンの反応がどうにも気になってしまった。あんな辛辣な口をきかなければよかった。もっとおだやかな言葉を選ぶこともできたはずなのに。そう、おとなどうし膝を交え、彼のどこに不満があるのか冷静に伝えるべきだった。

あの口論のせいでグレイドンがあまり落ちこんでいないといいのだけど。

玄関まできてドアを開けようとしたとき、家の裏から音が聞こえ、トビーはそちらに足を向けた。裏庭に近づくにつれ大きくなるその音は、金属と金属がぶつかっているように聞こえた。

思わず駆けだしたトビーは、そこではっと足を止めた。

グレイドンとダイルはどちらもゆったりした白いパンツの裾をふくらはぎの中ほどまである黒い編みあげ靴のなかに入れ、上半身は――裸だった。ふたりは中世の広刃の剣のようなものを手に戦っていた。

トビーは木の下に立ってふたりを眺めた。ダイルのほうがわずかに背が高く、体重も少し勝って、肌の色もいくぶん濃かった。文句なしに美しかったけれど、トビーが目を奪われたのはグレイドンのほうだ。服をほとんど着ていない彼なら泳ぎに行ったときに見ているけれど、あのときはほぼ水のなかにいた。

汗に濡れた胸が早朝の陽光を受けて光っている。黒髪とダークブルーの目もきらめいて見えた。脂肪は一グラムもついておらず、筋肉は長く細く、胸毛はほとんどない。腰穿きにしたパンツのウエストからV字に伸びる腹斜筋がのぞいている。

グレイドンの動きにトビーは息をのんだ。彼とダイルは円を描くようにまわっていたが、そのときダイルがグレイドンを真っ二つにせんとばかりに剣で打ちかかり、トビーは止めようと一歩踏みだした。ところがグレイドンはひらりと飛んで身をかわし、ダイルの剣はわずか数センチの差で空を切った。

グレイドンが笑いながらランコニア語でなにかいうと、ダイルは脅し文句らしきものを返し、猛然と剣を振るった。グレイドンは今度も楽々とかわした。

卓越した身体能力のぶつかり合いは美しくもあったけれど、トビーはやめさせたかった。ダイルの剣が当たったりすればグレイドンは重傷を負いかねない。

最初にトビーに気づいたのはローカンだった。長身の女性は家から出てきたところだった。白いパンツと黒の編みあげ靴は男たちと同じだが、豊かな胸はぴっちりした黒のタンクトップで包み隠してある。やはり男たちと同じような剣を手にしていた。

首をめぐらし、ローカンがいることに気づくと、トビーは顔をしかめた。朝帰りをしたわたしのことを彼女がどんなふうに思っているかは神のみぞ知るだ。ひと晩じゅうパーティで盛りあがっていた？　一ダースの男たちと寝ていたとか？

ローカンは無言でトビーのほうに歩いてきた。その美しい顔に表情はない。

「ねえ、あなたと揉めるつもりはないの。だから――」トビーの声が途切れた。目の前でローカンが地面に片膝をついたからだった。こぶしにした手を下に向けて両腕をまっすぐ前に伸ばす一連の動きは、千回は練習したのではないかと思われた。伸ばした腕の上には広刃の剣が横向きに置かれ、ローカンは首のうしろが見えるほど頭を前に倒している。

びっくりしたトビーは、庭の反対側にいるグレイドンのほうに目をやった。グレイドンがトビーを見たそのとき、ダイルの剣が彼の胴体に向かって風を切った。グレイドンは飛び退かず、トビーは小さな悲鳴をもらしてこぶしを口に当てた。

だがダイルがきわどいところで剣を止めたおかげで最悪の事態は免れた。

「なにやってる！」ダイルは怒鳴り、それからランコニア語でなにかまくしたてた。悪態に違いないとトビーは思った。

ところがグレイドンは耳を貸さず、その場に立ったままトビーを見つめつづけている。

トビーがなにかいおうと口をひらきかけたとき、ダイルが大またで近づいてきてローカンの横に並んだ。ふたりの姿勢はまったく同じだった。地面に片膝をつき、両腕を前に伸ばし、そこに剣を渡して、頭を深く垂れる。トビーの見るかぎり、ローカンはこの姿勢を取ってから微動だにしていなかった。

グレイドンがこちらに歩いてきながらいった。「きみがもし彼らの首を望むなら、この剣を使ってほしいと申し出ているんだ」

冗談だろうとグレイドンの顔を見ると、彼の表情は真剣そのものだった。「彼らはきみに誤った判断を下し、そのことできみを傷つけた」グレイドンはそう説明した。

「そしてわたしは彼らの王の知り合いだから、その無礼は極刑に値すると？」グレイドンはそれに答えて素っ気なくうなずいた。

トビーとしては、いいから立ってといいますぐいいたいところだったけれど、それではふたりの名誉を傷つけることになりかねない。彼女はふたりを見おろした。「未来の国王と祖国に対するあなたがたの深い忠誠心には感じ入りました。ただ、世界じゅうの女性が彼をものにしようとしているわけじゃないことは理解してもらわないと。わたしは泊まるところのないグレイドンを気の毒に思っただけで……。とにかく、ほかのことはどうあれ、あなたがたの国を転覆させる計画を立てていないことだけは保証する。いいたいことはそれだけよ。もう立ってちょうだい」

ところがふたりは動かなかった。

トビーはふたりのうしろにいるグレイドンに目をやった。「彼らを許すといってやってくれ」

「わたしが許していないのはあなたよ」トビーはいった。「だからあなたも一緒にひざまずくべきじゃない?」

グレイドンが笑いをこらえているのは目を見ればわかった。「王が降伏するのは戦においてだけだ」

トビーはひざまずいているふたりに視線を戻した。あんな姿勢でいたら体じゅうが痛いでしょうに。「あなたがたを許します。これでいいでしょう。ほら、立って!」

ダイルとローカンが頭をあげた。ローカンはしかつめらしい顔をしていたが、ダイルの目は笑っていた。ふたりは立ちあがった。

「さあ。今度はぼくの首をはねるチャンスをきみにあげよう」グレイドンはトビーにいった。

「それは今年一番のうれしい申し出ね」

「ぼくが国に帰るまでに数週間あるからね。もっといいものが期待できるかもしれないぞ」

トビーは笑うまいとしたけれどうまくいかなかった。

「では、お手並み拝見といこうか」

グレイドンが差しだした剣を受け取って、トビーはあやうくうしろに倒れそうになった。

「これ、重さはどれくらいあるの?」

「十五キロぐらいかな」グレイドンは自分の剣をまっすぐ彼女に向けた。

「ダイルをわたしの代闘士に任命する」トビーはいった。

グレイドンは前傾姿勢を取ると彼女のまわりをまわりはじめた。「イングランドとランコニアを混同しているぞ。ぼくの国では自分の身は自分で守ることになっている」

トビーは重い剣を持ちあげると花壇の盛り土に突き刺した。「わたしは結婚式のプランを立てなきゃいけないの。それに、いまはもうヴィクトリアがどんな式を望んでいるか完璧にわかっているし」トビーが家のほうへ歩きだすと、グレイドンが彼女の手首をつかんでうしろから抱きすくめた。そして彼女の耳に唇を近づけた。

「ぼくを降伏させたいのか？　ひざまずいて謝罪してほしい？」

押しのけるべきだとわかっていたけれど、背中に押しつけられた汗まみれの胸は原始的で本能的ななにかを呼び覚ますようで、トビーは動けずにいた。「それより本当のことを聞きたい。あなたがレクシーを追い払ったの？」

「あれはあくまでローリーの思いつきだ」グレイドンの声は満足げだった。「ぼくは弟の企みに〝ノー〟という理由がなかっただけだ」

「じゃ、ヴィクトリアの結婚式のプランをわたしに押しつけたのは？　わたしからフラワーショップの仕事を取りあげたことにもあなたが関わっているの？」

「いや。あれはすべてヴィクトリアが考えたことだ。彼女には大きな借りができたよ。きみがずっと家にいてくれたほうがぼくには都合がいいからね。なんならひと夏ずっと休みを取ったらどうだ？」

「どうしてわたしに訊くの？　わたしの人生を仕切っているのは、あなたとあなたの弟とヴィクトリアのようだけど」トビーは体をひねってグレイドンを見あげた。「あなたのことを親切でやさしい人だと信じかけていたなんて信じられない。あんまり温厚そうに見えるから、本当に国王が務まるのか不安になりはじめていたところよ」

グレイドンはほほえみながらトビーの首筋に顔を寄せ、肌に触れるか触れないかのところに唇をすべらせた。「王は生まれながらにして王なんだ」

「女王もね」

「わが国では女性が女王になれるのは王と結婚した場合だけだ」

「なんて時代遅れなの。もしかして女性の給料は男性の半分とか？」

「女性が家の外で仕事をすることはない。禁じられているからね」

トビーはグレイドンをにらんだ。「からかっているのね」

「ローカンを見ただろう。家から出るなと男に命令されたら彼女はなんというと思う？」

「あなたの首が床に転がる？」

「そのとおり」

「尊大で威張りくさったキングズリー。ヴァレンティーナはあなたのことをそう呼んでいたっけ」

「で、そのヴァレンティーナというのは？」グレイドンは彼女の腰のあたりにまわした片手に力をこめ、顔をさらに首筋にうずめた。彼の昂《たか》ぶりがお尻に押しつけられるのをトビーは感じた。

「気をつけないと、お仲間の前で恥をかくことになるわよ」

「男として当然の欲望があることを示すのは名誉なことだ」

トビーがさっと体をひねって彼と向き合うと、グレイドンは彼女の腰にゆったりと両手をまわした。

「きみから申し出のあった挑戦だが、応じることにしたよ」

向きを変えたのは失敗だったとトビーは気づいていた。バスルームでシャツの前を開けたままのグレイドンがうしろに立ったときもきわどかったけれど、シャツを着ていない彼が目の前に、それもむきだしの胸に触れられるほど近くに立っているのは、とびっきりまずい状況だ。でもそれをグレイドンに知られるわけにはいかない。彼が思わせぶりな態度で攻めてくるなら、こちらだって負けないわ。

「昨夜すごく生々しい夢を見たんだけど、あなたが出てきたわ」彼が首にキスしようとするように頭を下げてくると、トビーは顔をそらした。「あなたはわたしにキスしながら結婚してくれと懇願するんだけど、わたしはそれを断るの。大きな商店を経営している男性と結婚するからって」

「そいつの名前を教えてくれ。八つ裂きにしてやる」

「あらだめよ、そんな野蛮な時代の夢じゃないんだから。キングズリー・ハウスが建てられたばかりのころよ。知り合いがたくさん出てきたわ」

「このウエア、いいね」彼はトビーのむきだしの腕を両手で撫であげ、筋肉を確かめるようにまさぐった。「力強さを感じる」

トビーはぱっとうしろに飛び退き、彼の抱擁から逃れた。「あなたって見かけよりずっと弟に似ている」

「世間的にはぼくらはそっくりなんだが」

「ハッ！　あなたよりローリーのほうがいい男よ」

「ぼくのように背が低くて、なまっちろくない？」彼はからかうような目をしながら、鮮やかな黄色の包帯のようなものをいくつか取りあげた。トビーの手を取り、その布をきつく巻きはじめる。

「なにしてるの？」

グレイドンは赤い革のボクシンググローブを持って近くに立っているダイルのほうをあごで示した。「きみにぼくを殴らせることで、きみからの挑戦を謹んで受けようと思ってね」

「あらすてき。でもわたし、あなたにどんな挑戦を突きつけたの？　やだ。ちょっと待って！　あなたを好きになったりしないというあれじゃないわよね？」

グレイドンはトビーの片手を巻き終えた。手首が曲がらないようにしっかり巻いてある。

「もうひとつのほうだ」

トビーは初め、なにをいわれたのかわからなかった。「それはつまり、わたしがいままで一度も……ええと、その気になったことがないってこと？」

「そう、それだ」彼はトビーの両手を巻き終えると、裏返して念入りに確認した。それから彼女に顔を寄せた。「きみを誘惑してもかまわないか？」そう囁いてからうしろに下がり、ダイルにうなずくと、ダイルは前に進みでてトビーの手にグローブをつけはじめた。

トビーは首をよじり、ダイルのむこうで大きな革のミットのようなものに手を入れているグレイドンを見た。「で、なにをするつもり？　わたしのベッドにバラの花びらを散らす？　真夜中に黒馬に乗る？　それとも美辞麗句を連ねた長いラブレターを書くのかしら？」

トビーにグローブをつけてしまうとダイルはうしろに下がった。

「それはみんなきみが実際にされたことか？」彼女の前に立つとグレイドンは訊いた。

「ええ、ほかにもいろいろとね。わたしが十六歳になったときからはじまって、レクシーとふたりでジャレッドの家の近くに引っ越すまでつづいたわ」

「左手でこのミットを打つんだ。素早く打って素早く引く。いいぞ」トビーがそのとおりにすると彼はいった。「次は右手で斜めに打つ」

トビーが二発目を打つと、グレイドンはミットをはずして彼女のうしろにまわり、おおいかぶさるようにしてトビーの右腕を上から下まで撫でおろした。「右手で打つときは腕をこちらにひねるんだ。そしてすぐに引く。腕を伸ばしたままでいるとボディが無防備になるからね」

ふたたびミットをはめ、トビーの前に立つ。「じゃ、打って引くを十回だ」

ボクシングのトレーニングは初めてだったけれど、トビーはすでにコツをつかみはじめていた。

「そんなふうに猛然と若い女性を追い求めるのは、アメリカではふつうのことなのかい？」

一セット終わったところでグレイドンは訊いた。

「まさか！」トビーはそういうと、グレイドンのミットに右グローブを思いきり叩きこんだ。

グレイドンがダイルに向けた顔をトビーは見ていなかった。華奢な体に似合わぬ強いパンチだ！

「わたしの父はお金持ちだし、母は男の子たちに協力的なの」トビーはそこで動きを止め、呼吸を整えた。ボクシングは肉体と精神を酷使するスポーツなのだ。

グレイドンはまた彼女の背後にまわり、手を添えながら次に左フックの打ちかたを教えた。

「左ジャブ、右クロス、左フック。わかるか？」

「やってみる」トビーはそのコンビネーションを十セットおこなった。

「ぼくはきみのお父さんのお金もお母さんの協力も必要ない」トレーニングが終わるとグレイドンはいい、トビーのグローブの紐をほどきはじめた。

「それはよかった」トビーは答えた。「母がもしあなたのことを知ったら、すぐにでも島に飛んできて〝逃げて〟とわたしに叫ぶわ。あなたは結婚相手として適切とはいえないから」

するとグレイドンの瞳からからかうような表情が消え、トビーの手を持ったまま真剣な面持ちで彼女を見た。「娘の夫さがしにそこまで熱くなる母親なんて、いまどき聞かないが」

トビーは手に巻かれた布をほどいていった。「昨夜見た夢を信じるなら、母がわたしの結婚相手にあれほどこだわるのも無理はないわね。母は夫と三人の息子と娘婿をひとり、海で亡くしているの。それなのにわたしは――つまり、タビーは――海が血のなかに流れているなんていっている男と庭でいちゃついていた。きっとタビーは彼と結婚して、でも彼は海で死んで、あの古い屋敷で暮らす未亡人がまたひとり増えたのね。タビーが誰と結婚したとしても、彼女があの広い居間の壁の裏にある隠し部屋で死んだのは間違いない。あの場所を見ると、いまでも鳥肌が立つほどぞっとするもの！」

トビーが手元から顔をあげると、三人のランコニア人は目を見ひらき、言葉をなくしていた。「ごめんなさい、ひとりでぺらぺらしゃべっちゃって。全部夢の話なの。ただ、あんまり真に迫っていたものだから、自分もその場にいたような気がして。どうしてそんな顔で見ているの？」

グレイドンは彼女に笑いかけた。「ランコニアの人間は迷信深くてね。それだけのことだ。さあ、食事にしようか。みんなで〈シーグリル〉へ行かないか？　海の話を聞いていたら魚が食べたくなった。どうだろう、カルパティア？」

トビーは彼を見た。「それがわたしの名前だとどうして知っているの？」

「きみが教えてくれただろう」

「いいえ、教えていない。でも、昨夜ギャレットに教えたわ。彼はその名でわたしを呼んでくれた」

グレイドンの眉間にしわが刻まれた。「それがきみの夢に出てきたぼくに似た男か？　きみにキスしていた？」

「そうよ。夢ってふつうは時間が経つにつれて薄れていくけど、この夢は頭のなかでどんどん鮮明になっていってる。まるでわたしになにかを訴えかけているみたいに。それがなにかはわからないけど」

「ランチを食べながらその夢のことを最初から話してくれないか？　なにもかも。ここにいるふたりは幽霊話に目がないんだ」

ローカンとダイルは素直にうなずいたものの、発言は控えた。

「幽霊が出てくるなんて誰がいったの？」トビーは訊いた。

「誰もいっていない。そうかなと思っただけだ。きみの好きなお酒はなんだ？」

「お酒はあまり飲まないけど、おいしいフローズンダイキリをたまにいただくのは大好きよ。それから、仕事に戻る時期について店長とも相談しないと」

「全部やってしまおう」グレイドンはそういったあとも、ただトビーを見つめていた。

彼がなにをしているのかわかるまでに少しかかった。少し前の質問――〝きみを誘惑してもかまわないか?〟――への返事を待っているのだ。トビーは口元に笑みが浮かぶのを見られないよう、くるりと彼に背を向けた。「やってみたら?」そういうと、家のなかへ入っていった。

15

グレイドンはトビーを抱いて寝室への階段をあがった。夜も遅く、トビーには長い一日だったのだ。ランチのあとは海へ泳ぎに行った。砂浜でランコニアの球技をやった。グレイドンたち三人はお手のものだったが、トビーは激しいプレーについてくるのに苦労していた。その後はトビーの案内で町を見てまわった。

五時になると、グレイドンはトビーに飲みものを勧めながら例の夢についてあれこれ質問した。四人で夕食をとったあと、トビーとグレイドンは波打ち際をゆっくり散歩し、それからまたシャンパンを飲んだ。

トビーのまぶたが重たくなりはじめるのを見て、そろそろ引きあげ時だとわかった。帰りの車で彼女は眠ってしまった。

ベッドにトビーをおろし、部屋を出ようと向きを変えたものの、入口のところで足が止まった。こんな状況になったことはこれまで一度もなかった。酒に酔った女性たちに遭遇するのはローリーが近くにいるときだけで、そんなときグレイドンはこの若い女性たちを無事に家まで送り届けるよう誰かに指示すればそれでよかった。

しかし服を着たまま靴も脱がずにベッドの上で丸くなっているトビーを見ると、ほかの誰にもさわらせたくないと思った。

「ほら、起きて」ベッドの足元に立ってそっと声をかけると、トビーの足を持ちあげて靴を脱がせた。

トビーは半分眠りながらほほえみ、ほんの一瞬彼を見あげた。「わたしだけの王子さまね」

「そうかもしれないと思いはじめているところだよ」彼女の服を脱がせながら理性を失わずにいるにはどうすればいいんだ？「寝間着を取ってきたら自分で着られるかい？」

「もちろんよ」トビーはそういうとブラウスのボタンをはずしだした。

グレイドンは不本意ながらベッドのそばを離れると、タンスのなかを掻きまわして、丈の長い白の寝間着を取りだした。肌ざわりのいいコットン地で、裾まわりにレースがあしらってあった。「これでいいかな？」

トビーはブラウスを脱ぎ、レースのブラだけになってベッドに横になっていた。綿のパンツの前ボタンははずされ、彼女はすやすやと寝息をたてていた。

とっさに、部屋を出ていくべきだと思ったが、そうしなかった。代わりにトビーを抱え起こして頭から寝間着をかぶせ、改めてベッドに寝かせると、さんざん苦労して寝間着の上からパンツを脱がせた。上掛けで体をすっぽりくるんでやってから、うしろに下がって彼女を見おろした。

トビーはぼくの人生を変えてしまった。グレイドンは思った。〝あなたに人生を乗っ取られた〟とトビーはいったが、彼女がぼくにしたことはそれとはくらべものにならない。初めて彼女を見た瞬間から、ぼくは別人になった。これまで大事だと思ってきたことが、突然意味を失ったかのようだった。

国とそれにまつわるすべてのことが頭から押しのけられてしまったように思えた。見ず知らずも同然の女性と一週間を過ごすために、王子としての義務を放りだすようなまねがこの自分にできるなんて、夢にも思わなかった。結婚前に一週間、セックス三昧の日々を送りたいというなら、まだ理解できる。ところが彼がこの一週間トビーとしていたのは、よその女性の結婚式のプランを立てることだ。これもまた、自分にできるとは思いもしなかったことだった。

ところが、グレイドンは大いに楽しんだ！　トビーはなんといっていた？　そう、彼は〝最高の女友だちだった〟だ。そのことを考えると笑みが浮かんだ。夜、ひとりベッドにいるときの自分に女性っぽいところは皆無だったが。

一週間が過ぎたら、トビーに別れを告げて本来の生活に戻っていただろうと思いたかった。ダナとの結婚式にトビーを招待し、祭壇の前で花嫁を待ちながら、最前列にいる彼女にほほえみかけることさえしただろうと。

だが実際は帰国の手はずを整えることもせず、そしてダイルとローカンがやってきて島に残るための口実が与えられると、グレイドンはすぐさまそれに飛びついた。

いますぐランコニアに戻るべきなのだ。公の場に出るときに偽物のギプスをつけなくてはいけないとしても。侍医に頼めばうまくやってくれるだろう。ローリーはどこであれ姿をくらましたいときに行く場所に身を隠し、そしてグレイドンは公務に戻る。

なのに自分はそうしていない。それどころか、いまもこの島でこの女性とともに暮らし、階下にいる腹心の友ふたりはグレイドンがなすべきことをしていない理由を理解しようと苦心している。

だが自分でもわからないことを彼らに説明できるはずがない。

「行かないで」トビーがいった。

「眠ったほうがいい」

「わたしの夢にああも興味を持ったのはなぜ？」

「あの家は幽霊屋敷だ」彼はベッドの脇に立ってトビーを見おろした。三つ編みがほどけ、髪が体のまわりに広がっている。窓から差しこむ月明かりで瞳の青がよく見えた。金色の髪と白い寝間着が相まって、これほど欲望を掻き立てられるものは見たことがないと思った。

ここからランコニアに瞬間移動できないのと同じで、この部屋を離れることも到底不可能だった。

やめろ、と心のなかでつぶやきながらも、グレイドンはベッドのトビーの隣に体を横たえ、腕のなかに抱き寄せて自分の胸に頭をもたせかけた。トビーがキスを誘うようにこちらを見あげると、彼は頭を下に向けさせた。

「どうしてキスしようとしないの？」トビーが囁いた。

「キスしたらなにが起こるかわからなくて怖いんだ」

「あなたのことを好きになりすぎたわたしに、別れのときに胸の張り裂ける思いをさせてしまうんじゃないかって？」

「いや。ぼくの胸が張り裂けそうで怖いんだよ」

「でもあなたは今日、わたしを誘惑したいといったじゃない。これっぽっちも進展しているようには見えないけど」

「きみはいまベッドのなかでぼくに抱かれ、暗闇を照らすのは月明かりだけだ。これは誘惑に成功したことにならないか？　それとも馬でここの階段を駆けあがったほうがよかったかな？」

トビーは彼に身をすり寄せた。「こっちのほうがいい。あなたはとても魅力的だもの。わたしがそう思っていること知ってた？」

「ああ」

トビーは片手を彼の胸にすべらせ、シャツの下に指を差し入れて熱い肌に触れた。彼の脚に脚を絡ませる。「だったら、いまわたしを愛して」

グレイドンはトビーの脚をどかすと、彼女の手を口元にあげて指先にキスした。「きみは最高に魅力的だが、今夜はお酒を飲みすぎている。朝になったら後悔するかもしれない。ぼくの国では女性が純潔を失うことは一大事なんだ」

「わたしの国では車の後部座席で捨てるものよ」

「でもきみは違う。きみはそんな人じゃない」

トビーは彼にもたれ、肩から力を抜いた。「なぜ島に残ったの？」

「わからない。なにかにここに残れといわれている気がするんだ。なにかぼくがやらなければいけないことがあるような気がね」

「このことじゃない？」トビーは思わせぶりに彼の脚を脚でなぞった。

グレイドンは声をあげて笑った。「きみはかなり幸せな酔っ払いなんだな」

「あなたがわたしの人生にあらわれてからはずっと幸せよ」

「ぼくを怒鳴りつけていないときはね」

「ものすごく頭にきた？」

「いや。むしろうれしかった。それまでぼくは本当の自分を見せるのが怖かった。きみみたいに繊細で弱々しい人は、ぼくが手を触れただけでぽきんとふたつに折れてしまうんじゃないかと不安だったんだ」

「ハッ！　母に相当鍛えられてきたから、なにをいわれようと痛くも痒《かゆ》くもないわ」

「少なくともきみのお母さんは、王冠をかぶって二個師団の指揮を執ってはいないからね」

トビーは息を吸いこんだ。グレイドンが個人的な話に触れたのはこれが初めてだった。

「お母さまはあなたに多くのことを要求するの？」

「どう応えればいいのかわからなくなるほどにね」

トビーは彼の指に指を絡めた。「わたしたち、その点ではよく似ているわね」

「ぼくらは多くの点で似ている気がする」グレイドンは静かにいった。

トビーが彼のほうに顔をあげると、グレイドンはもうあらがうことができなかった。彼女の唇に唇を重ねた。甘くやさしいキスをするつもりだったのに、唇が触れた瞬間にキスは熱を帯びた。

彼はトビーの唇に、目に、頬に口づけ、ふたたび唇に戻った。唇の際に舌で触れ、彼女をじらして情熱を掻き立てる。

トビーは彼の胸に手をまわし、自分の上に引き寄せた。

記憶が呼び覚まされていくようだった。これが初めてじゃない、とトビーは思った。この人の息遣いも、顔も体も、すべてが懐かしかった。わたしはこの人を知っている。肩にのしかかる責任をどう果たせばいいのか悩んでいた。わたしとわたしの家族のことで苦しみ、自分が愛するほど強くわたしにも愛されているのだろうかと気に病んでいた。わたしの身になにかあれば、彼の心も一緒に死んでしまうだろう。〝タビー、ぼくを置いていかないでくれ〟頭のなかで声が聞こえた気がした。それともグレイドンがいったのだろうか？

彼の顔を見ようと体を引いたとき、一瞬彼の目が涙に濡れているように見えた。たぶん月明かりのいたずらね。

グレイドンはベッドに仰向けになり、トビーの頭を自分の胸に押しつけた。「おやすみ、ぼくのかわいい人」

「わたしを置いていかないで」トビーは彼にしがみついた。

「置いていくことなどできそうにないよ」

ふたりは抱き合ったまま眠りに落ちた。

明け方、トビーは夢を見た。


「あなたとは結婚できない！　それがわからないの？　わたしには養っていかなきゃいけない家族が大勢いるの。サイラスならわたしたちを支えられる。彼なら――」

「あんな男にきみをやるくらいなら、あいつの店に火をつけてやる！」

タビーは息をのんだ。ナンタケットの住宅はくっつき合うようにして立っていて、そのほとんどが木造だ。火事が起きたらひとたまりもない。「本気じゃないわよね」消え入るような声で訊く。

「そう思うか？」ギャレットは彼女の腕をつかんだ。「タビー、きみはぼくと結婚するんだ。ぼくはこの命より深くきみを愛しているんだぞ」

「海よりも？」

彼は苦悶《くもん》の表情を浮かべてタビーから離れた。「ぼくだって食っていかなきゃならない。ぼくは海以外に能のない男なんだ。あの檣冠《しょうかん》（帆船のマストの頂上にある円形の部分）みたいな腹をしたサイラス・オズボーンのように店をひらけというのか？　それがきみの望みなのか？　ぼくを腑抜けにすることが？　きみはぼくに男を捨てろというのか？」

「わからない」タビーはいった。「もうどうすればいいのかわからない」

16

電話の音で目を覚ましたトビーは、一瞬どこにいるのかわからなかった。茶色のドレスを着てギャレットと一緒にいる？　それとも寝間着姿でグレイドンの横にいるの？　ベッドの反対側に目をやると、グレイドンの寝ていた場所がくぼんでいた。それとも、あれも夢だったのかしら？　起きあがると頭痛がした。口のなかが乾いて、胃がむかむかする。

電話が鳴りやむとトビーはジーンズとTシャツに着替えた。ところがバスルームから出てきたところで、ふたたび鳴りだした。鳴っているのはグレイドンの携帯電話で、発信者IDのところには王冠の画像が表示されている。たぶんローリーがかけてきたのね。「もしもし」電話に応えたトビーの声はしわがれていた。

わけのわからない言葉で話す女性の声が聞こえ、ランコニア語だと気づいた。「すみません」トビーはがんがんしている頭に手を当てた。「彼はいまここにいないんです」

わめくようだった女性の声がやわらかいものに変わり、ランコニア語から英語に切り替わった。「あらまあ、あなたの声。どうやらわたくしの息子はあなたに大変な一夜を過ごさせてしまったようね」

トビーは顔から血の気が引いていくのを感じた。わたしはいまグレイドンの母親と――ランコニアの女王と話しているんだわ。グレイドンの名前を口にして、双子の入れ替わりを暴露してしまわなくてよかった。

「はい、陛下。いいえ、陛下、彼は……」ほかになにをいえばいいのか思いつかなかった。

「ねえ、あなた」女王はいった。「息子を見つけてこの電話を渡していただけないかしら。あなたからそう離れていないところにいるはずだから」

「かしこまりました」トビーは携帯を握りしめ、がんがんする頭を押さえながら部屋を飛びだした。シャワーの音がしたので、レクシーの部屋――いまはグレイドンの部屋だ――へ飛びこむ。バスルームのドアが開いていたのでなかをのぞいた。グレイドンは立ちのぼる湯気で曇った半透明のカーテンのむこうにいた。

彼の名前を呼ぼうとして言葉に詰まった。いまのグレイドンはローリーなのだ。「お母さまから電話よ」遠く離れたランコニアにいる人には聞こえない程度の大声でいった。

たちまちシャワーの音がやみ、グレイドンがカーテンから頭と腕を突きだした。トビーが電話を渡そうとすると彼は首を横に振った。全身ずぶ濡れだからだ。トビーは携帯をスピーカーフォンにしてグレイドンの顔の近くに持っていった。

「ごきげんよう、母上」グレイドンはタキシードで公式なレセプションに出席しているかのように礼儀正しい口調でいった。

トビーと話したやわらかい声の女性は消え失せた。「ロデリック」英語で話すその声は鞭《むち》の音のように鋭かった。「あなたに大事な話があります。今回ばかりはしっかりお聞きなさい」

「はい、母上。そうします」

「あなたの兄の英雄的行為が国王陛下の命を救ったことは、すでに聞き及んでいることでしょう」グレイドンはラックにかかっているタオルのほうにあごをしゃくった。トビーは携帯を持っていないほうの手をタオルに伸ばした。グレイドンは受け取ったタオルを腰に巻くと、シャワーカーテンを開けてバスタブから出た。

「はい、聞きました。いわせていただけるなら——」

「いいえ、あなたはなにもいわなくてよろしい」ぴしゃりとさえぎった。「ただ聞くのです。いまあなたに帰ってこられて、皇太子の仕事をこれ以上増やされるのは迷惑です。お酒を飲ませて酔わせようとする誘惑の化身のようなあなたがいなくても、あの子はもうじゅうぶん忙しいんですから。それに婚約の儀が近づいているいま、あなたがつきあっている浅はかな女たちの後始末を兄に押しつけることも許しません。国王陛下には元気になっていただかなければ。心労が少なければ快復も早まるというもの。わたくしのいっていることがわかりますか？」

「はい、母上、わかります」

グレイドンの顔に驚愕の色が見えた。電話を受け取ろうとしてタオルが落ちそうになり、トビーはあわててタオルを押さえて端をしっかり結んでやった。

電話はまだスピーカーフォンのままで、グレイドンは顔に近づけるのは耐えられないというように離して持っていた。

「お願いだからランコニアには近づかないでちょうだい。グレイドンは次期国王という自分の立場をとても重く考えています。わたくしたちが象徴しているものに対して、あなたは軽蔑しか持っていないけれども」声にいらだちが混じった。「この話は何度もしてきたわね。とにかく、いまいる場所にとどまって、あなたの父と兄にできるだけ迷惑をかけないようにすると約束しますか？」

「はい」グレイドンは硬く冷たい声でいった。「兄上の責務の邪魔はしないと約束します」

母は彼の口調を気にも留めなかった。「この電話に出たアメリカ人の淫売については、縁を切っておしまい。マスコミがあなたの父上の病状をかぎつけたら、王室に否定的な報道が多くなされるでしょう。安っぽい売春婦を腕にぶら下げたあなたがわざわざ報道陣の前にあらわれなくてもね。それに、あなたの新しい売女《ばいた》と顔を合わせる屈辱をダナに味わわせる必要もありません。理解してもらえたわね？」

「完全に」グレイドンが返すと、それを最後に電話は切れた。

　グレイドンはしばらくその場に立ったまま動けずにいた。トビーは彼の背中をやさしく押してバスルームを出て寝室へ入ると、暖炉のそばの小さなソファに座らせた。そしてソファの背にかかっていた古いキルトを、まだ濡れたままの肩にかけた。

「あれを聞いたのは初めてだったの？」彼女はグレイドンの横に腰をおろし、彼の手を取った。

「ああ。母があんな口のききかたをするなんてローリーはひと言もいっていなかった。あいつがめったに家に帰ってこないのも当然だな」グレイドンはトビーに顔を向けた。「きみについて母がいったことには……お詫びの言葉もない」

　トビーは手をあげてそれを制した。「わたしも母から同じことをいわれてる。わたしが期待を裏切ってばかりいるって」グレイドンの場合、期待はずれは弟のローリーだということはいわずにおいた。

「殿下？」居間のほうからダイルの声が近づいてきた。「ローリー王子が電話をかけてほしいそうだ」

「こっちにいるわ」トビーはいった。

　ダイルと、そのうしろにつづくローカンは、ソファに寄り添うように座っているトビーと裸同然のグレイドンを見ると、くるりと向きを変えた。「失礼しました」

「グレイドンは、ローリーと話すときのお母さまの口調を聞いてしまったの」

グレイドンは秘密をもらしたなといいたげな顔でトビーを見たが、ダイルはそんなことかというように肩をすくめただけだった。

「みんな知っているのか?」グレイドンは尋ねた。

「ああ、ごく近い側近はみな知っている」ダイルが答え、ローカンはうなずいた。

「それなのに誰も、ローリーですら、そのことをぼくにはいわなかった」グレイドンはふたりの家臣を見た。「真実からぼくを守っていたのか?」

「そうだ」ダイルはいい、グレイドンの服を取りにクロゼットのほうへ向かった。

「ブルーのデニムシャツとジーンズをお願い」トビーはダイルに声をかけた。「今日は一日家にいて、ダメージコントロールについてローリーと相談したいはずだから」

「それにスニーカーも」ローカンはドアのところからダイルにいうと、自分は大きなタンスへ向かった。「靴下は?」彼女はトビーを見た。

「左の一番上。白がいいわ」

グレイドンは徐々に落ち着きを取り戻した。「身支度ぐらい自分でできると思うが」

ダイルとローカンは素っ気なくうなずくと、服をベッドの上に置いてから部屋を出ていった。

「じゃ、ひとりで着替えさせてあげる」出ていこうと立ちあがったトビーをグレイドンが止めた。

「いや、ここにいてくれ」立ちあがると肩からキルトが落ちた。「もちろん、きみがいやでなければだが」

トビーは、タオルを腰に巻いただけの姿で立っている彼をつかのま見つめた。昨夜彼の腕に抱かれたことを思いだしているのだろうか。あれは本当にあったこと？　それとも夢？　彼女は一歩踏みだし、彼に触れようとするように手を伸ばしたが、グレイドンが背を向けると動きを止めた。

グレイドンはタンスの抽斗《ひきだし》から下着を出し、彼がそれをつけているあいだトビーは横を向いていた。グレイドンがジーンズを穿き、ファスナーをあげかけたところでトビーは彼に視線を戻した。「それで、これからどうするつもり？」

「わからない。だが、誰だろうと弟にあんな口をきくのは気に入らない」グレイドンの表情が険しくなった。トビーはベッドの端に腰かけたまま彼を見ていた。グレイドンは戦いに向けて行進するかのように大またで部屋を横切っていったが、そのあいだなにもしゃべらなかった。

「お母さまはあなたたちを見分けられるの？」

「真実の愛の証として？　さあね」グレイドンはあざ笑うような声でいった。自分がなにを口走ってしまったかに気づいたのは一分近くしてからだった。彼はシャツのボタンをはめようとしていた手をはっと止め、前をはだけたままトビーを見た。

トビーが真相に気づいたことは、青ざめた顔を見ればわかった。彼女は両手をうしろについて天井を見あげた。「なるほどね。わたしはあなたがローリーじゃないことにひと目で気づいた。それであなたは——未来の国王は、わたしがあなたの〝真実の愛〟の相手なのか確かめるために島に残ることにした。まるでおとぎ話みたいね。ただし、このお話の王子は二日酔いの売春婦からすたこら逃げだして、お姫さまと結婚するんだけど」

グレイドンは肩をそびやかし、体をこわばらせて無表情になった。

トビーはベッドに腰かけたまま彼をにらみつけた。「そんなふうにいきなり王子に〝変身〟して、わたしを震えあがらせようとするなら、あなたとお仲間をいますぐ玄関までご案内するわ」

グレイドンは一瞬目を見ひらき、それからベッドの彼女の横にどさっと倒れこんだ。「まったく！　これが王子だなんて聞いてあきれる。ぼくはたったいま母親に自分の弟と恋人を徹底的にこきおろされたんだ。あなたになにがわかる、といってやりたかったが、母は女王だ。そんなことはできない」

トビーはグレイドンの隣に長々と寝そべったが、彼に触れようとはしなかった。「その〝真実の愛〟とかいうものはなんなの？」

グレイドンは笑った。「〝とかいうもの〟か。いかにもアメリカ人のいいそうなことだな。一族に残るばかげた言い伝えのようなものだが——何度も現実になっている。メイン州に住むおばのケイルにはお気に入りの話があってね。夫のケーンと初めて会ったとき、彼はおばのことが嫌いでたまらなかったんだが、おばにはケーンと双子の兄弟のマイクを見分けることができたものだから、ふたりはやむなく一緒になったんだそうだ」

「不思議な話ね」トビーはベッドの上で横向きになってグレイドンを見た。彼はシャツの前をはだけたままで、たくましい裸の胸はまさにすばらしい眺めだった。ダイルとの訓練の賜《たまもの》ね！「じゃ、あの夜テントのなかにディナーの席を用意したのは、あなたの〝真実の愛〟の正体を探るためだったの？」

「ええと、まあそんなところかな」

「ローリーがあなたに腹を立てたのはそのせい？　たしかわたしのことで口論になったといっていたわよね。待って！　そうか、あなたは自分の職業についても黙っているつもりだったのね」

グレイドンはにやけそうになるのを天井を見あげてこらえた。「ぼくの、えー、〝職業〟に圧倒されてしまう人もなかにはいるから」

トビーはまたごろんと仰向けになった。「あなたのうぬぼれの強さに辟易するんじゃなくて？」

グレイドンは体を横向きにしてトビーに顔を近づけた。「ぼくはありのままの自分を、ひとりの男としての自分を見せたかっただけだ」そういうと、トビーの髪をひと房つまんで指に巻きつけた。

「また〝かわいそうな王子〟のお芝居をして。あなたとあなたのお城のことを聞いたらわたしが目をまわすとでも思ったの？」

「そういう女性もいるからね」グレイドンはまた仰向けになったが――トビーの髪の毛は放していなかった。

「痛っ！」トビーは彼のほうに寝返りを打ち、つかまれた髪をはずそうと身をよじっているうちに、いつのまにかグレイドンの上にのっていた。「これもあなたの誘惑の手口？」

「そうだ。気に入った？」グレイドンは彼女の髪に手を差し入れた。

「わりとね」トビーはやわらかな声でいった。

「きみは自分がどんなに美しいか知っているか？　肌はクリームのようで、見ているだけで息が止まりそうになる。瞳は山のせせらぎの色で、まつげは蝶《ちょう》の羽。そして唇は真っ赤に熟したサクランボだ」

トビーはグレイドンの唇に唇を近づけ、彼がキスを受けようと唇をひらいたところで、転がるように彼の上からおりて体を起こした。「なんだか自分が森の生きものと農作物でできているような気がしてきたわ」

グレイドンはベッドからおりようとしたトビーの髪をつかみ、自分の手首に巻きつけて引き戻した。そのままベッドに押しつけ、馬乗りになる。

「じゃ、これはどうだ？　きみを勝ち得るためなら、ぼくは人殺しも厭《いと》わない」

「ましになったわ」トビーはいった。「でも、どっちにしてもしゃべりすぎ」

グレイドンはトビーに腕をまわしたかと思うと、あっという間にふたりの位置を入れ替え、上になった彼女にキスした。

唇が重なった瞬間、体を貫いた衝撃にふたりはたじろいだ。火花が散り、混じり合い、相手のなかに流れこんで——ひとつになった。

ふたりはぱっと体を離して見つめ合い、それからまた骨も折れよとばかりに抱き合った。グレイドンは口をひらいて彼女の口をおおい、体をまわして自分が上になるとトビーにのしかかった。

トビーは本能のままに両脚を彼の腰に巻きつけ、背中に指を食いこませて強く強く引き寄せた。

キスをやめたのはグレイドンのほうだった。彼はトビーの唇から唇を引き剝がし、首筋に顔をうずめた。「だめだ。いけない。ぼくはじきにここを去って……」

トビーの心臓は狂ったように打っていた。男性とこんなに密着したのは初めてだった。気恥ずかしくなり、脚をベッドにおろした。「わかってる。〝真実の愛〟がまた息を吹き返してしまうような危険は冒せない……」

グレイドンはトビーの上からおりると、そのまま身を寄せて彼女の頰を手で撫でた。「今日、ふたりで例の古い屋敷を探検してみないか？　ケイルおばさんは一冊本を書きあげてからじゃないとあの家を見にこられないから、屋根やなにかに問題がないかぼくに確認してほしいといっているんだ。ぼくが一緒なら、きみが眠りに落ちて、べつの男にキスする夢を見ることもないだろうし」

トビーは彼と激しく抱き合ったことが頭から離れないのに、グレイドンは気にも留めていないように見えた。そういうものなの？　愛の行為の感動はじきに冷めてしまうの？　簡単にスイッチを入れたり切ったりできるようになるの？

「そうね」トビーはいいながら鼓動を静めようとした。「でもその前に、夢のなかで見たものを元にヴィクトリアの結婚式のスケッチを描いてしまわないと。そうだ、忘れてた！　今朝もまた夢を見たんだった」

グレイドンはベッドをおりると、彼女の手を引いて立たせた。「ひげを剃らないと。一緒にきて、ぼくがひげを剃っているあいだにその夢のことを話してくれ。ぼくはきみにキスして、結婚を申しこんでいたか？」

「今回あなたはわたしにものすごく腹を立てていて、この町を焼き払うと脅したわ」

「とすると、その夢にはサイラスが出てくるわけだ」グレイドンは物憂げな口調でいった。

「〝檣冠《しょうかん》みたいな腹〟ってどういう意味だと思う？」

「それをいったのがぼくで、その男のことを指していたのなら、おそらくいい意味ではないだろうな」

「おそらく?」

トビーはグレイドンのあとからバスルームに入っていった。

17

四人はダイニングルームに集まっていた。トビーとグレイドンはテーブルの両端に陣取ってノートパソコンをひらき、ローカンとダイルは中央の席に座っている。グレイドンはローリーにリトアニア大使との会見の予行練習をさせる必要があった。グレイドンは大使とゴルフをしたことがあり、大使の家族にも会っていたから、グレイドンの知っていることをローリーも知っておかなければいけない。大使に関する知識を丸暗記させる代わりに、グレイドンとダイルはローリーのギプスに携帯電話を留めるという秘策を編みだした。電話を通話状態にしておき、大使の発言を聞いたグレイドンが、答えるべき言葉をすぐにメールで伝える。会話に多少の遅れが生じるが、ローリーならうまくごまかせるだろう。

トビーは夢で見たものについて調べているところだった。当時のドレスの写真やイラストを見ればヴィクトリアはきっと気に入るはずで、そうすればトビーは結婚式の準備を進められる。料理や花の手配など、やらなければいけないことが山ほどあるから、一日も早くはじめる必要があるのだ。調べてわかったことと夢で見たことがほとんど一致すると、あれはただの夢で、現実にその場にいたわけじゃないから、と自分にいい聞かせなければならなかった。

キッチンのドアのそばに立っていたグレイドンが電話を耳に当てたままいった。「例の夢はこれまでに何度見たんだったかな？」

「三度よ」トビーは答えた。「ランコニアの人たちは迷信深いの？ ほら、アメリカ人はそんなふうに夢にこだわったりしないから」

「昨年、ぼくは――」電話のむこうでローリーがなにかいい、グレイドンは言葉を切った。「おまえから話してやってくれ」彼はダイルにいうと、弟と内々に話すためにキッチンの先にあるサンルームへ向かった。

「昨年、殿下は――」ダイルは切りだした。

「それはグレイドンのことかしら？」

ダイルはほほえんだ。「これは失礼。グレイは父上、つまり国王の命を受けて、山岳地帯にあるウルテン族の小村へ出向いたんだ。なんでも数名の村人から、村に魔女がいるので石打ちの刑にしたいと要請があったらしい」

「その人たちの山羊が次々に死んでいくとか、そういうこと？」

「いや。その魔女というのは非常に美しい娘で、妻子ある村の男たちが次々に誘惑されてしまうというんだ。で、われわれが事情を聞いてまわった結果、原因はその娘が男たちにけっして〝ノー〟といわないことにあるとわかった」

「とんだ魔法もあったものね！」トビーは頬をゆるめた。「それでグレイドンはどうしたの？」

「その娘にロサンゼルス行きの片道航空券と、さる映画プロデューサーへの紹介状を渡したんだ。これまでに殺される美女の役で四本のホラー映画に出演している」

トビーは声をあげて笑った。「まさに映画にありそうな話ね」そして作業に戻った。

三人が忙しくしているなかで、あいにくローカンだけは手持ちぶさたなまま取り残されていた。これまでのところ、トビーとローカンのあいだにやりとりはほとんどなかった。どちらもグレイドンのために力を尽くす、という点では意見が一致していたものの、そこから先には進んでいなかった。

パソコンで摂政時代の服装について検索していたトビーは、博物館のサイトから美しいドレスの画像をいくつも見つけだしていた。みんなにも見てもらおうと、プリントアウトしてテーブルに広げた。

ところがグレイドンはまだ電話中で、ダイルもパソコンに没頭している。トビーはしかたなくプリントアウトをローカンのほうに押した。「どう思う？」

「どれもきれいです」ローカンはいった。

その薄い反応にトビーはがっかりした。とてもじゃないけど、友だちにはなれそうにない。

彼女はプリントアウトを自分のほうに引き戻した。

「実物のほうがずっときれいですけど」ローカンがいった。

「えっ？　ランコニアの博物館で見たことがあるの？」

「いいえ、見たのは……」ローカンはダイルに目をやった。

「屋根裏部屋だな」ダイルは画面から顔をあげずにいった。「あの一族はものを捨てるということをしなくてね。宮殿に新しい塔を増築しては、そこにがらくたを放りこむんだ」

トビーはローカンに目を向けた。「ドレスを一枚お借りしてヴィクトリアに見せられたらいいんだけど。実物を見れば、ヴィクトリアも思いだすかもしれない」そこで笑いだした。「思いだせるわけないわね、わたしの夢なんだから。でも夢のなかのヴィクトリアはドレスがとてもよく似合っていたの。誰よりも輝いていたわ」彼女はローカンをちらりと見た。「あなたもすごく似合うと思う。やわらかな白いモスリンのドレスで、このあたりに赤いリボンがひとつついているの」自分の胸元に手をやった。

ダイルが鼻で嗤った。「ローカンは寝るときも革の服を着ているぞ」

それを聞いてローカンの目に影が差したことにトビーは気づいたが、なにもいわずにおいた。ランコニア人は感情を隠すのがあきれるほどうまいんだから！

「あなたが着てはどうでしょう？」ローカンは丁寧にいった。

トビーは席を立ち、ローカンのうしろにまわった。そして、いいかしらというようにひとつうなずいてから、ローカンの長いポニーテールを頭のてっぺんでまとめてしげしげと見た。「うん、やっぱりすてき。これでハイヒールを履いたら、たぶんダイルの身長を抜いちゃうわよ」

するとローカンは初めてトビーに笑みを向け、一方ダイルは首を振りながらパソコンになにか打ちこんだ。

「本当にそんなことができると思う？　つまり、グレイドンがうんというかしら？」トビーはふたりに訊いた。「仮に彼が承知してくれたとしても、お借りするドレスを至急送ってもらうことは可能かしら？」

「可能だが、グレイは指図されるのをいやがるだろうね」

「とくにあなたに指図されるのは」ローカンがつけ加えた。「ダイルの入れ知恵だと思われた場合も、やはりうまくいかないでしょう」

もっとくわしく訊こうとしたとき、グレイドンが戸口に姿を見せた。「こっちへきて、このプリントアウトを見てくれない？」トビーはいった。

グレイドンは、胸元が大きく開いて、脚のラインがわかるほど細いシルエットの白いロングドレスを着た貴婦人の写真を取りあげた。「ぼくはこれが好きだな」

ダイルがパソコンから顔をあげた。「この記述によると、当時は〝モスリン病〟が問題になっていたらしい。薄地のモスリンのドレスのせいで、ひどい風邪をひく女性が続出したんだと」ダイルは考えこむような顔をした。「まあ、それだけの価値があったんだろう」

「ヴィクトリアにこういうドレスを着せるつもりなのか？」グレイドンは訊いた。

「まさか！　そんなのとても不可能よ」トビーはそういったあとでグレイドンを見た。

「ちょっと待って！　これってジェーン・オースティンの時代よね。もしも実現することができたら、あなたは……ドラムロールをお願い……ミスター・ダーシーになれるわ」

「それは、まわりから気取り屋と思われていたあの高慢な男のことか？」

「あなたはいま、もっともロマンチックな小説上のヒーローのことを話しているのよ。少しは敬意を払ってほしいものね。わたしが肺炎になるほど薄いドレスを着るなら、あなたにもこういうズボンを穿いてもらわないと」第二の皮膚のようにぴたりとした黄褐色のズボンに、高襟で細身の黒い上着を合わせた男性の写真をグレイドンに渡した。

「ぼくがタイツを穿いたら、きみはこのドレスを着てもかまわないといっているのか？」

「ええ。いいわよ。だけど十九世紀の衣装なんてどこで手に入るのかしら？」トビーは無邪気そのものの顔で彼を見あげて目をぱちぱちさせた。

「ぼくの祖先の衣装戸棚のなかをさがせばいい」グレイドンはいった。「ローリーに頼めば――いや、祖父に電話しよう。祖父なら必要なものをすべて飛行機であっという間に届けてくれる」

トビーはにやけた顔を絵をのぞきこむことで隠した。

どのドレスもロマンチックそのものだ。「つまりわたしはその昔女王が身につけたドレスを着るかもしれないってこと？」

「そうだ。王子と聞いてもなんとも思わないくせに、女王には感動するのか？」

「当然ですよ」ローカンのひと言で全員がどっと笑った。トビーとローカンは初めて共犯者めいた目配せを交わした。

「それで、このばかげた衣装はいつ着るんだ？　それに当時はどんな料理を食べていたのかな？」そこでグレイドンの電話が鳴った。「これには出ないと」うんざりしたようにいうとダイニングから出ていった。

「すばらしいアイデアだわ」トビーはいった。「摂政時代の晩餐会をひらいて、当時の衣装をつけるの。あなたたちも一緒にどう？」恐怖の表情を浮かべるダイルとびっくり顔のローカンにトビーはにっこり笑った。「遠慮する」ダイルの静かな声は、この話はこれで終わりだと告げていた。トビーはローカンに目をやった。「グレイドンの寝室の一番下の右側の抽斗にローリーのｉＰａｄが入っているんだけど」ローカンはトビーがいい終わる前に階段をあがっていた。

ランコニア時間の午後五時に、グレイドンは祖父のプライベートな電話番号につながるボタンを押した。

「グレイドン？　おまえなのか？」高齢とはいえ、J・T・モンゴメリーの声は力強く、気力も充実して——孫に答える間を与えなかった。「なんだってローリーがおまえのふりをして公務をおこなっているのか、その理由を知りたい。おまえのおばあさんは心配で気が変になりそうになっている。おまえの父親同様、おまえも極秘でどこかの病院に入院させられていて、おまえの母親はそれを隠しているんだといっている」

「おじいちゃん、ぼくは元気にしてる。今回のことは、母上はなにも知らない。ぼくは一週間の休暇を取りたかっただけなんだ。そこへきてローリーが手首を骨折したものだから……こういうことになってしまった。それに、ぼくが出会ったある女性が——」

「やっぱり。アリアにいったんだ、女絡みに違いないとね」

「そんなんじゃないんだ。ぼくはいま彼女の家に泊まらせてもらっていて——」

「〝そんなんじゃない〟とはどういう意味だ？　彼女は美人か？」

グレイドンの声がやわらいだ。「きれいな人だよ。長い髪はブロンドで——生まれつきのブロンドだ、それに——」

「男が女性の生まれつきの髪の色を知る方法はひとつだけだぞ」J・Tはいった。グレイドンは思わず笑いだした。年を取っても、祖父の人生を謳歌《おうか》する気持ちは少しも変わっていない。

「その若いレディとぼくは一日かけて結婚式の後片づけをしたあと、海へ行って下着で泳いだんだ。それでわかったんだよ。トビーとぼくはただの――」

「ただの友だちだ、などといったら、もう孫とは呼ばないぞ。肝心なのはな、彼女を見ると血がたぎるかどうかだ」

「それはもう！」そういったとたん、すべてを話してしまいたいと思っている自分に気づいた。「ときどき祖先の戦士たちのように、彼女を肩に担いで連れ去りたい気持ちになる。彼女に指一本触れられず、ただ見ていることしかできなくて、頭がどうにかなりそうだ。おじいちゃん？　彼女はぼくとローリーの区別がつくんです」

J・Tはしばし黙した。孫とは世代の違う彼は、一族の古い言い伝えを心から信じていた。

「たしかなのか？」

「ええ。ぼくがローリーだと自己紹介したら、彼女は嘘つきだとぼくをなじった。そのあとローリーがぼくと似た服を着て、例のへたなものまねをしたときも……彼女はひと目でそれを見破った」

「残念だよ」J・Tは囁くようにいった。その言葉にこめられた意味はどちらもわかっていた。アメリカの若い兵士だったとき、J・Tはランコニアの王室とその家臣のあいだに数百年にわたって受け継がれてきた伝統と闘って、あやうく死にかけた。その後は国の発展に大いに貢献したが、孫の結婚相手に関わるしきたりを変えることはできなかった。並んで王座に座るだけの存在ではない、もっと大きな意味を持つかもしれない女性と孫が出会ってしまったことが、J・Tはたまらなく悲しかった。「私になにかできることはあるか?」

「誰かにいって、一八〇〇年代初頭の衣装を送らせてください」

J・Tは思わず大声で笑いだした。「てっきり、自分に代わって母親に直談判してくれといわれるものと思っていたよ」

「そんなこと頼めるわけないでしょう。大好きなおじいちゃんにはまだまだ長生きしてほしいですからね」

J・Tは笑った。「おまえの母親がおまえたち兄弟のしていることに感づいたら、誰も生きていられないからな。それで……あのときには帰ってくるのか?」〝婚約の儀〟という言葉を口にする気にはなれなかった。

「ええ、じゅうぶん間に合うように戻るつもりです。それより衣装の件はどうでしょう?送ってもらえますか?」

「ああ。おまえのおばあさんに話して、彼女があごでこき使っているメイドにさがさせよう」

「よかった! サイズやなにかの詳細はあとでメールで送りますが、とにかくヴィクトリア・マドスンを感嘆させられるようなドレスが必要なんです」

「あの作家のか? アリアは彼女の作品の大ファンだから、誰のためのドレスか話したら使用人たちを総動員するな」

「それが母上の耳に入って怪しまれることのないよう、くれぐれも気をつけて」ローリーに対する母の態度についても祖父に聞いてほしかったが、電話でできる話ではなかった。会ったときに直接話そう。

「心配するな。いまおまえの母親はほかのことで頭がいっぱいだから。ローリーが二名の大使との会見をそつなくこなしたところを見ると、おまえが指示を与えているようだな」

「一時間ごとに携帯電話とスカイプで連絡を取り合っています」

「そうか。公務にその女性との大事な時間を奪われるんじゃないぞ。彼女の写真を送ってくれよ。それとな、グレイ。私もおまえのことが大好きだよ」

「ありがとう。おじいちゃんがいてくれてよかった」ふたりはさよならをいって電話を切った。

グレイドンが電話から解放されたのはランコニア時間の午後十時、こちらの時刻で午後三時のことだった。彼は携帯をオフにするとダイルに放り、それから「行こう!」とトビーに声をかけて家を出た。外に出るとすぐに、祖父に電話したことをトビーに話した。「だからきみはきれいなドレスを着ることができるよ。それを見れば、ヴィクトリアは絶対にうんというう」

「だといいんだけど」先に立って歩きだしたトビーは、そこで彼を振り返った。「ダイルが衣装をつけてくれないのがすごく残念。きっと最高にすてきだったのに!」

「ぼくみたいに背が低くもなければ、なまっちろくもないしね？」

太陽はグレイドンのうしろにあり、まるで後光が差しているかのようだった。その光のせいか、それとも彼との関係が深まりつつあるからだろうか、いまのトビーにはグレイドンほど美しい男性はほかにいないと思えた。気持ちが顔に出てしまうのが怖くて、トビーは前に向き直った。この人はあなたのものじゃない。そう自分にいい聞かせた。

親戚が購入した古い屋敷の玄関までくると、グレイドンはポケットから手のひらほどもある大きな鍵を取りだしてドアを開けた。

「その鍵はどこで？」トビーは尋ねた。

「ケイルおばさんが送ってよこした。ぼくのほうこそ、この鍵なしでどうやって入ったのか訊きたいね」

「玄関扉が開いていたのよ」

「きみを手招いているように？」グレイドンはからかった。

「いいえ、風のせいで勝手に開いてしまったようによ。古い家というのがどんなものかおぼえておいてもらわないと。ドアも窓も床もたわんでいるのよ」

「宮殿にあるぼくの寝室が建てられたのは一五二八年で、それでも新しいほうなんだぞ」

「問題は幽霊が出るかどうかよ」

「剣と剣がぶつかり合う音が毎晩聞こえる」グレイドンはドアを閉めると鍵をトビーに渡し

た。上のところに二頭のイルカがあしらわれている。

トビーは鍵を顔の前にあげた。「わたしを誘惑しようとしてあなたが熱くなりすぎたときに逃げられるように？」

「邪魔者が入ってこないようにドアに錠をおろすためだ。どこからはじめる？」

「もちろん寝室からよ」トビーはそういうと錠前に大きな鍵を差した。ふたりは笑いながら階段をあがっていった。

窓はひどく汚れていたものの光はじゅうぶん入り、雨もりの跡は壁にも床にもなかった。表階段をのぼった先には寝室が二部屋あり、どちらにも大きな暖炉と専用のバスルームがついていた。「わたしのお気に入りはここ」トビーは最初の夢を見た部屋にグレイドンを案内した。ほこりまみれではあっても、かつては美しい部屋だったことが容易に見て取れた。

グレイドンはほこりをかぶった小さなソファに腰をおろした。「いい部屋だ。ぼくならあの棚を本でいっぱいにするな」

トビーは彼の横に腰かけた。「どんな本を並べるの？」

「ここにきてから、ナンタケットに関する書物を集めたいと思っていたんだ。この島のことをもっと知りたくてね。きみは？　きみならどんな本を並べたい？」

「何度も読み返したくなるような小説とガーデニングの本、それに歴史の本もいいわね。わたしはこの家のことをもっと知りたいわ」

「夢の内容はダイルにも余さず話したのかい？」

「ええ」トビーは真顔でいった。「キスをする件をとりわけ熱心に聞いていたわ」

グレイドンの顔を怒りの表情がよぎったが、すぐにからかわれたのだと気がついた。「こいつめ！」トビーに飛びかかろうとすると、彼女はぱっと立ちあがって駆けだした。

トビーはグレイドンが気づいていなかった横手のドアを抜けると廊下を右に走っていき、やがて階段をあがるような音が聞こえたが、見たところ階段らしきものはなかった。ふたつのバスルームとふたつの寝室のなかをのぞいたところで、二枚の壁のあいだに押しこまれるように狭い階段があるのを見つけた。階段は自分の足元も見えないほど真っ暗で、グレイドンは懐中電灯を持ってくればよかったと後悔した。

階段をあがりきったところには分厚い扉があり、開けると広くがらんとした屋根裏部屋だった。幅も厚みもある粗びきの床板が、この家の長い歴史を物語っている。急勾配の屋根に合わせ、高い天井も傾斜していた。トビーは部屋のむこう端の窓の前に立っていた。

「この部屋を知っている気がするの。洗濯物をあそこに干していたわ」

トビーが指差したほうに目をやると、梁に鉄製の大きなフックがいくつか取りつけてあるのが見えた。物干し綱を引っかけるのにぴったりだ。

「薬草はそこで乾かした。ろうそくを作るのに大量に必要だったの」そこには小さめのフックがねじこまれていたとおぼしき穴が複数あった。

「わたしたち……つまり、彼女たちはろうそくを作って売っていたの。子どもたちはあっちの隅で遊んでいた。トーマス坊やは泣いていたわ。お父さんに作ってもらったおもちゃが床板の隙間に落ちて、見つからなくなってしまったからよ」そこでトビーは両手を振りあげた。「変ね。どうしてわたし、こんな作り話ばかりしているのかしら？　ヴィクトリアに話して、小説の題材にしてもらうといいかもしれないわね」

「それともきみが自分で書くか」

「遠慮しておく！　作家の仕事は、わたしには孤独すぎるもの」

「ではきみが人生に望むものは？」グレイドンは真剣な面持ちで尋ねた。

「わたしはアメリカ人だから、すべてを手に入れたいわね。夫と子どもと立派な家。それに人の役に立っていると思える仕事も。そろそろ下へ戻りましょうか？」

「お先にどうぞ」トビーのあとについて階段をおりていきながら、グレイドンは小さくつぶやいた。「ぼくが人生に望んでいるのもまさにそれだよ」

三十分かけて二階にある四つの寝室と三つのバスルームを見てまわり、水もれやカビによる損害の有無を確かめたが、問題はないようだった。

トビーは照明のスイッチを入れて洗面台の蛇口をひねったが、なにも起こらなかった。

「この家で眠ってしまった晩には電気も水道も使えたのに。誰かが止めてしまったのかしら？」

「ぼくは知らないな」ふたりは一階へ戻った。トビーには話していなかったが、グレイドンがどこより見たかったのは、彼女が〝ぞっとした〟といっていた部屋だった。

大きな表階段をおり、部屋から部屋をめぐるトビーについていった。彼女がこの家に精通しているように見えることは黙っていた。ふたりが口論になったあの日——まあ、実際にはグレイドンはほとんど口を挟めなかったのだが——この家のなかをゆっくり見てまわる時間がトビーにあったとは思えなかったのだが。

「ここがダイニングルーム。床全面に東洋の絨毯を六枚敷き詰めてあって、それはもう壮観だったわ。どれも遠い国から持ち帰った新品ばかりよ。中央には、ロンドンから取り寄せたクイーン・アン様式のテーブルと、シートの部分に深紅のフラシ天を張った椅子のセットが置いてあったの」

次はトビーが〝階段室〟と呼ぶものだった。「ここは子ども用の階段よ。子どもたちに表階段を使わせないようにすれば、おとなが子どもの遊具や靴や、落とした手袋なんかにつまずかなくてすむでしょう」

「トーマス坊やがなくしたおもちゃとか？」

トビーは笑った。「トーマスは驚くべき才能の持ち主でね。歩いているうちになんでもかんでもなくしてしまうの」彼女が開けたドアの奥は戸棚がずらりと並んだ狭い部屋で、壁に向かって小さなトイレが備えつけてあった。「もちろん、当時あれはなかったけど」現代式のトイレのことだ。

「ここはなんのための部屋だったんだ？」

「調合部屋」トビーは間髪を入れずに答えた。「なんでも作って売ったわ。ろうそく、化粧クリーム、強壮飲料——それに石鹼も。でもしばらくするとヴァレンティーナが作る透明石鹼が市場を席巻して、ほかの人たちはみんなやめてしまったの」

グレイドンはトビーの話を聞きながらあとをついていった。トビーが〝奥の客間〟と呼ぶ部屋から寝室へ、そしてようやくキッチンにたどり着いた。「ここはすべて新しくなってるわ」

そのキッチンは一九五〇年代からリフォームされていないように見えたから、トビーがそんなふうにいうのは妙だった。

ここにも水もれの形跡は見られず、グレイドンはほっとした。長いこと空き家だったはずなのに、管理はしっかりなされていたようだ。ふたりは家の表側に戻って、広い客間に入っていった。縁に彫刻をほどこした暖炉が美しい。客間の奥にある居間は、眠っているトビーをグレイドンが見つけた場所だった。彼女を起こしたくなかったから、グレイドンは家に戻って食べものと毛布と枕を取ってきた。トビーは知らないが、グレイドンはあの晩、居間のドアのすぐ外に間に合わせの寝床を作ってそこで寝た。こんな大きな空き家に彼女をひとりで置いていくなんてとんでもない！　グレイドンの期待したとおり、翌朝目を覚ましたときトビーの機嫌は直っていた。

「これで全部よ」トビーがいった。「地下室もあるけどあまり広くないし、貯蔵庫として使っているだけだから。見たければ行ってもいいけど」彼女は部屋から出ようとした。

「待った。きみが怖がっていた部屋はどこだ？」

「なんのことかわからない」トビーは早足で歩きだした。

グレイドンは彼女の前へまわり、両手で腕をつかんだ。「心配ない。ぼくがいるから大丈夫だ」

「なんのことかわからない」トビーは語気を強めて同じ言葉をくりかえした。そして彼から身を振りほどいた。「先に帰っているわ」

またたく間に家を出ていってしまった彼女を見て、グレイドンは、動きが速すぎて見えないアニメのキャラクターを思いだした。トビーのあとを追いたい。ここに残って彼女をあれほど動揺させたものの正体を知りたい。相反するふたつの思いに、心が引き裂かれそうになった。

隠し扉を見つけるまでに、そう時間はかからなかった。なにしろ宮殿には隠し部屋やら隠し戸棚やら隠し通路やらがごまんとあるので、どこをさがせばいいかわかるのだ。扉を開ける仕掛けは羽目板に巧みに隠されていたため、見つけるまでに少し手間取った。横へスライドさせ、押して、持ちあげる。すべての手順を踏むと、ようやく扉は開いた。

そこは奥の壁に窓がひとつだけある狭い部屋だった。右手にある古い戸棚は、この屋敷に初めからあったもののように見える。長椅子らしきものの枠だけが残っていた。

もともとなにに使われていた部屋なのだろう、とグレイドンは思った。この屋敷には大きな暖炉がいくつもあるから、そのための薪を蓄えておく場所だったのかもしれない。いや、薪置き場なら屋外にあるはずだ。わからないのは、ここには人を怯《おび》えさせるようなものがなにもないことだ。

それなのにそこに立っていると、えもいわれぬ悲しみに襲われた。いますぐここを出てトビーの様子を見に行きたいのに、足が動かなかった。もう生きていてもしかたないという気持ちがひたひたと押し寄せてくる。これまでに考え、感じたことも、将来の夢も、ここまでに成し得てきたことも、すべてなんの意味もないように思えた。

暗い光が部屋を満たしたかと思うと、すすり泣く女性の声が聞こえてきた。ひとりじゃない。ふたり。いや、もっといる。まるで悲嘆の涙にむせぶ無数の女性たちが部屋を埋めつくしているかのようだった。

胸に重石をのせられたように息ができなくなると、グレイドンは急いでその部屋から出た。古い扉を叩きつけるように閉めてかんぬきをかける。そしてしばらくそこにもたれていた。心臓が激しく打っている。彼がいまいる部屋、反対側の壁際に暖炉と古い簡易ベッドがある小さな居間は、ごくふつうに見えた。屋敷全体もしんとしている。しかしグレイドンはいま、これまでに経験したことのない壮絶な悲しみを味わっていた。

壁から離れながら、グレイドンは心のなかでつぶやいた。ケイルおばさんに電話して、この屋敷の歴史について知っていることを教えてもらおう。おばさんのことだから、この家が建てられてから今日《こんにち》までの全歴史をとっくに調べあげているはずだ。グレイドンはそのすべてを知りたかった。

重い足取りでトビーの家まで戻った。玄関ドアは開いていて、グレイドンは狭い玄関口でつかのま足を止めた。あの隠し部屋で受けた心の動揺を静めるための時間が必要だった。

「例のパーティだけど、あなたも手伝ってくれなきゃだめよ」トビーの声がした。

「そんなことをいわれても、なにをしたらいいのかわかりません」ローカンがまごついた声で答えた。

「大丈夫、わたしが教えるから」

グレイドンの顔に笑みが浮かんだ。ローカンは女友だちとの気楽なおしゃべりに慣れていないのだ。

十二歳で王室奨学金を獲得したときのローカンのことはよくおぼえている。背の高い痩せっぽちの少女で、着ている服は小さすぎたが、彼女の祖父母には新しい服を買ってやるだけの余裕がなかった。ふたりの老いた顔には、たったひとりの孫娘への愛と期待があふれていた。

新入生歓迎式典に参列したグレイドンは、いつものようにその後も何日か生徒たちの様子を見に出かけた。そしてそのたびに、誰が頭角をあらわし誰が挫折するか予測がつかないことに驚かされた。勝者に必要なのは日々の訓練と体力より、むしろ強い心と強い意志であることに、彼とダイルはとうの昔に気づいていた。

最初の三日間、新入生は組み合い《レスリング》と、ラバー製の剣による試合と、ジムでのトレーニングと、何時限かの学科講習を受けることになっている。

この三日間は指示はほとんど与えられず、規則もわずかしかない。目的は、教師からの干渉なしになにができるか、個々の生徒を観察すること。

その初日、グレイドンは母に呼ばれ、王室専用の礼拝堂に置く新しいクッションを作っているという女性たちを喜ばせるために出かけていった。気持ちはよそを向いているのに、口先だけでお世辞を並べるのは容易なことではなかった。

その夜、ビールを飲んでいるときにダイルがいった。「今年の勝者が出たぞ」

「どの生徒だ？」

「教えない。見学にきて、当てられるかやってみろ」

「いつも歯をむいて怒鳴っている体格のいい子どもだろう。彼を見たらぼくでも震えあがる」

ダイルは笑みを浮かべた。「明日見にこられるか？　それともおふくろさんにフラワーアレンジメントの予定を入れられたとか？」

「事実だから笑えないな。あの眉毛の太い少年だろう？」

ダイルは答えなかったが、その理由は翌日すぐにわかった。見学しはじめて何時間もしないうちに、長い黒髪の背の高い少女がダイルのいう〝今年の勝者〟だとグレイドンは見て取った。動きはしなやかかつ敏捷《びんしょう》で、頭も切れる。まるで試合の相手が次になにをしてくるか、当人より先にわかっているかのようだった。

三日目が終わるころには、どの生徒もローカンを負かそうと躍起になっていたが、成功した者はひとりもいなかった。どんな攻撃もするりとかわしてしまうローカンに業を煮やした大柄の少年は、彼女に体当たりして壁に押しつけようとした。突進してくる九十キロの筋肉のかたまりを見て、ローカンの目が一瞬、大きく見ひらかれた。

少女が押しつぶされてしまう前に少年を止めようとグレイドンはとっさに一歩踏みだしたが、ダイルの手が腕を押さえた。少年とぶつかる直前、ローカンはその場にさっとしゃがみ、首を引っこめ両手で膝を抱えてボールのように体を丸めた。

少年は壁に激突した。

ダイルは〝下がっていろ〟と目でグレイドンに合図した。指導者として、ほかの生徒たちの反応を見たかったのだ。ローカンのしたことに腹を立て、「反則だ！」とわめきだす者がいるかどうかを。

最初に笑いだしたのは、グレイドンが〝ぼくでも震えあがる〟といっていた一番体格のいい少年だった。ダイルの目は壁にぶつかった少年に向けられていた。ローカンのせいでみんなに笑われ、はたしてどんな行動に出るか？　少年は鼻血を流し、額を切って、片手を胸に当てている。彼は自分の足のあいだでいまも体を丸めたままのローカンを呆然《ぼうぜん》とした顔で見おろした。

少年がローカンの両肩に手を伸ばすと、ダイルは少女を守ろうと前に出た。今度はグレイドンがそれを止めた。

ローカンの二倍近い体格の少年は、彼女の肩をつかんで立たせると、まっすぐにその目を見た。「うちの猫と戦ってるみたいだ」少年の口からようやく出たその言葉に、みんなはさらに大きな声で笑った。

大柄の少年はその太い腕をローカンの華奢な肩にまわすと、ほかの少年たちのところへ連れていった。あとにはプログラムに参加しているほかの少女たちだけが残された。

それ以来、ローカンは少年たちのひとりとして、彼らと同じだけの腕力と体力をつけるためにトレーニング量を倍にしなければならなかった。しかし彼女には、少年たちには絶対にまねのできない敏捷さがあった。彼らはそのことでローカンをからかいつつも、本当はうらやましく思っていた。

「ダイル？」トビーの声が聞こえた。「ディナーパーティのメニューはどうしよう？　日取りはいつがいいかしら？　衣装が届くまでに何日ぐらいかかるの？　ヴィクトリアとハントリー博士の結婚式の招待状を作らないといけないし、それにはまず結婚式のプランが決まらないと。そうだ、ディナーにはジリーとケンも呼んだほうがいいわね。ヴィクトリアとケンのあいだで銃撃戦《ポットショット》になるかもしれないけど」

「そんな質問には答えようがない」ダイルがいった。

「〝ポットショット〟というのはなんですか？」ローカンが訊く。

「マシンガンで撃ち合う、みたいな感じ。ごめんなさい、やだ、本当にやるわけじゃないわよ！　ただ、ヴィクトリアとケンは元夫婦だから。パーティの日程と内容からはじめましょうか」

「グレイドンはどこだ？」ダイルの声は怯えているように聞こえた。

「さがしに行きたければどうぞ。通りの向かいにある古い家に置いてきたから。なんなら男だけで飲みに出かけたら？　こっちはローカンとわたしでできるから。グレイドンのおじいさまが双子の入れ替わりを知っているなら、ドレスのサイズをわたしからメールでお伝えしてもかまわないかしら？」

「きっと喜ばれるだろう」ダイルはそういうと、そそくさと玄関のほうへ向かった。

グレイドンは外で待っていた。「死よりもむごい運命から逃げだしてきたみたいな顔だな」

「おまえにはわかりっこない」

「ナンタケットのナイトライフを見学しに行くか？　結婚式の手伝いのほうがいいというなら話はべつだが。いっておくと、手伝えば〝女友だち〟と呼ばれることになるぞ。手伝わないと――」

「当ててみせようか。無神経呼ばわりされるんだろう」ダイルはため息をついた。「新郎は結婚初夜に顔を出せばそれでよかった時代が懐かしいよ」やけにしみじみしたその口調に、ふたりは笑いだした。

「いざビールの元へ！」グレイドンはいった。

「よし！　ビールを求め前進だ！」

その夜、グレイドンが出かけているあいだに、トビーはここ数日ずっとやりたいと思っていたことをした。ランコニアの公式ウェブサイトをのぞいたのだ。高貴な生まれのダナはどんな人なのだろう？　画面にあらわれた女性は、ローリーが財布に入れて持ち歩いていた写真の人だった。トビーは思わずノートパソコンを閉じた。「なんてこと」グレイドンは弟の想い人と結婚しようとしているの？

それは考えたくもないことだった。

18

グレイドンとダイルはレストラン〈ブラザーフッド〉で大量のシーフードを食べながら四杯目のビールに突入していた。話題はランコニアのことばかりだった。

ダイルは今年の新入生について話して聞かせた。「残念ながら〝新たなローカン〟はいないがね」

「ひときわ輝く新星はいないってことか?」グレイドンは遠くを見るような目でグラスを見つめた。

「ホームシックか?」

「まさか! この島を大いに気に入っている。長くいれば知り合いもできるだろう。セーリングにも挑戦してみたいんだ。いいコーチがいると聞いているからね。それにアメリカの親戚もここに移ってくるという話だし」

「彼女のそばにいることはできないんだぞ」静かな声でダイルはいった。

「わかってる。これまで一度も自分の務めを怠ったことはない。子どものころでさえね。常に国のことを第一に考えてきた」

友人を自己憐憫《れんびん》にひたらせるつもりはない。ダイルは話題を変えた。「で、例の古い屋敷と、おまえがやけにこだわっている彼女の夢の件はどうなった？」

考えることがほかにできてグレイドンはほっとした。「あそこは永遠に封鎖するべきだ。あの屋敷にはどこかおかしなところがある」そこでいったん黙り、それから隠し部屋のなかで身を切るような悲しみに襲われたことをダイルに話した。

「それでどうするつもりだ？」

「屋敷の外に出たときにはあの部屋でなにがあったのか探るつもりだったが、いまは決めかねている。この島にいられるのはあとわずかだし、その時間を楽しみたいんだ。トビーは結婚式の準備にローカンをまんまと巻きこんだようだから、明日はふたりで本格的なトレーニングができるかもしれないぞ」

「あわてふためいたローリーからの電話の合間にか？」

グレイドンが答えるまでに間があった。「どうやればいいかはわからないが、母がローリーにあんな口をきくのをやめさせなければ。弟はぼくとランコニアのために多くを犠牲にしてきたんだから」

グレイドンがダナのことをいっているのはわかっていた。兄弟のどちらとも近しいダイルには、誰が誰に思いを寄せているかわかるのだ。「そのときがきたら、あのアメリカ娘とどうやってけりをつけるつもりだ？」

ダイルに向けたグレイドンの目は、そのときのことを考えただけでいまからつらいと告げていた。

ダイルは椅子に背をもたせかけた。「おまえの立場にはなりたくないな。あるいは彼女を──」

「それはいうな。ぼくに少しでも分別があれば数日前にここを去っていた。でもできなかった。呼吸せずにはいられないのと同じように、どうしてもこの島から離れられなかった」グレイドンは息を継いだ。「場所を変えて酔っ払おう。おまえ、現金を持っているか？」

「いや、まったく」

「ぼくはローリーのクレジットカードを持っている。トビーが使いかたを教えてくれたが、おぼえているか自信がない」

「ウェイトレスに笑いかければ教えてくれるさ」ダイルはいった。「よおし、今夜はとことん飲んで女のことなど忘れてしまおう」

「この世の酒という酒を飲みつくしても足りないだろうな」グレイドンはいった。

トビーの眠りを破ったのは、どしんという音と大声の悪態だった。正確には、悪態のように聞こえるランコニア語のわめき声だ。時計に目をやると午前三時をまわったところだった。

グレイドンとダイルがようやく帰ってきたようね。トビーはひと晩じゅうふたりのことを心配していたのだが、ローカンの顔を見たら不安な気持ちを胸にしまうしかなかった。

「殿下はダイルと一緒ですから」その口調は、それだけいえば事足りると告げていた。

そういわれたところで、時計と玄関を絶えず気にするのをやめられなかった。ヴィクトリアに見せる結婚式のプランに集中しようとするのに、どうしても気が散ってしまう。「ヴィクトリアがこれを気に入ってくれるといいんだけど」トビーはつぶやいた。

「ダイルは歴史に関することはなんでも好きです」

「そういうことじゃ——」トビーはいいかけた言葉をのみこんだ。「そうなの？　あなたたちのことはほとんど知らないから。ふたりにはつきあっている人がいるの？」

「ダイルは兵舎で生徒たちと寝食をともにしていますが、ときどき実家に帰ります。ええと、し……」言葉を思いだせないようだった。

「週末に？」

「そうです。つきあっている女性がいるとしても彼は口が堅いので。でも、彼にはどんな女性も気を許してしまうから」

その口調のなにかにトビーは興味をそそられた。「ダイルは歴史以外になにが好きなの？」

それから十五分間、ローカンはノンストップで話しつづけた。こんなにたくさんの言葉を話すローカンを見たのは、彼女がナンタケットにきてから初めてのことだった。四分の一がランコニア語になっていることにも気づいていないようだった。とにかく話が止まらなかった。ダイルが好きなテレビ番組――『スパルタカス』や『ゲーム・オブ・スローンズ』といったアメリカやイギリスのテレビドラマ。好きな本――伝記。好きな映画――彼の（ローカン曰く）並はずれた頭脳をもってしても難解なストーリーのものならなんでも。ダイルの好きな食べものと嫌いな食べもの。ローカンによると、ダイルの一番好きな野菜はアスパラガスらしい。

〝それであなたはいつから彼に恋してるの？〟トビーはそう訊きたいのをこらえた。そして手元のノートを見るふりをして笑みを隠した。これはおもしろいことになってきたわ。

十時になると、トビーはグレイドンたちの帰りを待つのをあきらめてベッドに入った。とはいえ、なかなか寝つけなかった。心配でじっとしていられなかった。ふたりになにかあったとしても、わたしに連絡することを誰も思いつかなかったら？　ううん、ジャレッドの結婚式に出た人なら、グレイドンがキングズリー家の親戚だとわかるはずよね。でも、もしも誰もわからなかったら？

トビーはベッドの上で何度も寝返りを打ち、うつらうつらしかけては目を覚ました。そんなときグレイドンとダイルが階段をあがりながら、どこかにぶつかってはランコニア語で悪態をつくのが聞こえ、トビーはほっと安堵のため息をもらしたのだ。

ベッドに横になったまま、音をたてないようにしようとするふたりの気配に耳を澄ましていると、そのうちにやっとダイルが階段をおりていき、あたりは静かになった。あなたも眠りなさい、トビーは自分にいい聞かせたが、グレイドンの無事を確かめたかった。

ピンクのパジャマの上にガウンを羽織ろうかと考えて、やめた。素足のまま、グレイドンの寝室へ向かった。寝室のドアは開いていたので、忍び足でなかに入った。グレイドンはうつ伏せで寝ていた。上掛けをはねのけ、毛布の端が腰のあたりにのっていた。上半身は裸で、右腕はベッドからだらりと垂れて指先が床についている。

トビーは笑みを浮かべ、彼の体のむこうに手を伸ばして毛布を引っ張りあげようとした。なにもかけずに寝るにはちょっと涼しすぎるから。

そのとき彼の手が伸びて太腿をつかみ、トビーは驚いて息をのんだ。グレイドンは電光石火の早業で彼女を抱えあげ、自分の体の上におろすと、そのまま器用に寝返りを打ったので、トビーは彼の横に寝そべる格好になった。

「つかまえた」グレイドンは彼女の首筋にキスしはじめた。

「あなた、ビールの醸造所みたいなにおいがする」トビーは彼を押しやろうとした。

「ダイルに飲まされたんだ」

「あなたを押さえつけて、無理やりビールを口に流しこんだ？」

「そうだ。やつの首をはねるべきかな？　きみはなにを着ているんだ？」

「パジャマよ。ボタンをはずそうとするのはやめて」トビーは彼の肩を押して顔を見た。グレイドンの瞳は暗く翳《かげ》り、ほとんど黒く見えた。「酔っ払った王子に手折られる花になるのはいやだわ」

「そうか」グレイドンは彼女の肩に顔から倒れこんだ。「じゃ、今夜はおとなしく寝て、花の世話は明日にしよう」

トビーは笑った。グレイドンをこのまま寝かせてしまうほうがいいのはわかっていたけれど、酔っているいまならわたしの質問に答えてくれるかもしれない。「ダナを愛してる？」

「ランコニアは彼女の父親に恩義があるんだ。事業や雇用や奨学金……ありとあらゆることで」グレイドンは眠たげな声でもごもごといった。うつ伏せの状態で、片手をトビーの体にしっかりまわしていたから、動きたくても動けそうになかった。

「そのご褒美があなたたってわけ？　おとぎ話にあるみたいに？　国に多大な貢献をした人の恩に報いるために、王がその人の娘を王子に娶らせるというあれ？」

「そういうことだ」

頬にかかる彼の息は熱かった。「〝時代錯誤〟という言葉を聞いてどう思う？」

「まさしくね。でも、ナンタケットにやってくるまでは気にならなかった。ダナは美人だし」

「へえ？　彼女の髪もブロンドなのかしら？　あなたはブロンドがずいぶんお好きなようだけど。触れずにはいられないのよね？」

グレイドンはトビーの首筋へのキスを再開した。「それも生まれながらのブロンドだ。祖父にそう話したんだ」

トビーは彼から身を引き離した。「なにを話したって？」

グレイドンは目を閉じたまま、ただ笑みを浮かべた。

「どうりでおじいさまからのメールの文面がやけに親しげだったわけだわ！　読んだときはかわいいと思ったけど、いまは恥ずかしくてたまらない。わたしについてほかにも誰かになにか話した？　お母さまにはなにもいっていないわよね？」

「ああ」グレイドンはそういうと、ベッドに仰向けになった。

彼の陽気な明るさが一瞬にして消えた。女王のことなどいいださなければよかった。トビーは彼に体を寄せ、肩に頭をもたせかけた。「酔いが醒めてしまうようなことをいうつもりはなかったの。ローカンがダイルに恋していることを知っていた？」

「ダイルは名門の出だ」グレイドンは天井を見あげたまま、うわの空でいった。

グレイドンがそれ以上なにもいわないと、トビーは彼の上にのった。「なにか楽しいことを考えて」そして彼の首にキスした。

「ほかの男の夢を見るきみのこととか？　それとも、ぼくがきみに触れてはいけないことか？」

「夢に出てきたのはあなたよ」トビーは彼の首筋に顔をうずめた。「べつに浮気しているわけじゃないわ。そもそも、ほかの人と結婚するのはあなたのほうじゃない」

「そうするよりほかにないからだ！　ダナの父親は、娘が女王になれないならすべてのビジネスと慈善事業を海外へ移すと脅しをかけてきている」

「誰かダナの希望を訊いた人はいるの？」

グレイドンはトビーの肩を押し戻して、目と目を合わせた。「ばかな。だって、ぼくとの結婚を望まない女性がどこにいる？」

トビーは笑いながら体を返して彼の上からおりようとしたが、グレイドンは一緒に体をまわして彼女の上になった。そして片手で体を支えてトビーを見おろした。カーテンを引いていないせいで、部屋はそこそこ明るかった。

「きみの夢の世界ではきみがべつの男と結婚し、この世界ではぼくがべつの女性と結婚しなければならない。どちらの世界でもぼくらを引き裂くのは義務や責任といったもののようだ。きみには養わなければいけない未亡人たちがいて、ぼくには守るべき国がある。ぼくらが結ばれる日はいつかくると思うか？」

そんな日がくることはないとわかっていても、トビーには彼の気持ちがうれしかった。

「だったら、今度わたしが夢で過去に戻るときは、あなたも一緒にくるといいわ。あなたはギャレットの体を借りて、わたしはタビーになるの」

グレイドンの顔に笑みが広がった。「すべて二百年以上前のことになるわけだから、ぼくはなにも気にせずきみと愛し合えるわけだ。あとのことは彼らに任せて」彼はトビーの脇腹に手をすべらせ、ウエストからヒップへの曲線をゆっくりなぞった。その手がパジャマの下にもぐり、乳房を包みこんだ。

トビーは息をのんだ。男性にここまで触れられるのは初めて。

「愛しいカルパティア。ぼくがどんなにきみを欲しているか、きみには想像もつかないだろう。きみに触れ、この腕に抱き、きみのそばにいる。ぼくの望みはそれだけだ。きみの首筋に、唇に、目に、耳にキスして、体の隅々にまで唇を這《は》わせることばかり考えている。でも、それは許されないことなんだ」グレイドンは体を返してベッドに仰向けになった。

トビーはベッドに横になったまま天井を見あげた。これだったのね。男の人にキスされたときに女の子たちが感じていたものは。〝そんなつもりはなかったんだけど我慢できなくて〟〝気がついたらそうなってて止められなかったの〟こういう台詞を聞くたびにトビーは辟易していた。一瞬でもわれを忘れさせてくれる男性に出会ったことがなかったからだ。

でも、この人はそれをやってのけた。

トビーは彼のほうに体を向けた。「グレイドン」

「部屋に戻るんだ」決然とした声で彼はいった。「今夜は酒を飲みすぎているから自分の行動をコントロールできない」抗議しようとしたとき、彼が「頼む」とつづけた。その声は苦痛に耐えているように響いた。トビーはのろのろと彼のベッドを出て、自分の寝室に戻った。

眠りはなかなか訪れてくれなかった。

翌日、グレイドンは十一時まで起きてこなかった。なんの問題もないふりをしようとしていたグレイドンだったが、トビーが鎮痛剤二錠と水の入ったグラスを差しだすと両方とも受け取った。「昨夜ぼくはなにかばかなことをやらかしたか？」

「わたしに永遠の愛を誓って、そのあと三時間ぶっ通しですばらしいセックスをして、たぶんわたしを妊娠させたわ」

グレイドンはむせることもなくグラスの水を飲み干した。「その程度ですんでよかったよ」そういって、おかしそうに目をきらめかせた。それからパソコンの前に戻り、次の会見に向けてローリーと打ち合わせに入った。会見はロシア語でおこなわれることになっているため、いくつか問題が発生していた。グレイドンはロシア語を話すが、ローリーは話せないのだ。

ダイニングルームに入ってきて、たまたまふたりのやりとりを聞いたダイルが、きびしいまなざしをトビーに向けた。

「冗談よ。わたしはいまも乙女だし、あなたがたの大切な国に危険は迫っていないわ」トビーはそういうと部屋から出ていった。

それでも二晩ほとんど一緒に過ごしたことで、ふたりのあいだの空気は変わった。態度や言葉遣いが打ち解けたものになった。

それからの数日は大忙しだった。まずはヴィクトリアとハントリー博士、それにジリーとケンを次の土曜のディナーパーティに招待し、そこで結婚式のテーマを発表すると知らせた。ヴィクトリアの返事を土曜まで待つことで準備期間は短くなるが、招待状に先立って挙式の日付を知らせるセーブ・ザ・デート・カードはジリーがすでに郵送してあった。それにトビーとグレイドンは今度こそヴィクトリアは気に入ると確信していたので、できることからどんどん準備を進めていた。結婚式の会場——アリックスが設計した礼拝堂——はすでに押さえ、歴史好きのダイルの協力で料理と花と音楽も決まった。招待状も当時のものを再現した。摂政時代の衣装と料理でもてなすことは、ディナーのゲストに秘密にしておくことにした。

ディナーの誘いを受けることを知らせにジリーが立ち寄ったとき、トビーの家は活気に満ちていた。生活の中心にいるのは、携帯電話とビデオ通話で絶えず弟とやりとりするグレイドンだった。

「グレイドンはいま王子で国王で、そのうえ女王でもあるの」トビーはジリーに説明した。「ローリーを通じてすべての役割をこなしているのよ」

「ここにいながらそれができるの?」ジリーは訊いた。

「そうなの。もちろんわたしたちも協力するけど、どうにかやってのけているわ」トビーはローリーのギプスに携帯電話をくくりつけてショートメールを送るというグレイドンのアイデアを彼のおばに話して聞かせた。グレイドンがロシアの実業家に直接電話して、面会の席ではプライバシーを考慮し英語を使って話そうと提案したことも。「ロシア語はグレイドンが話せる六カ国語のひとつなの」トビーはそういった。

「あの子にそんな才能があるなんて知らなかったわ」

「グレイドンにできないことはほとんどないの」トビーは真顔でいった。

「そうなの？」ジリーは噴きだしそうになるのをこらえた。

勝手口が開いてグレイドンが入ってくると、トビーはぱっと立ちあがってキッチンへ飛んでいった。グレイドンはダイルと裏庭で、重い剣を手に戦闘訓練をしているところだった。

「あなたのおばさまがきているわよ」トビーがそういうのが聞こえた。「あなた、汗だくじゃないの」

「汗まみれの男がいつから嫌いになったんだ？」くすくす笑うトビーの声が廊下の先から聞こえてきた。居間に戻ってきたときトビーの一方の頬は濡れて、無精ひげでこすられたように赤くなっていた。

ジリーは立ちあがった。「それじゃ、土曜の七時にまた」家をあとにする彼女の表情は暗かった。あの調子だと、いずれどちらかが胸の張り裂ける思いを味わうことになりそうだ。

その週のあいだ、トビーはローカンとダイルをなるべく一緒にいさせた。そのことでグレイドンと初めて本格的なけんかをすることになるとは思ってもみなかった。

ダイルは歴史好きだというローカンの言葉を受け、トビーはすぐにあることを思いついた。歴史を無視しためちゃくちゃなメニューを出しさえすれば、ダイルはきっと自分がやるといいだすだろう。そこで、一九六〇年代に流行ったニューエイジの多国籍料理風メニューを提案した。そして、レモングラスを使うというアイデアがとくに気に入っているの、と話した。

ダイルは「きみはばかか」といったあとで謝罪した。

トビーは怒ったふりをして「わたしのアイデアが気に入らないなら、メニューはあなたが考えればいいでしょう！」というと、勝手口のドアを叩きつけて出ていった。ただし、古い窓ガラスが割れたりしないよう手加減をして。

グレイドンは庭を優雅に動きまわりながら、剣を宙に突きだしていた。「なにを企んでいるんだ？」

「べつに。温室に水をやりにきただけよ」

「水ならやっておいた。さあ、バンデージを巻いて。パンチの練習をしながら、ダイルになにをしたのか話してくれ」

ミット打ちのあいだは話をするどころではなかった。グレイドンは顔に向けてくりだされるグローブを頭を下げてよけるやりかたを教えた。トビーが忘れると、彼はミットで軽く頭を叩いた。「今度ぶったら、後悔することになるわよ」彼女はいった。

「そうなのか？」

トビーは彼にパンチを食らわせようとしたが、すべて軽々とかわされた。一時間後、彼はうしろからトビーの肩に腕をまわして抱き寄せ、首筋にキスした。

「ダイルのことでなにを企んでいる？」グレイドンは抱擁を解くと、トビーのグローブを引っ張ってはずしバンデージをほどいた。

「彼にディナーパーティのメニューを考えてもらうことにしたの」

「ローカンにはなにをさせるんだ？」

「さあ」トビーは何食わぬ顔をしたが、グレイドンにじっと見つめられてついに白状した。

「ローカンはいつからダイルに恋しているの？」

「われわれ三人は協力して職務に当たるチームだ。誰も〝恋〟などしていない」グレイドンは上官ぶった口調でいった。

トビーは唖然《あぜん》として彼を見つめた。「ふたりのあいだにはなにもないだなんて本気でいっているの？　ローカンとダイルはおたがいに想い合っているわ。どうしてそんなむずかしい顔をしているのよ？」

「ダイルはぼくのいとこだ。彼の父は公爵で、祖先には王もいる」

「ローカンならそれくらいの欠点は大目に見てくれると思うけど」トビーが平等にまつわるアメリカンジョークを口にしても、グレイドンの眉間のしわは消えなかった。「なるほど。王たる者は平民と結婚して家名に泥を塗ったりしないというわけ。ねえ、わたしたち一般人はいまだに王室の男たちの浮気相手でしかないってこと？」

立ち去ろうとしたトビーの腕をグレイドンがつかんだ。

「トビー、きみには理解できないことかもしれないが、ぼくの国は何百年もの長きにわたってそれでやってきたんだ」

トビーは彼の手を振りほどいた。「誤解しているようね。わたしは批判も否定もしていない。あなたたちランコニア人が愛してもいない相手と生涯をともにしたいと思っているからって、わたしの知ったことじゃないわ。きっとダイルにもご立派な両親が選んだお相手がいるんだろうし」

その言葉が的を射たことはグレイドンの顔を見ればわかった。

「あなたがたのお幸せな将来を心からお祈りするわ」

スカートが何メートルもあるドレスを着ていたら、もっとつんと取り澄まして彼の横を通り過ぎることができたのに。勝手口まで戻るころにはすっかり頭に血がのぼっていて、トビーはどこへ向かうともなくずんずんと歩いていた。愛していない女性と結婚しなければならない王子というのは悲劇的で、ロマンチックにすら感じられた。国のために自分を犠牲にするなんて崇高なことだと。だけど高貴な生まれの男は、身分が違うというだけでローカンのような美しく聡明な女性とは結婚できないとグレイドンが考えていると知ったら気分が悪くなった。

二階にあがり、自室のドアをきっちり閉めると、シャワーを浴びて着替えた。支度ができると下におり、ダイニングテーブルについているダイルとローカンには目もくれず、ハンドバッグをつかんで玄関から外に出た。グレイドンに二度名前を呼ばれたけれど返事はしなかった。

早足でナンタケットタウンまできたところで、外出するのはずいぶん久しぶりだと気がついた。グレイドン・モンゴメリーと出会ってからは、日常生活を奪われてしまったようだったから。

あの家の名前を〝シーズ・オブ・モンゴメリー〟に変えたほうがいいかも。そして〝海《シーズ》〟と〝略奪《シーズ》〟の言葉遊びににんまりした。

この二週間、わたしは本当の生活をないがしろにしてきた。殿下が国に帰って、〝高貴な生まれ〟で——しかも美人な女性と結婚したら、戻ることになる生活を。

ストレート・ワーフと呼ばれる桟橋の端まで歩いて海を眺めた。とにかくいまはこの思いをすべてを誰かにぶちまけてしまいたかった。だからフランスにいるレクシーに電話した。

「会いたいわ」レクシーが電話に出るとすぐトビーはいった。

「なにかあったの?」

「べつに」嘘をついた。「そっちはどんな様子?」

するとレクシーは息もつかずに話しだした。彼女のボスのロジャー・プリマスが数日前にやってきたこと。ロジャーがカーレース中に事故を起こして左腕を骨折したこと。「だから運転ができないのよ」歴史上最大の悲劇だとばかりにレクシーはいった。「彼、看護師をひとり連れてきたんだけど――」

「看護師？　そんなにひどいけがなの？」

「ううん、だけどロジャーはひとりではなにもできない人だから。でもね、その看護師はロジャーの妹と知り合いみたいで、ふたりしておしゃべりしては笑ってばかりいるのよ――もちろんフランス語で。ロジャーの妹が笑えるなんて知らなかったわ。わたしとふたりのときは派手なため息しかついていなかったんだから。去年会ったときとは大違いよ。そんなわけで、いまのわたしはロジャーとばかり過ごしているの」

「そうなんだ」レクシーが彼のことを〝プリマス〟ではなく〝ロジャー〟と呼んでいることにトビーは気づいた。「それは災難ね。会話に困らない？」

「それがね、ちっとも知らなかったんだけど、ロジャーはいくつか慈善団体を運営しているのよ。いまは都会に住む子どもたちのためのキャンプ場を作ろうとしていて、自分のお金と運動能力を――」レクシーは急に黙った。「こんな話、退屈よね」

グレイドンのことでとにかく頭にきていたトビーは、レクシーの話にとことんつきあうつもりだった。「彼のことを好きになりはじめているのね？」

「かもしれない。彼、フランスの田舎をめぐるドライブ旅行に出たいんだって。キャンプ場の参考にしたい場所がいくつかあるらしいの。大学時代の友人と出かける予定でいたのに、その人にドタキャンされちゃってね。それで片手じゃマニュアル車の運転はできないから、わたしに一緒にきてくれないかって」

「あなただってマニュアル車は運転できないじゃない」トビーにいえるのはそれくらいしかなかった。

「ロジャーが教えてくれるって。彼についていくか、彼の妹とここに残るか。残れば、あの子にメイド扱いされそうだし。それに、彼の活動に協力できるかもしれないと思うの。ロジャーは事務処理が苦手だから」

「やるべきよ」トビーはいった。「きっと、やってみてよかったということになるわ」

レクシーは少しのあいだ黙っていた。「声が暗いね。なにがあったの？」

「たぶん、バラ色のめがねをはずしたんだと思う。それだけよ」

「わたしでよければ聞くけど」

トビーはランコニアのイデオロギーについて説明することを考えてみたものの、どこからはじめればいいのかわからなかった。「今度ね」

「彼に恋しちゃうという究極の罪は犯していないよね？」

「もちろんよ。それどころか土曜のディナーパーティが終わったら、三人とも家から放りだそうかと考えているところ」

「ディナーパーティって？」

気楽に話せる話題になったことにほっとし、トビーは歴史をテーマにした結婚式のプランについて説明しはじめた。ただし、夢のなかでヴィクトリアにそっくりなヴァレンティーナという女性に出会ったことはいわずにおいた。電話で説明するには少々こみ入った話だから。代わりに、ヴィクトリアの歴史小説からヒントを得たのだといっておいた。

「あなたが〝できる女〟だってことはわかってたわ」レクシーはいった。「ヴィクトリアは絶対に気に入ると思う。あなたたちが着る衣装はハントリー博士が用意するの？」

トビーは、グレイドンが祖父母に頼んで宮殿の衣装戸棚を片っ端から開けさせていることを話して聞かせた。

「彼、あなたの生活にどっぷり関わっているみたいじゃない。で、もう彼とはベッドに入ったの？」

「微妙なところね。キスしたり、ベッドの上でいちゃついたりはしたけど、セックスはまだよ」

「高校生みたい」

「ほんとよね。あなたのほうこそどうなの？」

「やだ、もちろんなにもないわよ。これは仕事だもの。そろそろ切らないと。トビー、がんばってね。それと、もしも彼と、えー、なにかあったときはかならず教えてよ」

「あなたとロジャーのほうもね」

「だから、そんなことにはならないって。彼とわたしは――」トビーが笑いだすとレクシーは黙り、それから一緒になって笑いはじめたので、レクシーもまんざらではないのだとトビーは思った。

ふたりは笑いながらさよならをいって電話を切った。

携帯をしまったときには、ずいぶんと気持ちが晴れていた。彼女は勤め先のフラワーショップの店長と話をするために店へ向かった。来週から仕事に戻ろう。ランコニア人たちにつきあって、彼らの流儀を理解しようとするのはもうやめよう。

ところが、店長はトビーを必要としていなかった。ヴィクトリアが見つけてきたトビーの代役の女性がきわめて有能だからだという。トビーには伏せていたが、彼女の職場復帰を九月まで待ってくれたら結婚式で使う花はすべてこの店に注文すると、ヴィクトリアと店長のあいだですでに話がついていたのだ。

「悪いね」店長は本心からそういった。店の人間はみなトビーのことが好きだったし、彼女はすばらしく仕事ができたからだ。

トビーはしばらく同僚たちとハグしたり、いまやっている仕事のことを聞いたりしていたが、あまり邪魔してもいけない。そこでさよならをいってジェティーズ・ビーチへ足を向けた。けれど、グレイドンとそぞろ歩いたその砂浜は思い出がありすぎた。

〈アーノズ〉でランチにしたあと、〈ゼロ・メイン〉で買いものをした。オーナーのノエルと店のスタッフは、いつでも楽しい気持ちにさせてくれる。

五時になると帰路についた。いくつか心に決めたことがあり、それを実行するつもりだった。まず第一に、グレイドンの国のことを非難するのをやめる。ランコニアの人たちがなにをしようとわたしには関係のないことだ。アメリカ人のわたしとは考えかたが違うけれど、ものの見かたはひとつじゃないし、わたしのほうが優れているわけでもない。グレイドンが愛していない女性との結婚を望んでいるならそれでいい。だって、彼の人生なのだから。

肝心なのは自分を守ることだ。レクシーにはああいったけれど、このままいくとわたしはきっとグレイドンを好きになってしまう。でもそのあとは？ ほかの人と結婚するために帰っていく彼を、さよならのキスで送りだす？ いいえ、そんなのごめんよ。

家に着くころにはトビーは笑顔になっていた。

「どこへ行っていたんだ？」玄関に足を踏み入れたとたん、グレイドンが詰問した。彼の髪はくしゃくしゃで、目は充血していた。眉間には深いしわが刻まれている。

トビーはショッピングバッグを床に置き、ハンドバッグは玄関ホールの小卓にのせた。

「ロシアの実業家との会見はうまくいった？」

グレイドンは一歩前に出て、トビーを引き寄せようとするように両手を差しだした。トビーは一歩下がって肩を怒らせると、レクシーが〝わたしにさわるなを絵に描いたような顔〟と呼ぶ表情をした。

グレイドンは手をおろした。「ぼくのいったことが気に障ったのなら謝る」トビーにだけ聞こえる小さな声でいった。「ランコニア人は融通がきかないんだ。ぼくらは――」

「いいのよ。〝所変われば品変わる〟というし。あなたやあなたの国を批判する権利はわたしにないわ」

グレイドンは彼女にほほえんだ。「じゃ、キスをして仲直りかな？」

「いいえ、キスはしない」トビーはきっぱりいうと、ショッピングバッグを持って二階へあがっていった。


ディナーパーティ当日の土曜の早朝、グレイドンは庭に水を撒いているトビーを二階の窓から見ていた。〝霧の島《グレイレディ》〟の異名を取るナンタケットらしい、深い霧が立ちこめた涼しい朝で、グレイドンはトビーのところへおりていきたかった。けれど、ダイルとローカンが結婚できない理由を説明したあの日から、トビーのなかでなにかが変わってしまった。まるでグレイドンに心の扉を閉ざしたかのように見えた。

彼とふたりきりの小さな世界を出て、島での生活に戻ってしまったように思えた。あれからトビーは二度、女友だちとランチに出かけた。ある朝、庭で結婚式用の花を切っている彼女に手伝おうかと声をかけたときは、丁重に断られた。グレイドンをからかうこともなくなり、楽しげな笑い声も聞かれず、ただただ礼儀正しいばかりで――グレイドンは次第に落ちこんでいった。彼に話しかけるとき、トビーはつねに丁寧語だった。笑顔で世間話をすることはあっても、いつだって他人行儀だった。

「彼女になにをしたか知らないが」あるときダイルがいった。「おれがおまえなら、寝首をかかれないようにひと晩じゅう起きているけどね」

自分のなにがいけなかったのか、じつはグレイドンにもわかっていなかった。毎朝、今日も会えてうれしいといわんばかりの笑みを向けてきたトビーがいなくなってしまったのはなぜなんだ?

彼は二度、トビーと話をしようとした。どちらのときも持ち前の忍耐力と魅力を最大限に生かして、彼の国と彼女の国の違いを説明した。ランコニアが数百年の歴史と伝統にもとづく古い国であること。アメリカはまだ若い国だから、何百年も前から受け継がれてきた慣習というものを理解できないのだろう、と笑顔で語りかけた。

トビーは耳を傾けているように見えた。ところがグレイドンが彼女の手を取ろうとすると――。

トビーは手をさっと引っこめ、椅子から立ちあがった。「ランコニアはすてきな国のようですね。いつか訪ねてみたいわ。でもいまは人と会う約束があるので」彼女は形だけの笑みを見せて部屋から出ていった。

トビーのあとを追いかけて、誰と会うんだと問い質《ただ》したかった。男と会うのか、と。そのときグレイドンは初めて痛感した。ここナンタケットでは、自分は一般人にすぎないのだ。ここでは王子の権威も通用しないし、あなたを喜ばせることが生きがいですという目を向けてくる者もいない。

トビーのよそよそしさが長期戦の様相を呈しはじめた三日目、グレイドンはダイルとローカンのことを観察しはじめた。当初の目的はトビーの考え違いを証明することだった。ローカンがダイルに〝恋して〟いることは、もしかしたらあるかもしれない。なんといっても、ダイルはローカンの長年の師なのだから。しかし、ダイルはこれまで多くの生徒たちを教えてきたし、そのなかの誰かに個人的な感情を抱いていることをうかがわせるそぶりは一度として見せなかった。少なくともグレイドンの前ではなかった。

まずはトレーニング中のふたりからはじめた。国王とローリーをかばったときに負ったローカンの打撲傷は快方に向かっていたが、それでもダイルはまだかなりの気遣いを見せていた。

三人でトレーニングしているとき、ダイルとローカンのあいだに変わったところはとくに見られなかった。ところがふたりを残して家に戻り、二階の窓から見てみると、トビーのいっていたことがグレイドンにもわかりはじめた。

ダイルはうしろからローカンに手を添え、いくつかの動きをくりかえし教えていた。すでにローカンが体得している動きにもかかわらず。すれ違いざまに軽く体が触れたときにダイルがつかのま目を閉じたことも二度あった。

その晩、ダイルとふたりきりのときに、グレイドンは許嫁《いいなずけ》のことを訊いてみた。「アストリーはどうしてる？」

ダイルは一瞬、ぽかんとした顔をした。「元気……だと思うが」

「連絡を取り合っていないのか？」

「親が取っている。それでじゅうぶんだ」

「結婚式の日取りは？」

「なぜそんなことを訊く？」

「ちょっと気になっただけだ」グレイドンはその場を離れた。

食事のとき、ふたりは相手が料理を取りやすいように皿を近づけてやっていた。さりげないしぐさだったからこれまでは気づかなかったが、間違いない。ふとトビーのほうに目をやると、彼女は〝だからいったでしょう〟という目でこちらを見ていた。今週に入って彼女が素の自分を見せたのはそれが初めてだった。

ランコニアから衣装が届いたとき、これでトビーの態度も軟化するだろうとグレイドンは思った。祖父母がトビーのために送ってきたドレスは、それくらい美しかった。

トビーはおそるおそるドレスを持ちあげた。「これは博物館に収めるべきよ」

「いや、美しい女性に着られるべきドレスだ」グレイドンは過去に何人もの女性をうっとりさせてきた声でいった。

トビーはそれを無視した。

「トビー、ぼくは――」グレイドンは彼女のほうに足を踏みだした。

そのとき彼女の携帯電話が鳴りだした。「ジャレッドだわ」トビーは電話に出るために外に向かった。数分後に戻ってきたときは笑顔になっていた。「ジャレッドが仕事をくれた！彼のいとこの家の庭をわたしにデザインしてほしいって。建物のリフォーム図面はいまアリックスが作成中で……」息継ぎしてからつづけた。「寸法を採りにいかなくちゃ。ローカン、メジャーの端を持つ役をやってもらえない？」

「それならぼくが――」すると、今度は彼の携帯が鳴りだした。またしてもローリーからのSOSだった。だいぶ快復してきた父王が皇太子と話したがっているという。

「さすがにこれはぼくじゃだめだ」ローリーはうろたえた声をあげた。「今回だけ帰ってくるわけにはいかないか？」

グレイドンはトビーとローカンを見た。ふたりの女性は目を輝かせながらなにか相談している。いま島を離れたら、トビーは二度と自分をこの家に入れてはくれないだろう。「無理だ」グレイドンはランコニア語でいった。「まだここでの用が残っているんだ」

「どこかのアメリカ娘と寝るほうが国王より大事だっていうのか？」ローリーは食ってか

かった。

「彼女には手を出していない。大きな声は出すな。おまえならやれる！　リハーサルすれば大丈夫だ」

ローリーはグレイドンの発言に仰天したようだった。「もう何週間にもなるのに、まだものにしていないのか？　いったいなにをしているんだよ？」

グレイドンは苦笑いを浮かべた。「トビーは生まれながらの王子に興味がなくてね。わたしのプリンスになりたければ努力してその地位を獲得しろ、ということらしい」

ローリーがあまりに大笑いするものだから、グレイドンはもう少しで電話を切りそうになった。

リハーサルをすませたローリーが実の父の目を欺きに行く直前、グレイドンはひとつ頼みがあると切りだした。

「おまえのふりをすること以外にか？」ローリーが嚙みついた。

グレイドンはこれまで、両親に会いたがらない弟を見下しているようなところがあった。しかしローリーに対する母の態度を知ったいまは、弟の気持ちがわかるようになっていた。

「そうだ。もうひとつやってほしいことがある。ある文書を作成し、そこに父上の署名をもらってほしいんだ」

「ずいぶんな頼みだな」

「たしかにおまえにはひどいことを頼んでいるな」グレイドンの頭にあるのはダナのことだった。昨晩、ユーチューブで晩餐会から帰るローリーとダナの動画を観たのだ。ふたりはとても幸せそうなカップルに見えた。あの幸せを弟から取りあげることがはたして自分にできるのかわからなくなってきていた。「ぼくの体に流れるアメリカ人の血が騒ぎはじめたのかもしれないいな」

「どういう意味だ？」ローリーが訊いた。

「まだわからない。なにをしてほしいかはメールで知らせる。それを書面にして父上の署名をもらうんだ」

「きっと母上にどやされる」

「いや、そんなことにはならない！」グレイドンはきっぱりいった。「仮になにかいわれても絶対にひるむな。まばたきひとつするな。父上が後押ししてくれる」

ローリーは息を吸いこんだ。「わかった。やってみ――いや！　やるよ」

「その調子だ」グレイドンは電話を切った。

それからディナーパーティまでの数日、ローカンとトビーはジャレッドのいとこの自宅の造園プランにかかりきりだった。ナンタケットの美しい庭をめぐるツアーにも参加して、写真やスケッチを山ほど持って帰ってきた。

「ほかの女性の前であんなふうにくつろいでいるローカンを初めて見たよ」おおいかぶさる

ようにして本や資料を読んでいるふたりを見ながらダイルがいった。「ローカンはずっと男たちのなかにいたし、女性からはいつも妬《ねた》まれてきたからな」

トビーはローカンをショッピングに連れだし、ナンタケットにぴったりな白いリネンの服を買わせた。そして黒いレザーとウールの服とごついブーツはしまわれた。ローカンが英語をおぼえるのに比例してトビーもランコニア語を話すようになると、ふたりの会話はふたつの言語のまぜこぜになり、グレイドンとダイルはそれを聞いて大いにおもしろがった。

「ジュラの名に懸けて、この庭はすばらしいものになるわよ！」とトビーがいったときには、噴きだしそうになるのをこらえた。

ふたりの友情にひとつ不満があるとすれば、それはトビーのトレーニング相手をローカンに奪われたことだった。トビーの武術の腕前はローカンとはくらべものにならなかったが、そのうちにトビーはローカンにヨガを教えはじめた。女性たちが庭でレッスンをはじめると、男たちはサンルームの窓に張りついて見物した。

レッスンの最中にローリーが電話をかけてきたことがあった。新たな難局に直面してあわてふためいている。

「ローリー」グレイドンは落ち着き払った声でいった。「〝下向きの犬のポーズ〟って知っているか？」

「ああ。いわせてもらえば、あれはこの世の絶景のひとつだな」

「トビーとローカンがいまそのポーズを取っているところなんだ」

「こっちの問題はあとでいい」ローリーは電話を切った。

一方、ディナーパーティは今日がもう当日で、今夜こそトビーと仲直りできればいいのだがとグレイドンは思った。

19

自室のドアをさっと開けたトビーはバスローブ姿で、長い髪は背中に流したまま、顔もすっぴんだった。「助けて!」ジリーに向かっていった。「ドレスの着かたがさっぱりわからないの。あのコルセットは拷問具よ——あんなに小さくてもね。それにわたしの頭! 髪の毛のことなんか考えてもいなかった! 誰かに頼んで結ってもらわないと——」

「落ち着いて」ジリーはいった。「わたしに任せて。ずっと娘たちの髪を編んでやっていたから慣れているの。じつは、あれこれ持ってきた」彼女はぱんぱんにふくれたダッフルバッグを手にしていた。

落ち着き払ったその声を聞いているうちに体から緊張が抜けていった。トビーはずっとこんな母親がほしいと思っていた。ふたりで一緒に出かけたり、おしゃべりできたりする母娘になれたらいいと思っていた。二十歳になってようやく、そんな日は絶対にこないと気がついた。

その日の朝早く、パーティの準備で手伝えることはないかとジリーが訊きにきてくれたとき、トビーは、衣装を着て結婚式のテーマをプレゼンすることを打ち明けていた。ドレスも見せた。トビーが慎重な手つきで箱を開けると、淡い緑色の薄紙がのぞいた。なかに包まれていたのは純白のシルクのドレスだった。身ごろには絡まり合う花と蔓《つる》の模様が白一色で、おそらくは手刺繍されている。ドレスに合わせる下着はべつの箱に入っていた。

ドレスを取りだしたジリーが真っ先に気づいたのは、生地が透けるように薄いこと。「あらまあ。このドレスはグレイドンが用意したの？」

「ええ」トビーは素っ気なくいうと目をそらした。

今日はグレイドンのことを熱く語る気分ではないようね！「この下にはなにをつけるつもり？」

「赤いフランネルの下着とか？」トビーがおどけると、ふたりは声をあげて笑った。

「おいしそうなにおいがするけど、料理は誰がしているの？」

「主に男性陣よ。ローカンとわたしは材料を刻んだだけ。彼女とダイルも食事に誘ったんだけど断られちゃった」

そしていま、トビーは寝室のオットマンに腰かけ、ジリーに髪を結ってもらっていた。豊かに波打つブロンドを高くまとめあげ、ヘアピンを山ほど使って留めたあと、頰の両側に愛らしいカールを少し垂らした。メイクはきめ細やかなトビーの肌を生かして薄めにした。

髪とメイクが仕上がると、ふたりしてコルセットと格闘した。ウエストを絞りあげるそのコルセットは胸の下半分を支えていたけれど、上半分はほぼ丸見えだった。「違う下着を送ってきたんじゃないかしら」トビーはコルセットを引っ張りあげようとしたものの、一ミリも動かなかった。

「どの時代の人もセックスが好きだったということね」ジリーがいった。ペチコートの下に穿くドロワーズの類はなかった。なにかの間違いだろうとパソコンでざっと調べてみると、当時の女性は下着を穿いていなかったことがわかった。

「これについては歴史的事実より常識のほうを取るわ」トビーは現代的なコットンのショーツを身につけた。

ほとんど透けて見えるペチコートを穿いたあと、靴下留めのついたシルクの白いストッキングに足を通した。最後にジリーの手を借りて頭からドレスをかぶる。胸の下で切り替えたエンパイアラインのドレスは、誂えたようにぴったりで、可憐なパフスリーブがほっそりした腕を引き立てている。スカートはかろうじて床をかすめる丈で、刺繍で裾に重みが加わり、トビーが動くと流れるように体に吸いついた。

まったくの別人になってしまったみたい。アンティークの姿見に映った自分を見てトビーは思った。というか、夢のなかのタビーにさらに近づいたような気がする。もちろん、このドレスはかつての王族が着たものだから、これまでに見たどんなドレスよりも豪華で美しかったけれど。あらわな胸元を隠そうと何度か上に引っ張ってみて、結局あきらめた。トビーはジリーのほうを向いた。

「すごくきれいよ」ジリーはいった。「本当よ、トビー。まるでおとぎ話から抜けだしてきたみたい」そのときドアがノックされた。

「入ってもかまわないかな？」ケンの声だった。

ジリーはドアを開けると、手をさっとうしろに振った。「わたしたちの作品をご覧あれ」

「トビー！」ケンは声をあげた。「すばらしくきれいだよ」

「ありがとう。ヴィクトリアもそう思ってくれることを願うばかりよ」

「私の知るかぎり、ヴィクトリアの好みは――」ケンは自分の胸のあたりを手で曖昧に示した。「このへんをたっぷり見せるドレスだ。おっと、きみに見とれて忘れるところだったよ。グレイドンに頼まれてこれを持ってきたんだった。彼のおばあさんが送ってよこしたものらしい」

トビーはケンが差しだした小箱を受け取った。きれいなピンク色のシルクで包まれ、クリーム色のリボンがかけてあった。リボンを解いて包みをひらくとトビーは息をのんだ。なかには真珠のイヤリングと、金線を丁寧にねじって小粒のパールをあしらったブレスレットが入っていた。一番下には小さなパールがついたゴールドのヘアピンが十本ほど見える。

「その髪によく似合うわ」ジリーはアップにしたトビーの髪にピンを差しはじめた。

ケンはポケットから小型カメラを取りだして写真を撮りはじめた。「ふたりとも、別嬪《べっぴん》さんだ」

そのとき階下から声がして、三人は顔を見合わせた。ヴィクトリアとハントリー博士が到着したのだ。

「ケンと先におりているわね」ジリーはいった。「グレイが下までエスコートさせてくれないかといっていたわ。なんでもあなたに見せたいものがあるんですって。飲みものを作って音楽をかけておくから、用意ができたらおりてきて」

ジリーとケンは部屋を出て階下へ向かった。

ゲストが到着する少し前、トビーのいう〝ミスター・ダーシーの服〟を着て、服と一緒に送られてきた途方もなく小さい室内履きに足を入れようとソファに腰をおろしたところで、グレイドンは祖母のアリアからの手紙と、それに添えられた小箱を見つけた。

かわいいグレイへ

送った衣装は、わたしの祖母のわがままな妹と彼女の馬丁が着ていたものです。その馬丁が彼女の愛人であることは周知の事実だったの。でもまあ、彼女が夫に迎えた他国の王子は、まったくの役立たずでしたからね！　宝石は、彼女がドレスに合わせてつけたものです。

かわいいグレイ、あなたを待ち受ける未来のことを思えば、いまはじっくり思案するための時間がなにより必要なのでしょう。どうかこれだけはおぼえておいて。あなたがなにをし、どんな決断に至ろうと、あなたのおじいさまとわたしはあなたの味方よ。

ありったけの愛をこめて、アリア

祖母らしいその手紙に郷愁に駆られ、考えるより先に体が動いて弟に電話していた。電話に出たローリーの声は眠たげで不機嫌だった。「こっちがいま何時か知っているのか？」

「夜中の一時半過ぎ。いつから夜明け前にベッドに入るようになったんだ？」

「おまえの生活を引き受けたときからだよ。知ってるか？　トイレを使う時間まで日程表に組みこまれているんだぞ」

「何事にも規律は大事だ」グレイドンはいった。

「ぼくの愚痴を聞くためにかけてきたわけじゃないだろう。どうかしたのか？　ジェーン・オースティンの小説の表紙みたいな格好をしなくちゃいけなくなったこと以外に、という意味だが」

「やっぱり知っていたか」

「当然だろ。グレイドンのかわいいガールフレンドのことを聞かせろと、おじいちゃんとおばあちゃんにせっつかれたよ」

「それで、ふたりになんといったんだ?」

ローリーはつかのま黙った。どうやら世間話がしたくて電話してきたわけじゃなさそうだな。「なにを思い悩んでる?」

「トビーのことが好きなんだ。こんな気持ちになったのは初めてだ。もっとも、むこうはいまぼくのことをあまりよく思っていないが」

ローリーは兄の声に切実な響きを聞き取ったが、同情するつもりはなかった。「帰ってきたくなったら教えてくれ」

グレイドンもまた弟の言葉の裏にある感情を聞き取った。「そしておまえとダナを引き離すのか? そんな身勝手なまねはしないよ。またかける」彼は電話を切った。

ランコニアにいるローリーは倒れこむようにしてベッドに寝そべった。なるほど、ダナに対するぼくの気持ちをグレイドンは知っていたわけだ。いつから気づいていたのだろう? どうしてばれてしまったのか?

ベッドから出て窓辺へ向かい、錦織の分厚いカーテンを脇へ寄せて外を見た。驚いたことに、愛馬にまたがったダナが厩舎《きゅうしゃ》へつづく小道をたどっているのが見えた。

彼女に会いに行ってはだめだ。わかっていながら、ジーンズに脚を突っこんでいた。シャツをつかんで急いで羽織ると、裸足《はだし》のまま古い石の階段を駆けおりた。よせ、やめろ。月明かりのもとでダナと会ったりしたら、絶対にまずいことになる。彼女が結婚する相手はグレイドンだ、おまえじゃない。ＵＹＢなおまえなど彼女にふさわしくない。

しかしなにをしても、芝生を走り抜けて厩舎へ向かうローリーを止められはしなかった。


居間につづく寝室のドアを開けると、グレイドンが待っていた――その姿にトビーは息をのんだ。摂政時代の衣装を着るために生まれてきた人がいるとしたら、それはグレイドンだった。ズボンも上着も似合いすぎるぐらいに似合っていて、まるで時代を超えてやってきた紳士のよう。その瞬間、トビーは彼に腹を立てていたことを忘れた。

そのグレイドンはトビーが顔を赤らめるような目でじっと見つめていた。彼女の全身にゆっくり視線を這わせ、ふたりの視線がぶつかったとき、彼の目にはまぎれもない欲望が燃えていた。

いつものトビーなら、男性にこんな目を向けられたら、くるりと向きを変えて一目散に逃げだす。できることなら、二度とそばには近づかない。なのに今夜はグレイドンのほうに足を踏みだし――そしてグレイドンは彼女に向かって両腕を広げた。

そのとき突然、階下から音楽が鳴り響いてこなかったらどうなっていたかわからない。それはグレイドンがインターネットで見つけたワルツだった。大音量で流れだした音楽に、ふたりははっとわれに返った。

グレイドンは一歩下がると、トビーに片手を差しだした。彼女がその手を取ると、ふたりはグレイドンのリードで踊りはじめた。ローリーと踊ったときも楽しかったけれど、グレイドンとのダンスはそれとはまるで違った。グレイドンのリードは力強く、それでいて優雅だった。彼女を抱き寄せるしぐさにも節度があった。体がひとつに溶け合ったような、完璧に息の合ったダンスだった。

しばらくして誰かがボリュームを下げても、ふたりの耳には音楽がはっきり聞こえていた。グレイドンはトビーをリードし、家具を巧みによけながら部屋じゅうを踊りまわった。トビーのドレスは、まさにダンスのために誂えられていた。薄くやわらかな生地は動きを邪魔せず、ふわりと脚を包みこんで、まるで妖精の手で作られた魔法のドレスを着ているみたい。

不意にグレイドンが彼女の腰をつかんで高く持ちあげ、弧を描くように大きくまわした。トビーの笑い声が音楽に重なった。

曲が終わると、彼はトビーを引き寄せた。彼の胸に頬を寄せると、激しく打っている鼓動が聞こえた。なんとなく、頭のてっぺんにキスされたような気がした。

ふたりはしばらくおたがいの体に腕をまわしたまま、ただそこに立っていた。

最初に抱擁を解いたのはグレイドンで、彼はトビーの肩に手を置いて少しだけ体を引いた。

「想像以上の美しさだ。これから毎日そういうドレスを着るべきだな」その目はドレスの襟ぐりからのぞく胸のふくらみを見おろしていた。

トビーはほほえんだ。「こんな胸が半分見えているようなドレスを着て、家の掃除や庭の草取りをするのはちょっとね」彼女は一歩下がって彼から離れた。「だけどあなたは……ようやく本物の王子みたいになったわね」

「このところのぼくのふるまいは、それにふさわしいものではなかった」

トビーは彼の腕のなかから抜けだした。グレイドンの言葉で魔法が解け、彼との口論のことを思いだしたのだ。「そろそろおりたほうがよさそう」

「きみに見せたいものがある」グレイドンは、巻いてブルーのリボンをかけた羊皮紙をトビーに渡した。

トビーは羊皮紙を広げた。流麗な手書き文字でしたためられた非常に美しい文書だったが、すべてランコニア語だった。一番下には封蠟と、黒々とした力強い筆跡の署名があった。

「なんなの?」

「簡単にいえば、ダイルの自由を認める許可証のようなものだ。これでダイルは好きな相手と結婚しても、一族に伝わる爵位と領地を継ぐことができる。ダイルの父親は頭の固い短気な男だから、国王からのお達しがなければ、意に添わない相手と結婚した息子から相続権を奪うはずだ。そうなればすべてはダイルのいとこが受け継ぐことになるが、これがどうしようもない男でね。ダイルは自分のせいで由緒ある名家が破滅するのを見たくなかったんだ」

「あなたがお父さまの署名をもらったの？」

「ローリーを通じてね。ダイルが親の選んだ許嫁に不満を持っていると知っていたら、もっと早くにやっていたんだが。でもあいつはひと言も愚痴をこぼさなかった」

「ローカンもダイルへの気持ちをけっして口にしなかったわ。わたしがいくら探りを入れてもね」トビーは彼を見あげた。

「ぼくが悪かった。この数日は……」

トビーは彼の唇に指を当てた。「今夜のわたしたちはタビサとギャレットで、国の政策なんてどうでもいいことよ」

「気に入った」グレイドンはトビーが腕を取れるよう肘を曲げた。「明日のことなんか知るものか」

ふたりが表階段をおりていくと、おしゃべりがぴたりとやんで全員の視線がこちらを向いたが、誰よりも強い反応を示したのはヴィクトリアだった。トビーを見つめる彼女の顔には、驚きの表情のほかにもなにかがあった。もしかして……遠い記憶がよみがえったとか。トビーはついそんなことを思ってしまった。

階段の一番下に立つ若いふたりを食い入るように見つめるヴィクトリアの邪魔にならないよう、ケイレブ・ハントリー博士、ケン、ジリーの三人はうしろに下がった。それにしても、なんて美しいカップルなのだろう！　黒いジャケットがグレイドンの広い肩と引き締まった腰を際立たせ、荒馬を乗りこなしてきた歳月によって鍛えられたたくましい太腿にズボンがぴたりと張りついている。

そしてトビーもまた息をのむほど美しかった。紗《しゃ》のように薄い白のドレスがよく似合っている。深くくれたネックラインも、腰のあたりでスカートがさらさらと揺れる様も、ほのかに透けて見える体の線も、まさに彼女のためだけに作られたドレスのようだった。

ヴィクトリアがなにかいうのを、全員が息を詰めて待っていた。ずいぶん経ったころ、彼女はハントリー博士に顔を向けた。「あなたと結婚するときにわたしが着るのはこのドレスよ」静かに告げるヴィクトリアの瞳は愛にあふれて、誰もがとても親密な瞬間に立ち会っている気持ちになった。

ハントリー博士は口元に小さな笑みを浮かべると、ジェーン・オースティンの時代の男たちがするような礼をした。ヴィクトリアは膝を折って軽く頭を垂れる完璧なお辞儀を返した。

その一幅の絵のようなシーンが終わると、みな堰《せき》を切ったようにしゃべりだし、口々にトビーとグレイドンのことを賞賛した。ヴィクトリアはトビーの腕を取って部屋の隅に連れていった。

「あなたがすばらしいテーマを思いつくことはわかっていたわ」ヴィクトリアはそこで声を落とした。「でも次はドレスの下にペチコートをつけてはだめ。女の武器は使えるうちに使わなきゃ」彼女はハントリー博士の姿をさがした。「ダーリン、シャンパンはもう飲みつくしてしまったの？」

二組のゲストは、その日の午後にケンがドリンクバーに仕立てたキャビネットのまわりに集まった。

「ヴィクトリアはきみにちゃんとお礼をいった？」グレイドンがトビーの背後に近づいた。

「まあね。下着はもっと少なくしたほうがいいってダメ出しされたけど」

「ヴィクトリアはとても聡明な女性なんだな」

「期待しても無駄よ」トビーはそういうと、おとなたちの輪に加わった。

ディナーは大成功だった。十九世紀の習慣に従って料理はすべて大皿に盛ってテーブルに並べられ、デザートはサイドボードに置かれた。ひと皿目――キュウリとミントを浮き実にしたエンドウ豆のスープ――が終わると、ケンがすぐに蓋付きの大鉢をテーブルから下げた。そのあとは各自で大皿から料理を取って食べた。アンチョビとカイエンヌペッパー入りのミートボール。舌平目とキノコのワイン蒸し。ベルモット風味のホタテ。牡蠣《かき》のクリーム和えパイ皮詰め。皮はパリパリで身はふっくらした野鳥のスタッフド・ロースト。それぞれべつのソースが添えられた、色とりどりの野菜。

誰もが料理に夢中になり、何度もお代わりした。

「これこそが料理だ！」ハントリー博士は感嘆の声をあげると、ピザやハンバーガーはもちろんサンドイッチのことまでこきおろしはじめた。

反対の声があがるものと思っていたのに、誰もが博士に同意した。それどころか二組のカップルはすべての点で意見が一致しているようだった。元夫婦のヴィクトリアとケンが揉めることも一切なかった。

それぞれが近況を報告し合うなか、脚光を浴びたのはハントリー博士だった。彼は一八〇六年にケイレブ船長とヴァレンティーナが出会ったときの話をして、みんなを楽しませた。中国への航海から予定より早く戻った船長は、できたばかりの新居が建築家の結婚式の会場に使われているのを目の当たりにする。「頭にきた船長は樽《たる》入りのラム酒を持って屋根裏部屋にあがったんだ……えー、心を落ち着けて瞑想《めいそう》に耽《ふけ》るためにね」

「酔っ払って、ふて寝するつもりだったんじゃないのか」ケンがいった。

「そういう見かたもあるかもしれない」ハントリー博士は笑顔で答えた。「船長が屋根裏部屋にあがってまもなく、とても美しい女性が――」彼はそこでヴィクトリアを見た。「ヴァレンティーナがあがってきたんだ。彼女のドレスときたら……」胸元が深くくれていたことを手ぶりで示した。「それで船長は彼女が堅気の女性ではないと思いこんでしまった。無理もない。なにせアメリカほど洗練されていない土地をめぐってきたあとだからね。それで彼は、その、えー……」

「彼女にいい寄った？」ジリーが助け船を出した。

「そう、少しばかり〝情熱的〟にね。すると、彼女は承知した」

「そうなの?」ヴィクトリアがこの話を聞くのは初めてだった。「彼女、そんなにあっさりオーケイしたの?」

「少なくとも船長は合意に達したと考えた」ハントリー博士はいたずらっぽい笑みを浮かべた。「ところが違ったんだな。船長は彼女の口車にまんまと乗せられて、着ている服を全部脱いでしまったんだ」

「あらまあ!」ジリーが声をあげた。

「それで彼女はどうしたの?」ヴィクトリアは目を輝かせて身をのりだした。

「ヴァレンティーナ・モンゴメリーは船長の服を持って屋根裏部屋を出ると、外から鍵をかけたんだ。階下は結婚式で大騒ぎだったから、船長が助けだされたのは翌朝のことだった。彼はあやうく凍死しかけるところだったよ」博士は同情の言葉を期待してテーブルの面々を見まわした。ところがみんなはどっと笑いだした。

ようやく口がきけるようになるとトビーはいった。「そのときからふたりは狂おしいほどの恋に落ちたのね」

ハントリー博士はヴィクトリアの手を取って唇を押しつけた。「そのとおり」彼は乾杯しようとグラスをあげた。「美味なる料理と友と人生に。そしてなにより永遠の愛に乾杯」

全員がグラスを干すとケンはいった。「デザートはいかがかな?」

ジリーがアッサムティを淹《い》れ、みんなの皿にレモンチーズケーキ、ジョー・フロッガーという名前の糖蜜クッキー、ブランデーを少し加えたバニラカスタードが山と盛られた。そのあとにチーズとドライフルーツとナッツがつづき、さらなる紅茶とポートワインが供された。

食後、ハントリー博士がダンスをしたいといいだした。そこで全員で居間に移った。電気は消して、キャンドルの明かりだけにした。博士はヴィクトリアを腕に抱くと、数百年前のものとおぼしきダンスを踊りはじめた。ほかの四人はうしろに下がり、完璧に息の合ったダンスを見物した。「今度はきみらの番だ」音楽が終わると博士はいった。

ポケットからパイプ用たばこの包みを取りだした博士が、古い暖炉の一角を押すと——扉がぱかっと開いて、全員が目を丸くした。なかにはひどく古そうに見えるパイプが三本入っていた。

「どうしてそんなものがそこにあることを知っているんですか?」トビーが訊いた。

「ケイレブ船長の息子のジャレッド一世は海を生業にすることを嫌った。そこで彼は陸に残り、妻が設計した家を建てることにしたんだ。残念ながら、その事実は歴史のなかに埋もれてしまったがね」その口調は苦々しげといってもよかった。

興味深い話だったけれども質問の答えになっていなかった。「でもどうして——」トビーはいいかけたが、博士にさえぎられた。

「きみときみの王子も踊ったらいい」質問に答えるつもりがないことがそれでわかった。彼はパイプを一本取りだしてたばこを詰めると、ソファのヴィクトリアの横に腰をおろした。

ジリーとケンも隣り合った椅子に座った。曲が流れだし、美しい衣装をつけたトビーとグレイドンが流れるような動きで踊りはじめると、あたたかい目でそれを見守った。

トビーとグレイドンがようやく腰をおろしたときには夜も深い時間になっていた。トビーはハントリー博士に目を向けた。「タビサ・ウェーバーとギャレット・キングズリーという名の人たちが実在していたかどうかなんてご存じありませんよね？　正確な年はわかりませんが、服装からして一八〇〇年代初頭だと思うんですけど」

博士が答えるまでに間があった。「ふたりは実在の人物だ。彼らがたどった人生は悲劇そのものだった」トビーを見あげたその顔は急に老けてしまったように見え、目には深い悲しみの色が浮かんでいた。「ギャレットはケイレブ船長の末の弟だ」

トビーはグレイドンを見た。「ケイレブ船長はジャレッドの祖先なの。だからあなたとも親戚関係にあると思う」

「ヴァレンティーナ・モンゴメリーを介してね」ジリーがいった。彼女は家族史を研究していて、ナンタケット島に住むキングズリー一族とモンゴメリー一族の関係について調べはじめたところだった。「ケイレブ船長はヴァレンティーナと結婚しなかったの。ただ、彼女とのあいだに子どもをひとりもうけたわ」

ハントリー博士は誰かに殴られたかのようにたじろいだ。「ばかが。どうしようもないうつけ者が」ぼそりといってからトビーに目を向けた。「タビーとギャレットのことを聞きたいのだったな。ふたりをどうして知ったのか教えてもらえるか？」

「それはその……」グレイドンに目をやると、彼は励ますようにうなずいた。「何度かふたりの夢を見たんです」

博士はパイプに目をやった。「〝時を超えて〟と呼ばれている屋敷のなかで？　あの家のかつての名を知って――」

「〝海に永久の別れを〟ですよね」

博士は目を見ひらいた。「ああ、そうだ。それを知る者は多くないがね」

「わたしが知りたいのは、タビーが愛する人と結婚できたかどうかなんです」いいながら、つい視線がグレイドンのほうに行ってしまった。

博士はひとつ息をついた。「パーセニアの結婚式で大変な不祥事が起きた。とある木の下でタビーとギャレット・モンゴメリーが密会しているのが見つかったんだ。ふたりは裸同然の姿だった」

「まあ」トビーの顔が朱色に染まりはじめた。ただの夢だけれど、わたしはあのときギャレットとキスした。あのあと彼の頼みを聞き入れて芝生に倒れこんだの？

トビーの正面に座るハントリー博士は、そんな彼女をじっと見ていた。「あれはタビサらしくないふるまいだった。もっと現代的な女性がするようなことだった」

「すべて聞かせてほしいな」ケンがいった。「その若い恋人たちは当然、結婚させられたんだろうね？」

「いや、結婚はしていない。とにかくふたりが夫婦になることはなかった。ほら、タビーには鮫より怖い母親がいたんだ。しかしまあ、あの家は男をすべて海で亡くしていたからね。母親はタビーをキングズリー家の男と結婚させたくなかった。あの一族の男たちは、海に人生を捧げるといってはばからなかったからだ」

「母親はタビーをサイラス・オズボーンと結婚させたんですね」トビーはいった。

「そうだ。あの夜、パーセニアの結婚式の場で、娘をくれてやったんだ、あの――」

「檣冠《しょうかん》みたいな腹をした男に」深い悲しみに襲われ、トビーは消え入るような声でつぶやいた。

「よくわからないんだが」ケンがいった。「そのオズボーンという男は何者なんだ？」

「取るに足らない男だ！」博士の声は怒りに満ちていた。「タビーの母親は娘を売ったのだよ。ラヴィニア・ウェーバーはオズボーンに借金があったんだ。あの下司《げす》な男はその借金を帳消しにして、ウェーバー家の未亡人全員を扶養すると約束した――美しいタビサが彼と結婚することを条件にね。母親はその条件をのんだ。彼女はギャレットの腕から娘を引き剥がすと、その夜のうちにオズボーンと結婚させた。喜びに満ちたパーセニアの結婚披露宴は一転、愁嘆場に変わった。ケイレブ船長がその場にいれば止めていただろうが、彼は屋根裏部屋に閉じこめられてふてくされていた。あのばかが！」

ハントリー博士の剣幕の激しさに誰もが一瞬言葉を失った。

「その夫はタビサにやさしくしたんですか？」トビーの声は小さかった。

「いや」博士はいくぶん落ち着きを取り戻した。「オズボーンはウェーバー家の屋根を新しくしたが、やったのはそれだけだ。タビーは自分のことを嫌っているから、あの約束は反故《ほご》にする。やつはラヴィニアにそういった。怒り狂ったラヴィニアの絶叫がスコンセットまで響き渡ったよ。誰からも好かれていない男がタビーに嫌われたからって文句をいうのはおかしい。ラヴィニアはそう息巻いたがオズボーンは聞く耳を持たず、一セントも援助することはなかった」

「タビーはどうしたんです？」トビーは訊いた。

「未亡人たちを養うために必死に働いた。オズボーンの店を切り盛りしたが、一度もねぎらいの言葉をかけられたことはなかった。子どもは持たず、三十過ぎの若さで亡くなったよ。ギャレットへの想いを断つことができず、タビーはずっと死にたがっていたのだろうと、誰もがいっていた」

「そのギャレットはどうなったんです？」グレイドンが訊いた。

ハントリー博士は深く息をついてから答えた。「三年後に兄のケイレブとともに海の藻屑《もくず》と消えた。嵐にもかかわらず船長が船を出すといって聞かなかったからだ。船長はヴァレンティーナのために帰ろうとしたんだ」博士は手を伸ばしてヴィクトリアの手を取った。

ふたたび長い沈黙が落ちた。

「どうしてこんな気の滅入る話をしているの?」沈黙を破ったのはヴィクトリアだった。「なにもかもはるか昔のことでしょうに。わたしが知りたいのはトビーの夢のことよ。小説のプロットに使えるものはないの?」

その言葉が重苦しい空気を一掃した。グレイドンは席を立って新たなポートワインの栓を抜き、トビーは夢のことを話しはじめた。話を聞きながらハントリー博士は何度もうんうんとうなずいていたが、ヴァレンティーナを屋根裏部屋へ行かせたのはトビーだとわかると声をあげた。「では、元凶はきみだったのか! いや、邪魔して悪かった。つづけてくれ」

ケンとジリーはジョン・ケンドリックスとパーセニアにそっくりだとトビーがいうと、ふたりは笑みを交わした。「私たちが結ばれる運命にあることはわかっていたよ」ケンはいった。

「あら! あなたたちを結びつけたのは、このわたしよ」ヴィクトリアはトビーに目を向けた。「わたしが知りたいのは、これが現実かどうか。あなたは実際にその時代を訪れたの?」

「まさか。夢に決まっているでしょう。物心ついたころから夏はナンタケットで過ごしていたから、たぶんタビサかパーセニアか誰かの日記を読んだことがあって、夢のなかでそれを思いだしたのよ」

全員が問いかけるような目でハントリー博士を見た。NHSの会長ならそうした事情にくわしいはずだ。「たしかにそのあたりのことが断片的に記された私信や日記は残っているな」

「ほらね？　博士がいろいろ知っているのだって、そういう資料に目を通したからでしょう？」

その質問に博士は答えなかった。「夢のなかにいるあいだに、きみはなにかを変えたか？」

「いいえ、なにも」そこでトビーははっと顔をあげた。「ううん、小箱の鍵をなくしたわ。その小箱はいまもキングズリー・ハウスに残っているけど、鍵がないから開けられなくて。でも夢のなかでわたしが見たときは――」

「十二支をかたどった翡翠の置物が入っていた」ハントリー博士がいった。「ケイレブ船長が愛する女性へ贈るために中国で手に入れたものだ。鍵がなくなったのはパーセニアの結婚式の晩で、船長はずっとスターバック家の悪童が盗んだものと思っていたよ」

「あなたはどうしてそれを知っているんです？」ケンが尋ねた。

「わたしのケイレブはこの島のことならなんでも知っているといったでしょう？」ヴィクトリアは鼻高々にいった。

「わたしはその鍵をキングズリー・ハウスの窓台の下にある作りつけの腰掛けの裏に落としてしまったの。もちろん夢のなかでのことだけど」トビーは最後の部分を強調した。

「ではさがしに行くとしようか」ところが博士は、さも当たり前のようにそういった。渋る者はひとりもいなかった。

キングズリー・ハウスまではほんの数分だったが、屋敷の前にくると博士はなかに入るのを拒んだ。

「私はここで待っている」小さな玄関ポーチに立つと彼はそう告げた。

「でも、ダーリン」そういいかけたヴィクトリアにも、彼がてこでも動きそうにないのは見て取れた。

ジリーは、気持ちはわかるといいたげな顔で博士の腕に手を置いた。「幽霊のことを心配しているなら、わたし少しだけれど霊感があるんです。気配を感じたら教える――」

「霊感？ 幽霊が見えるということか。きみに見られないよう隠れなければならないとは連中も気の毒に。べつに幽霊が怖いわけじゃない。ただ、この家のなかを見飽きただけだ。鍵が見つかったら、ここへ持ってきてくれ」

ヴィクトリアですら説得をあきらめ、博士を残して家のなかに入った。奥の客間に着いてケンが明かりのスイッチを入れると、トビーは窓台の下の作りつけの腰掛けを指差した。

「ここにアリーサと――本人はアリと呼んでといっていたけど――並んで座って、彼女が窓の絵を描いているのを見ていたの」

ケンはシートクッションをはずして、腰掛けの構造を確認した。「なるほど。いままで気づかなかったが、じつに創意に富んだ作りだ」彼はいたずらっぽい目でトビーを見た。「でもまあ、これを作ったのが前世の自分だということを考えると、ちょっと自慢が過ぎるな」

からかわれているのはわかったけれど、トビーは気にしなかった。その一方で、鍵が見つかるといいと思っている自分もいた。

ケンは戸棚からジャレッドの道具箱を取ってくると、腰掛けの底板をはずした。それから床に寝そべって内板を取りだした。それが終わると、できた隙間に腰までもぐって、懐中電灯とロングタイプのドライバーを使って鍵をさがしはじめた。

残る四人は口を閉じたまま、引っ掻くような音を聞き、動きまわる光を見ていた。ケンは背中ですべるようにして出てくると、体を起こして三人を見た。それからゆっくり手をひらいて真鍮製の小さな鍵を見せた。

「これよ！」トビーは鍵をつまみあげながら思わず叫んだ。

何百年も前に紛失した鍵を見つけようというのは笑い話ですむけれど、現実にその鍵を目にすると、とても笑えなかった。

ケンとジリーとヴィクトリアは驚きのあまり口をぽかんと開けてトビーを見つめている。そのときグレイドンが前に進みでて、守るようにトビーの肩に腕をまわした。「翡翠の置物が入った小箱をさがしに行きましょうか」

最初に気を取り直したのはケンだった。「えっ、ああ、そうだな。誰か小箱がどこにあるか知っているか？」

誰からも返事がないと、トビーはいった。「屋根裏部屋で見たけど、正確な場所はおぼえていないわ。レクシーに電話して訊いたほうがいいかしら」

　ヴィクトリアはショックから立ち直りつつあった。「わたしが訊くわ」そういうと玄関へ向かい、ケンが鍵を見つけたことをハントリー博士に知らせた。

「彼なら見つけられると思っていたよ。小箱は右から三列目の中ほど。朱色の漆塗りの箱のなかにある。アリックスと踊ったときに天井の電球を割ってしまったから、明かりを持っていくといい」

「屋根裏部屋のことをいっているのよね」ヴィクトリアは目をぱちくりさせた。

「そうだ。小箱が見つかったら、ここへ持ってきて見せてくれ」

　五人は屋根裏部屋へ通じる古い階段を駆けあがり、そして宝さがしがはじまった。少し手間取ったものの、箱は博士がいったとおりの場所で見つかった。〝中ほど〟がどのあたりを指すかで意見が分かれたことと、経年により朱色が黒っぽい色に変わっていたためだ。

「これがここにあるのをハントリーはどうして知っていたんだ？」ケンがおそるおそる尋ねた。「べつの箱のなかに入っていたのに」

「あの人はこの島のことはなんだって知っているのよ」ヴィクトリアはまたいったものの、今度はあまり自慢げに聞こえなかった。彼女も少し薄気味悪いと思っているようだった。

「新しい肉体に古い魂が宿る、か」ジリーがぽつりといった。「この小箱を下に持っていって、あの鍵を試してみましょうよ」話が変わったことに誰もがほっとしていた。

外で待っているハントリー博士と合流したあと、母屋の裏へまわり、ケンとジリーが同居しているゲストハウスへ向かった。キッチンに入り、カウンターにその古い小箱を置いた。「ここはずいぶん様変わりしたな」博士は室内をぐるりと見まわした。「以前は雌牛を入れておく小屋だったんだが」

その発言を聞き咎める者はいなかった。夜の魔法とワインの力で、誰も奇妙に思っていないようだった。トビーは博士に鍵を渡した。「この小箱はあなたに開けてもらうのがいいと思います」

二百年以上も閉ざされたままだったわりに、鍵はすんなりまわった。博士は蓋は開けずに小箱を取りあげ、ヴィクトリアに渡した。

ヴィクトリアが蓋を開けると、十二支をかたどった翡翠の置物があらわれた。ひとつひとつ色の違う翡翠が使われている。濃緑色、白、薄紫まであった。緻密に彫りこまれた動物たちは、どれもこの上なく美しかった。

「わたしはウサギよ」ヴィクトリアはウサギの置物を取りあげた。「家族愛と大望の象徴」すると話題はそれぞれの生まれ年のことになったが、ケイレブだけは黙っていた。問いかけるような目を向けられると彼はいった。「一七七六年のシンボルはなにかな?」

一瞬、空気が張りつめたが、そこでヴィクトリアが「花火よ!」と声をあげたものだから、全員がどっと笑って緊張は解けた。ただ、誰も口にはしなかったものの、ひとつの疑問が頭から離れずにいた。トビーは本当にタイムスリップしたのだろうか？　彼女は過去の夢を見たのではなく、実際に過去へ行ったことを、この鍵が証明しているのでは？

ヴィクトリア、ケン、ジリーの三人は、十九世紀の美しい衣装を着て寄り添う若いふたりに目を向けた。過去からやってきたといわれても、すんなり信じられる気がした。

最初に沈黙を破ったのはグレイドンで、彼は静かな声で切りだした。「あの屋敷の小部屋に足を踏み入れたとき、不幸と悲嘆のようなものを感じたんですが」

グレイドンがどの部屋のことをいっているのかトビーにはわかった。「板壁に隠された扉の奥にある部屋ね」

全員の視線が博士に集まり、彼の答えを待ち受けた。彼ならその部屋のことを知っていると、みんな信じて疑っていないようだった。

「産室のことだな」博士は答えた。「当時の女性たちは多産でね、出産のときには近所の女たちが集まって手伝ったものだ。ほとんどの家には産室があったよ。もちろん不幸なことも起きたが、それ以上の喜びもあった。ヴァレンティーナがジャレッド・モンゴメリー・キングズリー一世を産んだものそうした部屋だった。元気で丸々した男の子だった」彼の声は誇らしげだった。

「その子がおとなになってアリと結婚するわけ」ヴィクトリアがいった。「いま執筆中の作品はヴァレンティーナの日記を元にしているんだけど、彼女がどんな女性だったか今度聞かせてちょうだい、トビー。それにしても、アリがジャレッドより年上だとは思わなかったわ」

トビーとグレイドンがわずかに眉根を寄せて黙りこんでいることに誰も気づいていなかった。ヴァレンティーナや彼女の人生のことで盛りあがる四人をよそに、トビーはグレイドンに顔を向けた。「あの部屋を見たことを黙っていたのね。わたしは足を踏み入れることができなかった。やっぱり深い悲しみに――悲嘆に襲われたからよ。いまでもわたしは――つまりタビーは――あの部屋で死んだのだという気がするの」

グレイドンは彼女の手を取って甲にキスした。自分も同じ感覚にとらわれたことを話すつもりはなかった。「しかしハントリー博士の話を聞いただろう。タビーは子どもに恵まれなかった。だからあの部屋で死んだということはありえない」

トビーの顔が歪んだ。「そうね。彼女は生きているのがつらすぎて死に急いだのよ。かわいそうに。そんなことだと知っていたら、夢のなかで助けてあげられたかもしれないのに」

「どうやって？　彼女をギャレットと結婚させるのかい？」それは名案だとばかりにグレイドンはほほえんでいた。

「そのあと彼はお兄さんと一緒に航海へ出て、海で死ぬのよ？　そうなったらあの家には養わなきゃいけない未亡人がひとりと子どもが何人か増えることになっていたわ。しかもギャレットの妻になったのなら、タビーは生活費を稼ぐためにサイラス・オズボーンの店で働くこともできない」

「じゃ、きみはタビーがあの卑劣な男と結婚したのは正しいことだったというのか？」グレイドンの声は怒気をはらんでいた。「未亡人たちを養うという約束を破ってタビーの命を縮めた男なんだぞ」

「タビーのなにがまずかったって、あの男を嫌っていることを態度に出してしまったことよね。適当に機嫌を取っておけば、サイラスだって彼女や彼女の家族にあそこまでつらく当たることはなかったでしょうに」

「そんなばかな話は聞いたことがない！　ギャレットなら物質的にも経済的にも彼女を支えることができたはずだ。彼はキングズリー家の人間だ。金持ちだったんだ！　タビーの家族が食べものに困るようなことにはならなかった」

「そうね、でもタビーは愛する人を海に奪われ、傷心のあまり死んでいたわよ！」トビーは彼に食ってかかった。

「どのみち彼女は死んだじゃないか！」グレイドンが負けじとやり返す。

そのとき、部屋のなかが静まり返っていることに気がついた。トビーとグレイドンは鼻と鼻が触れそうなほど身をのりだし、大声で怒鳴り合っていた。周囲の注目を集めていることに気づくと、ふたりはすっと上体を起こして、ほとんど気をつけの姿勢になった。

「タビーは母親に立ち向かうべきだったんだ」グレイドンはこわばった声でいい、ハントリー博士に目を向けた。「そうですよね？」

はるか昔の出来事について激しくやり合うふたりに、ヴィクトリアとケンとジリーが目を丸くしているなか、博士だけはどこかおもしろがっているように見えた。「さあ、それはどうだろう。たしかにタビーは母親に、あんなさもしい商店主のいいなりになるなというべきだった。しかしあのままギャレットと結婚しても幸せになれたとは思えない」

「それはどういう意味です？」グレイドンは挑みかかるようにいった。

「私の、いや、ケイレブ船長の弟は――船酔いする質だったんだ」

「なんだと!?」グレイドンは自分が侮辱されたかのように声を張りあげた。彼は気を落ち着けるように深呼吸すると、スツールに腰をおろした。「すみません。この話になるとなぜか熱くなってしまって。キングズリー家の男たちはみな海に生きたとおっしゃっていたはずですが」

「そうだ。しかし船乗りになること以外にもやりかたはあった。ギャレットがひと握りの荒っぽい船員たちの上に立つのをやめて陸《おか》に残っていれば、キングズリー帝国とも呼べるものができていたはずなんだ。ギャレットには一隻の船よりはるかに大きなものを統べる器があった。きみと同じだ」

「一国を治めるということ？」ジリーがいった。

「実際にランコニアを治めているのは議会ですが」グレイドンはつぶやいたが、博士の目を見ているうちに彼のいわんとしていることがわかってきた。自分はランコニアを愛している。各地をまわって国民たちと触れ合い、彼らの力になりたいと思っている。それは一介の船乗りにはできないことだ。

そこでトビーが口をひらいた。「だけどわたしが、つまりタビーが、海をあきらめてといったら、ギャレットは激怒したわ」

「それは航海の最中にケイレブ船長から同じことを何度もいわれていたからだ。しかしギャレットは数年ごとに船に乗らなければ家族を失望させてしまうと思いこんでいた。タビーと結婚していれば、それを口実に二度と海には出なかったかもしれないがね」

「でもタビーの母親は……」

「怯えきっていた」博士はトビーの言葉を引き取った。「先のことが不安で頭がおかしくなりそうだった。お腹をすかせた孫たちを見るのは耐えられなかった。当然だ。孫たちを飢えさせずにすむと思えば、娘のひとりぐらい喜んで犠牲にしただろう。たまたま知ったことだが、ラヴィニアは最初、サイラス・オズボーンに自分自身を差しだそうとしたらしい。だがあの男が望んだのは愛らしいタビーだった」

「タビーが死んだあと家族はどうなったんです？」ジリーが訊いた。

「オズボーンはすっかりぐうたらな男になっていた。店のことはすべて妻にやらせていたから、商売のやりかたを忘れてしまったんだな。ギャレットはすべての財産をタビーに残すという遺言書を作成していて、タビーが死んだことで遺産はラヴィニアの手に渡ることになった。彼女はその金でオズボーンの店を買い取り、嫁たちに切り盛りさせた。ラヴィニアは八十過ぎまで長生きし、そのころにはかなりの財を築いていたが、ひどく哀れな老女だったよ。おそらくタビーの死から完全に立ち直ることはできなかったんだろう」

「歴史を変えられないのが残念ね」ヴィクトリアがいった。「これが小説なら登場人物たちの台詞や行動を書き直してしまえるのに」

トビーはキッチンカウンターの上の小箱を見つめながら、みんなの視線を痛いほどに感じていた。もしもわたしが本当に過去にタイムスリップしたのなら——そんなことはありえないけど——歴史を変えられるかもしれない。彼女は博士に目を向けた。「タビーとギャレットは言い逃れのできない状況にいるところを見つかって、タビーの母親はその夜のうちに娘を無理やりオズボーンと結婚させた。わたしがまた、えー、夢を見たとして、どうしたらその事態を変えられますか？」

「やりかけたことを終わらせるんだ。ギャレットとタビーは口づけを交わしているところだった。もしもふたりが……えー、それより先に進んでいるところを見つかったのであれば、島じゅうの人間は当然ふたりが結婚するものと考える。そもそも、そんなことがあればオズボーンはタビーとの結婚を白紙に戻すはずだ」

トビーはグレイドンの顔をまともに見られなかった。それでも少しばかり彼のほうに寄った。しばらくのあいだ、誰もが口を閉じていた。

「みんなはどうか知らないが」やがてケンがいった。「私はもうとっくに寝ている時間だ」ここは彼の家だったから、そろそろお引き取り願おうと目顔で告げた。

おやすみなさいをいい合ったあと、ヴィクトリアは翡翠の置物が入った小箱を取りあげ、ハントリー博士は彼女の腕を取って玄関へ向かった。トビーとグレイドンはそのあとにつづいた。四人はキングズリー・レーンの端まで歩いてトビーの家の前にきた。

博士は〝時を超えて〟と呼ばれる屋敷に目をやった。「あの家には古い歴史が染みついている。あれを建てた男は――」そこで笑いだした。「今夜はもう昔話はよしておこう」彼は真顔になった。「トビー、あの家に近づくのはやめたほうがいいかもしれない。記憶というのは、とても長いあいだ人の心に残るものだ。意識することはなくても、心の奥深くに埋もれているのだよ。タビーが若くして亡くなったことをきみは残念に思うかもしれないが、すべてははるか昔の出来事だ。きみたちは過去ではなく、いまこの日のことに目を向けるべきだと私は思う」

グレイドンはトビーの腕を取って自分の腕に絡めた。「同感です。あの部屋は……。考えただけで、いまだに寒気がする」彼はトビーを見た。「あの家には近づかないようにしよう。いいね？」

「そうね。あの家のことはあなたの親戚に任せましょう」

　四人はおやすみなさいをいって別れた。自宅に入り二階にあがったトビーとグレイドンは、居間で足を止めて見つめ合った。ダイルの一件には決着がついたとはいえ、トビーはグレイドンと元の親密な関係には戻りたくなかった。彼はいつかここを出ていく。その事実は変えられない。

　気まずい空気になりかけたとき、グレイドンの携帯電話が鳴りだした。パーティの邪魔にならないよう二階に置いていた電話を、グレイドンはいま取りあげた。

「ローリーから？」トビーは尋ねた。

「ほかに誰がいる？」グレイドンは歯嚙みしながらいった。彼は切望の色をたたえた目で、美しいドレスをまとったトビーを見つめた。「ローリーのやつ、メッセージを山ほど残してる。この電話には出たほうがよさそうだ」

「そうね。じゃ、おやすみなさい」

「おやすみ」グレイドンは電話の通話ボタンを押しながらつづけた。「それから、今夜のきみは本当に――」そこで口調が変わった。「ローリー、落ち着け。いま聞くから」グレイドンは最後にもう一度名残惜しそうな目をトビーに向けると、自分の部屋に入ってドアを閉めた。

　トビーは自分の寝室に入ると、しばらくドアにもたれていた。ドレスを脱ぎたくなかった。ランコニアに送り返してしまえば、二度と見ることはかなわない。そうだ、もしかしたらヴィクトリアの結婚式で着られるかも。だけどそのころにはもうグレイドンはいないし、ドレスだけ借りておくわけにはいかないわね。

そのとき窓から光が差しこみ、トビーの注意がそれた。家を出るときにカーテンを閉めることなど考えなかったから、まぶしさに思わず顔をしかめた。窓の外に目をやると、光は向かいの家から、禁断の屋敷から放たれていた。屋敷に入った誰かは明かりを点けっぱなしにしたばかりか、玄関扉も大きく開け放したままだった。いま雨は降っていないけれど、もしもこれから降ったら、ドアも床もだめになってしまうわ。

トビーは寝室のドアをそっと開けて居間に出た。グレイドンに話すべきよ。あの家の持ち主は彼の親戚なんだから。ところがグレイドンはまだ電話中で、大きな声で早口に話しているのがドアのむこうから聞こえてきた。たぶんローリーがまたくじけそうになっているのだろう。一時間に一度はそうなっている気がするけど。

つま先立ちで階段をおり、一階の居間の閉じたドアに目をやって、ダイルとローカンはいるのかしらと思いつつ、確かめることはしなかった。急いで通りを渡って、部屋の明かりは無視して玄関だけ閉めてくればいい。グレイドンの電話が終わるまでに戻ってこられるわ。

ところが、いくら引っ張っても玄関扉はびくとも動かなかった。ドアノブをしっかりつかもうと玄関広間に足を踏み入れると二階から声が聞こえた。家のなかに誰かいる。たぶんどこかの子どもが入りこんだんだわ。警察に連絡しようと携帯電話に手を伸ばしたところで、持ってきていないことに気がついた。向きを変えて外に出ようとしたとき、鼻先でドアが閉まった。

通りのこちら側では、グレイドンが電話で弟と話しながら窓のブラインドをおろそうとしていた。ランコニアは早朝だ。「ローリー、ぼくはくたくたで、もう寝たいんだ。それぐらいのことならおまえひとりでできるよ。少しは自分に自信を持て。そうすれば――」彼はローリーでさえたじろぐような汚い罵り言葉を吐いた。「トビーがいまあの家に入っていって、ドアがひとりでに閉まった。行かないと」グレイドンは駆けだしながら電話を切ってソファに放った。

20

グレイドンが向かいの屋敷に着いたときには玄関扉は開いていて、思わずため息がもれた。なるほど、入ってこいというわけか。トビーがこのなかにいるのでなければ、いますぐ背を向けて歩み去るのだが。ケイルおばさんは自分がなにを買ってしまったのかわかっているのだろうか、と思わずにいられなかった。いや、おばは作家で、ヴィクトリアと同じくらい小説の題材に飢えている。この家が人になにをするか知ったら、たぶん大喜びするはずだ。

玄関広間に足を踏み入れ、その場でじっと待った。次になにが起こるかはわかっていた。案の定、背後でドアがひとりでに閉まると、彼は大声でトビーの名を呼んだ。返事はなかったが、それも想定内だった。

二階にあがって、足早に部屋のなかを見ていった。四つの寝室、三カ所のバスルーム、小さな図書室。トビーはどこにもいない。

階下に戻り、今度は時間をかけて部屋をめぐった。トビーはあの産室にいるのではないかと不安になった。この古い屋敷がトビーをあの部屋に閉じこめて――。

グレイドンは手で顔を撫でた。ホラー映画の見過ぎだぞ！

ダイニングルームを抜けて玄関広間に戻った。客間に足を踏み入れた瞬間、音楽と笑い声が聞こえて、小さな居間に通じるドアの下から光がもれているのが見えた。

広い客間を三歩で横切り、居間のドアを勢いよく開けた。

目の前には驚きの光景が広がっていたが、意外ではなかった。ディナーパーティでトビーが着たのと同じようなドレス姿の女性がふたり、暖炉のそばに立っていた。部屋の壁は黄色に塗られ、ウッドフレームの赤いソファが一台と、繊細な刺繍をほどこした椅子が数脚、配されていた。

グレイドンは入口に立ったまま部屋のなかをのぞきこんだ。時間の流れから完全に切り離されたように見えるこの場所に足を踏み入れていいものかどうかわからなかったのだ。「トビーはいますか？」声をかけてみたが、誰もこちらを向かなかった。「タビーはいますか？」声を大きくしてみても反応はない。こちらの声が聞こえていないのは明らかだった。

おそるおそる片足を差し入れると——衣装に合わせて履いていた室内履きが、つま先の四角いブーツに変わるのが見えた。うん、このほうがずっといい。顔をあげたとき、階段のほうへ歩いていくトビーが見えたような気がした。

グレイドンは迷うことなく居間に入った。

「ギャレット！」暖炉のそばにいた女性の片方が声をあげた。「戻ったのね」若くかわいらしい女性で、こちらに向ける笑顔からして、どうやら知り合いのようだ。「船が港に着くのは数週間先だと思っていたわ」

もうひとりの年配女性は渋い顔でグレイドンを見ていた。「ミセス・ウェーバーにはもう会ったの？」

外交手腕を磨いておいてよかった。あの女に会ったら首を絞めあげてやる、といいたいところをこらえて笑みを作る。「いいえ、まだお目にかかっていません。タビーはここにいますか？」

「知らないわね」年配女性はいった。

若い女性が一歩前に出た。「いまさっきジョン・ケンドリックスの娘さんと一緒にいるのを見たわ」

「窓台の下の腰掛けのところで」それで自分はいまキングズリー・ハウスにいるのだとわかった。どうやらジョンとパーセニアの結婚式の夜らしい。グレイドンはほほえんだ。つまりタビーはまだ借金のかたにオズボーンに売られてはいないということだ。

広い客間に戻るドアのほうへ向かおうとしたとき、若い女性が彼を呼び止めた。そして、彼にだけ聞こえる声でいった。「あなたがいないあいだになにがあったか教えておいたほうがいいと思って。ミセス・ウェーバーがタビーの結婚を決めてしまったの。あの――」

「あの雑魚《ざこ》のサイラス・オズボーンとだね。知っている。ぼくはタビーを救うために戻ってきたんだ」

「それならよかった。うまくいくよう祈っているわ」

「ありがとう」グレイドンは礼をいってきびすを返した。

キングズリー・ハウスの広い客間はダンスをする人や談笑する人でごった返していた。黄褐色のズボンと丈の短いジャケットのグレイドンは、その場にしっくりなじんでいた。多くの人が彼に〝ギャレット〟と呼びかけ、そのほとんどが予定よりずいぶんと早い帰国に驚いていた。

「お兄さんはどこ?」何人かに訊かれた。

「どの兄だ?」と返してごまかした。ケイレブ船長のことだろうとは思いつつも確信はなかったからだ。ダンスをする人々の頭ごしにヴァレンティーナ(ヴィクトリア)をさがしたが見つからなかった。彼女ならトビーの居場所を知っているだろうと思ったのに。

部屋の奥の隅にスケッチブックを持った小さなアリがいた。ほんの一時間前にケンが分解した腰掛けに座っている。グレイドンは急いで部屋を横切った。自己紹介する手間は省いた。どのみちギャレットとこの少女は顔見知りだろうし。「ここに女の人がいたかい?」

「タビーがいたよ」アリはいった。「タビーはお母さんに怒られてた。あなたと結婚しちゃだめだって」

「知ってる。でもこの時代でなら彼女はぼくと結婚できるんだ。タビーがどこにいるかわかるかい？」

「自分のおうちへ帰ったと思う」アリがいっているのは〝時を超えて〟邸のことだろう。グレイドンはその場を離れかけ、そこで少女に向き直った。「アリ、ぼくのお願いを聞いてくれるか」

アリはまだ幼かったし、グレイドンがいまからいおうとしていることをおぼえていられるかわからなかったが、とにかくやってみることにした。「きみが二十三歳になったら肖像画を描いてもらって、それを大きな額に入れてほしい。お父さんに頼んでその額に秘密の仕切りを作って、そこへきみときみの夫が作った家に関する詳細とデッサンを隠すんだ。きみがどこの誰でどんなことを成し遂げたか、未来の人に知ってもらえるように。おぼえていられるかい？」

「うん」アリはうなずいた。子どもというのは、どんな荒唐無稽な話もすんなり受け入れられるものなのだ。「わたし、誰と結婚するの？」

「ヴァレンティーナのところの大きくて元気な男の子とだ」

誰かがビールを差しだしてきたので、グレイドンは歩きながらそれを受け取った。いまの自分は王子ではないのだという事実が、じわじわと頭に染みこんできた。国を背負ってもいない。誰と結婚して、どこに住むのか詮索されることも、彼の発言のひとつひとつを取りあげてあれこれいわれることもない。うっかり失言しても翌日の全国紙の一面に載ることはないし、きれいな女性と一緒にいるところを見られても、〝次期ランコニア女王?〟のキャプションつきで写真がネットにあがることはないのだ。

きれいな女性といえば、見たこともないほど美しい女性ふたりが男たちに囲まれていた。メイクに何時間もかけてあでやかに装った女性たちなら元の世界で見慣れていたが、このふたりは素顔なのにこよなく美しく、あまりに完璧すぎて生身の人間とは思えなかった。まばたきすら忘れて見つめていると、女性の片方が彼に笑いかけた。その笑顔にうっとりしたグレイドンは、もう少しでドアにぶつかるところだった。

近くにいた男が声をあげて笑った。

「彼女たちは何者だ?」ふたりに目を向けたままグレイドンは尋ねた。

「ベル姉妹だ。あまり近づきすぎるなよ。引っかけ鉤《かぎ》を持った父親に追いまわされるぞ」

「誰かに肖像画を描かせるべきだ」

「ギャレット!」

美人姉妹からしぶしぶ視線を引きはがして声のほうを向くと、そこには弟がいた。グレイドンと同じ顔はしていなかったが、誰もが似ているというだろう。「ローリーか」グレイドンは小声でつぶやいた。

「ローリー?」彼は大声で笑うと、グレイドンのたくましい肩に腕をかけた。「その呼び名を聞くのは久しぶりだ」かたわらにいる女性に顔を向けた。「生まれたばかりのおれを見て、いとこのケイレブが〝風がうなっている《ローァー》みたいな泣き声だ〟といったもんだから、そこからローリーと呼ばれるようになったんだ。ま、子どものころの話だけどね」

そこで初めて弟の横にいる女性に気づき、グレイドンは驚きに目を見ひらいた。その女性はどう見てもダナだった。しかも——出産間近の大きなお腹をしている。弟ともっと話していたいと思ったが、それ以上にトビーに会いたかった。「悪いが——」

「わかってる。いわなくていい」ローリーは笑った。「海から戻ったばかりだからな、タビーに会いたくてしょうがないんだろう。だが、ラヴィニア・ウェーバーの企みのことは聞いているのか？」

「詳細に至るまで」

グレイドンは肩ごしに言葉を投げると玄関に向かって駆けだした。キングズリー・ハウスから〝時を超えて〟邸までの距離を一分半ほどで走った。彼の考えどおりなら、トビーがギャレットをさがしに行くのはあの屋敷のはずだ。

彼女は屋敷の横手にある大木の下にいた。月明かりを受け、白いシルクのドレスがかすかに光っている。

グレイドンは足を止め、彼女のすべてを記憶に刻もうとした。これは全部夢だということは大いにありうる。この数日は一八〇〇年代初頭の風習にどっぷりひたっていた。料理、衣服、礼儀作法のすべてを学んだ。トビーの夢のことも気になっていたし、そのうえ今夜はハントリー博士から、ラヴィニアと彼女の哀れな娘の話を聞かされたのだ。トビーと同じ夢を見たとしても不思議はない。

そういい聞かせながらも、頭にあるのはいまの自分は国王になる運命を背負っていないということだけだった。そう考えると、大いなる自由を得た気がした。

一歩前に踏みだすと、背筋が伸びて体が軽くなったかに思えた。まるで肩から重荷が取り除かれたかのように。彼はトビーの数メートルうしろで立ち止まり、彼女が振り向くのを待った。こちらを向いたトビーは、いまにも泣きだしそうな顔をしていた。

グレイドンがなにもいわずに両腕を広げると、トビーは胸に飛びこんできた。グレイドンは彼女をきつく抱き締め、その髪に顔をうずめた。

「タビーの母親が――」

「知ってる」やさしい声でいった。「ぼくに任せてくれ」彼はトビーの首筋にキスしはじめた。

トビーは彼を押しのけた。「やめて！　そんなことをしている場合じゃないの。タビーはサイラス・オズボーンと結婚させられようとしていて、そうなったらサイラスはタビーをひどい目に遭わせるのよ」

トビーはタビーのことを第三者のように話していた。ぼくのことをギャレットだと思っているんだ。そう気づいて、グレイドンは思わず頬をゆるめた。時代は変わっても、ぼくにはつねに生き写しの人間《ドッペルゲンガー》がついてまわるらしい。いますぐ正体を明かすべきだとわかっていたが、代わりに精一杯深刻そうな顔を作った。「どうしたらいいんだろう?」

「ケイレブ・ハントリー博士がいってたのは――」

「ケイレブ? 兄のことか? 兄さんはぼくと同じ船に乗っていたんだぞ。いったいいつ兄と話したんだ?」嫉妬しているような口ぶりでいう。

「いまからずっと先よ」トビーは手をひらひらさせた。「そんなことはどうでもいいの。とにかく、タビーが無理やりオズボーンと結婚させられないようにするには、わたしたちが……えー、ある程度のところまで服を脱いだ状態でいるところを見つかる必要があるの」

グレイドンはぎょっとしたように目を見ひらいた。「きみの服を脱がせろと? いまここで?」

「礼儀にもとることだというのは知ってる。だけど――」声が途切れ、彼女はつかのま月明かりの下で彼を見つめた。「実はね、あなたがいないあいだにタビーは、つまりわたしは、べつの人を好きになってしまったの。ごめんなさい、でもその人への気持ちを止められなかったのよ。お願い、昔のよしみで力を貸して」

グレイドンはトビーのことをまじまじと見た。そんな話は聞いていなかった。ギャレット・キングズリーがタビーとオズボーンの結婚を阻止しなかったのはだからなのか? だがそこでトビーの目がおかしそうにきらめいているのに気づいた。

「騙したな！」彼は改めてトビーを胸に引き寄せた。「血眼になってきみをさがしたんだぞ」

トビーは体を引いて彼を見あげた。「それでビールくさいのね」

グレイドンは笑った。「料理もビールと同じくらいうまいのかな。これからふたりで――」

「わたしたちがこの時代に送りこまれたのは、料理の味見をするためだと思っているの!?」

グレイドンは悪びれもせずにいった。「わかっていないな。ここでは、この時代のこの場所では、ぼくは王子じゃないんだ」

トビーはきょとんとした顔をした。「どういうこと？」

「したいと思うことはなんでもできるってことだよ」グレイドンは彼女の手を取ってキスすると、腕に沿って唇を這わせた。

「グレイドン、こんなことをしている場合じゃ……」彼の唇が肘の内側に触れるとトビーは目を閉じた。そこはとくに敏感な場所なのだ。

「ぼくを信じている？」

「わからない。たぶん。そんなことをされていたら、まともに考えられない」トビーはつかまれていた腕をやっとの思いでほどいた。「これはタビーの人生で、わたしたちのじゃないけど、それでも彼女の問題はわたしたちで解決しなきゃいけないと思うの。ハントリー博士がいっていたでしょう、タビーとギャレットに必要なのは結婚せざるをえない状況にいるところを見つかることだって」

「楡《にれ》の木の下で、全裸で抱き合っているとか？」

「ちょっと露骨ないいかただけど、ええ、そういうことよ」

「いや、ぼくらは――」砂利を踏みしだく音と怒声のようなものが聞こえた。誰かが足早にこちらへ向かってくる。

「グレイドン！　いますぐなにかしないと。タビーをあのおぞましい男と結婚させてはだめ。タビーは――」

彼は両手をトビーの肩に置き、彼女の顔に顔を近づけた。「ぼくを信じて。国王になるための訓練には問題処理も含まれているんだ。ハントリー博士がいっていただろう、ぼくは国を司《つかさど》るために生まれてきた男だと」

「そうじゃない。キングズリー一族を率いていくべき男だといったのよ。一国を司ることとはだいぶ違うわ。キングズリー一族はただの――」

「きみはぼくのうしろに控えて黙っていろ！」グレイドンは腕をさっと動かしてトビーをうしろに押しやった。

「うーん。この時代の人って男らしいのね」トビーはいった。グレイドンは彼女に背を向け、こちらに歩いてくる一団に目を据えている。ここでわたしが前に出ても、また押し戻されるだけだろう。「それはそれとして、ここは話し合って決めるべきだと――」

「きみはぼくと結婚したいのか、したくないのか？」グレイドンが小声で訊いた。トビーはあまりのことに言葉を失った。

「ぼくかオズボーンか。どちらを選ぶ？」

「えぇっと……」

「あの私刑団の先頭にいるのがきみの母親か？」

トビーは彼のうしろからひょいと顔を出した。初めて会ったときのラヴィニア・ウェーバーはまあまあ感じがよかったけれど、いまこちらに向かってくる女性はトビーが知っている母親そのものだった。常になにかに怒っていて、その怒りはたいていひとり娘に向けられる。トビーがどんなにがんばっても、母は一度も満足してくれなかった。

「あなたを選ぶ」トビーはそういうと、グレイドンの背中に完全に隠れた。

ラヴィニアはグレイドンの前で足を止めると、娘の腕をつかもうとしたが、グレイドンはそれを阻んだ。ラヴィニアの背後には六名ほどの人が連なり、好奇心もあらわになりゆきをうかがっていた。

「テレビが発明された理由がいまわかったよ」グレイドンが小声で囁き、トビーはあやうく笑いそうになった。

「うちの娘はべつの男性と結婚の約束をしているの」ラヴィニアは奥歯をぎりぎりいわせた。

「タビサ！　その人から離れなさい」

長年の習慣でいいつけに従いそうになったトビーは、グレイドンの腕に止められた。

「お嬢さんとの結婚をお許しいただけませんか」彼はいった。

「許しません！」ラヴィニアは声を張った。「タビサ！　いらっしゃい！」

トビーは一歩前に踏みだした。

「ぼくは海を捨てます」グレイドンはいかにも王子らしい威厳に満ちた声で告げたが、まわりからは信じられないという笑い声があがっただけだった。これはいつもと勝手が違うぞ！

「わたしをばかにしているの？」ラヴィニアは怒りをたぎらせた。「あなたはキングズリー一族の男じゃないの。〝女はいくらでも替えがきくが、海はひとつしかない〟が口癖の、あのケイレブ船長の弟なのよ。結婚して一年もしないうちに娘が未亡人になるのはごめんよ。タビサ！　いますぐここへきなさい！」

トビーはグレイドンにちらりと目をやり、その落ち着き払った表情を見てその場に踏みとどまった。

「地理に関する兄の知識には少し間違いがあるようです。この世に海は七つあるが、タビサはひとりしかいない」

またしても、どっと笑いが起きたが、今度のはグレイドンに好意的な笑いだった。「そんなの信じられるもんですか」ラヴィニアは娘をにらみつけた。

周囲の反応にグレイドンは自信を強めた。次に口をひらいたときその声には力がこもり、続々と人が集まってきた。「弁護士を呼んで契約書を作らせてください。サインしますから。

今夜のうちに」

ラヴィニアは鼻で嗤った。「あなたが海を捨てるですって？」

「キングズリーの人間であろうとなかろうと、ぼくは船乗りに向いていない」グレイドンはいった。周囲から否定の声があがるものと思いきや、誰もがうんうんとうなずいている。

「ランコニアが内陸にあってよかったわね」トビーは彼の横に並んで手を握った。

「船乗りに向いていようといまいと、キングズリー一族は正直者として知られている。約束はかならず守ります」

人々は同意するようにうなずき、それからラヴィニアに視線を戻した。さあ、彼女はどう出るか？

「キングズリー家の男が海をあきらめる？」ラヴィニアの声は蔑みに満ちていた。「ありえないわね」

これでは埒《らち》が明かない。グレイドンは賭けに出ることにした。オズボーンがこの先ひどいことをするとしたら、いまでもその兆候はあるはずだ。「サイラス・オズボーンがあなたとの約束を守ると思いますか？　彼は正直で通っている男ですか？」グレイドンの指摘が的を射ているのは、聴衆の顔つきを見ればわかった。

ラヴィニアが初めてためらいの表情を見せた。

「陸《おか》にあがってなにをするつもりなの？」その声は、前ほどとげとげしくなくなっていた。

「家業に采配を振るうつもりです。今夜タビーと結婚することを認めてくださったら――」聴衆が息をのんだ。「――あなたの屋敷を全面的に改修して、寡婦と子どもたちを扶養すると約束します」

しばらくのあいだ誰も口をきかなかった。それがグレイドンの申し出に驚いたからなのか、それともナンタケット島の男でも――それもあのキングズリー一族の男だ――海をあきらめようと考えることがあるという事実に衝撃を受けたからなのかは、わからなかったが。

女性の声が静寂を破った。「わたしたちに夫を見つけてくれる？」

「あなたがたを船でランコニアへ送りこんでもよければ」グレイドンは冗談をいった。

「一時間で荷造りするわ」女性が即座にいい返すと、全員が声をあげて笑った。

「それで？」グレイドンはラヴィニアに目を向けた。「取引は成立ですか？」

トビーはなにがあっても離れないというようにグレイドンにぴたりと寄り添った。

「ミスター・ファーリー！」ラヴィニアが肩ごしに大声で呼びかけると、めがねをかけた小柄な男性が前に進みでた。「ペンと紙を取ってきて契約書を作ってちょうだい」

「今夜は酒を飲みすぎて、とても仕事のできる状態じゃ――」弁護士はいいかけたが、ラヴィニアの憤怒の形相をひと目見て観念した。彼は人波をかき分けながらつぶやいた。「これがケイレブ船長の耳に入ったら、私の命はないな」

「みんなはなにをしているのかしら？」トビーはドアの前で聞き耳を立てていた。ドアに耳をくっつけんばかりにしていたけれど、階下から聞こえてくるのは笑い声と音楽だけだった。契約書にサインして今夜のうちにタビサと結婚するとグレイドンが宣言したあと、ふたりは背中を押されるようにしてキングズリー・ハウスへ戻ると、将来ヴィクトリアの寝室となる部屋へ閉じこめられたのだった。その部屋は二十一世紀よりも広かった。まだ部屋の一角にバスルームが設置される前だったからだ。大きな暖炉は使いこまれているように見えたが、夏のいまは美しい衝立《ついたて》が置かれていた。明かりは二本のキャンドルだけで、かなり薄暗い。

グレイドンから答えが返ってこないと、トビーは彼のほうに顔をめぐらせた。グレイドンはベッドに横になり、頭の下で両手を組んで、笑みを浮かべながら天蓋を見あげていた。結婚式のために椅子はすべて階下に運ばれていたので、腰をおろせる場所はベッドしかなかった。

「ぼくらの将来についてあれこれ策を練っているんじゃないかな」

トビーはベッドのところまで歩いていって、横に立った。「どうしてそんなに落ち着いているの？」

「うれしいからさ」

いかにも楽しそうなその声にトビーは笑ってしまった。

グレイドンはベッドの上で横にずれると、マットレスの自分の隣をぽんぽんと叩いた。

トビーは躊躇したものの、小さな木の踏み台を使ってベッドにあがり、彼のかたわらに横たわった。そして同じように天蓋を見あげた。「わたしたちのしたことは間違っていたんじゃないかと心配にならない？」

「以前の展開より悪くなるはずないよ」

「でも、わたしたちもすべての事実を知っているわけじゃないでしょう？　もしかしたらタビーは単にギャレットと結婚したくなかっただけかもしれないし」

「そうなのか？」問いかけるその声にはおもしろがっているような響きがあった。

トビーが寝返りを打ってグレイドンのほうを向くと、彼が髪に手を差し入れてきた。「このままだったらどうする？」囁くようにいった。「このまま二十一世紀に戻れなかったら？」

グレイドンは彼女の頬に手を当てた。「それならそれでいいんじゃないか？」トビーは首をひねって彼の手のひらに唇を押し当てた。

グレイドンはほほえみ、トビーを引き寄せて自分の肩に頭をもたせかけた。「この時代に残ることになったら、キングズリー家の家業拡大に尽力して、きみの義理の姉妹をランコニアへ送りこむ。外国からきた花嫁として珍重されるよ。船の売買もはじめて――」

「わたしたちのことは？」

「子どもは六人ほしいな。最低でもね。きみは広大な土地で花を育てて、島じゅうの家を花で埋めつくすんだ」

なにもかもがすばらしすぎて、トビーは息をひそめてじっとしていた。ちょっとでも動いたら、すべてが一瞬で消えてしまいそうで怖かった。

「いい考えだと思わないか？」髪を撫でていた手が首筋へおりていく。

「選択の余地はなさそうね」トビーはそうはぐらかした。「わたしたちがここへ送りこまれたのにはなにか理由があるはずよ。でもそれがなんなのかわからなくて。タビーとギャレットのあいだに生まれる子どもが世界を救うことになるのかも。ラヴィニアがタビーを無理やりオズボーンと結婚させたせいでその運命がねじ曲げられてしまったから、過ちを正すためにあの屋敷がわたしたちをこの時代へ戻したとか」

「だとしたら、ふたりが子どもを持つためのお膳立てが整った瞬間にぼくらはこの世界を去ることになる。結婚式で〝誓います〟といったとたん、ぱっと消えてしまうのかな？　それがあの屋敷の計画だろうか？」

その声には失望と、あきらめの響きがあった。トビーは彼を見あげた。「もう少し長くいられるかもしれないわ。結婚式の翌朝までとか」

初夜を迎えられるかもしれないと考えるとグレイドンの顔に笑みが戻り、彼はトビーにキスした。

やさしかったキスはすぐに熱を帯び、グレイドンは体を返して彼女の上になり、トビーは彼をさらに引き寄せた。グレイドンのキスにトビーは口をひらき、彼の手がむきだしの肩を撫でおろして胸のふくらみに触れた。

「ああ」グレイドンの唇が首筋をたどってさらに下へ向かうと、トビーは甘いため息をもらした。

自分たちのしていることに夢中になりすぎて、ドアが開く音に気づかなかった。

「それはあとでゆっくりやるといい」その声に、トビーとグレイドンはしぶしぶ離れた。弁護士のファーリーが書面を手に戸口に立っていた。

ギャレットの体の一部は立ちあがるのに不都合な状態にあった。「ちょっと待ってくれ」彼はベッドで上半身を起こすと壁のほうを向いた。

「早くしたほうが身のためだぞ。ラヴィニアの気が変わるかもしれないから。オズボーンがあらわれて、告訴すると息巻いているんだ。〝傍若無人なキングズリー〟のせいで、彼の評判に永遠に消えない傷がついたからとね。ミス・タビサが婚約破棄を思いとどまれば金を払う用意があるともいっている」

「彼とはぼくが話をつける。ぐずぐずいうようなら――」

「いくら?」トビーは尋ねた。

「なにばかなことをいっているんだ!」グレイドンはベッドの反対側にまわった。

「わたしの値段がいくらなのか知りたかっただけ」

「契約書は?」グレイドンに問われ、弁護士は書類を差しだした。

「気をつけて。まだインクが乾いていないんだ」

グレイドンは内容に目を通したが、達筆すぎて〝s〟が〝f〟のようになっていて、ひどく読みづらかった。ギャレット・キングズリーはミス・タビサ・ラヴィニア・ウェーバーと結婚し、家族となるすべての寡婦とその子どもたちを扶養する、とあった。そのあとに家族全員の名前が記されていた。タビサのためにナンタケットに〝立派な屋敷〟を建て、二度と海には戻らない、とも。

グレイドンはためらうことなくペンとインクを所望した。羽根ペンに少し手間取ったものの、契約書にギャレット・キングズリーと署名した。書類をファーリーに渡すと、弁護士は証人として署名してから、ドアのほうを手で示した。

「では行こうか」

トビーが先頭に立ち、そのあとにグレイドン、ファーリーとつづいた。

「ラヴィニア・ウェーバーが義理の母になって本当にいいのか？」ファーリーは小声でグレイドンに話しかけた。「あの女はきみの生活を悲惨なものにするぞ。むしろ嵐の海に乗りだすほうがましなんじゃないか？」

「ぼくはタビサのそばにいることを選ぶ」グレイドンはきっぱりといった。

「きみの家族でまともなのはケイレブ船長だけだな。彼は女に心を奪われたりしないと断言している」

グレイドンは階段をおりながら、嘲るように鼻を鳴らした。「兄はまだヴァレンティーナに会っていないのか？」

「えっ？　まだ……だと思うが。彼女が島に着いたのはケイレブの船が出たあとだから」

「なるほど。兄が愛についてなんというか、ひと月後にまた教えてくれ」

階段の下では十数名の人々が待ちかまえていて、グレイドンとトビーを引き離した。急遽《きゅうきょ》決まったこの結婚が、ある意味強いられたものだとしても、ふたりが真実の愛で結ばれていることはみんな知っていたから、こうなったことを心から喜んでいた。愛らしいタビサがサイラス・オズボーンのような男と結婚するところなど誰も見たくなかったのだ。パーセニアとジョン・ケンドリックスの婚礼というこの佳《よ》き日に、新たな喜びが加わった。この日のことはあとあとまで島の語りぐさとなるだろう。

グレイドンは見知らぬ人たちに囲まれ、押したり引いたりされながらメインストリートの先にある教会まで連れていかれた。

そこには最初の結婚式に参列したすべてのゲストばかりか、新郎新婦までがいて、みな新たにふるまわれた料理や酒で上機嫌になっていた。なかにはベンチでいびきをかいている男たちもいて、女房が頭を叩いて起こさなかったら、誰かが丈の長いろうそく消しを使って頭をぽかんとやるところだった。

外は暗かったけれど、教会のなかはたくさんのキャンドルが灯されて、やわらかな明かりに包まれていた。

グレイドンが教会の前方に立つと、ローリーがやってきて横に並んだ。

「ケイレブでなくてすまないが、どこをさがしても見つからないんだ」

「たぶんラムの樽を抱えて、どこかにこもっているんだろう」グレイドンの言葉に、ローリーはさもありなんとうなずいた。

ヴァレンティーナが、数時間前のパーセニアの結婚式と同じブーケを手に通路を進んできた。

そのうしろから、かつての女王のドレスをまとったトビーが歩いてきた。これほど美しい光景をグレイドンは見たことがなかった。トビーはグレイドンの知らない年配男性と腕を組んでいた。

ふたりが祭壇の前で止まると、グレイドンは進みでてトビーの手を取った。

牧師が口にした誓いの言葉は現代とは違っていたけれど、愛と慈しみと富をタビサに誓ったとき、グレイドンはどれも本気でいっていた。

トビーは初めのうちこそ少しためらいが見られたものの、すぐに笑顔になって、誓いの言葉をくりかえした。

ローリーはふたりに指輪を渡した。「パーセニアの結婚パーティに宝石商がもともときていたんだ」グレイドンが目で問いかけると、ローリーはそう答えた。

「ラベンダーダイヤモンドがついていたらよかったんだが」細い金の指輪をトビーの指にすべらせながらグレイドンは囁いた。指輪はぴったりだった。

トビーは反対の手で指輪を包みこんだ。このままでじゅうぶんきれい。

式が終わり、島じゅうの人間がうれしそうにしているなか、ラヴィニアだけは、ギャレットはいずれ約束を破って海へ戻るに決まっていると考えていた。「論より証拠よ」ラヴィニアはずっとぶつぶついっていた。

キングズリー・ハウスへ戻ってから、今夜二組目の新婚カップルは片時も一緒にいられなかった。何度も祝杯があげられ、トビーは次から次へとダンスに誘われて、グレイドンは若い女性たちに囲まれ、初夜のことでからかわれた。

途中、グレイドンはなんとか逃げだして長テーブルまで自家製ビールを取りに行った。すると、ヴァレンティーナが横にやってきた。

「あなたがタビーを救ってくれて本当によかった。タビーは自分を犠牲にする覚悟でいたけど、きっと不幸な結婚になっていたはずだから」

「悲惨な結婚にね」グレイドンはヴァレンティーナを見た。年齢こそ違うけれどヴィクトリアにそっくりだ。美しい顔と見事なスタイルに加え、深くくれたドレスの襟元からはたっぷり肌が見えていて、ケイレブ船長が夜の女と間違えたのもうなずけた。そしてグレイドンの計算が正しければ、ケイレブが全裸で屋根裏部屋に閉じこめられていることを現時点で知っているのはこの女性だけのはずだった。

「兄のケイレブがどこでどうしているか知りませんよね？」

ヴァレンティーナは目をそらした。「あいにく彼にはまだ紹介されていなくて」

彼女の首が赤く染まり、その色が顔へあがっていくのがわかった。

「長い航海のあとだから、兄にはひとりになる時間が必要だと考えていたところですよ。陸にあがればもう船長ではないということを思いだすためにね」

ヴァレンティーナは目を見ひらき、グレイドンがなにを知っているのか見極めようとするようにじっと見つめた。

グレイドンは声をひそめた。「絶対に彼のいいなりにならないように。七つの海を全部合わせたよりあなたのほうが価値があるってことを示すんだ」

ヴァレンティーナは彼を凝視したまま口もきけずにいた。

グレイドンは空になったビールのマグをテーブルに置いた。「失礼して、花嫁と踊ってきます」そして祖父といってもいいほどの年配男性と踊っていたトビーの手をつかんでパートナーから引き離した。

フロアでは男女が二列に分かれ、複雑なステップを要求されるダンスがはじまろうとしていた。軽快な曲が流れだすと、トビーは女性の列のほうへ行こうとしたが、グレイドンは手を放さなかった。「わたしたちも分かれないと——」

ところが彼はトビーを腕に抱いて伝統的なワルツのポジションを取ると――ワルツがアメリカに伝わるのは数年先のことだ――すべるようにして踊りだした。誰もが動きを止め、この体を密着させた扇情的なダンスを見つめた。楽団の演奏がやみ、それからこのダンスに合うメロディーを即興で奏ではじめた。ゲストはみなうしろに下がって、若いふたりに場所を空けた。

グレイドンとトビーはディナーパーティの夜のように踊っていた。いまでは遠い昔のことに思えた。まるで何百年も前のよう。

トビーは目を閉じ、グレイドンの腕に抱かれて踊る喜びに酔いしれた。

曲が終わると、ふたりはしぶしぶ離れた。グレイドンは礼をし、トビーは膝を折ってお辞儀した。

周囲に目を向けたところでようやく、みんなを仰天させてしまったことに気がついた。しかし、それも長くはつづかなかった。島に住んでいるわりに、ナンタケットの人々はいたって柔軟だった。なにせどの家も世界の果てから持ち帰った工芸品であふれていたからだ。最初に拍手したのはヴァレンティーナで、まわりもそれにつづいた。

グレイドンはトビーの手を握り、そのまま玄関のほうへ引っ張っていった。もう人のなかにいるのはたくさんだ。トビーとふたりきりになりたい。屋敷の外へ出てしまうと、彼は足を止めてひと息ついた。さあ、これからどこへ行く？

「タビーの家――〝海に永久の別れを〟――を、ひと晩だけ使っていいといわれたわ。ふたりきりで」トビーは口ごもった。「でもこの夜をわたしたちのものにしてしまっていいのかしら？　だって、本当はタビーとギャレットのものなのよ」グレイドンのほうに目をやると、彼は〝正気か？〟といわんばかりの顔をしていて、トビーは思わず噴きだした。

ふたりはしっかり手をつないでタビーの家まで歩いていった。いつものように、屋敷の玄関は大きくひらいていた。

「このなかに入ったら、次の瞬間には元の世界に戻っているかもしれない」トビーはいった。

「やっぱり――」

グレイドンは返事の代わりに彼女をさっと抱きあげ、敷居をまたいだ。そして、一瞬その場に立ちつくした。二十一世紀のこの家はがらんとして、長く使われなかったせいで荒れ果てていた。ところが、いまふたりが見ている家ははるかに新しく、大家族に必要な品々であふれていた。暗いなかでも花柄の壁紙や調度品は見て取れ、床には木のおもちゃが転がっていた。

「レット、早くベッドへ連れていって」トビーがいった。

グレイドンは笑い、彼女を抱いて階段をあがっていった。二階に着くと、小さな図書室に通じる寝室がふたりのために調えてあるのがわかった。部屋にはキャンドルが灯され、いたるところに花が飾ってあった。

床におろされたトビーは、どうしても図書室のドアを開けてみたくなった。窓から差しこむ月明かりに浮かびあがった部屋はトビーが思い描いたままだった。棚は革装丁の書物で埋まっていた。

グレイドンが隣に並んだ。「あの本を全部、床下に隠して、二百年後に掘り返そうか」

「二百年ももたないわ。湿気とほこりにやられてしまう。ネズミだって……。このままにしておきましょう」彼女はグレイドンを見あげた。「これがいつまでつづくのかわからないけど、ここにいられるあいだはあなたのそばにいたい。王子でも平民でもなく。ただの――」

グレイドンはトビーの唇に指を当てた。「そんなふうにいってはだめだ」

「でも、いいたいことはわかるでしょう?」

「ああ」彼はトビーのこめかみに指で触れ、髪をうしろに撫でつけた。「本当にいいのかい?」

トビーは彼の首に両手をまわしてキスをした。「ええ、本当にいいの」

グレイドンはしばらく彼女の瞳をのぞきこんでいた。そこに迷いがないか確かめているように。

それからトビーの頬にそっとキスした。首にも。彼の手がドレスの肩口に触れ、わずかに押し下げた。そのしぐさは丁寧で、とてもやさしかった。

いい気持ち。彼のキスはすてきだった。こうして身を寄せ合っているのもうれしい。だけど、なにかが欠けていた。ラヴィニアに敢然と立ち向かい、自分の意思を通したあの男性はどこへ行ったの？　ボクシングのトレーニングでわたしを翻弄した人は？　あの情熱はどこへ行ってしまったの？

答えは訊かなくてもわかった。わたしが長々と守ってきた、このいまいましい純潔のせいだ。ほかの女の子たちのように卒業パーティの夜に捨ててしまえばよかった、と何度思ったかしれない。だけど相手がそれを期待しているのがわかったから、どうしてもその気になれなかった。そのあとも……。

トビーはうしろに下がってグレイドンを見つめた。そこにいるのはランコニアのグレイドン王子だった。瞳は燃えていたけれど、その炎は控えめで、自分を抑えているのがわかった。たぶんわたしを傷つけてしまうのが怖いんだわ。男の人って、ときどき背中を押してあげないとだめなんだから。

トビーはくるりと向きを変え、髪の毛を持ちあげた。「背中の紐をほどいてもらってもいいかしら？」改まった口調で頼んだ。

「もちろん、かまわないよ」グレイドンもまた礼儀正しく答えた。トビーは美しいドレスが床にすべり落ちるに任せた。

この一週間で学んだのは、摂政時代のドレスは見た目こそ少し野暮ったいけれど――タンクトップにホットパンツとは大違い――その下にはストリッパーも顔負けのセクシーな姿が隠れているということだった。

トビーは彼のほうに向き直り、ジリーに手伝ってもらってつけたコルセットの威力を見せつけた。高く押しあげられた胸は、ピンク色の頂が半分ほど見えている。ウエストは細く絞られ、コットン地のペチコートは透けるように薄い。白いシルクのストッキングは太腿の中ほどまでしかなく、ピンクのリボンがついたガーターで留まっていた。

グレイドン王子があとかたもなく消え失せたのを見て、トビーは魂が震えるほど甘美な喜びに満たされた。いま目の前にいるのは、欲望の炎に身を焼かれているひとりの男だ。わたしを求めて。

グレイドンはものもいわずに彼女の腰をつかんで床から持ちあげると、唇をキスでふさぎ、荒々しく舌を差し入れて口のなかを探った。まるで唇と両手で同時に体じゅうをまさぐられているかのよう。

トビーはたちまち反応した。彼の手と口が与えてくれる快感に、めらめらと燃え立つ欲望の化身になってしまったかのようだった。

グレイドンはキスをつづけながら、手を下にすべらせてトビーの太腿を愛撫した。そして膝から崩れるように腕のなかに倒れこんだトビーを抱きあげ、ベッドへ運んだ。

彼のジャケットと、ゆったりした白いシャツがあっという間に消えてなくなった。長年にわたる鍛錬の賜物で胸は厚く盛りあがり、膝まである革のブーツにたくしこまれた、ぴったりとしたズボンの上からのぞく腹筋も割れている。

「この時代の貴婦人が失神する理由がいまわかったわ」トビーがいうと、グレイドンはひどくセクシーな笑みでそれに応えた。

ものの数秒でブーツも脱いでしまうと、トビーの隣に体を横たえ、時間をかけてゆっくり服を脱がせていきながら、あらわになった白い肌にくまなく唇を這わせた。ストッキングとガーターが消え、次にペチコートをゆっくり引きおろすと、現代的なショーツがあらわれた。この時代の女性がペチコートの下になにもつけなかった理由がいまわかった、とトビーは思った。コルセットとぴったりしたズボンに隔てられ、いやがうえにも切迫感が高まって、余分な下着など邪魔なだけだから。

トビーはグレイドンの胸と腕に手を這わせ、引き締まった筋肉とうねるような体の線に驚嘆した。なんて男らしいのだろう。両手を下へすべらせ、お尻をつかむと、彼の力強さを感じた。

なんとも大胆な気分になり、トビーは片手を前にまわしてそこに触れた。するとグレイドンがうめいた。どれもこれも知識としては知っていたけれど、実際にやってみると違っていた。この手で彼に快感を与えられるのがうれしかった。

「トビー」彼が囁いた。「もう待てない」

トビーはただうなずいた。未知の体験を前に、ほんの少し怯えていることを知らせるつもりはなかった。

グレイドンはズボンを脱ぎ捨て、トビーは腰から下だけ生まれたままの姿になった。彼が入ってくると、トビーは驚きに目を見ひらいた。初めてのときの痛みについてはいろいろ聞いていたけれど、彼女が感じているのは歓びだけだった。

「痛くないかい？」グレイドンが囁いた。

「ううん。すごくいい気持ち」グレイドンはゆっくり動きはじめた。最初はそっと。トビーが痛みを感じていないか確かめながら。トビーは頭をのけぞらせ、長く、深く、ゆっくり貫かれる快感に身を委ねた。

しだいに体の奥でなにかが目覚め、トビーは腰を突きあげ、さらに深く彼を迎え入れようとした。その動きはまだぎごちなく、グレイドンは両手で彼女のヒップをつかんで支えると、同じリズムを刻むよう導いた。

「ああ！　いいわ！」目を開けると、グレイドンがほほえみかけてきたが、そこで彼の表情が変わり、瞳が暗く翳った。彼はトビーの首筋に顔をうずめ、次の瞬間、その体が張りつめた。そしてうめきながらトビーの上に崩れ落ちた。

トビーはグレイドンの腕のなかで彼にぴたりと寄り添っていた。空が白みはじめ、木の鎧《よろい》戸《ど》の隙間から青みがかった光が流れこんでいる。ふたりはひと晩じゅう、何度も愛を交わした。抱き合い、愛撫し合って、おたがいの体を探求した。近くにいるのに触れられなかったつらい日々がふたりを貪欲にさせ、飽きることなく抱き合い、たがいに触れた。とにかく一緒にいたかった。

夜中に何度か、グレイドンと話がしたいと思う瞬間があった。彼に訊きたいことがあったのだ。でも彼に触れると、頭からすべての言葉が消えてしまった。それに、口を使ってできることは話だけじゃないと、グレイドンに教わっていたというのもある。

夜が明けようとしているいま、ふたりは手足を絡めて抱き合っていた。〝これからどうなるの？〟という問いが、宙に漂っていた。

グレイドンは抱擁を解くと鎧戸を開けに行った。朝の光がまぶしすぎて、トビーは腕をあげて目をかばった。腕の下から裸の彼をのぞき見していると、グレイドンがベッドカバーをさっと剝いでトビーの裸体をあらわにした。

とっさに体を隠そうとして、やめた。グレイドンがベッドの端に腰をおろし、つま先から上へと視線を這わせているあいだ、横になったままじっとしていた。視線が顔までくると彼はトビーにほほえみ、それからやさしく彼女を腹這いにさせた。

背中を撫でおろす手が左の脇腹のところで止まった。あばらのあたりをやさしく愛撫し、身をかがめて唇でなぞった。「これはどうして？」その声は気遣うようにやさしかった。

「生まれつきよ」トビーは彼の口調にとまどった。薄いあざのひとつやふたつ、誰だってあるでしょうに。

「いや、これは……」グレイドンはいいかけて、言葉をのみこんだ。「自分でさわれるかい？」

背中に手をまわし、脇腹にすべらせると、皮膚が盛りあがっているのがわかった。トビーは体をねじり、目で確かめようとした。

グレイドンは壁にかかっていた小さな鏡をはずして持ってくると、背中の左側に走る太く長い傷跡がトビーに見えるようにしてやった。「きみは火傷《やけど》を負ったんだと思う。それもかなり重度の」

トビーは上半身を起こしてベッドカバーを引きあげた。「わたしに火傷の跡はないけど、同じ場所にピンク色の小さなあざが一列に並んでいる。父はよく〝まだ発見されていない島々の地図だ〟といっていたわ」

グレイドンは鏡を手にしたままベッドに腰をおろした。「きみはいまタビーの体のなかにいるんだ」静かな声でいった。「昨夜、この傷跡に触れたとき、きみはこんな深い傷が残るほどの目に遭ったのかと思ってつらくなった。でも痛みに耐えたのはきみじゃなかったんだね」

他人の体のなかにいるというのは、タイムスリップ以上に理解しがたいことだった。なんとなく、いまふたりがいるのは由緒ある古いホテルで、本物のアンティークのベッドがある部屋に泊まっているような気でいたのだ——ただし、ここにあるものはなにもかも新しかった。二百年を経ていないから、どの家具もまだアンティークと呼ぶにふさわしい古色を帯びていなかった。

「あなたはどう？」トビーは訊いた。「どこか違っているところはある？」

「ないんじゃないかな」グレイドンの目が輝きだした。「でも、きみがさがしたいなら止めないよ」

「そうね、確認したほうがいいと思う」トビーはまじめくさった顔で答えた。

グレイドンが体を寄せてくると、トビーは硬く引き締まった腹筋を手でなぞり、その手を肩からたくましい腕へとすべらせた。「男の人の体はほかに見たことがないからくらべられないけど、あなたは見た目もさわり心地もいいと思う」トビーは両手で彼に触れた。こんなふうに目で見て、手で触れられることが、たまらなくうれしかった。「自分で違いを感じるところはないの？」

「ないな」グレイドンはダークブルーの瞳を情熱でけぶらせ、トビーを引き寄せた。ベッドから落ちそうになった鏡をきわどいところでつかみ、体をひねってベッドの横にある小さなテーブルに置いた。

「ええっ！」トビーは目を見ひらき、手で口を押さえた。「あなたの背中！」

「傷があるのか？」グレイドンはトビーに背中が全部見えるように向きを変えた。

「傷はどこにもないけど」笑いをこらえようとしていたトビーは、そこで噴きだした。グレイドンが鏡を渡してきたので、彼に背中が見えるようにしてやった。グレイドンの背中の左側は見事なタトゥーでおおわれていた。色鮮やかなそれは、明らかに日本の刺青だった。彫られているのは女性で、長い髪を頭の上で結いあげていた。変わっているのは、その女性がブロンドの髪と青い目をしていること。

グレイドンは体をねじって鏡をじっと見た。「これはぼくが思っているとおりのものだろうか？」

「断言はできないけど、日本のゲイシャになったわたしだと思う」

「やっぱり」ふたりは一瞬顔を見合わせ、それからげらげら笑いだした。

グレイドンはベッドに横たわってトビーを腕に抱き寄せた。「いっておくと、現実の世界のぼくにタトゥーはないよ」

「足首に小さな蝶も入っていない？」トビーはまだ笑っていた。

「正直いって、これは目立ちすぎだろう」

「だけど、悪い気はしないわ」トビーは彼を見あげた。「あなたがふたりを結婚させてくれてよかった。ギャレットはこれほどタビーのことを愛しているんだもの、彼女と結ばれて当然だわ」

トビーは急に強烈な眠気に襲われた。当然ね、ひと晩じゅう起きているんだもの。

「ぼくはここに残りたい。きみとふたりで。この世界できみと一緒に生きていきたい」グレイドンはトビーの頰に手を当てて上を向かせた。トビーは目を閉じていた。「トビー、ぼくがどんなにきみを愛しているか知っているか？　きみの元を去ると考えただけで死にたくなる。ぼくにはとても——」そこでトビーが眠っていることに気づいた。

言葉を継ごうとしたとき、彼もまたいいようのない眠気を感じた。「いやだ」グレイドンはつぶやいた。「眠りたくない」次に目を覚ましたら、きっとこの世界は消えてしまっている。それなのに目を開けていられなかった。

ふたりはきつく抱き合ったまま眠りに落ちた。

21

トビーはゆっくり目を覚ました。一瞬、自分がどこにいるのかわからなかった。すでに陽は高かったが、ブラインドがおりている部屋は薄暗かった。ドアのフックに昨夜のディナーパーティで着た美しいドレスがかけてあるのを見て、パッド入りのハンガーを使うことに気がまわった自分を褒めてやった。

天井を見あげながら昨夜のことを思いだした。パーティは大成功だった！ ヴィクトリアはテーマを気に入ってくれたし……。

トビーはベッドの上で起きあがった。本当にみんなでキングズリー・ハウスへ行って、窓台の下の腰掛けをばらばらにしたのだっけ？ 彼女は目をこすった。きっとあれも夢ね。タビーとギャレットに関することでグレイドンと口論になったような記憶もあるけど、正確なところは思いだせなかった。

とまどいを感じつつ――ワインを飲みすぎたのかしら？――ベッドをおりると、シャワーを浴びて髪を洗った。まとめ髪を固めるために使ったスプレーやらジェルやらムースやらを、きれいに洗い流したかった。シャワーから出ると、ジーンズにピンクのコットンシャツといういでたちで階下におりていった。パーティの後片づけが大変そう。ところが階下はきれいに片づいていて、昨夜の形跡は一切なかった。部屋には誰もいなかった。サンルームのテーブルにボウルに入ったフルーツとグレイドンからのメモが置いてあった。

ヨーグルトは冷蔵庫。ぼくは外にいる。好きなほうを選んでくれ。

おかしなことをいうものね。トビーはフルーツにヨーグルトをかけて食べはじめた。誰かがこのメモを見たら、わたしたちは深い関係じゃないかと勘ぐるでしょうに。ううん、おかしいのはメモの内容じゃなく、メモそのものかもしれない。だって、グレイドンはふだん羽根ペンを使うんじゃなかった？　キャンドルの光のなかで彼が古文書に署名するのを見た気がするもの――違う、あの文書は〝古く〟なかった。まだインクが乾いていないと誰かがいっていたから。

切れ切れに浮かぶその光景をどこで見たのかわからなかった。そのとき鋼と鋼が当たる音が聞こえ、トビーは窓のところへ行って外を見た。

ダイルとグレイドンがいつものようにやり合っていた。どちらも上半身裸で、蜂蜜色の肌に汗が光っている。近くではローカンがふたりの戦いに見入っていた。手を振ろうとしたとき玄関をノックする音がして、トビーはそちらに向かった。

ドアを開けると、そこには友人のアリックスが立っていた。

それから三分間、ふたりはハグして、笑って、切れ目なしにしゃべりつづけた。アリックスが島に帰ってくるのは結婚式以来初めてだったのだ。

「ニューヨークは楽しかった?」トビーは尋ねた。

「最高よ。なにもかもがすばらしかった! こっちはどう? なにかわたしが見逃したことは? レクシーから連絡はあった? 珍しいお客さんがいるって父がいっていたけど」

「見せてあげる」トビーはアリックスと腕を組むと、キッチンを抜けてサンルームの窓の前まで連れていった。外では美しい男ふたりがレスリングの真っ最中だった。たくましい体をおおうものはゆったりした白のパンツだけで、それも腰穿きにしているせいでいまにも落ちそうに見えた。

「あなた、毎朝これを見てるの?」アリックスは訊いた。「朝食に極上の蜂蜜トーストが出てくるようなもんじゃないの。よだれが出そう!」

トビーはため息をついた。「そうなの。それも蜂蜜がしたたるくらいの」

「で、あなたのトーストはどっち?」

トビーは顔をそむけた。「どっちも違う。ダイルは——背の高いほうよ——ローカンのことが好きだしね」彼女は少し離れたところに立つ女性をあごで示した。

「やだ、彼女がいることに気づかなかった」

トビーは笑った。「わかるわ。左の奥の花壇があるでしょう？　あそこからの眺めが最高なの。花に水をやるふりをしながらふたりを見ているから、花壇はいつも水びたしよ。でね、ふたりがあまりかまってくれないときは、仕返しにローカンとヨガをするの――お尻をあげるポーズを山ほど入れてね」

アリックスはトビーの顔をしげしげと見た。「まるで家族みたいね。でもあの人たちはじきにここを出ていくと母がいっていたけど」

「ええ」トビーの声はその日がくるのを恐れているように響いた。「あと半月ほどしたらグレイドンは帰国して、どこかの女性と婚約を発表するのよ」

アリックスは友人の腕に手を置いた。「母の話だとあなたとグレイドンは……」それ以上いうのはやめにした。母のヴィクトリアから聞いた話を全部伝えるのはよくないと思ったからだ。〝グレイドンはあの子に胸の張り裂ける思いをさせるわ！〟怒りもあらわに母はいった。〝剣を手にした彼は黒馬に乗って去っていき、あとに残されたトビーは泣き崩れて二度と立ち直れないのよ〟

母は芝居がかった大げさないいかたをすることがよくあるから、適当に聞き流していたけれど、いまこうしてトビーの顔を見ていると、母のいうとおりかもしれないと思えてきた。

アリックスが窓の外に目を戻すと、男たちは殺し合いをやめて用具を片づけているところだった。いまにも家のなかに入ってくるだろう。

「キングズリー・ハウスへ行って、ゆっくりおしゃべりしない？　わたしが島を離れているあいだになにがあったか全部聞かせて。あなたに話したいこともいくつかあるしね」

「あなたがジャレッドの事務所の人たちを恐怖に陥れているってケンがいっていたわよ」

「いやね、そんなことないわよ」ふたりは玄関へ向かった。「まあ、ちょっとはあるかもしれないけど」

キングズリー・ハウスに着くまで、笑いどおしだった。行き先を記したメモを残してくるのを忘れたことに気づいたのは、あとになってからだ。まあいいか、とトビーは肩をすくめた。グレイドンとわたしはただのルームメイトで、べつに永遠の愛を誓い合った仲というわけじゃないんだから。

「グレイドン」トビーは同じ言葉をもう百回ぐらいくりかえしていた。「日本の刺青の歴史なんて知らないったら。アメリカに輸入する新たな商品をさがす航海の途中で、痛みに耐えて刺青を入れる船乗りもいたって？　大いにけっこうじゃないの。すごく興味深い話だけど、いまは忙しくて、そんなことにかまっている暇はないの」

トビーはグレイドンをにらみつけ、ディナーパーティの翌週に彼が見せた奇妙な言動にはほとほとうんざりだということをわからせようとした。あの日、アリックスやジャレッドたちと一日過ごして帰宅してみると、グレイドンは一年ぶりの再会のようにトビーを出迎えた。彼女をさっと抱きあげ、ひどく親密なキスしたのだ。

グレイドンとあまり親しくなりすぎてはいけないと、キングズリー家の面々にこんこんと諭されたばかりだというのに。彼はもうじき島を去り、たぶん二度と会うことはないのだと、くりかえしいわれた。まるでトビーがそのことを知らないかのように。

「あなたはきっと打ちのめされてしまうわ」ヴィクトリアの美しい顔はトビーのことを案じながらも戒めていた。

友人たちの言葉が念押しになり、キングズリー・ハウスを辞するころにはトビーの心は決まっていた。ディナーパーティでグレイドンとの距離は縮まったけれど、ここで踏みとどまらなくては。それなのに、自宅に戻ったとたんにグレイドンにキスされた。あんなキスは初めてだった。これまでに彼と交わしたキスはもっと控えめだった。すてきだったけれど……情熱的とはいえなかった。ところが玄関でトビーを出迎えた人はグレイドン王子でなく、べつの誰かのようだった。〝わたしの恋人〟――その言葉が最初に頭に浮かんだ。

実際、ローカンとダイルがその場にいなかったら、その日トビーがさんざん聞かされた言葉の数々――グレイドンを好きになっても悲惨な結末が待っているだけだという警告もどこかへ吹き飛んで、ダイニングテーブルの上で処女を失っていたと思う。

だけどローカンとダイルはそこにいて、あまりのことに慎みも忘れ、口をあんぐり開けてふたりを見ていた。

夢中で唇をむさぼり合っていたふたりは、ダイルが抱えていた本を落とす音で、はっとわれに返った。トビーはグレイドンの腰に両脚を巻きつけていた。

「おろして！」嚙みつくようにいった。

「わかった。つづきは、あとでふたりきりのときに」

グレイドンはさっさと離れていってしまったので、〝つづき〟なんかないといえなかった。ダイルに目をやると、彼は非難するような目でこちらを見ていた。

顔から火が出る思いがして、トビーは二階の自室に駆けあがった。冷たい水を顔にばしゃばしゃかけても火照りは冷めず、服を脱いで、氷のように冷たいシャワーの下に立った。震えながら冷水を浴びていると、おたがいの肌に触れるグレイドンと自分の姿が頭に浮かんだ。生涯愛しつづけると誓う彼の笑顔が見える気がした――わたしの指に金の指輪をはめているところも。

トビーは冷たいシャワーに打たれながら両手で顔をおおった。やめなさい！　こんなことをつづけていてはだめ。グレイドンについてあれこれ夢想するのは、なんとしてもやめなくては。彼はほかの女性のもの。ううん、グレイドンは身も心も魂もランコニアに捧げているのよ！　母国を愛するあまり、好きでもない女性と結婚するんだから。そのことで実の弟が離れていってしまうかもしれないのに。グレイドンがそこまでの覚悟を決めているなら、彼の人生をこれ以上複雑にしないことがわたしに示せるせめてもの愛情だ。別れがいま以上につらくならないようにしなければ。

そもそも、そうしないとわたしの頭がどうにかなってしまうわ。

翌朝までには、グレイドンと友だち以上の関係にならないと誓いを立てていた。それには仕事に没頭するのが一番だ。そうすればたぶん、あのばかげた幻影も消えるはずよ。ふたつの仕事に専心して、やらなければいけない作業のことだけ考えるようにしよう。

それからの一週間はジャレッドに依頼された庭のデザインに多くの時間を費やした。ところが初めてひとりで現場を訪れたとき、〝時を超えて〟邸の庭が頭に浮かんだ。ただし、思い描けるのは庭の一部だけで、そこには大木が一本あったはずだという気がしてならなかった。あの庭についてなにか知らないかハントリー博士に訊いてみようかとも思ったけれど、こだわるのはやめることにした。あの屋敷はわたしのものじゃないし、正直いって二度と足を踏み入れたくなかった。

造園プランに加え、ヴィクトリアの結婚式のことでも多忙を極めた。ようやくテーマが決まったことで、計画が一気に進みはじめたのだ。〝やらなければいけないこと〟の長いリストに毎日新たな項目が加わった。

ある夜、歴史的に正しいフラワーアレンジメントとはどんなものだろうとトビーがうんうん悩んでいると、グレイドンがこんなことをいった。「当時の結婚式を正確に再現しようときみがこんなにがんばっているのに、衣装を着るのが新郎新婦だけなのは惜しいな。参列者全員にテーマに沿った服装をさせるべきだ」

トビーはヴィクトリアから渡された招待客リストにちらりと目を落とした。かなりの著名人、とりわけ有名作家の名前が目立つ。「どうやってゲストにコスプレさせるの？　アメリカ人はそういうことが好きじゃないのに」

「ランコニアなら、ぼくがひと言いえばそれですむんだが。宮殿の舞踏会に呼ばれたければ、いわれたとおりの扮装をしろとね」

「だけどそれはあなたが王子だったときの話でしょう？」トビーはパソコンを見ていたので、ダイルとローカンが笑みを交わしたことには気づかなかった。

グレイドンは自分の携帯電話を取りあげた。「アメリカの女王のお知恵を拝借してはどうかな？」

「ヴィクトリアね」グレイドンがうなずくとトビーは彼の携帯を取りあげ、〝セレブなお友だちに十九世紀の扮装をさせるにはどうしたらいい？〟とメールした。

一分で答えが返ってきた。〝コンテストをする、といいなさい。負けるのが大嫌いな人たちだから張り合わせるのよ〟

「いい考えだ」グレイドンはいった。「優勝者にはメダルを授与する？」

「それより王子とのダンスはどう？」

グレイドンは目をきらめかせた。「式に出られるかローリーに訊いてみるよ」

笑いながら作業に戻ったトビーは、ダイルとローカンが顔を見合わせたことに、またしても気づかなかった。

招待客の反応はヴィクトリアのいったとおりで、トビーの電話は鳴りっぱなしだった。どの作家もほかの作家がなにを着るか知りたがった。そうすれば〝衣装がかぶらなくてすむ〟からと。

「まわりを出し抜けるからよ」とヴィクトリアはいった。「〈ニューヨーク・タイムズ〉紙のベストセラーリスト第二位の作家は、第一位の作家よりも凝ったデザインのドレスを作ろうと躍起になっているの」

「だけど、摂政時代のドレスは簡素を信条としているのよ」トビーはいった。

「それを第三位の作家にいってあげなさい」ヴィクトリアは答えた。

造園プランと結婚式の準備であっぷあっぷしていたトビーはローカンに大いに助けられ、じきに彼女はトビーの〝非公式アシスタント〟になった。ヴィクトリアの友人の有名作家たちとローカンの電話のやりとりを聞いているのは楽しかった。ローカンは容赦なく、ほかのゲストの情報を淡々と明かした。手縫いでパールをつけたドレスや、バックルにクリスタルをちりばめた靴のことを鮮やかに描写して、競争に拍車をかけた。電話を切ると、ローカンはいたずらっぽい笑みをトビーに投げた。このぶんだとヴィクトリアの結婚式は豪華絢爛なものになりそう！

トビーはそうしたことを逐一、メールでヴィクトリアに伝えた。ヴィクトリアは新作の執筆に没頭していて、今度の作品はヴァレンティーナ・モンゴメリー・キングズリーの悲劇を元にしていた。

「ヴィクトリアは泣きながら書いているのかな？」夕食の席でグレイドンが訊いた。最初はジョークだろうと思ったが、グレイドンは真剣な顔をしていた。「さあ」トビーは答えた。「アリックスに訊いてみるわ」

「どうしてそれを知っているの!?」電話口でアリックスは叫んだ。「最近、母と三度ほど電話で話したんだけど、いつも泣いてた。作品のなかに自分がいるような気がして悲しくてたまらないんだって」彼女は思わず声を尖《とが》らせた。「もちろん担当編集者は大喜びよ！　著者が泣けば読者も泣く。泣ける本は売れるんだ、ってね」

「世知辛い話だけど、もっともね。ところで、あなたとジャレッドはどんな扮装をするつもり？」

そのときアリックスが爆弾を落とした。ヴィクトリアがウェディングドレスのデザインをトビーに頼みたいといっている、と。

「だめよ」トビーはきっぱりといった。「それは花嫁の仕事で、わたしがすることじゃない」

「その台詞、毅然《きぜん》としていていいと思うけど、母に押し切られるほうに〈ランドック〉のディナーを賭ける」

「乗った。結婚式の手伝いにも限度ってものがあるんだから」しかし、賭けに勝ったのはアリックスのほうだった。

その数日後、ヴィクトリアから電話があって、ウェディングドレスの〝処理〟——とは本人の弁——を頼みたいといわれた。

「だけど、ドレスは自分で決めたいんじゃないかしら」トビーは精一杯、毅然とした口調を作った。

「そうしたいのはやまやまなんだけど、ヴァレンティーナの日記が手に入ったのはつい最近のことでしょう。原稿の締め切りに何カ月も遅れているのよ。読者をこんなに待たせたことはなかったし、それにこの不景気じゃ、いま仕事を辞めるわけにもいかないじゃないの。世界じゅうの何百万人もの読者をがっかりさせるようなことは、あなただってしたくないでしょう？」

「それはそうだけど、あなたのドレスをどうやって選べばいいんです？」トビーの眉は額のほうまで吊りあがっていた。

ヴィクトリアはすかさずいった。「適当だと思われる当時のドレスの写真を送ってちょうだい。そこから選んで、マーサと彼女のすばらしいスタッフに作らせればいいわ」

「マーサって……マーサ・スチュワートのこと？」

「いやだ、違うわよ！　マーサ・プーレンに決まっているでしょう。裁縫の女王の。わたしのサイズはすべてわかっているし、彼女ならどんなドレスでもお手のものよ。もう切らないと。写真は今日じゅうに送ってちょうだい」そして電話は切れた。

トビーが電話を切ってローカンのほうに顔を向けたときには、彼女はすでにインターネットにアクセスしていた。マーサ・プーレンの経歴や、技巧を凝らした美しいドレスの数々を紹介するウェブサイトはすぐに見つかった。

「次はヴィクトリアを満足させられるような美しいドレスを見つけないと」一時間後、ふたりはパソコン二台を使い、博物館のホームページから二十二枚のドレスの画像を集めた。どれも息をのむほどに美しかった。

「これでよし、っと」トビーはすべての画像をＵＳＢメモリーに保存した。あとはこれをヴィクトリアに渡せばいいだけだ。

「ヴィクトリアが選ぶのは、このグリーンのドレスだ」グレイドンがいった。

「なら、わたしは青いドレスに賭ける」トビーは答えた。

「赤いリボンがついたやつだ」とダイル。

「貞淑な乙女にふさわしい純白のドレスですよ」ローカンがいうと、ほかの三人は一瞬彼女を見つめたあとで大声で笑いだした。

そんなこんなでとても楽しい一週間だったが――例外がふたつあった。グレイドンと一緒にいる自分の映像が、いまだにフラッシュバックのように頭に浮かぶことと、グレイドンの奇妙な言動のことだ。

グレイドンといると、ときどき摂政時代の衣装を着た彼が〝見える〟ことがあった。

当時の衣装をつけたグレイドンはディナーパーティで見ているし、とても似合っていたけれど、切れ切れに頭に浮かぶ映像はそれとは違っていた。グレイドンの足元はパーティのときの上品な室内履きではなく、つま先の四角いブーツだった。それに着ている服はふだん着のように見えた。ある晩などは、暖炉のそばに立っているグレイドンが、急にシャツ一枚にぴったりしたズボンと膝まである革のブーツといういでたちに変わって見えた。あまりにセクシーなその姿に、トビーは頭がくらくらした。

料理、バラの花びらを敷き詰めた大きなベッド、書棚を埋める革装丁の本など、あらわれては消える幻影はほかにもたくさんあって、〝あの本を全部、床下に隠して、二百年後に掘り返そうか〟と話すグレイドンの声まで聞こえた。

朝、寝ぼけたままベッドの横に手を伸ばし、そこにグレイドンがいないことにがっかりすることもあった。

幻影のことはグレイドンには黙っていた。アリックスにもいわなかった。電話でレクシーと話したときにも触れなかった。もっとも、レクシーの話はロジャー・プリマスのことと、長いドライブ旅行で彼としたあれやこれやのことばかりだったけれど。「ロジャーは五つ星のホテルに泊まるといいだすだろうと思っていたの。ジーンズとTシャツのわたしが、いかにも場違いなアメリカ人観光客に見えるようなね。ところが彼が寄るのは客室が三つか四つしかなくて、オーナーが自家栽培の野菜で料理をふるまってくれるようなところなのよ。もう最高！　それで、そっちはどうしてる？　もう彼とベッドに入った？」

「一緒にベッドに入ったことはあるけどセックスはしてないわ」トビーはいった。「あなたこそどうなの？」

レクシーが言葉に詰まり、トビーは仰天した。「彼と寝たのね！」

「そうなっちゃったのよ。ワインを飲みすぎたのと、月明かりのせいでね。でもただのセックスよ。愛はないわ。そっちはどうなの？」

「わたしの悩みは逆かもしれない。愛はあるけどセックスがないの」

「きゃー！　全部聞かせて」

「いまはだめ。今度ね」

ふたりは、またねといって電話を切った。

幻影だけならまだしも、グレイドンのふるまいもひどく奇妙だった。あるときはトビーを散歩に誘い、彼女が何度か結婚式の飾りつけをしたことがある島の教会へ連れていった。歴史ある美しい教会を見たいのだろうと思っていたら、いきなり一八〇六年ごろのこの場所のことを想像してほしいといわれた。

意味がわからなかった。ヴィクトリアの結婚式のテーマにしたのがその年だから、こんなことをいうのかしら。「ヴィクトリアが式を挙げるのはアリックスが設計した礼拝堂で、ここじゃないんだけど」

グレイドンは落胆したように大きなため息をつくと、トビーをランチに連れていった。

その週はずっと、ひどく古くさい音楽をトビーに聴かせたり、風変わりな料理を作ったり、〝海を捨てて、キングズリー家の家業に采配を振るう〟といったりした。摂政時代の女性が失神する理由を質問したり、日本の刺青を集めた大判の豪華写真集を注文して、一緒に見ようといったり。

グレイドンのおかしな言動にうんざりしていたトビーは、島を一周する土曜のクルーズツアーにローカンとダイルを誘った。その日、グレイドンがランコニアのことで家を離れられないのは知っていた。ふたつ返事で承知したところを見ると、ローカンとダイルもグレイドンから離れられるのを喜んでいるようだった。

土曜の早朝、三人はひどく悲しげな顔の王子を残して、そそくさと家をあとにした。

ふたりで過ごした一夜をトビーに思いださせようと躍起になりすぎていることはグレイドンにもわかっていた。やめたほうがいいというのもわかっていた。思いださないほうがいいのだ。毎日のように鮮烈な記憶に苛まれる苦しみを、トビーは味わわないほうがいい。

グレイドンは最初、あれは夢だったのだと自分にいい聞かせようとした。おまえの想像の産物だ。トビーを欲するあまり、彼女の夢を見たんだ。その夢に透けるようなドレスの女性たちが出てきたのも、結婚式の準備で当時のドレスの画像を見たからだと考えれば納得がいく。トビーがなにもおぼえていないのだから、あれはおまえが見た夢なんだ。

しかし、そうは思えなかった。心の奥底では、あれは実際にあったことだとわかっていた。でも、どうしたらそれを証明できる？

ディナーパーティの翌日、グレイドンはトビーが起きてくるのを待ち受けた。彼の腕に飛びこんできたトビーから、〝あなたを愛してる〟と告白されるところを想像しながら。

ところがトビーはなかなか起きてこなくて、グレイドンは有り余ったエネルギーを発散させるためにダイルと庭に出た。彼が外で汗を流しているあいだにトビーは起きたが、そのままアリックスと出かけてしまった。グレイドンにメモ一枚残さずに。彼女の行き先がわかったのは、家に立ち寄ったジリーが教えてくれたおかげだった。

「みんなトビーのことが心配なのよ」ジリーはいった。「あまりあなたと親しくなりすぎると、別れがつらくなるから」

グレイドンは弁解しようと口をひらきかけた。だが、なにをいえばいい？　トビーとふたりで過去へ戻ったと話すのか？　あんなに幸せな時間は生まれて初めてだったと？　床屋が歯医者を兼ねているような時代に残りたかったというのか？　体内にたまった〝有害物〟を排出するために、医者が病人の血を抜いていた時代に？

そう、戻れるものなら戻る。いますぐに。その思いの激しさにグレイドンは驚いた。トビーに出会う前なら、自分は恵まれているといっただろう。誰もがほしがるものをすべて持っているから、と。でもいまは……自分の人生と未来への不満が刻一刻と募っていた。

過去の世界で愛を交わした翌日、グレイドンはトビーの帰りをじりじりしながら待った。ランコニアのことに集中しようと思ってもできなかった。それでついにローリーがぶち切れた。四六時中、仕事に追いまわされる人間の気持ちを忘れてしまったようだな、と。「そっちが遊んでいるあいだ、こっちは働きづめなんだぞ！」ローリーは電話を叩き切った。

いつものグレイドンならすぐに電話をかけ直し、弟に謝罪して、国のことに専念しただろう。ところが、そうしなかった。代わりに温室と庭の花壇に水をやりに行った。トビーのことで頭がいっぱいだった――彼女はいつになったら帰ってくる？　ふたりのあいだに起きたことについてはどうしたらいい？　一夜をともにしたことは？

一日じゅう、トビーと分かち合った時間のことを思い返していた。一瞬一瞬を、交わした言葉のすべてを、愛撫のひとつひとつを思いだした。

トビーが帰ってくるころには、心配のあまり気が変になりかけていた。彼女が帰ったら、ふたりだけで話したいことがあるから二階にきてもらえないかと丁寧に頼むつもりでいた。ところが、そうはならなかった。トビーを見たとたん礼儀も慎みも吹き飛んで、この腕に抱き寄せていた。まるで数カ月ぶりに会ったみたいに、いくらキスしてもし足りなかった。ダイルが堅木張りの床に本を落とさなかったら、どうなっていたかわからない。その大きな音でわれに返り、グレイドンはトビーを床におろした。

彼は後ずさりし、三つの顔に目をやった。ローカンは呆然とし、ダイルは嫌悪の色を隠さず、そしてトビーは見知らぬ人を見るような目でこちらを見ていた。トビーは昨夜のことをなにもおぼえていないのだと気づいたのはそのときだ。

それからの一週間、グレイドンはあらゆることをしてトビーの記憶を呼び覚まそうとした。あの夜に耳にしたような音楽をネットでさがしまわった。あの夜に食べたような料理を作り、タビーとサイラス・オズボーンの話を蒸し返して、タビーがギャレット・キングズリーと結婚していたらよかったのにと話した。あの夜の会話を再現し、目にした人々や光景を――ふたりの結婚式も含めて――スケッチにしてトビーに見せた。トビーを散歩に誘ってあの教会まで出かけてもみたが、記憶が戻ることはなかった。唯一反応があったのは、〝時を超えて〟邸にトビーを連れていこうとしたときで、彼女は屋敷に足を踏み入れるのを拒否した。

とにかく、トビーはなにも思いださなかった。グレイドンがなにをしても、彼女の記憶をよみがえらせることはできなかった。

週末がくるころには、あれはやっぱり夢だったのかもしれないと思いはじめていた。そのころには気持ちも落ち着いてきて、ヴィクトリアに押しつけられた用事のことでトビーと冗談をいい合えるようにもなっていた。

土曜の午後にジャレッドが顔を出したとき、家にいたのはグレイドンだけだった。ダイル、ローカン、トビーの三人は島をまわるクルーズツアーに出かけていた。ダイルは船に乗るのが初めてで、女性たちに〝大きなクジラがあがってきて、船をひっくり返すかも〟とからかわれていた。「人を飲みこんじゃうんですって」トビーは真顔でいった。「さんざん話を打たれたことの復讐《ふくしゅう》らしいわよ」

一度しか船に乗ったことのないローカンまでトビーと一緒になってからかっていた。グレイドンが家に残ったのは、ランコニアに靴工場を設立することを考えているアメリカ人ビジネスマンとの商談があったからだ。工場建設のための事前調査をおこなったのはグレイドンだったから、水源、原材料、労働力に関する質問に――ローリーを通して――答えるため待機していなくてはならなかった。

ジャレッドがドアをノックしたのは、ローリーとの四度目の電話を切った直後で、グレイドンにはありがたい息抜きになった。「アリックスとニューヨークに戻らなくちゃいけなくなったんで、その前にトビーの様子を見にきたんだが」グレイドンのことを上から下まで眺めまわすその目は、おまえはいまだにナンタケットでなにをしているんだ、まさか故意にトビーを悲しませようとしているんじゃあるまいな、といっているように見えた。

グレイドンはジャレッドに飲みものを勧め、ふたりはビールを持って庭に出た。「それで、トビーとはうまくいっているのか？」

「最高にね。ぼくは彼女のことが好きでたまらないのに、彼女はぼくのことを最高の女友だちだと思っている。ウェディングドレスのデザインの相談をされたり、このあいだは黄色いバラとピンクのバラではどちらが好きか訊かれたよ。キスすれば、〝お行儀よくしろ〟と叱られるしね」

「へえ？」ジャレッドの顔つきがわずかにやわらいだ。

「この島を離れるとき、ランコニア人三人は声をあげて泣くだろうが、トビーは居候がいなくなって清々したというだろうね」

ジャレッドは笑顔になり、ビールを飲んだ。

グレイドンの言葉はまったくの真実とはいえないものの、あながち嘘でもなかった。ここ何日か、ずっと感じていたことを言葉にしたまでだ。

「で、いつ出ていくんだ？」

いとこの口調にグレイドンはたじろいだ。人に厄介払いされる経験など持ち合わせていないから。「あと十日ほどしたら」

口にこそ出さなかったが、ジャレッドの目は〝それはよかった〟といっていた。

家のなかに戻ったところで、グレイドンは突然、過去の世界で幼いアリにした頼みごとを思いだした。「きみのところに二十三歳ぐらいの若い女性の肖像画はあるか？　たぶん、がっしりした大きな額縁に入っていると思うんだが」

「ああ。屋根裏部屋に置いてある。ぼくの祖父はあの絵を階下に飾りたいといったんだが、額縁が大きすぎて見苦しいと女性たちの猛反対に遭って、しまいこまれたままなんだ。でも、あの絵のことをどうして知っているんだ？」

なにかうまい嘘を考えなくては。「ハントリー博士から――」

「もういい、わかった」ジャレッドはいった。「トビーはうちの鍵を持ってるから、見たいなら勝手に見てくれ。あの絵は子どものころに見たきりだが、そのときは一番奥の壁に立てかけてあった。いまは前にがらくたが積みあがっているかもしれないが。うちの屋根裏は暗いから、なんならここへ持ってきてもいいぞ。というか、ぼくももう一度見てみたいから」

「ありがとう」ふたりは別れの挨拶を交わし、グレイドンはキングズリー・ハウスのほうへ歩いていくジャレッドを見送った。

日曜の朝、トビーとローカンは教会の礼拝へ出かけた。グレイドンは用事があるからといって断り、ダイルを肘でそっと突いて自分も残るといわせた。これからふたりでキングズリー・ハウスの屋根裏部屋の大捜索に取りかかるのだ。

22

トビーとローカンが教会から戻ると、ダイルとグレイドンは居間にいて、シーツで包まれた大きな荷物が壁に立てかけてあった。

「なんなのそれ？」トビーは訊いた。

「ジャレッドの祖先の誰かだ」ダイルはいい、午前中はずっとキングズリー・ハウスの屋根裏部屋で、大きな懐中電灯を手にさがしものをしていたのだと説明した。「がらくたを山ほどどかしたよ。やたらと重い箱に、古い家具に、大きな鳥かごに……」彼はグレイドンに目をやった。

「干し首を詰めたかごらしきものも。まあ、中身を確かめることはしなかったけどね」

トビーは興味を惹かれ、グレイドンの横に並んだ。「なにか特定のものをさがしていたの？　それともただ探検していただけ？」

「アリーサ・ケンドリックス・キングズリーの肖像画をさがしていたんだ。これがそうだと思う」

「アリね」トビーの声がやさしくなった。「わたしの夢に出てきた女の子。だけど、彼女が肖像画を描かせていたことをどうして知っているの？　その絵がキングズリー・ハウスの屋根裏部屋にしまわれているって？」

「そうしてくれとぼくが彼女に頼んだからだ。ハントリー博士がいっていただろう、アリとアリの夫がこの島に建てた家のことは誰にも知られていないと。だから額縁の内側に証拠を残してほしいと頼んだ」

ローカンとダイルは当惑顔をしていたが、トビーは驚きに口をあんぐり開けてグレイドンを見つめた。

「いつアリに会ったの？」その声は囁くように小さかった。

「ディナーパーティの晩に夢を見たんだ」グレイドンはこともなげにいった。「じゃ、見てみようか」彼はダイルにうなずくと、ふたりで黄ばんだ古いシーツの端を持って、さっとはずした。

それは若い女性の肖像画だった。いわゆる素朴派の作品で、おそらく代金さえもらえれば誰の肖像画でも描く、旅まわりの画家の手によるものだろう。絵の描かれている板は少したわんでいたものの、ストロベリーブロンドの髪に青緑色の瞳をした若い女性の愛らしさは損なわれていなかった。ただし、額縁は絵のサイズにくらべて厚みがありすぎて、ほとんど絵を圧倒していた。暗色の樫《かし》に彫刻をほどこしたその額のせいで女性の顔はほとんど見えなかった。

「あなたのお友だちに似ていますね」ローカンがいった。

「アリックスね」トビーはグレイドンのことを見ていた。夢のなかで幼いアリに会ったなんて、彼はひと言もいっていなかった。ううん、もしかしたら遠まわしにいっていたのかも。彼がやたらと話していた日本の刺青や教会や昔の料理なんかも、その夢に出てきたのだろうか。

グレイドンはトビーのほうを見なかった。彼がこちらを見てくれたら、その夢についてあれこれ質問できるのに。その夢にわたしは出てきた？　どうしていままで黙っていたの？　ところがトビーがいくら見つめても、グレイドンは目を合わせようとしなかった。

グレイドンは肖像画を壁のほうに向けると、額縁の裏側を調べはじめた。奇妙なことに、額の裏側も表側と同じように彫刻がしてあった。蔓と葉が複雑に絡み合っていて、そこここに小さなつぼみが顔を出している。グレイドンはなにかをさがしているように額縁に手をすべらせていた。

さがしているものはそこにはないようだった。そのときひと筋の光が額縁に当たり、少し離れたところに立っていたトビーは模様をよりはっきり見ることができた。「彫刻の一部に色が塗ってあったんじゃないかしら」

トビーの横に並んでみると、グレイドンにも小さなつぼみがかすかに赤く染まっているのがわかった。二百年以上も経つと暗色の木肌とほとんど区別がつかないが、たしかに彩色してあった。

グレイドンは額縁の前にひざまずき、つぼみのひとつを指先でつまんでひねってみた。動いた。ほんのわずかだが動く。さらに三度ひねると、小さな扉が開いて、なかにきつく巻いた紙が入っているのが見えた。グレイドンはそれを取りだしてトビーに渡した。

トビーは筒状に巻かれた紙を手のひらにのせた。「これはハントリー博士のところへ持っていって、公文書保管人にひらいてもらうのがいいと思う」

アメリカよりはるかに歴史の古い国に生まれたグレイドンは、二百年程度のことでは動じなかった。彼はトビーの手から紙を取りあげて広げた。上質のリネン紙のようなものが三枚重なっていて、そのうちの二枚は明らかに羽根ペンによるものとわかるこまかい文字がびっしりと並んでいた。残りの一枚には家のスケッチがぎっしり描かれていた。

トビーがそのすべてに目を通しているあいだに、グレイドンは額縁の内側から筒状の紙をさらに四本取りだしていた。

「これはアリーサが設計した家をジャレッド一世が建てたことを証明するものだわ」トビーはいった。「ハントリー博士が喜びそう」

「待った!」ダイルが声をあげた。「ここにもうひとつある」額縁の右上の角に小さな花が彫ってあり、かつては青く塗られていたように見えた。「だが、開けかたがわからない」彼はうしろに下がった。

グレイドンはその小さな青い花をひねったりまわしたり押したりした。あきらめかけたとき細長い扉がぱっと開いた。なかには鉛筆ぐらいの太さに巻いた一枚の紙が入っていた。それを広げたとたんグレイドンは顔色を失い、一瞬動けなくなった。

肩ごしにのぞきこんだダイルが目を見ひらいた。

「なんなの？」トビーは訊いた。

「女性の絵だ」ダイルはグレイドンの反応に面食らっていた。

「日本人のように見えますね」ローカンがいった。「ただし、この女性の髪はブロンドですが」三人の視線がトビーに集まった。

「どうかした？」

グレイドンはその紙をローカンに渡すと部屋から出ていき、勝手口のドアが閉まる音が聞こえた。

トビーはローカンから紙を受け取った。広げてもまたくるんと丸まってしまうので、ソファに腰をおろしてコーヒーテーブルの上で広げた。一方の端を押さえて広げていっても、最初はなにを見ているのかわからなかった。実に見事な水彩画で、モデルは日本のゲイシャのようだったが、たしかにブロンドの髪と青い目をしていて——トビーによく似ていた。絵の横にはほくろのような点がいくつかあり、さらに紙を広げたところで男性の背中のスケッチを見ているのだと気づいた。

「刺青だわ」トビーはダイルとローカンを見あげた。グレイドンが日本の刺青の写真集を見せたのは、この絵となにか関係があるのだろうかと思わずにいられなかった。

「残りも見てくれ」ダイルは細長い紙の反対側の端を押さえた。

一番上に描かれていたのはグレイドンの顔だった。彼は肩ごしに画家を振り返ってほほえんでいた。それはギャレットの背中で、極彩色の刺青はゲイシャの姿をしたタビーだった。

「おぼえてる」消え入るような声でトビーはいった。

それ以上、言葉が見つからなかった。すべての記憶がよみがえった。あの夜の会話も、料理の味やにおいも、誰と会ってなにを考えたかも。ひとつ残らず思いだした。

「結婚」さまざまな感情にのみこまれて声にならなかった。彼女はすがるようにダイルとローカンを見た。「わたしたち結婚したの。わたし――」

全身から血の気が引いていくような気がした。

気が遠くなり、前のめりに倒れかけたところをダイルが抱き留めた。彼はトビーをソファに横たえ、頭の下にクッションを当てた。「グレイドンを呼べ」ローカンにいう。

ローカンは即座に反応し、長い脚で勝手口までの距離を一気に埋めた。ランコニア語でグレイドンを呼ぶ声は、いつになく取り乱していた。

温室にいたグレイドンはその声を聞いて駆けだした。ローカンの横をかすめてキッチンへ飛びこみ、居間へ急ぐと、トビーがソファに横になり、そのかたわらにダイルが座っていた。

グレイドンを見ると、ダイルは場所を代わった。「救急車を呼べ」グレイドンは命じた。「大丈夫だから」トビーは弱々しくつぶやき、目を開けようとしたが、本当はグレイドンの顔を見るのが怖かった。さまざまな光景が一気に押し寄せてきた。激しい言葉でなじる母の顔。毅然と立ち向かうグレイドン――いえ、ギャレット。

それにあの一夜！　手と口で彼に触れ、彼の愛撫を受けた。わたしのなかに入ってきた彼の感触！　思いだした、なにもかも。

グレイドンの手が、熱を測るように額に当てられた。「トビー。大丈夫だ。あれは現実のぼくらがしたことじゃない」

それを聞いて安心すればいいのか傷つけばいいのかわからなかった。

グレイドンがシャツを脱ごうとするのを見て、ダイルとローカンは部屋を出た。事情はさっぱりわからなかったが、ふたりだけにしてやるのがいいのは明らかだった。

グレイドンは裸の背中をトビーに向けた。「目を開けてぼくを見るんだ。ぼくはグレイドンでギャレットじゃない。そしてきみはカルパティアで、タビサじゃない」

トビーはそろそろと目を開けてグレイドンの背中を見た。たくましい筋肉をおおっているのは蜂蜜色の肌だけで、しみひとつなかった。

トビーはためらいがちにその肌に触れた。グレイドンは息を吸いこんだが、そのままじっとしていた。トビーは手を横へとすべらせた。この前彼に触れたときはここに色鮮やかな刺青があった。わたしがここに唇を寄せると、彼が振り返ってわたしを胸に抱き寄せ、そしてふたりは愛し合ったのだ。

トビーははじかれたように起きあがると、グレイドンの体に腕をまわして背中に頬を押しつけた。「なにもかもがすばらしかった。ずっとあの世界にいたかった。でもいまは――思いださなければよかったと思う」

グレイドンは、お腹のところで結ばれたトビーの手を握りしめた。怖くて彼女のほうを向けなかった。そんなことをすれば、トビーをこの胸に抱き寄せてソファに倒れこんでしまうだろう。ふたりで分かち合った一夜を、どうしてもトビーに思いだしてほしかった。でもいま、自分と同じ苦しみを彼女に与えてしまったことに気がついた。思いださなかったほうが幸せだったのに。

「ずっとわたしに思いださせようとしていたのね?」

「そうだ。でもいまはばかなことをしたと思っている。トビー」その声にはさまざまな感情がこもっていた。「二十一世紀のぼくは違う人生を生きている。ここにとどまることはできないんだ」

「わかってる」目に涙が浮かんできて、彼の背中を濡らしているのがわかった。「わかってるの、だけど……」胸のなかの思いを言葉にするのが怖かった。

「ぼくがいなくなっても大丈夫だといってくれ。元気で幸せに暮らすと約束してほしい」

「そしてべつの誰かを好きになるの？」

トビーの手を包んでいた手にぐっと力がこもったかと思うと、グレイドンは体を返してトビーを引き寄せ、息もできないほど強く抱き締めた。「軍隊を派遣してその男を殺してやる」

トビーは彼にしがみつき、裸の胸に顔をうずめた。「じゃ、メイン州にいるあなたのいとこのなかからいい人を選ぶわ」

グレイドンは笑わなかった。ただ彼女の髪を撫でていた。「ぼくが愛するようにきみを愛せる男はどこにもいない」〝ぼくが愛した〟ではなく〝愛する〟という言葉に涙がとめどなく流れ落ちた。トビーは声もなく、ただ涙をぽろぽろ流して泣いていた。「どうしても……？」

最後までいわなくても、グレイドンにはわかっていた。王位継承権を放棄し、次期国王の座を弟に譲ることができないわけじゃない。しかしローリーがこの責務に向いていないのは、この数週間ではっきりしたし――なにより弟はこの職務を嫌悪している。グレイドンと違ってローリーは、しきたりずくめの単調な生活や、ひとりの人間としてではなくお飾りの君主として担がれる日々を生き抜く訓練を受けていない。それにダナのこともある。影響力のある彼女の父親のことも。「ああ、ここには残れない。国に戻らなくてはいけないんだ。それがぼくの使命だから」

いつまでもトビーを抱いていてはいけないとわかっていた。ふたりで過ごした一夜の記憶がありありとよみがえってくるから。いま必要なのは、いい思い出を、幸せな記憶を残すこと。

グレイドンは笑みを浮かべると、トビーの肩に手を置いて腕の分だけ体を離した。トビーの目には涙があふれ、キスで拭ってやりたくなったが、そんなことをしたら元も子もなくなってしまう。「ぼくたちがなにをしたかわかっているかい?」

「わたしは処女を失ったけど、たぶんいまもバージンのままだってこと?」トビーはコーヒーテーブルに置かれた箱からティッシュを一枚引き抜いた。「これは不治の病なのかも。どこかに治療薬があると思う?」

グレイドンは思わず笑ってしまい、トビーの顔を両手で包んでまぶたにキスした。「いまから薬剤師を目指すのでは遅すぎるかな?」

「もう、笑わせないで! だって、こんなことってある? あなたとわたしは——わたしたちは——」トビーはまた泣きだしそうになった。

「泣かないで、愛しい人。わからないのかい? ぼくたちは歴史を変えたんだ。ふたりですべてを変えたんだ。タビーは愛する男と結ばれた。けちな商店主じゃなく、たくましく、ハンサムな海の男と——」

「船酔いする男とね」鼻をかみながらトビーはおどけていった。「それで、あのふたりはどうなったの？」

「それはまだ調べていない。きみがぼくを思いだしてくれるのを待っていたから――思いだしてくれないんじゃないかと心配したよ」グレイドンは彼女の手を取って立たせるとキッチンへ向かった。「どうしたらあんなにきれいさっぱり忘れられるんだ？」冷蔵庫から魚を取りだし、袋入りのニンジンをトビーに渡した。

トビーは落ち着きを取り戻しはじめていた。グレイドンがこの場の雰囲気を明るくしようとしているのがわかった。やがてくる別れの日まで泣き暮らすか、それともそれまでの一分一秒を楽しむか。「それはほら、忘れられないほどすばらしいことがなにも起こらなかったから」トビーはそうからかったが、グレイドンは笑わなかった。

「きみのお母さんはいまもあんなふうなのか？」静かに訊いた。

「ええ」トビーはニンジンの皮をむきはじめた。「わたしが期待を裏切ってばかりいるから」そこで彼を見た。「でも母がああなったのは、過去に起きたことが原因なのかもしれないわね」

グレイドンは魚の切り身を耐熱皿に並べて塩胡椒《こしょう》を振った。「それが解せないんだ。ギャレットは海を捨てて陸にあがり、キングズリー家の家業を営むことを決めた。事業がうまくいっていれば、未来になにか変化があるんじゃないか？　タビーの母親が間違っていたことをギャレットが証明していれば、お母さんにまつわるきみの記憶も違ってくるはずだ」

「だけど母は昔からぴりぴりしていたし、いつだってわたしの〝面倒をみてくれる〟夫のことで気を揉んでいたわ。自分の面倒は自分でみられるといっても信じてくれなかった」

「ラヴィニアと同じだな」グレイドンは魚をいったん冷蔵庫に戻すとジャガイモの皮をむきはじめた。

「どうしてそんなむずかしい顔をしているの？」

その質問には答えたくなかった。内心、なにかがおかしいと感じていたからだ。なにがおかしいかはわからなかったが、もやもやした不安が頭から離れなかった。「やっぱりぼくらが同じ夢を見ただけなのかもしれないな」

トビーは〝歴史を変えた〟というグレイドンの言葉のことを考えていた。「明日、ハントリー博士に会いに行ってタビーとギャレットのことを訊いてみるのがいいと思う。わたしたちのしたことで本当になにかが変わったのなら、博士の話も前とは違ってくるはずよ」彼女は皮をむいたニンジンをまな板に置いた。「ヴィクトリアとの結婚が決まる前のハントリー博士がどんなだったか話したかしら？　奥さまに先立たれた博士は、いつも悲しい目をしていたわ。全身に悲しみをまとっていて、見ているのがつらいほどだった。半分死んでいるみたいだったの」

「ところが輝くばかりに美しいヴィクトリアがプロポーズを受けてくれたとたん、ひとにらみで部屋いっぱいの人間を従わせることができるほどの男になった」そういってグレイドンはほほえんだ。

あなたのように。トビーは心のなかでつぶやいた。グレイドンはこちらに背を向けていて、トビーにはシャツの下が見えるようだった。肌に刻まれた自分の顔の刺青が見える気がした。あれが本当にあったことなら、わたしたちは二百年以上前から愛し合っていたことになる。初めて会ったときにグレイドンが向けてきたまなざしを思いだした。その目は〝きみを知っている〟といっているようだった。ほら、初めて会ったのにずっと前から知っているような気がすることがあるでしょう?

「やめるんだ」まるでトビーの心を読んだように、背中を向けたままグレイドンはいった。「残りの数日を平穏に過ごしたければ、そんなことを考えてはだめだ」トビーを振り返ったとき、その目は欲望で燃えていた。

トビーが彼のほうに踏みだしたとき、勝手口のドアが開いてローカンとダイルが入ってきた。

「邪魔なら出ていくが」ふたりの顔を見てダイルはいった。

「いや」グレイドンは力をこめていうと、トビーからしぶしぶ視線を剥がした。「腹が減っただろう。食事のあとはみんなで観光へ出かけないか?」

トビーにはグレイドンのいいたいことがわかった。忙しく動きまわってよけいなことは考えず、ふたりきりにならないよう常に第三者を交える。ふたりきりになると……いろいろ厄介な問題が生じるから。「そうね、今日は思いっきり観光して、明日はハントリー博士に会いに行きましょう」

「あれは……持っていかなくていいだろうか?」〝ぼくの背中の絵〟と口に出していうのははばかられ、言葉を濁した。二百年以上前の彼の絵を持っていったりしたら、大騒ぎになるかもしれない。

「その必要はないと思う」トビーが賛成してくれたことにほっとして、グレイドンは笑顔になった。

NHSの会館はフェア・ストリートにある古く美しい建物で、トビーは受付にいた女性にハントリー博士にお会いしたいと告げた。アリーサ・ケンドリックス・キングズリーが残した書類は持ってこなかった。博士の注意をそらしたくなかったからだ。それに〝どうやって見つけたんだ?〟と訊かれたら答えに窮してしまう。

ケイレブ・ハントリー博士はすぐに出迎えてくれた。「トビー！　グレイドン！」博士はトビーの肩に手を置いて頬にキスした。「また会えてうれしいよ。さあ、私のオフィスへ行こう」

博士の美しいオフィスでは、古い絵画の写真の束を抱えた若い女性が待っていた。どの棚も書物や珍しい工芸品の数々で埋まっている。「ちょっと待っていてくれ」博士はふたりに椅子を勧めたあとで、女性の手から写真を受け取った。「フィニアス・コフィン。死んだのは一八四二年ごろだ。妻はスターバック家の人間で、名前はイライザだったと思う。いうことを聞かない子どもが六人いたな」次の写真をめくる。「エフレム・ポールスター。ナンタケット史上最低の船長だ。船員にあごで使われていた」次の写真。「エリザベス・メアリー号。すばらしい船だった。スペインの沖合で嵐に遭って沈んだ。一八五一年のことだ。船番号は一八五二」博士は若い女性を見た。「全部書き留めたか?」

「はい。目を通していただきたい新聞記事が四つあります。それと午前中に三名の寄贈者から電話がありました」

ケイレブはさっと手を振った。「それはあとにしよう」その声に追い払われて女性が出ていくと、ケイレブは大きなデスクの奥に収まった。

「びっくりするほどナンタケットのことをご存じなんですね」トビーはいった。

博士は軽くいなすように肩をすくめた。「身元のわからない肖像画が山ほどあってね。顔と名前を一致させる作業をずっとやらされている」彼はトビーからグレイドンに視線を移した。

グレイドンに〝きみから話せ〟というようにうなずかれ、トビーは切りだした。「ディナーパーティのことをおぼえていますか?」

「あの美味なる料理のことか?」ハントリー博士はいった。「本当にすばらしい一夜だったよ。お若いの、きみは料理人になるべきだな」

グレイドンはほほえんだ。「お褒めいただいて光栄ですが、仕事ならもうついているので」

「レストランの名前は〈フィッシャーマンズワーフ〉に倣って〈プリンスズワーフ〉にしたらいいわ」トビーはいい、けしかけるような目をした。

男たちの笑い声が収まると、博士はトビーに目を向けた。「それで、あのパーティがどうかしたのかな？」

「あの晩、タビサ・ウェーバーのことを話してくださったでしょう？　わたしたち、彼女のことが気になっていて。タビサはサイラス・オズボーンと結婚したんですか？」

「いや」博士は、そこでふっと口元をゆるめた。「あのふたりのことを知っているとは興味深い。タビーの母親のラヴィニアは、娘をあの男と結婚させるつもりでいた。ところがギャレットがそれを思いとどまらせた。ある約束をしてね。オズボーンはしばらく裁判を起こすとごねていたが……」彼は肩をすくめた。「店をオベッド・キングズリーに売って島を出ていった。その後の消息を知る者はいない」

グレイドンのほうを見なくても、彼が笑顔になりはじめているのがわかった。どうやらわたしたち、歴史を変えたみたいね。

「では、タビーはギャレット・キングズリーと結婚したんですね？」グレイドンは尋ねた。

「そうだ」ところが、そこで急に博士の顔から笑みが消えた。「ギャレットは……」先をつづけるのがつらそうだった。彼はひとつ息をついた。「ふたりは結婚したが、十カ月後にタビーはお産で亡くなった。それから少ししてギャレットは兄のケイレブとともに航海に出た。その船は乗組員もろとも海に沈んだよ」博士は急に老けたように見えた。その悲劇を身をもって体験したかのようだった。

「嘘よ！」トビーは叫んだ。「そんなはずない。タビーとギャレットは結婚して、生涯幸せに暮らしたのよ」興奮して声が大きくなった。「誰も死んだりしない！　みんなが幸せになるのよ！」

グレイドンが手を伸ばし、トビーの手を握った。その手にこめられた力だけが彼の心情をあらわしていた。

「ラヴィニアと未亡人たちはどうなったんです？」

「タビーの死が家族の仲を引き裂いてしまった」沈痛な声で博士はいった。「ラヴィニアは自宅を売ったが、相当がたがきていたからわずかな金にしかならなかった。彼女はなんとか家族をまとめようとしたけれどできなかった。未亡人たちは子どもを連れて島を離れた」博士はため息をついた。「ラヴィニアは誘われなかったようだな。スコンセットでひとり寂しく暮らし、最後は酒で命を落とした。哀れな女だ。夫と三人の息子を海に奪われ、孫たちは連れ去られ、娘も亡くした。正気を保てずとも無理はない」

グレイドンはトビーの手をきつく握った。彼女の肩がどんどんすぼまっていくのがわかった。「タビーがお産で亡くなったというのは間違いありませんか?」

「ああ。ヴァレンティーナとパーセニアもその場にいたんだ」博士はトビーに目をやった。「あのときは誰もが悲しみに暮れた。タビーはみんなに愛されていたからね」

「タビーはあの家で死んだのね」消え入りそうな声でトビーはいった。「あの産室で」

「そうだ。ギャレットはノースショアに新居を建てるつもりでいたんだが、間に合わなかった……」彼の目には悲しみの色があふれていた。

短いノックにつづいて、先ほどの女性がドアを開けた。「ハントリー博士、すみませんが、お客さまがお待ちになっています」

博士は手を振って彼女を下がらせた。そして大きなデスクのむこう側からグレイドンとトビーを見つめた。時間ならいくらでもあるとばかりに。人生には優先すべきことがあると知っていたからだ。

「赤ちゃんは?」か細い声でトビーは尋ねた。

ハントリー博士は首を横に振った。「タビーと一緒に彼女の息子も逝ってしまった」

「ああ、神さま」それは祈りであり、嘆きの言葉でもあった。

グレイドンは椅子からさっと腰をあげ、抱きかかえるようにしてトビーを立たせた。「もうひとつ」博士に向かっていった。「タビーの火傷の跡はどうしてできたんです?」

ケイレブはその質問に驚いたとしても顔には出さなかった。「タビーが三歳のとき、スカートに足を取られて焚《た》き火のなかに倒れこんだんだ。父親が助けだし、地面を転がって火を消した。父親も火傷を負ったよ」

「では、ギャレットの背中は？」

博士は破顔した。「あの見事な刺青のことか？　あれは羨望の的だった。あれを入れたいきさつについてはこういっておこうか。外国の港にいるときは、キングズリー家の男といえどもラム酒に飲まれてしまうことがある、とね」

「ありがとうございました」グレイドンは礼をいうと、トビーを連れてオフィスを出て会館をあとにした。メインストリートを進み、キングズリー・レーンに入って家に着くまでトビーの肩を抱いたままでいた。居間のソファに彼女を座らせ、グラスにウィスキーを指二本分注いだ。

「飲むんだ」

「わたしたちが殺したのよ」トビーは囁いた。

グレイドンは彼女の口元にグラスを持っていってウィスキーを少し飲ませた。

「わたしたちがタビーと赤ちゃんを殺したの」彼女はグレイドンを見た。「タビーとギャレットの赤ちゃん。わたしたちの赤ちゃんを。わたしにはわかる。あの夜、子どもを授かったのよ。わたしとあなたであの子をつくった。そして殺してしまった」

グレイドンはソファに腰をおろしてトビーを引き寄せた。「そんなふうに考えてはだめだ」

「わたしたちは歴史を変えた。でもそのせいで人を三人も殺してしまった」

「はるか昔の話だ」グレイドンはトビーの頭を胸に引き寄せたが、トビーはその手を振り払って彼をにらみつけた。

「いまとなってはみんな死んでいるんだから気にするな？　そういいたいの？」挑みかかるようにいった。

グレイドンは弁明しかけて、そこですっと目が冷ややかになった。「そのとおりだ」

嘘だとわかった。彼もわたしと同じくらい後悔している。トビーはグレイドンの胸にもたれた。「でもわからないわ。最初にあの産室を見たとき、わたしはここで死んだのだとわかった。だけどそうじゃなかった！　そうなったのはあなたとわたしで過去を変えたあとよ。どうしてそんなことになるの？」

「うーん」グレイドンは考えながらいった。「生まれ変わりとタイムスリップと歴史を変えることが、それぞれ違った法則で動いているからかな。この問題を扱った文献でも当たってみるかい？」

彼女を笑わせようとするグレイドンの試みはうまくいかなかったけれど、少しだけ気持ちが軽くなった。「この状況を変えるにはどうしたらいいかしら？」

「このままにしておくのがいいとぼくは思う」

トビーは体を引いて彼を見あげた。「もう一度過去に戻らなくちゃだめよ」

「戻ってどうするんだ？」その声は怒りをはらんでいた。「ハントリー博士のオフィスを出たときから、ずっとそのことを考えていた。過去に戻って、タビーがオズボーンに売られるのを黙って見ているのか？　それでは結局同じことだ」彼はまっすぐにトビーの目を見た。「トビー、これが運命というものなのかもしれない。たとえぼくらが過去を千回変えたとしても、ギャレットとタビーは引き裂かれる運命にあるんだ。ほかの男と結婚させられて。あるいは死によって」

「いまのわたしたちみたいに？」トビーはグレイドンを押しのけた。「ただひとりの人とようやくめぐり逢えたのに、そのあとで永遠に引き裂かれるのがタビーとギャレットの――わたしたちの運命なの？　海やお産やランコニアや、あなたの未来の妻に邪魔されて？　わたしたちはけっして結ばれない運命にあるから、それを受け入れろ？　そんなばかな話をわたしに信じろっていうの？」

トビーがいっていることは気に入らないものの、泣かれるよりは怒られるほうがずっといい。「ぼくの国では――」

トビーは立ちあがって彼をにらみつけた。「あなたの国がすべての元凶よ。いまどき親が決めた結婚なんて誰がする？」

「見合い結婚の習慣が残っている国は山ほどある」グレイドンはおだやかに告げた。「離婚率はきみの国の五十パーセントよりはるかに低い」

「それは女性が夫から逃げられないからよ。彼女たちは囚《とら》われの身なの」

グレイドンはソファに座ったままでいた。トビーは彼の国に腹を立てているのでも、グレイドンに怒っているわけでもないと知っていたからだ。

彼の冷静さがトビーを現実に引き戻した。彼女は崩れるようにして彼の横に腰を落とした。「わたしは運命なんて信じない。世界をよりよくするために歴史を変えてなぜいけないの？ギャレットとタビーの子どもは特別な存在かもしれないじゃないの。がんの特効薬を発見するのかもしれない。何度も過去を変えていれば、そのうちに第二次世界大戦は起こらなかったことになるかもしれない」トビーは救いを求めるようにグレイドンを見つめた。

彼はトビーの手を取り、手のひらに唇を当てた。トビーの顔に赤みが差してきたのがうれしかった。「きみの望みを叶《かな》えるために全力を尽くすと、この身に懸けて誓う。じゃ、探検に出かけようか」

グレイドンは〝時を超えて〟邸のなかを調べにいこうといっているのだ。そこに答えがあるかもしれないから。「ええ」トビーは心からの笑みを瞳に浮かべた。「行きましょう」

「男の人を誘惑するにはどうしたらいい？」トビーは電話でレクシーに尋ねた。いつもなら長いドライブ旅行でロジャーと一緒にしたことを一方的にまくしたてるレクシーが、今日はやけに静かだった。なにかあったの、と訊いたほうがいいのはわかっていたけれど、できなかった。いまはトビー自身が火急の問題を抱えていたから。

「さあ。息をして、そこに存在していればいいんじゃない？　あなたなら男のほうからいい寄ってくると思うけど。まさか、あの王子を狙っているわけじゃないよね？」

トビーは息を吸いこんだ。「そのまさかよ」

「だめよ！　彼はもうじきいなくなる――。ちょっと待った。あなたはその気なのに、むこうがノーといっているわけ⁉」

「ええ。そのとおりよ」

「失礼しちゃう。自分はあなたにはもったいないって？　彼は王子だけどあなたは平民だから？　そういうこと？」

「違う違う。そんなんじゃないの。むこうにもその気はあるんだけど、わたしはセカンド・バージンの呪いをかけられていて、彼はもう一度わたしの処女を奪いたくないのよ」

「トビー」レクシーはゆっくり言葉を発した。「いまのはどういう意味か説明してもらえる？」

説明しようとして、無理だとわかった。ナンタケットの神秘的な空気のなかでなら、レクシーもわたしの話を信じてくれるかもしれないけど、電話では絶対に無理だ。とくに太陽が降り注ぐ南フランスにいるわけだし。「気にしないで。島にいられるのはあと二日だけなのに、グレイドンはわたしともう一度寝るのを拒んでいるってだけ。わたしはそうしたいのに。

それと、ひと言いわせてもらえば、彼とベッドに飛びこめとけしかけたのはあなたよ」

「それはそうだけど、あのときはあなたたちがこれほど真剣になるとは思わなかったから」

トビーは友人の声に苦悩の響きを聞き取った。「ロジャーは元気？　いまもふたりで割り切ったセックスを楽しんでいるの？」

これがべつのときなら、セックスは楽しんでいるけど、いまではそこに感情が入りこんできたと打ち明けたと思う。けれど、ひどく落ちこんでいるようなトビーの声を聞いてレクシーは思い直した。「とびきりセクシーな下着は試した？」

「〈オーバドゥ〉の下着をネットで注文した」

「あなた本気ね。お酒は？」

「一緒に飲もうといわれて、二杯飲んだところでわたしが眠ってしまうでしょう？　でも、目が覚めると自分のベッドにいるの。服を着たままで」

「いつも一緒に過ごしてる？」

その質問に答えようとしてトビーの頭はめまぐるしく回転した。ハントリー博士に会いに行ってからの一週間、トビーとグレイドンは片時も離れなかった。自分たちが犯してしまった過ちを正そうと躍起になっていたからだ。ギャレットとタビーをどうしても救いたかった。過去に戻ったら、戻ることができたら、出産時の死亡事故を防ぐ方法を記した手紙を残しておこうといいだしたのはグレイドンだった。とはいえ、そうした手紙を書くにはリサーチが必要だった。お産の歴史に関する絶版本を入手し、電子書籍をダウンロードし、ネットで検索した。なんとしてもタビーの死を食い止めるため、過去に戻るまでにあらゆる可能性を知っておく必要があった。結論として、トビーの死因がなにか単純な手違い――産婆の手が汚れていたとか――であった場合は救うことができるとわかった。ただし、タビーが妊娠中毒症だった場合、望みはない。

リサーチに加え、ふたりは〝時を超えて〟邸に寝泊まりするようになった。最初の晩はキングズリー・ハウスの屋根裏部屋で見つけた寝袋で寝た。しかし、背中が痛くて眠れないと音をあげたグレイドンが、翌日には〈マリーン・ホームセンター〉でマットレスを購入して届けさせた。

届いたマットレスは二枚。それもツインサイズのものが二枚だった。

それを見て、トビーは最初笑った。ダイルとローカンの手前、そうしたのだと思ったからだ。ふたりは恋人どうしではないというふりをするために。トビーにいわせれば、立派な恋人どうしだったけれども。ところが、そこでグレイドンがばかげたことをいいだした。きみの純潔をもう一度奪うつもりはない、と。

「ここはランコニアじゃなくアメリカよ」トビーは彼にいった。「二十歳過ぎてもバージンだったら『ピープル』誌の表紙を飾れるのよ。でなきゃ、トークショーの『エレンの部屋』に呼ばれて、後生大事に守っている理由を説明するか」

グレイドンは屈しなかった。それからの一週間、トビーが思いつくかぎりの方法で自分のマットレスに誘いこもうとしても、頑として拒みつづけた。

トビーはようやくレクシーの質問に答えた。「ええ、グレイドンが弟と仕事をしているとき以外はずっと一緒よ。ヴィクトリアの結婚式の準備はほったらかしだし、この一週間、友だちとも会っていない。グレイドンはすごくやさしいの。泣いているわたしを抱き締めて、やさしく慰めてくれるし。してくれないのはセックスだけ」

「トビー、泣いているあなたを抱き締める、ってどういうことよ？　あいつになにかされたの？」

「そういうんじゃないの」トビーは口ごもった。「このところ昔のことをあれこれ調べていて。ほら、一八〇六年をモチーフにしたヴィクトリアの結婚式のためにね。それで当時の医療に関する文献に目を通しているうちに、ちょっと悲しくなっちゃって」

「ちっともほったらかしにしてないじゃない。むしろのめりこんでいる感じに聞こえるけど」

あなたはなにも知らないから。心のなかでトビーは思った。昼間、トビーとグレイドンはあの古い屋敷を見張っていた。トレーニング中を除いてグレイドンはつねに窓辺に立ち、ローリーからの電話に出ているあいだも屋敷から目を離さなかった。

二日目、グレイドンは、なにを見張っているのかとダイルに訊かれた。

「あの古い屋敷の玄関がひとりでに開くのを見逃したくないんだ。それが過去への招待状だから」

その日の午後、ダイルとローカンは通りの向かいの屋敷へ行ってみた。そして、すべての窓とドアはきっちり閉まっていたとグレイドンに報告した。

玄関ノブをがちゃがちゃやって、ダイルが肩から体当たりもしてみたが、扉はびくともしなかった。あのドアがひとりでに開くなんてあるわけない。

ふたりがそう伝えても、未来の国王は見張りをやめようとしなかった。そこでふたりは疑いつつも見張りに加わった。グレイドンがローリーの手伝いで忙しく、トビーもヴィクトリアの結婚式のあれやこれやで手が離せないときは、ダイルとローカンが見張りに立った。夜、トビーとグレイドンは〝時を超えて〟邸に泊まり、屋敷が過去へ戻してくれるのを待った。

「そろそろ切らなきゃ」レクシーがいった。「ロジャーが……」

「彼がどうかしたの?」トビーは尋ねた。

「どうもしない。ただ……」トビーがこんなに落ちこんでいるときに、いまが人生で一番幸せだなんていえるはずない。友人が胸の内を明かしてくれないのがレクシーは歯痒かった。まあ、わたしもロジャーとのことを全部話しているわけじゃないけど。

「大丈夫? なんだか声に元気がないけど」

「大丈夫。すべて順調だから。ロジャーはわたしが思っていたような人じゃなかった。美しい外見が邪魔して、誰も内面を見ようとしないのよ」

「どういうこと？」

「今度話す。もう行かないと。メールしてよ」

「わかった」ふたりは電話を切った。


「わたしたち失敗したみたいね」隣のマットレスからトビーがいった。手を伸ばせば届くところにいるのに、海に隔てられたふたつの国のように離れている気がした。古い屋敷のなかは暗く、しょっちゅうどこかがぎしぎし鳴っていたが、そんなことにも慣れてしまった。カーテンのない窓から月明かりが差しこみ、ふたりのシルエットを浮かびあがらせた。

トビーがどの〝失敗〟のことをいっているのかわからなかった。グレイドンが結婚できない女性を愛してしまったこと？　彼が人生の目的に迷いはじめていること？　それとも、彼らが歴史を変えたせいで無辜《むこ》の人間が三人死んで、大勢の人の人生をめちゃくちゃにしてしまったことだろうか。たしかに、どれも大失敗だ。

「そのようだね」グレイドンはいった。「トビー、こんなつもりじゃ――」

「謝ったりしないで。これ以上罪の意識に苛まれたくない」トビーはひとつ息をついた。

「それで、式典のあとはどうするの？」

間近に迫った婚約の儀のことだというのはわかっていた。答えのない答えをさがしているグレイドンを尻目にトビーはつづけた。「自分の愛する女性があなたと結婚するのを、ローリーはどうして見ていられるの?」

グレイドンは心臓が止まりかけた。「どうしてそれを?」

「ローリーの荷物を解いているときにお財布を見つけたの。なかにダナの写真が入ってた。男の人はふつう、義理の姉になる人の写真を持ち歩いたりしないでしょう?」

答えようとしないグレイドンをトビーは揺さぶってやりたかった。「わたしを締めださないで! 残された時間はあと少ししかないのよ」声が小さくなった。「お願いだから」

グレイドンにとって、心の奥底に秘めた思いを口にするのは容易なことではなかった。よけいなことはいわないようにと、子どものころから教えられてきた。なにしろ、戦争にまではならないにしても熾烈《しれつ》な争いの火種になるかもしれない外交上の秘密を知る立場にあるのだから。

「正直いって、自分でもどうしたらいいのかわからない。ふたりに会ったんだ」グレイドンは声を落とした。「過去に戻ってきみを見つける前、ダナと一緒にいるローリーに会ったんだよ。ふたりのことは調べていないし、ハントリー博士にも尋ねなかったが、たぶん長く幸せに暮らしたんじゃないだろうか」グレイドンは月明かりのなかでほほえんだ。「弟は左耳にイヤリングをしていた。ローリーは副業で海賊行為に手を染めていたとハントリー博士から聞かされたとしても驚かないよ」

「ローリーは国王に向いていないもの」トビーのいいたいことはグレイドンにもわかった。この数週間、ローリーはパニックを起こしてばかりいたから。「あなたと違って」

グレイドンは寝返りを打ってトビーのほうに体を向けた。「早く公務に戻りたいよ。ぼくはこの職務に向いているとローリーによくいわれたが、離れてみて初めてその意味がわかった。弟は外交や、何時間にも及ぶ貿易協定の話し合いは退屈だというけれど、ぼくは……」

彼はそこで言葉を切って仰向けに戻った。

「あなたは母国の、世界の役に立っていると感じるのね」

「そうだ」グレイドンは大きく息を吐いた。「仕事には早く戻りたいが、国に戻るのはいやだ。ローリーはぼくを憎むに決まってるし、きみを残していくなんて耐えられない」

すべてを解決する名案がある、といってあげたいけれど、そんなものは存在しなかった。グレイドンは島を去り、べつの女性と結婚して、いずれは一国の王となる。この古い家でふたりきりで過ごしたことも、いつかは懐かしい思い出に変わってしまうのだ。

それぞれの思いが渦巻いて重苦しくなった空気を少しでも軽くしようとして、トビーは軽口を叩いた。「失恋したローリーはやけ酒をあおるかもしれないわね」

「いや」グレイドンの口調は真剣だった。「ローリーはスピード狂だから。ロジャー・プリマスとカーレースでもして憂さ晴らしするだろう。心配なのはきみのほうだ」

「あなたに捨てられたわたしは眉毛も抜かないようなオールドミスの図書館司書になるのよ。

『素晴らしき哉《かな》、人生!』で主人公の奥さんが、夫の存在しない世界でそうだったみたいに。いまいましいバージンのままでね」

グレイドンは小さく笑った。「いやいや！ ダイルとぼくがいなくなったとたんに、きみは百人の男たちから追いまわされるよ。きみはそのなかから背が低くてさえないけれど、きみを愛してやまない男を選んで、コネチカットに大邸宅を建ててもらい、そこに広大な花畑を作るんだ。庭仕事をするきみは丸々とした金髪の赤ん坊をだっこして、上の子どもふたりはきみのうしろを走りまわって、みんなで笑ったり歌を歌ったりするんだ」

グレイドンは笑わせようとしていっているのだとわかっていても、幸福を絵に描いたようなその光景はトビーの涙を誘った。その絵に足りないのは——わたしの隣で携帯電話を耳に当て、誰かに指示を与えているグレイドンだけ。

「どうやら裏目に出てしまったようだね」

「ええ、そうね。わたしたちがしたこともそう。タビーとギャレットを助けたかっただけなのに」

「うん。せめてなにがタビーの命を奪ったのか正確にわかるといいんだが。いまのままでは、仮に過去へ戻れたとしても、当時のおぞましい出産方法についてわかったことをすべて手紙にするのに何週間もかかってしまう。吸引法とか血抜き法とか、信じられない！」

「ふたりで手分けして書けば、そこまで時間はかからないわ」

「過去へ戻れたら一日二十時間はきみと愛し合うつもりだから、手紙を書くのにまわせる時間はあまりないな」

「グレイドン」トビーは涙混じりの声ですがるようにいうと、彼のほうへ手を伸ばした。

グレイドンが両腕を広げるとトビーはそこに飛びこもうとした。ところが、おたがいの肩に手を置いたところで、トビーは急に動きを止めた。「それだわ」

「トビー」グレイドンは囁き、彼女を引き寄せようとした。「これ以上きみを拒むのは無理だ」

トビーは彼を押しやってマットレスの端に腰をおろした。「これまで出産全般について調べてきたけど、タビーの死因を特定する方法があるかもしれない」

「そのことに触れた文書はどこにもなかったじゃないか」グレイドンはトビーの腕を撫であげた。

「ハントリー博士はパーセニアとヴァレンティーナがお産に立ち会っていたといってた。そしてふたりは手紙のやりとりをしていたわ」

グレイドンは自制心を取り戻すのに苦労していた。この一週間は、彼をベッドに誘いこもうとするトビーのあからさまな試みのせいで頭がどうにかなりそうだった。とんでもなくセクシーな下着にはめまいがしたし、思わせぶりなまなざしに汗がどっと噴きだすこともあったが、なんとか持ちこたえた。ただし、そのためには過酷なトレーニングを延々つづけて体力を消耗させる必要があった。四時間半つづいたトレーニングのあと、ダイルは剣を地面に突き立てると、「火あぶりにするならおれではなく彼女にしろ！」とランコニア語で叫んで歩み去った。グレイドンは顔から汗をしたたらせながら、トビーはなにをしている、とローカンに尋ねた。「テントを注文しています」ローカンはそういうと家のなかに逃げこんだ。グレイドンの鬱積したエネルギーといらだちは、臣下のふたりでも持て余すほどだった。

ところがグレイドンがついに負けを認めたいま、ありえないことにトビーは過去の亡霊の話をしている。頭を切り換えるのは容易ではなかった。「ふたりともこの島にいたのなら、手紙のやりとりはしていなかったはずだ」グレイドンはなんとかそういった。

「この島は筆まめな人の宝庫だから、さがせばなにか見つかるかもしれない」

あと二日では無理だ、と思ったものの、いわずにおいた。婚約の儀のあとはどうするのか、というトビーの問いに答えずにいたのは、ここへは戻ってこないほうがいいとわかっていたからだった。ローリーと話し合わなければいけないことがあるし、トビーが以前いっていたようにダナの意向も確認する必要がある。「明日の朝、ジリーおばさんを訪ねて、ギャレットとタビーについてなにか知らないか訊いてみよう」

「もしも知っていたら、ディナーパーティのときに話してくれたんじゃないかしら。ううん、待って！　あのときのタビーはオズボーンと結婚していたんだわ」

トビーは床に置いた卓上スタンドを点けて携帯電話を取りだした。「なにをしている？」

「ジリーに電話するのよ」

「もう十一時近い。明日の朝まで待とう」

トビーはキーを押してから電話を耳に当てた。「いいえ、待てない。一秒だって無駄にできない」彼女はグレイドンを見た。「あなたが国に帰ったら、二度と会えなくなってしまうんだから」

ふたりが恐れているそのことを認める勇気はグレイドンにはなかった。「ジリーと話そう」

電話に出たのはケンで、寝ているところを起こされたようなもっさりした声をしていた。

「トビー！　大事な話なんだろうね」

「ええ。ジリーに代わってもらえますか？」

「こんな時間にごめんなさい」ジリーが電話に出るとトビーはいった。「ちょっと教えてもらいたいことがあって。あなたは自分の家族の歴史をいろいろ調べていて、そこにはヴァレンティーナとパーセニアも出てくると思うのだけど……」トビーはグレイドンを見た。

グレイドンは電話を代わった。「ジリーおばさん、夜遅くにすみません。ぼくたちの祖先に関するあなたのデータベースがどこまでの情報を網羅しているのか知りたいんです。タビーとギャレット・キングズリーについての記述をさがすことは可能ですか？」ジリーの声に耳を傾けた。「ええ、はい、わかりました。けっこうです。ありがとう」グレイドンは電話を切ると、無言でトビーを見つめた。

「ジリーはなんて？」

「その名前を目にした記憶はないが、長年の調査で集めた何千通もの書簡と写真や文書はすべて巨大なデータベースに保存してあるそうだ。参照しやすいように、人名や場所、品物や屋敷ごとにブックマークしてあるといっていた」

「当ててみましょうか。データベースはメイン州にあるから、アクセスするまでに数日かかるんでしょう？」

グレイドンはトビーの頬にキスした。「どうでもいいことだけど、ジリーはタガート家の人間で、住んでいるのはコロラドだ。でも、そう、データベースはコロラドにある」

トビーはため息をついた。

「しかし、わが一族を見くびってもらっては困る。ジリーはすべてのデータをＵＳＢメモリーにバックアップしていて、ここにもワンセット持ってきているそうだ。正しいドライブにプラグインして検索をかければ――」そこで電話が鳴りだし、グレイドンは言葉を切った。

「はたしてジリーはなんというか」

トビーは電話をスピーカーフォンにした。

「あったわ」ジリーはいった。「パーセニアが実家の母親に送った手紙のなかにふたりの名前が出てきた」彼女はそこでためらった。「ただし、いい知らせではないわ。かわいそうなタビー。彼女の夫がよかれと思ってしたことで命を落としてしまうなんて」

グレイドンはトビーの手を握った。「彼はなにをしたんです?」

ふたりはジリーが語る恐ろしい話に耳を傾けた。タビーはハンコックという医者に殺されたのだ。

明日にはみんないなくなってしまうんだわ。トビーは考えまいとしたけれど無理だった。なにせこのところはローカンとふたりで出発の準備にかかりきりだったからだ。衣類を洗濯して整理し、さがしものを見つけてまとめた。

朝食の席では誰もしゃべらず、男性陣が作った料理を黙々と食べた。ランコニアのチーズを盛った皿にトビーとダイルが同時に手を伸ばした。「どうぞ」トビーは礼儀正しくそういった。

「いや。チーズはこれが最後だからきみが食べるといい。おれは明日からいくらでも食べられるから」

ふたりはチーズの皿を手にしたまま、テーブルを挟んで顔を見合わせた。別れが一気に現実味を帯びた。この小さな家での共同生活はもう終わりなのだ。トビーがこの三人と剣を交えることはもうない。グレイドンとダイルにヨガのポーズを見せつけることも、女ふたりで買いものに出かけることも、ローカンがナンタケットの白い麻の服を着ることもない。せっかくおぼえたランコニア語も、もう使うことはないんだわ。

グレイドンは三人の暗い顔を見渡すと、ダイルの手からチーズの皿を取りあげてトビーの前に置いた。「チーズなら送ってやる」その声はほとんど苦しげだった。

ローカンは咎めるような目で未来の王を見ると、トビーの手に手を重ねた。「わたしはランコニアの山岳民族が作るレースを送ります。ウルテン族の女たちは手先がとても器用なの」

トビーはうなずいた。「じゃ、わたしはあなたが好きだったあのトマトの種を送るわ。オーダーした靴が届いたら、それも送るから」女性たちはどちらも目を潤ませていた。

グレイドンは椅子が倒れるほどの勢いで立ちあがった。ダイルがとっさにつかまなかったら、実際に倒れていただろう。「今日は一日ダイルと出かける」冷ややかな声でいうとローカンに目を向けた。「きみは残って……」思わず声が詰まり、なんとかつづけた。「明日の準備をしてくれ」

グレイドンはずっとふたりのランコニア人だけを見ていた。ダイルを従えて部屋から出ていくときもトビーのほうには目もくれなかった。

「王子もつらいんです」ローカンはいった。

「わかってる」トビーはつぶやいた。「ここを片づけたら荷造りをはじめましょうか」

ローリーがグレイドンのために置いていったすべての衣類をバッグに詰めるのに何時間も

かかった。それはトビーにとって耐えがたい作業だった。どの服を見ても、ほろ苦い記憶がよみがえるからだ。これは結婚式の後片づけをした日にグレイドンが着ていたシャツ。これはみんなでホットドッグを作っているときにグレイドンがマスタードをこぼしてしまったパンツ。トレーニングウエアは乾燥機から出したばかりで、ふかふかした白いその服にトビーはつかのま顔をうずめた。

ヴィクトリアの結婚式は三週間後で、レクシーが帰ってくるのはそのあとだから、トビーはそれまでひとりでこの家に住むことになる。それがいやでたまらなかった。しかも、毎日出かけていける職場もいまはない。もっとも今日の感じだと、三週間泣き暮らすかもしれないけれど。

おめでとう！　これであなたも失恋を経験した数多の女性たちの仲間入りよ。こんなに苦しいものだなんて知らなかった。どうりでみんなが〝あの男はやめておけ〟と口を酸っぱくしていったわけだわ。

「みんなのいうことを聞くべきだった」トビーはぶつぶついいながらトレーニングウエアをダッフルバッグに押しこんだ。そしてローカンに目を向けた。「グレイドンには荷物を解いてくれる近侍がいるんでしょうね」

「ええ。未来の国王に必要なものはすべて揃っています」

トビーは顔をしかめた。「じゃ、もう靴に砂が入ることはないわけね。食器は洗わなくていいし、温室に水を撒く必要はないし、ヴィクトリアは何色のリボンが好きか質問されることもない」

「ええ」ローカンはグレイドンの靴を収納袋に入れた。「自分のことしか考えていないと誰かに怒鳴りつけられることもなければ、そんなたわごとは聞いたことがないと食ってかかる人もいません」

「よかったじゃないの」

「やさしくからかってくれる人もいなければ、一緒に笑い合える人も、三度の食事をともにする人もいません。ぽつりぽつりと自分のことを語る彼の声に耳を傾けてくれる人もいないし、生徒についての悩みや父親が使う脅しのことを打ち明けられる人もいない。ずっとひとりで耐えているんです」

ダイルのことをいっているんだわ。それに気づいて、トビーはローカンをしげしげと見た。ダイルとローカンはずっと一階の居間をシェアして使っていたけれど、こんなふうに心を通わせていることをうかがわせるそぶりはみじんもなかった。まあ、ランコニア人はふだんから感情を表に出すことがないのだけれど。

トビーはうしろに下がって荷物の山を見あげた。時刻は午後二時。やらなきゃいけないことはまだたくさん残っている。「決めた。これはあとにして出かけましょう。お腹いっぱいランチを食べたら、次はショッピングよ。お土産を山ほど持ち帰って、ランコニアを第二のナンタケットにするのよ」

ローカンはにっこりした。「いいですね」

ふたりがお土産でぱんぱんにふくれたショッピングバッグをいくつも抱えて帰ってきたのは六時だった。意気ごんでいたわりに、最初はあまり楽しめなかった。

ランチを食べているとき、ローカンがトビーの目を見ながらいった。「これまでわたし、女性の友だちがひとりもいなかったんです。ええと、B……」

「BFF。生涯の友《ベスト・フレンド・フォーエバー》。わかるわ。あなたは男性に人気があるから、そのぶん女性に嫌われるの」

「そうなんです。でもあなたは違った」

その言葉がうれしくてトビーは顔をほころばせた。かならずまた会いましょう、といいたかったけれど、そんな機会があるとは思えなかった。わたしがランコニアを訪れることは絶対にないから。べつの女性と一緒にいるグレイドンを見るなんて耐えられない。ローカンはたぶん護衛の仕事が忙しくて、もう長い休暇は取れないだろうし。

ランチのあとはナンタケットの曲がりくねった古い歩道をそぞろ歩き、観光客がするようにすべての店に立ち寄って、あれこれ見てまわった。ふたりとも人魚が好きだということがわかって、人魚が描かれた小箱やレターオープナー、それにボタンまで買ってしまった。

〝ナンタケット〟のロゴが入ったTシャツ、トレーナー、ジャンパーも買った。どれもダイルとグレイドンが着られるようにメンズサイズにしたけれど、そのことはどちらも口にしなかった。

五時になると、バーに寄ってテキーラをベースにしたカクテルを頼んだ。

「本当はふたりともバージン・メアリーにするべきなんだけど」トビーはいまいましげにいってグラスをあげた。「絶滅危惧種のふたりに」

「わたしたちで絶やしちゃえばいいんですけどね」

おたがいのあんまり情けない顔を見て、ふたりは噴きだした。そのあとは、それぞれの想い人を誘惑するためにどんな手を使ったかという話になった。

「黒いレースのブラと、お揃いのちっちゃなショーツ」トビーはいった。

「わたしはハンドタオルで体を隠しただけの姿でシャワーから出てきたところを見られるようにしました」ローカンはどこか得意げだった。

「情報を交換し合えばよかったわね。で、それはうまくいったの？」

ローカンは二杯目のグラスをあげた。「いまだにバージンです」

「わたしも」トビーはしんみりいって、ふたりしてカクテルをあおった。

たくさんのショッピングバッグをかき集めて帰路につくころには、どちらもかなり気分がよくなっていた。家に着くとローカンはダイルとシェアしている一階の居間へ向かい、トビーは裏階段をあがって二階の居間へ入った。そして旅行鞄がすべて消えているのを見て愕然とした。

「行っちゃった」トビーはショッピングバッグを放りだし、階段の上から叫んだ。「ふたりが行っちゃった！」

ローカンはその長い脚で階段を一段飛ばしで駆けあがった。トビーとローカンが出かけたとき、部屋はぐちゃぐちゃだった。荷物を詰め終えたバッグもあれば、半分空のバッグもあった。どの家具の上にも服や靴が散乱していた。

「ダイルとグレイドンが荷造りを終えたんだと思う？」トビーは訊いた。

ローカンは椅子に腰をおろした。「いいえ。あのふたりには無理です。ランコニアから誰かがやってきて、すべての荷物を運びだしたんでしょう。たぶんローリー王子の近侍が」

トビーはローカンの向かいに腰をおろした。これで本当に終わりなんだ。じゃ、あの朝食が四人でする最後の食事だったってこと？

ローカンが開いたドアの先にあるトビーの寝室にちらりと目をやった。「あれはなんです？」

見に行ってみると、トビーのベッドの上にあのドレスが広げてあった。その横に紋章入りのカードが置いてある。最高じゃないの。グレイドンは別れの手紙と、置き土産のドレスを残していった。メモ用紙じゃなく羊皮紙のカードだったことを喜ぶべき？

カードに手を伸ばせずにいると、ローカンが代わりに取りあげて差しだしてきたが、トビーは受け取らなかった。ローカンはもの問うように眉をあげ、トビーがうなずくとカードをひらいて読みあげた。「最愛の妻タビーへ」

ローカンはカードを閉じてトビーに渡した。トビーは声を出さずに読んだ。

最愛の妻タビーへ
わが家の客間でディナーとダンスをご一緒願いたい。

きみの夫、ギャレット

「コルセットを締めてもらうことはできる？」トビーは訊いた。「これからデートなの」

ローカンは満面の笑みを浮かべると、下着類の入った箱を開けた。

〝時を超えて〟邸の客間に足を踏み入れたとたん、トビーにはグレイドンのしたことがわかった。彼は密かにこの部屋を過去で見たとおりの姿に変えていたのだ。いたるところでキャンドルの火が揺れていた。壁の張り出し燭台《しょくだい》はもちろん、窓台や壁際に置かれた小さなテーブルの上にもキャンドルが並んでいる。

部屋じゅうに花があふれていた。ガラスの花瓶にこぼれんばかりに活けられ、天井からはブーケが吊り下がり、椅子の背もたれも花で飾られている。どれもトビーの好きな淡い色の花でまとめてあった。

部屋の中央には真っ白なクロスをかけた小さな円テーブルが置かれ、クリスタルガラスと銀のカトラリーがキャンドルの明かりを受けてきらめいていた。テーブル脇のカートにはドーム型の銀の蓋《クロッシュ》をかぶせた料理が並んでいた。

テーブルの横に立つグレイドンは、ディナーパーティのときと同じいでたちだった。トビーと目が合うと、彼は片手を胸に、反対の手を背中にまわしてお辞儀をした。「ようこそ、奥さま」

「なにもかもすごくきれい」囁くようにトビーはいった。「でもいつ……？　どうやって……？」

グレイドンは彼女のために椅子を引いた。「男は秘密をぺらぺらしゃべったりしないんだ。ディナーをご一緒いただけますか？」

トビーは席につき、グレイドンが向かいに座るのを待った。「息が止まるかと思ったわ。こんなことは想像もしていなかったから。スーツケースがなくなっているのを見て、あなたは行ってしまったんだと思ったの」

グレイドンはただほほえみ、クロッシュをあげると、大皿には小ぶりなローストチキンのようなものが並んでいた。「鳩《はと》のローストは好きかい？」

「大好きよ」トビーは目を閉じ、大きく息を吸いこんだ。花とキャンドルと料理のにおいが渾然《こんぜん》一体となって、うっとりするほどいい香り。

グレイドンはシャンパンの栓を抜き、背の高いフルートグラスを満たした。「ぼくたちに」ふたりはグラスを合わせた。

見つめ合うふたりは、目と目でひとつの決めごとをした。明日の話はしない。別れは口にしない。ひとりになったあとでトビーがどうするかも、この先のグレイドンの人生になにが待っているかも話題にしない。なにより、タビーとギャレットのことには触れない。与えてしまったダメージを回復するべく手を尽くし、それでもうまくいかなかったのだからしかたがない。

だから楽しいことだけを話した。トビーはローカンとショッピングに出かけたことを話し、人魚が好きだという共通点について語った。

グレイドンはメイン州にいる親戚と長電話したことを話した。「キットおじさんが旅から戻ったんだ」そして子どものころにおじさんから聞かされた奇想天外な冒険話を披露してトビーを笑わせた。

「みんな本当にあったことなの?」

「さあ。でもぼくたちはずっとジェームズ・ボンドのモデルはおじさんだと思っていた。おじさんはいま六十そこそこだから、そんなわけないんだけどね。顔が少しショーン・コネリーに似ているから、そんなことを考えたのかもしれないな」

「もっと話して」

トリュフ風味のライスとニンジンのグラッセを添えた鳩のローストは絶品で、デザートのチョコレートムースもすばらしかった。食事のあいだずっと心地よい音楽が低く流れていた。

食事が終わるとグレイドンは立ちあがり、トビーの椅子を引いて手を差しだした。「一曲踊ってくださいますか？」

トビーがその手を取ると、グレイドンは腕のなかに引き寄せた。グレイドンの胸に頬をすり寄せると、彼との別れがふたたび現実として迫ってきた。

「グレイドン、あなたにいいたいことが――」トビーは切りだしたが、グレイドンに強く抱き寄せられてそれ以上いえなくなった。そうね、先のことは考えないほうがいい。過去も振り返らない。いまこの瞬間を楽しもう。

頬に彼の鼓動を感じて、トビーの口元に小さな笑みが浮かんだ。グレイドンは彼女の髪に顔をうずめていて、息遣いが伝わってくる。落ち着いているように見えても、激しく打つ胸の鼓動はべつのことを語っていた。グレイドンはどうやって感情を押し殺しているのだろう。怒りも苦しみも、性的欲求や愛情すら抑えこまなきゃいけないなんて。彼はずっとこうして生きてきたのだ。わたしは自分の不幸のことしか頭になかった。彼との別れを嘆いてばかりいた。だけどグレイドンはこの先、愛のない結婚をしなくてはいけないのよ。

ありったけの想いを瞳にこめて彼を見あげると、グレイドンは顔を寄せてキスした。そのキスをトビーは生涯忘れないだろう。恋しい気持ちが、切なる願いが、狂おしいほどに求め合う熱い想いがこもったキス。でも、やがてくる別れの悲しい味もした。

唇を重ねる喜びに涙が混じった。グレイドンは彼女の頭のうしろに手を当ててキスを深めた。舌と舌が触れ、絡んで、探り合うように動いた。

グレイドンにぴたりと体を押しつけると、ドレスの薄い生地ごしに硬く張りつめた彼の欲望を感じた。彼の体が発する熱がむきだしの肩を焼く。たくましい腿がトビーの腿に押しつけられた。

部屋がぐるぐるとまわりはじめたような気がした。ふたり以外のすべてが動いていた。回転はどんどん速さを増していく。かぐわしい香りが濃厚になり、音楽はテンポが速まって音も大きくなったけれど、トビーは激しく唇を重ねる男性のことしか頭になかった。このまま一生離れたくない！

「ギャレット！」ローリーによく似た声が抑えた口調でいった。「いいかげんにしろ！　鬼提督がくるぞ」

「タビサ！」その大きな声はどこにいてもわかった。お母さんだ。でも変ね。今年の夏はお父さんとクルーズ旅行に出かけていてナンタケットにはこないはずなのに。

最初にグレイドンが唇を引き剝がし、トビーの顔を胸に押しつけるようにして隠した。トビーは彼の腕のなかで目を閉じたままでいた。なにも見たくなかった。ふたりだけのディナーを誰かに邪魔されてしまった。心臓が激しく打ち、呼吸が浅くなった。なんだかお腹まで変な感じだ。

体にまわされたグレイドンの腕がゆるんだ。「目を開けて見てごらん」

目を開けるのがいやだった。せっかくのディナーにずかずかと入りこんできた人たちなんか見たくない。最後の晩餐だったのに。

グレイドンは彼女のあごに手を添えて上を向かせた。「ぼくを信じて」そう囁くと、トビーにまわりが見えるようにうしろに下がった。

ふたりをにらみつけているのはトビーの母だった。グレイドンのキスで頭はまだぼうっとしていたし、胸は別れの悲しみでいっぱいだったから、怖い顔をした女性が高いウエストラインにリボン飾りのついた濃緑色のシンプルなドレスを着ていることに気づくまでに少し時間がかかった。

トビーはグレイドンから一歩離れて周囲を見まわした。過去に戻ったんだわ！　ふたりを取り囲む人の輪のなかには、知った顔もあれば初めて見る顔もあった。金のイヤリングをしたローリーがいた。彼はトビーが写真でしか見たことのない美しい長身の女性と並んで立っていた。ダナだ。パーセニアとジョン・ケンドリックスもいて、麗しのヴァレンティーナはケイレブ船長に寄り添っている。

「やったわ」トビーはつぶやいた。タビーとギャレットを救うチャンスをもう一度もらえたということで頭がいっぱいで、気がつくと母に駆け寄って抱きついていた。「会えてとってもとってもうれしいわ！」

ラヴィニア・ウェーバーは娘の抱擁におざなりに応えると、厳《いか》めしい顔で押しやった。

「お腹が大きいんだから少しは自重しなさい」

「お腹？」トビーは腹部に手を当てた。大きいとは思えなかったけれど、前に突きだしていて、ものすごく硬かった。わたし、赤ちゃんが生まれるんだわ。トビーは驚きに目を丸くしてグレイドンを見あげた。

ほほえむ彼の目はやさしかった。グレイドンは彼女の手を取った。「家に帰ろう」そこで声を落とした。「きみに見せたい日本の絵画があるんだ」

「肌に描かれた絵《スキンアート》には目がないの！」トビーはグレイドンの歩幅についていこうと努力した。ふたりがいるのはキングズリー・ハウスで、今回もまた結婚式のようだった。トビーの左手には指輪がはまり、お腹のなかで小さな命が育っているということは、最初の結婚式——自分たちの結婚式から数カ月後というところだろう。

キングズリー・ハウスの玄関を勢いよく開けると、冷たく湿った秋の風が吹きつけた。グレイドンは上着を脱いでトビーの体をくるむあいだだけ足を止めた。それからまた彼女の手をつかみ、急ぎ足で通りを下った。

〝時を超えて〟邸の玄関を開けると、やんちゃ盛りの五人の子どもにいうことを聞かせようと奮闘している十代の少女の姿が目に飛びこんできた。七歳ぐらいの男の子は、暖炉のなかから薪を引っ張りだそうと企んでいるようだった。

「よそへ行け！」グレイドンはトビーが聞いたこともないような大声で怒鳴った。「子どもたちをパーティへ連れていって食事をさせろ」

「だけどケイレブ船長がここにいろって」年長の少女は怯えたような顔をしていた。

「この家の家長は兄じゃない。さあ、行くんだ！」グレイドンは暖炉のそばにいる少年を怖い顔でにらんだ。「おまえがトーマス坊やだな。火遊びはやめろ」

トーマスは値踏みするような目でグレイドンを――ここではギャレットだ――見あげ、逆らおうかどうしようか迷っているようだった。やがて結論が出たらしく、薪から手を離すと反抗的な目つきでギャレットをにらんだ。「こんなのべつにほしくなかったし」

男の子たちは開いたままの玄関へ走っていき、幼い女の子ふたりは年長の少女と手をつないだ。「ありがとう」少女はギャレットにいった。

「早くこいよ、デボラ！」トーマスが叫んだ。「船長がやってきてこの弟のお尻をぶつ前に行こうぜ」少年はふてぶてしい顔をギャレットに向けると、げらげら笑いながらキングズリー・ハウスのほうへ駆けだした。

グレイドンは玄関を閉めた。「ただの〝弟〟に格下げされてしまったようだ。ぼくも弟にこんな思いをさせているのだとしたら、ローリーに謝らないといけないな」トビーに向き直ると、大声で命令していたときの目がふっとやわらぎ、それから熱い欲望をたぎらせた。「ギャレットさま！」トビーは喉元に手を当てた。「そんな目でわたしをご覧になるのはおやめください。まるで目で服を脱がされているようですわ」彼女は手で顔をあおいだ。「そんな熱いまなざしを向けられたら気が遠くなってしまう。寝室に下がったほうがよさそう」気取ったしぐさでドレスの裾を少しだけ持ちあげると階段をのぼっていった。四分の一ほど行ったところで振り返ると、グレイドンはまだ階段の下にいた。

「ああ、大変。靴下がずり落ちそうだわ」透けるように薄いスカートをゆっくり引きあげ、白い絹のストッキングに包まれたすらりと長い脚をあらわにした。腿の半ばまでしかないストッキングは、愛らしいブルーのガーターで留まっていた。

トビーはたっぷり時間をかけてガーターを留め直すと、グレイドンに視線を戻して小さくほほえんだ。「これで大丈夫」

グレイドンはまだ一階にいて、トビーを見ていることを示す唯一のものは、燃えるようにぎらぎら輝く目だけだった。

次の瞬間、彼は階段を駆けあがっていた。勢い余ってトビーを追い越し、そこで思いだしたように彼女の腰に腕を巻きつける。「きゃあああ」トビーは彼にしがみつき、抱えられるようにして階段をあがりきると寝室へ飛びこんだ。暖炉では火が燃えていて、今回ベッドにバラの花びらはなかったけれど、そこがふたりの寝室だとトビーにはわかった。部屋は彼女の好きなものであふれていた。ソファも壁にかけた絵も、ナイトテーブルの上の小箱も、すべて趣味に合っている。暖炉のそばの隅に置いてあるロングブーツはグレイドンのものだ。厚手のウールの外套が大きなウイングチェアの背にかけてあった。

「ただいま」をいおうとひらきかけた口をグレイドンの唇がふさいだ。初めてのときはやさしすぎる彼を焚きつけなければいけなかったけれど、今回その必要はなかった。

愛の言葉も服を脱がす手間も省いた。寝室の壁にトビーを押しつけ、スカートをまくりあげた。そこでグレイドンははっとした。トビーは今回、この時代の習慣にすべて従っていた。ペチコートの下になにもつけていなかった。ただ熱い肌があるだけだった。

グレイドンは片手でズボンの紐をほどくと一気に貫いた。トビーは強烈な感覚に息をのみ、彼の肩にしがみついて両脚を腰に巻きつけた。

速く激しく突かれ、全身で感じた。体の奥から切迫感がどんどんせりあがってくる。トビーの頭がのけぞり、グレイドンは彼女のやわらかな首筋に顔をうずめた。頬ひげが肌をこする。ごわごわしているのにやわらかで、男らしさを感じた。

動きがさらに速く激しくなると、トビーも一緒に動きだした。壁で体を支え、太腿で彼を締めつける。

グレイドンの体が張りつめ、ふたりとも頂点に近づいているのがわかった。トビーが背中を弓なりにして腰を突きだしたとき、グレイドンもまた強く腰を突きあげた。

白熱した情熱がはじけ、ふたりは唇を重ねながら同時に達した。トビーは一瞬、不思議な感覚にとらわれた。魂が肉体から抜けだして、宙に浮かんでいるような感じ。目を開けるのが怖かった。目を開けたらナンタケットの自室に戻っていて、すべては夢と消えてしまうのだ。

「グレイドン！」うろたえた声で彼の名を呼んだ。

「ここにいるよ、愛しい人」彼はトビーをベッドへ運び、自分もかたわらに横たわった。彼女の頭を肩にもたせかけ、髪に手を差し入れた。もう一方の手を彼女のお腹に伸ばし、いままでとは違う丸みに触れた。「ぼくたちの子どもか」

トビーは彼の手に手を重ねた。「ええ、間違いないわ。ああ、このままここに――」

グレイドンはキスでトビーの言葉を封じた。彼女がなにをいおうとしたかはわかっていた。このままこの時代に残って家庭を作り、子どもたちを育てていけたらどんなにいいか。

トビーはグレイドンに体をすり寄せ、首筋にキスしはじめた。

「戻らないと」グレイドンはやさしくいった。

「わかってる」トビーは両手で彼の顔を挟んだ。「でも眠りに落ちるまではここにいられる。この前のときみたいに」

「そうじゃなくて、結婚パーティに戻るんだ。ぼくたちはなにかの理由があってここへ戻った。だからその理由を探るつもりだ。ギャレットが妻の出産のためにドクター・ハンコックを雇ったということは、それ以前にどこかで顔を合わせているはずなんだ」

グレイドンの目は底知れぬ怒りに燃えていた。「なにをするつもり？」

「そのやぶ医者をばらばらに切り刻んで鮫の餌にしてやる」憤怒のあまりじっとしていられなかった。転がるようにしてベッドから出ると暖炉へ近づき、トビーに背を向けて火を見つめた。

「グレイドン」トビーはベッドに両肘をついて体を起こした。「そんなことをしてはだめ！責めを負うのはギャレットなのよ」

彼は火のなかに薪を放りこんだ。「わかってる。でもそれがぼくのしたいことだ」トビーのほうに向き直り、ポケットのなかを探りはじめた。「じつは——」グレイドンはそこで笑顔になると、一枚の紙片をポケットから取りだした。

「なにか持ってきたの？」

「前回のタイムスリップで見たシーンを再現したら、またここに戻ってこられるんじゃないかと思って——いや、期待して、実験のつもりでポケットにあれこれ詰めこんでおいたんだ」

「じゃ、あのディナーはわたしのためじゃなく、タビーのためでもあったってこと？」

グレイドンはくっくっと笑った。「そうだよ。知らなかったのか、ぼくはタビーに夢中なんだ。とくに彼女が披露してくれるストリップが最高でね」

「へええ。でもタビーはギャレットに首ったけだからおあいこね」トビーは頭を枕に戻すと、誘うような笑みを投げた。

グレイドンはベッドに戻りたそうにしていたが、そこで部屋の隅にある小さな机に目をやった。「ポケットには二十一世紀の硬貨と医学雑誌の切り抜きと、ミニサイズのツールセットも入れておいたんだ。それに一八〇六年から現在までの年表も」

好奇心を掻き立てられ、トビーは上半身を起こした。「それで？」

「どれも消えている。パーセニアが母親に宛てて書いた手紙のコピー以外は」

「ああもう！」トビーはベッドにばったりと倒れこんだ。「忌まわしいドクター・ハンコックさえいなければ。でも、本気で彼を殺すつもりじゃないわよね？　暗殺するとか？」

「それも考えたが、そんなことをしてもギャレットはべつの医者を連れてくるだけだろう。どんな医者もタビーに近づけないようにする必要がある」

「どうやって？」

グレイドンは羽根ペンを取りあげた。「この手紙を書き写してみんなに読ませるんだ。ボストンにいる知り合いの話としてね。その知人の妻がドクター・ハンコックに殺されたことにする。キングズリー一族を取り仕切っているのはケイレブ船長のようだから、どんな医者も絶対にぼくの妻には触れさせないと誓わせるつもりだ」

トビーはベッドをおりた。「手紙をもっともらしく見せるには、ナンタケットに関する記述を省かないと。手伝いましょうか？」

「ありがとう、頼む」

机に向かうグレイドンの横に立つと、彼はトビーの腰に腕をまわして引き寄せ、大きくなりつつあるお腹に顔を寄せた。

「愛してる。この時代でなら、誰に気兼ねすることなくきみに想いを伝えられる。トビー、きみを愛してる」トビーを見あげたとき、グレイドンのダークブルーの瞳は涙で光っているように見えた。

トビーは彼の頭に手を添え、額にキスした。「わたしもあなたを愛してる。現在も過去も、この先の未来もずっと、永遠に愛しつづけるわ」

グレイドンはしばらく彼女のお腹に顔をうずめていたが、いきなりむこうを向くと目を拭った。それからトビーのほうは見ずに、ポケットに入れてきた手紙を差しだした。

手紙を受け取る手が震えた。その手紙には一度目を通していて、もう一度読むかと思うとぞっとした。トビーは息を吸いこんだ。「〝親愛なるギャレット〟からはじめましょうか」そして、そのおぞましい内容をいやいや読み返した。

ギャレットは愛するタビーを案じるあまり、ボストンからハンコック医師を呼び寄せたのです。なにかあったときに、島の産婆――この道二十年の経験を持つ女性です――では頼りにならないと考えて。タビーのお産は何時間もつづいていて、するとハンコックは、たったひとりの赤ん坊を取りあげるのにひと晩じゅう待ってなどいられないといいました。そして母体の準備が整う前に鉗子《かんし》を使ったのです。もちろん、しきたりとして、男性医師は妊婦の体を見ることは許されませんから、ハンコックはあの恐ろしい器具をやみくもに使いました。そして赤ちゃんの頭と一緒に子宮の一部を挟んで引っ張りだしたのです。力を入れすぎたのでしょう、生まれてきた赤ちゃんは小さな頭を潰され、その場で死にました。しかもハンコックは、子宮を引きずりだされた痛みに悲鳴をあげているタビーから大量の血を抜き取ったのです。患者を落ち着かせるための治療だとうそぶいて。最終の渡し船に間に合うように急いで出ていくとき、あの憎むべき男はこういいました。母と子を救うためにできることはすべてやった。死は神の思し召しだ、と。

死に向かうタビーには、赤ちゃんはすやすや眠っていると話しました。タビーは赤ちゃんの亡骸《なきがら》を胸に抱いて息を引き取りました。真実は知らぬままに。

妻と息子があの医者に殺されたことは、ギャレットにはとてもいえませんでした。あの気性だもの、真相を知ればただではすまないでしょう。あの医者がどうなろうと島の女は誰ひとり気にもしないけれど、ギャレットが絞首刑になるのは見たくないから。

24

トビーは噂を広げに行くグレイドンについていきたかったけれど、妊婦特有の強烈な眠気に襲われて足元がおぼつかなかった。

それを見て、グレイドンは笑顔になった。「きみとぼくらの子どもはおねむのようだね」

彼はトビーをベッドへ連れていった。

「わたしも手伝いたいのに」ほとんど目を開けていられなかった。「それに、目が覚めたらわたしだけ家に戻っていたら――」

グレイドンはキスで黙らせた。「しーっ。ぼくもすぐにあとを追うから大丈夫だ」それからトビーをベッドに横にならせた。「ゆっくりおやすみ」

目を開けていようとするのに、勝手にまぶたが閉じてしまう。それでもグレイドンの手を放さずにいた。「これからどうするの?」

「まずは陶器職人を見つける」

トビーは不安げにまばたきした。「ギャレットに危険なまねはさせないと約束して」

「約束する」グレイドンはふたたびトビーに口づけると、しばらくその手を握ったままでいたが、やがてドアのほうへ向かった。

ドアの閉まる音がしたけれど、トビーはそちらを見なかった。体が眠りへ落ちていくあいだ、まぶたの裏にさまざまな映像が浮かんでは消えた。アリックスの結婚式で緑のシルクのスーツを着ているヴィクトリア。パーセニアの結婚式で胸元が大きく開いたドレスを着ているヴァレンティーナ。ハントリー博士の顔がよぎった。博士はなんといっていたっけ？

まぶたをあげることはできなくても、眠気の霞《かすみ》が少しだけ晴れて記憶がよみがえってきた。〝ヴァレンティーナとパーセニアもその場にいた〟博士はそういっていた。

まぶたがひくついた。〝女たちにいいなさい〟頭のなかで……ジリーの声がいった。〝女たちに話すのよ〟グレイドンは家長のケイレブに話すといっていたけれど、ケイレブは男だ。そして男ほど当てにならないものはない。タビーが産気づいたときには長い釣り旅行に出かけていて、戻ってきたときにはすべて終わっているかもしれないじゃないの。

トビーは眠気と闘いながらなんとかベッドの上で起きあがった。そして硬く張ったお腹に両手を当てた。「あなたがまだほんのちっちゃな赤ちゃんだってことは知っているけど、生まれてきたいのならママと一緒に起きてちょうだい」

しばらくすると、ようやく目を開けることができた。

何度か深呼吸をくりかえしているうちに、少しずつ頭がはっきりしてきた。勢いをつけてベッドから出ようとして、トビーははっと息をのんだ。赤ちゃんがお腹を蹴ったのだ。

トビーは笑みを浮かべ、ベッドの端でつかのまお腹に手を当てた。「あなたはパパにそっくりね。人を助けるために闘う気まんまんなんだから。わかった、一緒に彼女たちをさがしに行きましょう」

階段をおり、ひとけのない一階を抜けて玄関から外へ出た。頭上で稲妻が光ったが雨はまだ落ちてきていなかった。急ぎ足でキングズリー・ハウスへ向かうと、披露宴はまだたけなわだった。誰の結婚式か、いまだにわからないけれども。

最初に目に入ったのはヴァレンティーナで、部屋の隅でケイレブ船長と並んで座っていた。顔を寄せ、恋人どうしのように囁き合っている。ふたりのことをもっと調べておけばよかった。そうすれば将来のことを話してあげられたのに。でも船長は船もろとも海に沈んだんじゃなかった？　ううん、あれはギャレットが船長と一緒に航海に出たときの話だもの。ギャレットが船に乗らなければ、船長も航海を取りやめるかもしれないわ。

赤ちゃんがまたお腹を蹴った。よけいなことは考えるなとばかりに。ヴァレンティーナはだめだ。いまはケイレブ船長のことで頭がいっぱいで、ほかのことには気がまわらないだろうから。

ジリー――パーセニア――は窓台の下の腰掛けにひとりで座っていた。パンチの入ったカップを手にダンスを見ている。「タビー」彼女に気づいてほほえんだ。「もうベッドに入ったのだと思っていたわ」

「そうなの」トビーはめまぐるしく頭を回転させた。タイムスリップや生まれ変わりや、そのほかのいえないことには触れずに要点だけ伝えるにはどうしたらいい?　「すごく怖い夢を見たの。現実かと思うほど真に迫った悪夢を」そしてあの夜、産室で起きたことをすべて話した。医者が最終の渡し船に乗るために急いでいたこと。彼が使った〝恐ろしい器具〟のことも。

すべて哀れなタビサ・ウェーバー・キングズリーの身に実際に起きたことだったから、トビーはいくらも話さないうちに泣きだしていた。パーセニアはトビーの肩を抱いてハンカチを渡したけれど、話をさえぎることはしなかった。

どうかしたのかと近づいてきた人たちを、パーセニアは手を振って追い払った。トビーが話を終えると、パーセニアは彼女を連れて部屋を横切り、屋敷の横手にある勝手口を抜けて、ひんやりした夜の帳《とばり》のなかに出た。「医者には指一本触れさせないから」パーセニアはいった。「約束する」彼女はそのままキングズリー・レーンのほうへトビーをいざなった。「だからもうおやすみなさい。あまり心配しすぎると体に障るわ。あなたが怖がれば、お腹の坊やにも伝わってしまうものよ」

「女の子かも」脚に力が入らなかった。感情の波にさらわれて体力を使い果たしてしまったのだ。

「いいえ、男の子よ。わたしね、そういうことがわかるの」

トビーはパーセニアを見てうなずいた。ハントリー博士もジリーについて同じようなことをいっていた。

「自分が見たものや感じたことについて、ふつうは誰にも話さないんだけど、あなたのことは心の友だと思っているから。あなたの夢は正夢かもしれないの。ギャレットと結婚してからあなたのことがずっと心配だった。じつはね、今夜あなたが話してくれたことがわたしにも見えていたの。わたしを信じて。医者は絶対に産室に入れない。ヴァレンティーナとわたしでかならずあなたを守るから」

「ありがとう」約束を取りつけたとたん、耐えがたい眠気がまた戻ってきて、トビーはパーセニアにもたれかかった。

キングズリー・レーンに出たところで、玉石の舗道を蹴る蹄《ひずめ》の音が聞こえた。ふたりの女性は足を止め、音のするほうを振り返った。

「なにか変だわ」パーセニアがいった。

馬はぐんぐん近づいてきたが、速度を落とす気配はなかった。ふたりの間近まで迫ったとき、ひと筋の稲妻が夜空を引き裂いた。馬は、あたりを包む闇と同じ色をしていた。手綱を握っているのはグレイドンで、黒い上着の襟元から雪のように白いクラヴァットが見えていた。ところがその上にはなにもなかった。頭があるはずのところがぽっかりと空いていた。

その頭は、男の左腕に抱えられていた。生気の失せたその顔は目を閉じて、髪をうしろで束ねていた。

トビーは愛する人の首を抱えた馬上の幽霊を見あげ、それからパーセニアを見て小さくほほえむと——気を失った。

25

目が覚めたとき、最初はどこにいるのかわからなかった。あたりは深い静寂に包まれ、真空空間にいるのかと思うほどなんの音もしなかった。はっきり目が覚めてくると、ナンタケットの自室のベッドにいるのだとわかった。枕元に携帯電話があった。ドレッサーの上にはｉＰａｄが、デスクにはノートパソコンが置いてある。二十一世紀に戻ったんだわ。

部屋は薄暗かったけれど、ブラインドの下から陽光が流れこんでいた。隣の枕に目をやったが、へこみはできていなかった。グレイドンはここで眠らなかったんだ。

トビーはお腹に手を当てた。ぺちゃんこだ。たちまち涙がこみあげた。赤ちゃんも夫もいない、静まり返った家。

「起きたのね」ジリーが部屋の入口に立っていた。朝食をのせたトレイを持っている。

トビーは体を起こすと、急いで涙を拭った。「みんな行ってしまったのね？」

「ええ」

「グレイドンも一緒だった？　彼は無事？　五体満足だった？」

ジリーはトレイをベッドに置いた。「健康そのものだったわよ――不幸を絵に描いたような顔をしていたけれども。どうしてそんなことを訊くの?」

「肩の上に頭がちゃんとのっていたかどうか知りたかっただけ」自分のジョークに笑おうとして失敗した。

ジリーはトレイの上から大きな封筒を取りあげた。「これをあなたに渡してほしいと頼まれたわ」

封筒のなかには、べつの封筒と小ぶりの本が入っていた。ジリーが静かに部屋を出ていくと、トビーは小さいほうの封筒を開けた。

最愛の人へ
起こすのは忍びなかったのでこのまま行く。父から兄弟揃って参上するよう求められた。忠臣たるものの務めとして戻らなければならない。
どうかぼくのことを忘れないでくれ。
永遠の愛をこめて。
GM

ベッドカバーの上に手紙が落ちた。いまはなにをどう感じればいいのかわからなかった。

唐突に突きつけられた現実に心がついていかなかった。

トビーは小さな本を取りあげた。ぼろぼろの古い本で、表紙は色褪《あ》せ、破れてしまっている。書名は『ナンタケットに隠された秘密』で、〝島民が語りたがらない話〟と副題がついていた。

付箋のついたページをひらくと、摂政時代の服装で巨大な黒馬にまたがった男性の絵が目に飛びこんできた。高々と前足を振りあげた馬の前には、診察鞄を持った中年男性がいて、悲鳴をこらえるように口に手を当てている。中年男性が恐怖の表情なのは、馬上の男の首から上がないからだった。その首は男の左腕に抱えられ、ニタリと狂気の笑みを浮かべている。

その恐ろしい絵に添えられた説明は短かった。一八〇〇年代初頭、馬に乗った首なし男の扮装をした島民がハンコックという名の医者を追いまわした。ハンコックは恐れおののき、波止場まで走って逃げると、ラム酒が半分ほど入った大樽のなかにひと晩じゅう隠れていた。そして朝一番の渡し船で島を去り、二度と戻ってくることはなかった。なぜ名医で知られたハンコックが標的に選ばれたのか？　著者はそんな疑問を呈していた。その肌寒い秋の夜、ハンコックは結婚式の来賓としてたまたま島にいただけで、それ以前にナンタケットを訪れたことはなかった。ところが馬に乗った男はハンコックを、ハンコックだけを、執拗《しつよう》に追いかけつづけたといわれている。島を半周するほども。

話の最後で、著者はナンタケットの島民にインタビューしたときのことに触れている。一九六三年のことで、島民たちは一様に口が重かった。大半がそんな話は知らないと答えた。〝ナンタケットの人々が島の歴史にきわめてくわしいことを考えると、これは妙な話だった。なぜこの馬に乗った首なし男の話は秘密にされているのか？　そして男はなぜボストンからきた医師を追いかけたのか？　誰も語ろうとはしなかった〟

わたしが眠っているあいだずっと、グレイドンはあの晩に自分のしたことの記録がどこかに残されていないかさがしていたの？　キングズリー・ハウスの図書室を夜どおし引っ掻きまわして、誰も知らないようなこの本を見つけた？　とにかく、グレイドンが陶器職人を見つけるといっていた理由がこれでわかった。あの首は粘土で作って、かつらをつけたのだ。計画のことをわたしに黙っていたのは、いえば反対されるとわかっていたからだろう。だって、誰かに銃で撃たれたらどうするの？　もっとも、ギャレットの一族はナンタケットにとって海と同じくらいなくてはならない存在だ。そして島民は仲間を絶対に裏切らない。

本の挿絵を見ているうちに思わず笑みが浮かんだ。島に二度と戻らなかったなんて、グレイドンはあの医者を相当恐ろしい目に遭わせたのね。

どうやら、わたしとグレイドンが出会ったのには理由があったらしい。過去に戻ってギャレットとタビサの運命を変える――わたしたちはそのためにめぐり逢った。

それでじゅうぶんよ！　そんなことができる人間はそうはいないのだから。

トビーはジリーが用意してくれたおいしい朝食を食べはじめた。家が静かすぎて気味が悪かった。剣と剣がぶつかる音も、笑い声も、ランコニア語も聞こえない。朝食を食べてしまうとトレイを脇へやり、枕に頭をあずけて天井を見あげた。いつかこの日がくることはわかっていたんだし、落ちこむなんておかしいわ。それに黙って行ってしまったグレイドンに腹を立てるのも筋違いよ。別れの瞬間を長々と引き延ばすほうがよかったとでも？　ひしと抱き合って滂沱《ぼうだ》の涙を流すほうが？

どんな別れかたをしても、この胸の痛みは変わらない。わたしはとんでもなく愚かなことをした。愛してはいけない人を愛してしまった。こうなったのは自業自得よ！

横になったまま、今後の選択肢について考えてみた。

このまま家に引きこもって、何週間、何カ月も鬱々と過ごすか。それとも前を見て歩きだすか。いまのわたしにはやるべき仕事がふたつある。ジャレッドのいとこの家の庭をデザインすることと、ヴィクトリアの結婚式を成功させることだ。やらなきゃいけないことは山ほどあるから、ほかのことを考えている暇なんかないはずよ――思い出にひたる暇も。

その仕事を終えたあとは、いつか誰かとめぐり逢って、その人と愛し合って――。

で、そのあとは？　その人とグレイドンを一生くらべつづけるの？　だって、グレイドンに敵《かな》う人なんてどこにもいないから。グレイドンは博識で、スポーツ万能で、昔ながらの紳士だ。彼は――。

トビーは目をぎゅっとつぶった。やめなさい。そんなことを考えつづけたら頭がどうにかなってしまう。この日がくることは最初からわかっていたはずよ。グレイドンは出会った初日に、高貴なダナとの婚約が決まっていることをわたしに明かした。式典のことまでくわしく話してくれた。

グレイドンはずっとわたしに誠実だった。

トビーはベッドカバーをはねのけて立ちあがった。〝今日という日は、残りの人生の最初の一日〟という言葉が頭に浮かんだ。そう、今日が新たなはじまりよ。部屋着に着替えると、決意とともにキッチンへおりていった。ジリーはサンルームのテーブルでケイル・アンダーソンの小説を読んでいて、顔をあげなかった。グレイドンがあのサンルームをきれいに片づけてくれたんだった。トビーの頭に最初に浮かんだのはそれだった。トレーニング中の彼をあの窓から見ていた。あのテーブルで何度も四人で食事をした。ランコニア産のチーズやパンケーキの味までよみがえってきた。ビールを飲みながら談笑するグレイドンとダイルが見えるようだった。ランコニア語にもだいぶ慣れてきたのに。

やっぱりだめ。思い出がいっぱい詰まったこの家でひとりで暮らすなんて耐えられない。

トビーはサンルームへ入っていくと、問いかけるような表情を向けたジリーに消え入りそうな声でいった。「わたしには無理。とても――」

そのとき庭に通じる勝手口からヴィクトリアが入ってきた。いつものように美しい彼女のうしろには、トビーの知らない背の高い白髪の女性が立っていた。

「ダーリン」ヴィクトリアはトビーの肩を抱いて左右の頬にキスした。「永遠に目を覚まさないんじゃないかと思ったわ。かわいそうにグレイドンはさよならもいえなくて。起こすといったんだけど、彼に止められたの。大変な経験をしたあとだからこのまま寝かせておこうって。それで？　またべつの夢を見た？」

ヴィクトリアはいまにもペンとノートを取りだしそうに見えた。トビーはこれ見よがしにもうひとりの女性に目を向けた。

ヴィクトリアはうしろに下がってその女性の横に並んだ。「こちらはわたしのお友だちのミリー・ローソン。ランコニアには休暇でいらしたんだけど、わたしの結婚式やジャレッドに頼まれた例の庭のことであなたを手伝ってくださるそうよ」

「ごめんなさい、この人ったらぶしつけで」トビーが口をひらくより先にミリーがいった。「いきなりいわれても困るわよね。最近ボーイフレンドと別れたばかりなんですものね？」

そんな陳腐な話じゃないと思ったけれど、初対面の人にいえるわけもなかった。「島を楽しんでいらっしゃいますか？」

「それでね、トビー」ヴィクトリアがいった。「ここに同居させてもらったらどうかとミリーにいったのよ」

「はっ？」トビーは絶句し、唖然とした顔をした。

ジリーがふたりのあいだに立って場を取りなした。「ミリーは引退するまでイベントプランナーをしていて、大企業や美術館、大使館の仕事まで請け負ったことがあるの。ナンタケットにはヴィクトリアの結婚式のあとまでいる予定なんだけど……」ジリーは最後までいわなかった。

「引退後の生活がこれほど退屈だとは思わなくて」ミリーがあとを引き取った。「ビーチはすべて見てしまったし。まあ、ここの夕日は何度見ても見飽きることがないけれど。それでヴィクトリアのウェディングプランナーが人手が足りなくて困っていると聞いたときに、手伝わせてもらえないかと頼んだの。同居に関しては、赤の他人と一緒に住むなんていやよね？」

〝ええ〟というつもりで口をひらいたとき、庭のほうでなにかが動くのが見えた。トビーは一瞬、心臓が喉から飛びだしそうになった。グレイドンがローカンとダイルを連れて戻ったんだわ！　でも違った。〈クリーン・カット造園会社〉のホセ・パルティーダとスタッフが作業しにきたのだった。

跳ねあがった心臓が、足元まで一気に落下したような気がした。もしもひとりだったらますぐ二階へ駆けあがり、ベッドに飛びこんで――二度と出てこなかっただろう。トビーはミリーに目を戻した。かすかにイギリスなまりがあるその女性はとても有能そうに見えた。

「わかりました。手伝っていただけるととても助かります。二階に使っていない寝室が――」

胸が詰まって、一瞬声が途切れた。「――あります。同じ家にいたほうが仕事もやりやすいですから」

「ああ、よかった！」ヴィクトリアは勝手口のドアをさっと開けて外に声をかけた。「ホセ、運んでもらいたい荷物がいくつかあるんだけどお願いできる？」

ヴィクトリアとミリーが玄関から出ていくと、ジリーはトビーの肩に腕をまわした。「いまはとてもそうは思えないだろうけど、いつかは乗り越えられるから。どんなことも時間が解決してくれるものよ」

ジリーの別れた夫、彼女のふたりの子どもの父親は、最低の男だったと聞いたことがあった。ジリーは失恋よりはるかにつらいことを乗り越えたんだわ。

トビーは彼女をきつく抱いたあとで体を引いた。「ヴィクトリアってときどき高圧的で――」

「厚かましい」ジリーはいった。「それにすごく強引」

「そうそう。でも今回ばかりは同居人がいてくれたほうがいいと思う」

「わたしもそう思うわ」

荷物を二階へ運びあげる音と、男たちに指示を与えるヴィクトリアの声がした。ものの数分で、トビーの家はこの夏二度目の同居人を迎えることとなった。

帰り際、ヴィクトリアが三十センチはありそうな手紙の束を渡してきた。「いまどき手紙?」トビーはそれを受け取った。

「まあね。わたしが招待したのは作家仲間だし、作家は書くのが仕事だから。用件に目を通して、返事をしてやって。コンテスト優勝者の賞品はもう決めたの?」

「あなたのサイン本はどう?」

ヴィクトリアは笑った。「ああ、おもしろい。優勝者の名前入りのなにかがいいわ。そうすれば宣伝担当がウィキペディアに載せられるから。必要なものがあったらなんでもいって。でも執筆中は部屋にこもってしまうから、連絡はつきにくいと思うけど」そこで声をひそめた。「ミリーはすごく仕事のできる人なの。だから頼って大丈夫。いろいろ話すといいわ」

「おふたりは知り合って長いの?」

ヴィクトリアは手で払いのけるようなしぐさをした。「いやね、それって女性に年を訊くようなものじゃないの。じゃあね、ダーリン、がんばって」彼女は帰っていった。

ホセが階段をおりてきた。「あの女性の荷物の多さときたら。温室の掃除もしておこうか?」

「いいえ」温室の掃除は、いつのまにかグレイドンの仕事になっていたっけ。「自分でやるわ」

「少しは外に出たほうがいい。家のなかに閉じこもってばかりじゃ体によくないからね」ホセのいうとおりだ。トビーは彼のあとについて庭へ出た。

26

ゆっくり話をしながらミリーのことを知りたい気持ちもあったけれど、いざ話しだしたら、そのうち泣きだしてしまうのはわかっていた。忙しく動きまわっていなかったらどうなっていたかは考えたくなかった。

ミリーが移ってきた日の翌朝、トビーが階下におりていくとパンケーキの香りがした。グレイドンが作ってくれたランコニア風パンケーキを思いだして、もう少しで二階に逃げ帰りそうになった。何度か深呼吸をくりかえして気持ちを落ち着かせてからキッチンへ入っていった。

「朝食を作ったんだけどよかったかしら？」ミリーがいった。

「ありがとうございます。でも気を遣わないでくださいね」

「料理が好きなの。でも、もう作ってあげられる人がいないから」

「ご家族は？」トビーは訊いた。

「子どもたちはとっくに成人して母親は必要ないから。それで今日はなにをする？　庭のデザイン？　それとも結婚式？」

「まずはそれぞれの進捗状況を知ってもらったほうがよさそう。こまかな作業はほとんどローカンが処理していたから、どこまで終わっているのかわたしもわかっていないんですけど」

「ローカン？　珍しい名前ね。どういう人なの？」

「彼女は……」いいたいことがありすぎて、かえって言葉にできなかった。

「ごめんなさい。つらいことを思いださせるつもりはなかったの。そのローカンという人は、あなたを捨てた例の女たらしとなにか関係があるのね？」

怒りがこみあげ、トビーは息を吸いこんだ。「違う！」なんとか言葉を絞りだした。「グレイドンはわたしを〝捨てた〟んじゃない。彼は自分のことより相手のことを考えて行動する誠実で立派な人よ。彼は――」キッチンテーブルの椅子にがくんと腰を落とした。「彼はやるべきことをやっただけ」消え入るような声でいった。

ミリーは隣の椅子に腰をおろしてトビーの手を取った。「失礼なことをいって本当にごめんなさい。そんなことだとは知らなくて。その男性があなたにした仕打ちのことをヴィクトリアがさんざん罵っていたものだから。それこそ、煮立った油のなかに彼を放りこむんじゃないかと思うほどに。でも、どうやら複雑な事情があるようね」

トビーは目をあげた。ミリーの顔はいたわりに満ちていた。年はずいぶん上なのに、すごくきれいな肌をしている。若いころは相当な美人だったのだろう。ミリーはもらい泣きしそうになっていた。「ええ、ヴィクトリアが考えているようなこととは違うんです。だけどこの悲しみが癒えるまでには時間がかかるし、いまはその話はしたくない。すんだことは忘れて前に進めるように、いまは仕事に集中したいんです」

ミリーは笑顔になってトビーの手をぎゅっと握った。「わかるわ。だけどわたしでよければ、いつでも話を聞くから。失恋の涙は経験があるし」

「ありがとう」実際、気分がよくなっていることに気がついた。「ジャレッドから依頼を受けた庭を見に行きませんか？」

「で、ジャレッドというのは……？」

「わたしの家主で友人です」トビーはミリーが差しだしたパンケーキの皿を受け取った。

「ガーデニングについてはくわしいんですか？」

「バラとユリを一緒に植えるときれいだってことは知っているわ」

「それでじゅうぶんです」トビーはパンケーキを食べはじめた。

ガーデニングやなにかについてミリーがいっていたことがかなりの謙遜だったことはすぐにわかった。この女性は知識と能力のかたまりだった。

ジャレッドのいとこの庭をざっと見て、ミリーはこういった。「シンプルでクラシックな感じがいいわ。手入れがしやすいから」
「まったく同意見です」トビーはいい、その場で意見を出し合った。どんな植物をどこに植えるか。ベンチはどこに置くか。庭の奥のほうに小さなあずまやを造ることまで決まった。帰り道ではすでにトビーとローカンが測った寸法を元に見取り図を作成する準備ができていた。

キングズリー・ハウスには小さいけれどすべてが揃った設計室があったので、ふたりはジャレッドに断ってから、古風な製図台を使って庭の見取り図を描きはじめた。ミリーはまたヴィクトリアの結婚式の〝やることリスト〟を作って、終わったこととこれからやることがわかるようにした。三日目には作業は一気に進みだしていた。

著名な作家たちに当時の衣装で式に出てもらうというのは最初こそ名案に思えたけれど、トビーの元には手紙に加えて、大量のEメールやショートメッセージが送られてきていた。なかには小説のワンシーンかと思えるほど長いメールもあって、誰もがトビーは摂政時代のあらゆることに通じていると思っているようだった。

「〝わたしは校閲者じゃない、時代考証はご自分でどうぞ〟といってやりなさい」ヴィクトリアはそういったけれど、実のところトビーはどの質問にも楽々と答えられた。なにしろ、その場にいたのだから。

「この時代のことにどうしてそんなにくわしいの？」結婚式のためにオーダーする花を

チェックしているときにミリーがいった。

「それは――」トビーはそこで黙りこんだ。当時にタイムスリップしたことがあるから、なんていえるわけない。「摂政時代を舞台にしたヒストリカルロマンスをたくさん読んだので」彼女は注文票に目を戻した。

結婚式までの数週間、レクシーとは週に二度、電話で話したけれど、なにかが変わってしまっていた。レクシーもわたしに隠していることがある、トビーはそんな気がした。

「なんの問題もないわ」トビーは友人にいった。「グレイドンには国を治めるという使命があるの。平民と一緒にいたいからって、その使命を放棄するわけにはいかないのよ」

「ウィリアム王子に関する記事を読んでいないの？」レクシーはぷりぷりしていた。「スウェーデンの将来の女王は専属トレーナーだった男性と結婚したのよ」

「ああ、そのことならランコニア憲法にも定められているわ。スポーツジムのトレーナーとの結婚はオーケイだけど、フラワーショップの店員はだめだって」

「ちっとも笑えないんだけど」

「それで、あなたとロジャーはうまくいっているの？」

「なんの問題もないわ」レクシーはトビーの答えをそっくりまねた。「心配なのはあなたのほうよ」

ずっとそんな調子だった。トビーはレクシーのことを尋ね、レクシーはトビーのことを尋ねる。それでいてどちらも大したことは話さなかった。

仕事に没頭しようとしていても、不意に悲しみに押しつぶされそうになることがまだあった。グレイドンたちが去った一週間後、ローカンから大きな荷物が送られてきた。なかにはランコニア産のチーズとソーセージ、それに手編みのレースが入っていた。食品を通関させるために外交ルートを使わなければならなかったが、無事に届いた。

箱のなかに短い手紙が入っていた。


毎日あなたのことを思っています。〝彼〟はとってもとっても悲しそうです。

ローカン

「いい気味よ！」トビーはそう強がった。さもないと泣いてしまいそうだった。

チーズとソーセージは、ミリーとケンとジリーを招いてふるまった。ミリーがワインを買って、ジリーはラズベリーパイを作った。楽しい夜だったけれど、ジリーがランコニアのことに触れると、トビーは手をあげてそれをさえぎった。あの国のことは一切聞きたくなかった。

ところがケンはそれを無視した。「婚約の儀が延期になったんだ」ミリーのほうにちらりと目をやったが、彼女は詮索するつもりはないとばかりに料理に目を落としたままだった。

トビーはうなずいた。「ローリーのギプスがまだ取れていないからでしょう。べつの王子を婚約させるわけにはいかないもの。神の前で婚約を誓うのはグレイドンでなくては」

「公式の説明では――」

トビーはまた手で制し、今度はケンも黙った。

ランコニアのことについて目も耳もふさいでいたトビーは、タビサとギャレットについて調べることもしていなかった。前回、グレイドンとふたりでハントリー博士に話を聞きに行ったときは、何日も泣き暮らした。

この前のタイムスリップでふたりを救えなかったとしても、グレイドンが去ってしまったいま、過去を変えるチャンスはもうない。それに泣いているわたしを抱き締めてくれる人ももういない。

だから現在と未来のことだけ考えよう。トビーは自分にそういった。過去はもう振り返らない。タビーとギャレットのことも。グレイドンのことも。

結婚式が間近に迫るころにはミリーとトビーは最強のチームになっていた。あうんの呼吸で動けるようになっていた。

ベストコスチューム賞に贈られるプレートをデザインしたのはミリーだった。ふたりはまた、参列者のほとんどがプレートをもらえるようにたくさんの部門賞を考えだした。ベストヘアスタイル賞、ベストヘッドドレス賞、ベストホワイトドレス賞、ベストシューズ賞などなど。ミリーとふたり、ピッチャーにたっぷり作ったマルガリータを飲みながらありとあらゆる賞を考えるのはとても楽しかった。

雰囲気が悪くなったのは、グレイドンの苦手なあの黄色いチーズが食べたいとトビーが口をすべらせたときだった。

「その名前、何度も耳にしているけど、いったいどういう人なの？」トビーのグラスにカクテルのお代わりを注ぎながらミリーが訊いた。

トビーはほろ酔い気分だったものの、けっして酔っ払ってはいなかった。「本物の王子さまよ」彼女はカクテルをひと口飲んだ。

「その人があなたの運命の人なの？」

「まさか！　ヴィクトリアの結婚式が終わったら、わたしはすてきな誰かと出会って恋に落ちるの。その人は知的で洗練されていて、わたしたちは一日じゅう愛し合うの。ついにバージンとさよならよ！」トビーはカクテルを飲み干した。

「じゃ、あなたは……？」ミリーは目を丸くした。

「それがどちらともいえなくて」トビーはグラスをテーブルに置いた。「タビサはすばらしい時間を過ごしたけど、トビーはなにもなしだから。小説に出てくる高潔なヒーローはすてきだけど、現実世界ではいらだたしいだけ」

「その話、くわしく聞かせてちょうだい」

「だめ。いまはだめ。一生だめ。そろそろ寝ます。また明日」トビーは二階にあがってベッドに倒れこんだ。

結婚式の前々日までにはふたりとも疲れ果てていたけれど――準備万端整っていた。マーサ・プーレンにオーダーしていたヴィクトリアのドレスは――ちなみに彼女が選んだのは白いドレスで、賭けはローカンの勝ち――その週の初めに届いていて、息をのむほどに美しかった。とてもシンプルなデザインで、襟ぐりは深く、胸のすぐ下に切り替えがあり、七分袖で、引き裾《トレーン》は控えめだった。比類のない美しさを作りだしているのは、最高級のスイスコットンと、マーサとスタッフがスカートと袖にほどこした繊細で複雑な白い刺繍だった。ヴィクトリア、ミリー、トビーの三人はドレスのまわりに集まり、その精緻を極めた見事な手刺繍にため息をついた。

ミリーのドレスはニューヨークのメトロポリタン歌劇場の衣装部にいる知り合いから借りたもので、薄紙にくるまれて送られてきた。淡いピーチ色のサテンにチュールレースを重ねたドレスで、レースには銀糸で美しい刺繍がほどこされていた。年を経るうちに銀糸の輝きがやわらいで、ドレスをいっそう美しく見せていた。とてもよくできた複製品で、まるで手縫いのように見えた。

ジリーとケン、アリックスとジャレッドについては、ハントリー博士がその時代の衣服を収めた箱がキングズリー・ハウスの屋根裏部屋のどこに埋もれているかを教えた。その箱を引っ張りだしてきたケンは、こんなものを着なければいけないなんてと、ジャレッドとふたりで文句たらたらだった。

トビーのドレスはクロゼットのドアにかけてあったが、見ているだけでさまざまな思い出がよみがえって、立っていられないほどだった。ベッドの端に座りこんでドレスを見ているうちに、グレイドンと過ごしたあの夜の光景が次々と頭に浮かんだ。

「大丈夫？」開けてあった戸口からミリーが声をかけた。「まあ！　それがあなたのドレス？　なんて美しいんでしょう。サイズは合っているの？」

「合っています」

「試しに着てみたほうがいいんじゃない？」

トビーはぱっと立ちあがった。「合ってるといったでしょう！」怒鳴るようにいった。「何度も着ているし、脱がされたことだってあるわ。このドレスを着て踊って、声をあげて笑った。このドレスを着て結婚式を挙げたんだから！」彼女は両手で顔をおおった。

「ひとりにしてあげたほうがよさそうね」ミリーの声はやさしかった。

「いいえ。お願い、行かないで。もう仕事は残っていないの？」

「礼拝堂へ行って、キャンドルが正しい位置に置かれているかどうか確かめることくらいかしら」

「いいわね！　何本か火を点けて、蠟が垂れないかどうか見てみましょう。アリックスの結婚式のときみたいに、あとから蠟を剝がしてまわるのはいやだもの。あのときだってグレイドンがいなかったら――」

トビーははっと息をのんだ。

ミリーは彼女の腕に手を置いた。「時間はかかるかもしれないけれど、いつかは忘れられるから」

「それどころかここ数日、彼の記憶が鮮明になってきているようなの。いまだって彼がわたしを呼んでいる気がして」

「だったら会いにいけばいい」

「できない」ミリーの先に立って階段をおりると、車のキーをつかんだ。

トビーが〝壊れた〟のは結婚式の前日のことだった。その日、彼女は早起きしてキッチンへおりていった。ストレートの濃い紅茶を淹れていると、一階の居間からテレビの音が聞こえてきた。ミリーももう起きているんだわ。トビーは紅茶のカップを手に居間へ入っていった。

ミリーはソファに座って、ランコニアから生中継しているCNNを見ていた。彼女はトビーにちらりと目をやった。「この国のことをいろいろ聞いていたでしょう？　そしたら、ちょうどこれをやっていて。なんだかわかる？」

テレビ画面に目を向けたとたん、呼吸がうまくできなくなった。赤い絨毯を敷き詰めた大きな部屋が映っていた。金色のシャンデリアがきらめき、壁には青いシルクの錦織のようなものがかけてある。部屋の前方では十数名の人が小さな椅子に腰かけ、男性はスーツ姿、女性は帽子をかぶって、全員がペンと手帳、あるいはカメラを手にしていた。後方にはテレビカメラが見える。「これはたぶん……婚約の儀だわ」トビーはいった。

理性の声は〝いますぐ部屋を出て、これから起こることを見てはだめ〟といっていたけれど、トビーはその場を動けなかった。

ミリーがソファの自分の横をぽんぽんと叩き、トビーはそちらへ歩いていって腰をおろすとマグカップを握りしめた。

宮殿広間にまもなくランコニアのグレイドン王子とレディ・ダナ・ヘクソンバスが登場し、正式な婚約発表がおこなわれる。CNNのアナウンサーがそう告げた。

「グレイドン？」ミリーはトビーに目を向けた。「あなたのグレイドンじゃないわよね？」

答えが返ってこないと、ミリーはトビーの手からマグカップを取りあげてコーヒーテーブルに置いた。トビーは心臓が激しく打ち、催眠術にでもかかったようにテレビを凝視していた。

しばらくしてあらわれた王子は、記憶にあるとおりの長身の美男子だった。彼と腕を組んでいるレディ・ダナは、トビーが恐れていたとおりの美しい人だった。

「ふたりともとても幸せそうね」ミリーの声はどことなく悲しげだった。

「ローリーはずっとダナを愛していたから」トビーはつぶやいた。

「ローリー？　誰のこと？」

トビーははっとわれに返り、ソファからいきなり立ちあがった。「あれはローリーよ。グレイドンじゃない」

よろよろとソファから離れ、両手で頭を抱えた。「嘘よ嘘！　彼がわたしにそんなことするはずない」

「そんなことって？　よくわからないんだけど」

「グレイドンよ！　彼はわたしを悪者にしようとしているの」

「悪いけど、なんのことだかさっぱり」

トビーはテレビを指差した。「あれはグレイドン王子じゃない。弟のローリーよ。グレイドンはここへ向かってる。わたしのために王位を捨てると伝えにくるのよ！」

「まあ。それはたしかなの？　ちょっと極端な話に聞こえるけど。でももし彼がきたら、あなたはなにをいうつもり？」

「もちろん、そんなことをしてはだめだというわ」トビーは気を静めようとした。「もしかしたらわたしの思い違いかもしれない。みんながローリー王子だと思っている人が画面に映るかどうか見ていて。もしも映らなかったら、その人はたぶんここへ向かっている。わたしは着替えて、結婚式の会場へ出かけるから」

二階へ向かいながらトビーはずっとつぶやいていた。「グレイドンのばか！　なんてことをしてくれたの？」

27

全部あなたの勘違いよ、トビーは結婚式当日まで自分にそういい聞かせていた。昨日は物音がするたびに飛びあがった。いまにもどこかのドアからグレイドンが入ってくるのではないかと思っていた。

ところが日が傾いてもグレイドンがあらわれることはなく、トビーは徐々に落ち着いてきた。ミリーとワインを飲みながらの夕食をすませると、早めにベッドに入った。

明けて、結婚式当日の早朝六時。トビーはすでに会場にいた。準備万端整っているか確認するための時間を、なるべく多く取りたかったからだ。昨日はしっちゃかめっちゃかの一日だった。空港に到着した大勢のゲストが、それぞれのホテルまで車で送ってほしいといいだしたからだ。結局ジャレッドのいとこ全員が応援に駆りだされ、希望の場所まで送り届けることとなった。

礼拝堂の裏に停めた車のバックドアを開け、自宅から持ってきた備品を給仕スタッフがすぐに運びだせるようにした。ミリーの友人にカリグラフィーの達人がいて、席札はその人に書いてもらった。それ以外にも式には多くの趣向が凝らされ、どれもトビーひとりでは考えつかないものばかりだった。

ふたりはそのつどヴィクトリアに意見を求めたが、ヴィクトリアは手のひと振りですべてオーケイした。

執筆中の小説に没頭していたヴィクトリアは、自分の結婚式に無関心といっていいほどだった。ハントリー博士が機嫌を損ねているのではないかと心配したけれど、博士はとても理解があった。「彼女はいまヴァレンティーナの物語を生きているのだよ。彼女の魂に刻まれていた物語を。それを紙に書いてしまえば、ヴィクトリアはわれわれのところへ戻ってくるさ」

今朝、携帯電話を見たら、昨夜遅くにヴィクトリアからメールが届いていた。脱稿した、これから十二時間ほど眠る、とあった。〝わたしの魂はついに解放された〟とも。

トビーはいま会場を見まわして、やり残したことがないか確認していった。大テントのなかにはテーブルや椅子が用意され、礼拝堂内は小さな椅子がぎっしり並んでいた。ミリーはその椅子を「オペラチェア」と呼んだ。「オペラ座のボックス席に置かれる椅子で、硬いし小さいしで座り心地が悪いったらないの。それで観客が居眠りするのを防いだのね」

トビーはその名称に笑みをもらした。結婚式が終わったら、ミリーの半生についてゆっくり話を聞いてみたかった。これまではそんな余裕はなかったから。

一本の木から照明のコードが垂れ下がっていた。スタッフが到着しはじめたら、誰かがコードに引っかかってしまうかもしれない。トビーは木の幹に立てかけてあった脚立をひらいて伸ばすと、一番上の段に立って、できるだけ高い位置にコードをしっかり固定した。

「ここにいると思ったよ」二度と耳にすることはないだろうと思っていた声がした。

さまざまな感情が一気にトビーを襲った。喜び、怒り、切望、愛。冷静でいようとしたのに、脚立をおりようとしてステップを一段踏みはずし、背中から落ちそうになった。

グレイドンはとっさに彼女を抱き留めた。

ダークブルーの瞳をのぞきこんだとたん、理性も分別も吹き飛んでしまった。グレイドンの目には欲望がくすぶっていた。

トビーは彼の首に抱きついた。唇が重なり、舌が絡み合う。

「きみのいない人生なんて耐えられない」グレイドンはトビーの顔にキスした。息ができないほど強く抱き締められて、トビーの足は完全に地面から浮いていた。「ずっと会いたかった」

トビーはキスを返した。また会えるなんて思っていなかった。二度と触れられないと思っていたのに。懐かしいぬくもり。自分の肌のようにおぼえている。

グレイドンが歩いているような気がしたけれど、彼のキスに心がとろけ、ふたたび触れ合えた喜びで胸がいっぱいで、よくわからなかった。

キスをつづけながら地面におろされたところで、わずかに正気を取り戻した。そこは礼拝堂やテントから離れた森の奥で、グレイドンはトビーのシャツのボタンをはずしていた。いまここでわたしと――タビサではなくトビーと――愛し合うつもりなんだわ。

そんな力がどこにあったのか自分でもわからなかったけれど、トビーはグレイドンの肩を強く押して腕の分だけ体を離した。グレイドンの目は熱い欲望をたたえ、ふたたびトビーを引き寄せた。

「だめよ」トビーは囁いた。

「わかった。家へ帰ろう」グレイドンは彼女の首筋に顔をうずめた。

「あなたの家？　わたしの家？」

「きみの家だ。ぼくはこの島に住む。きみとふたりで。永遠に」彼はすでに決まったことのようにいうと、トビーのほうに顔を下げてきた。

トビーはもう一度彼を押しやった。「そんなのだめよ！」

今度はグレイドンの耳にも届いたようだったが、彼は笑みを浮かべただけだった。「大丈夫だ」なだめるようにいった。「きみはなにも心配しなくていい。すべて考えてあるから」

「そうなの？」トビーは彼の肩に置いた手を伸ばしたままでいた。

「ああ」グレイドンはやさしくほほえんだ。「ローリーとふたりで計画を立てたんだ。どこかふたりきりになれるところへ行こう。そこで全部話してあげるよ」

「ふたりきりになれるところ？　わたしの寝室とか？　そこで愛を交わしたあと、ベッドのなかで抱き合いながら、あなたとローリーが考えたわたしの将来のことを話してくれるわけ？」

「そのとおり！」グレイドンは満面の笑みを浮かべた。「きみとはいつも意見が合うな」

トビーは彼から離れた。「その計画とやらをきちんと理解できているかどうか確認させて。あなたが島にいたとき、わたしはあなたをベッドに誘いこもうとさんざんばかなまねをした。でもあなたはそれを拒んだ」

「あのときは国に戻らなければいけなかったから、きみの純潔を奪うわけにはいかなかったんだ」

「でも、いまならいいわけ？」

グレイドンはにっこりした。「この計画にはきみとぼくの結婚も含まれているんだ。今日、式を挙げよう。ちょっと調べたんだが、ふたりでナンタケット裁判所庁舎へ行って結婚証明書を取得したら、二階の部屋で裁判官が式を挙げてくれるらしいよ」

「そんな手間をかける必要はないんじゃない？」トビーは森のむこうに見えている礼拝堂とテントのほうを手で示した。

その口ぶりで、グレイドンは初めてトビーがあまり喜んでいないことに気がついた。「盛大な式はあとからやればいい」あわてていった。「宮殿でね」

「へえ？　で、わたしが結婚する人の名前はなんなのかしら」

「それについてはあとでじっくり話す必要があるが、ぼくはローリーのままでいることになると思う」

トビーは目に怒りをたぎらせてグレイドンのほうに一歩踏みだした。「ダナのことを教えて。彼女は自分が誰と結婚するか知っているの？」

グレイドンは一歩うしろに下がった。「ダナの望みを訊くべきだときみにいわれたことがあっただろう？　あれは名案だった！　で、尋ねてみたんだ。彼女ははっきりした自分の意見を持っていたよ」

トビーはさらに一歩、前に出た。「ダナはなんですって？」なんとなくグレイドンの顔が赤くなったような気がした。

「彼女は、その……。どうやら最初からぼくとローリーの見分けがついていたらしくて、ぼくに恋愛感情は一切持っていないといった。彼女によると、ぼくは〝鞘《さや》に入ったままの剣〟なんだそうだ。ランコニアの格言で、意味は――」

「だいたいわかるわ。ダナはあなたとの結婚を拒んだのね？」

「そうだ」

「つまりダナにふられたから、わたしのところへ飛んできたわけね。そしていま二ドルですむような安あがりの結婚式と、人目を避けて暮らす偽りの人生を約束するといっている。あなたがわたしのために国を捨てたとわかったら、ランコニアの人たちはみんなわたしを憎むわ。もしかしたら世界じゅうの人の怒りを買うかもしれない。あなたをたぶらかしたわたしについて、何冊も本が書かれるでしょうね。一国の王になるための教育を受けてきた人から運命を奪った女としてね」

グレイドンの顔からやさしく取りなすような表情が消えた。彼は肩をぐっとそらして直立不動になった。いかにも〝王子〟らしく。「知らなかったよ。きみの望みは女王になることだったのか」

「ああ、そうよね。それならわたしを憎むのはあなたのご家族だけですむものね。そして娘を女王にし損ねたダナの父親はランコニアから事業を引きあげ、国の財政は逼迫《ひっぱく》する。それも全部わたしのせい」トビーは声を落とし、すべての思いをこめて次の言葉を口にした。「わたしの望みは、あなたに国王になってもらうことよ」

グレイドンの厳めしい表情がたちどころに消えて、王子からトビーが愛するようになった男に戻った。彼は両手をポケットに入れると、近くの木にもたれた。「たしかにきみのいうとおりだ」

トビーに向けた彼の目は深い悲しみの色をたたえていて、トビーはもう少しで彼に駆け寄りそうになった。

でも、こらえた。「戻ってきてほしくなかった」小さな声でいった。「あなたなしでも生きていけるかもしれないと思いはじめたところだったのに」これでいいんだとわかっていても、目に涙がこみあげた。

「あのあとぼくのことを考えたかい？　少しぐらいは」

「あなたのことを考えたか？　いいえ。あなたを生きて、あなたを呼吸したわ。この心に、魂にあなたを感じた。風も太陽も月も、なにを見てもあなたを思いだした。体も心もあなたを求めて泣いていた。あなたの名前やランコニアの国名を耳にするのも耐えられなかった。タビサとギャレットのことを調べることすらできなかった。毎日――」トビーは彼を見た。

グレイドンは手を伸ばして彼女を引き寄せたが、今度は激情からではなかった。腕を折りたたむようにして彼の胸に頬を寄せると、高鳴る心臓の音が聞こえた。彼の絶望と無力感が手に取るようにわかった――トビーもまったく同じ気持ちだったから。

「タビーとギャレットは長く幸せに暮らしたよ」静かな声でグレイドンはいった。「ふたりのその後についてはぼくも調べる気になれずにいたんだが、ローカンとダイルが代わりにやってくれたんだ。ジリーおばさんの手を借りてね」

「あなたの〝馬に乗った首なし男〟がふたりを救ったのね」

「いや」グレイドンはトビーの頭のてっぺんにキスした。「救ったのはきみだ。きみが医者は絶対に近づけないでくれと、ヴァレンティーナとパーセニアに頼みこんだおかげだ。ドクター・ハンコックがナンタケットにあらわれなかったので、ギャレットはべつの医者を雇ったんだ。きみの友人ふたりはその医者をクロゼットに閉じこめた」

「本当に？」トビーは彼の胸に顔をうずめたままほほえんだ。「それで赤ちゃんは？」

「丸々とした男の子のあと、さらに男の子ふたりと女の子ひとりに恵まれた。娘は母親似の美人だと、ヴァレンティーナは日記に書いている」

「子どもたちは幸せなおとなになった？」トビーは囁いた。涙が頬を伝い落ちた。

「ぼくらの子孫は世界に貢献している。ひ孫の女性はニューヨークの孤児院の改革に取り組んだ。第二次世界大戦ではひ孫の孫の……とにかく何代目かの孫息子が船一隻分の兵士の命を救っている。上院議員、州知事、教師、医者、有名な女性パイロット。彼らがこの世に存在しているのは、みんなきみのおかげだ。ぼくらのおかげなんだ」

トビーは彼の腕のなかでうなずいた。「それがわたしたちに課せられた使命だった。わたしたちはそれをやり遂げたのね」

「そうだ」グレイドンは彼女の髪に顔をうずめていて、彼の涙が髪の毛を濡らすのがわかった。「実をいうと、二十一世紀に暮らす子孫のひとりが――若い女性だ――ちょっと困ったことになっていてね。彼女はつい最近まで存在していなかったわけだから、いとこのニコラスを紹介しようかと思っているんだ。噂によると、彼が生まれたのは一五六四年らしいから、きっと気が合うんじゃないかな」

グレイドンはわたしを励まそうとして冗談をいっているんだわ、とトビーは思った。「グレイドン、わたしは――」

「しーっ。この話はもうよそう。今日だけ、かつてのぼくらに戻ろう。月明かりの下でダンスをして、シャンパンを飲もう」

「最後にもう一度だけ」トビーはいった。

「そうだ」グレイドンは囁いた。「これが本当の最後だ」


トビーは大テントのなかで席次表を見ながら、テーブルに席札を置いていった。ゲストの作家全員の中古のペーパーバックを注文し、ミリーとふたりで幾晩かかけてページの一部を切り貼りした。そしてナプキンリング、席札の裏側、小さな箱入りチョコレートの包み紙をゲスト自身の言葉で彩った。作家以外のゲストにはヴィクトリアの本を使った。

じきに四時になるから、そろそろコスチュームをつけた参列者たちが到着しはじめるだろう。礼拝堂の準備はヴィクトリアの娘のアリックスに任せ、トビーはいったん家に帰ってドレスに着替えてくる手はずになっていた。

それなのに、ぐずぐずと作業をつづけていた。ベビーローズを活けた花瓶の位置を直し、シュレッダーにかけた本のページで作った鳥の巣のような器に貝殻がたっぷり入っているかどうか確かめ、山ほどある部門賞のプレートを並べるテーブルを確認し、料理の準備に取りかかったケータリング会社のスタッフと話をした。家に帰りたくなかった。ひとりになるのが怖かった。

早朝のあのとき以来、グレイドンの姿を見ていなかった。彼がどこに泊まっているのか知らなかったし、まだ島にいるのかどうかもわからなかった。一緒にいたい気持ちもあったけれど、それ以上に、もう一度さよならをいわずにすめばいいとも思っていた。そんなのつらすぎる！

そのときトビーの携帯電話が鳴った。ポケットから取りだして見てみると、ミリーからのメールだった。早く戻って着替えなさい、とあった。〝髪はわたしが結ってあげるから〟とも。

涙がこぼれそうになり、まばたきをして押し戻した。これまでずっと、本当の意味での母親をさがし求めてきたような気がする。わたしの話に耳を傾け、慈しんでくれる人を――。

「子どもじゃあるまいし！」電話をポケットにしまいながら声に出していった。みんなの忠告を聞かなかったあなたが悪いのよ。レクシーにも止められたのに――。いいかげんにしなさい。トビーは自分を叱ると、車に乗りこんでキングズリー・レーンまで戻った。ミリーは玄関で彼女を出迎えた。

「急いで支度をしないと、式に遅れてしまうわ」ミリーは銀糸の刺繡が見事なあのドレスをまとっていた。優雅なスタイルに結いあげた頭につけたティアラは、本物のダイヤモンドと見まがうほどのきらめきを放っている。

「すごくきれいよ、ミリー」トビーはいった。

「あなたはたったいま愛犬が死んだ人みたいな顔をしている。なにがあったの？」

静けさのせいか、それとも家にいる安心感がそうさせたのだろうか。トビーはもう自分を抑えることができなかった。「彼がきたの」消え入りそうな声でいった。

ミリーが両腕を広げた。トビーはそこに飛びこみ、涙に喉を詰まらせた。しばらく泣かせてやったあと、ミリーはトビーの手を引くようにして二階の寝室へあがった。

「支度をしながら話を聞かせて。最初から話してちょうだい。王子なんかと、いったいどうやって知り合ったの？」座ろうとするトビーをバスルームのほうへ押しやり、シャワーを浴びるよういった。「ただし、髪は濡らしちゃだめ。乾かしている時間はないから」

「グレイドンはわたしの髪が好きだって」

ミリーは天を仰ぐと、シャワーカーテンを脇へ寄せた。「ほら、汗を洗い流して」

トビーは素直に従い、ミリーはカーテンの外で話を聞いた。

いったん話しだしたら止まらず、切れ目なしに言葉があふれだした。ジャレッドとアリックスの結婚式で初めて会ったときのことから話しはじめた。「王子であることをわたしに話すようグレイドンにいったのはローリーなの」

「ローリーは彼の弟なのね？」

「そう。ふたりはいわゆる双子なんだけど、グレイドンのほうが頭も顔もいいし、それに、そう、ずっとおとなよ」

ミリーは笑いを隠しながらトビーのコルセットの紐を絞った。「それでグレイドンが島にいるのは一週間だけの予定だったのね？」

「そうなの。でもローリーが手首を折ってしまって、それで滞在が延びたの」トビーはオットマンに腰かけ、三つ編みを解いてブラシをかけているミリーにローカンとダイルがやってきた話をした。「ふたりは最初、わたしのことを嫌っていたの。わたしが玉の輿《こし》を狙っていると考えたのね。でもグレイドンがその誤解を解いてくれた」ふたりのランコニア人がひざまずいて謝罪したときのことを話した。

「まるでおとぎ話の王子ね。でも、ひとつぐらい欠点があるんじゃない？」

「人に頼らず、自力でなんでもできると考えるとか？　ローリーにあれこれ指図するものだから、ときどき気の毒になったわ」

「あなたにそういうことはしないの？」

「やめて、というようにしたから」

「あのドレスを着て結婚式を挙げたというのはどういう意味？」クロゼットのドアにかけてあるドレスのほうをあごで示した。

タビサとギャレットのことに触れずにそれを説明するのは無理だった。「結婚式のまねごとをしただけ」トビーはそれだけいうと、ミリーに髪を結ってもらうあいだ口を閉じていた。

「ちょっと確認したいんだけど、グレイドン王子の弟が、王子の結婚するはずだった女性と婚約したということは、王子はもうあなたと結婚できるということじゃないの?」

トビーが答えるまでに少し時間がかかった。「そんなことをしたら、彼の家族はわたしに憎しみを向けるはずよ。グレイドンの母親は……」言葉が途切れた。「一度、彼女と電話で話したことがあるの。というより、グレイドンとのやりとりを聞いていたの。グレイドンもかわいそうに。あんな母親じゃ、子どものころはさぞかし寂しい思いをしたはずよ。痛っ!」

「ごめんなさい。ブラシに髪の毛が引っかかってしまって。あなたたちが結婚できる方法がなにかあるんじゃない?」

「あるわ。島の裁判所で今日、式を挙げようとグレイドンにいわれた。でもわたしは断った。だって、自分の息子が一介のアメリカ人女性と結婚したと知ったら、あの恐ろしい母親がどうすると思う? 一生わたしにつらく当たるわ」

「愛する男性との結婚より、自分が楽でいられるかどうかのほうが大事だってこと?」

「そうじゃない。グレイドンが板挟みになることが問題なの。女どうしの闘いに巻きこまれながら、どうやって国務に集中するの? それにわたしのせいでレディ・ダナの父親がランコニアから事業を引きあげたら、国民から抗議の声があがる。そんなストレスにさらされていたら、職務をまっとうするなんて無理よ」

「そんなふうに考えるなんて立派だわ」

その言葉とミリーの口ぶりに、ふたたび涙がこみあげてきた。ミリーはトビーの横に腰をおろすと、体に腕をまわして抱き締めた。

「立派なんかじゃない。本当はランコニアなんかくそ食らえといいたい！　グレイドンと駆け落ちして、それからあの母親に面と向かって、ひと言でもわたしの悪口をいったら承知しないといってやりたい。だけど、そんなことをしてもグレイドンを苦しめるだけ。愛する人にそんな仕打ちはできないわ」

ミリーは抱擁を解くとトビーの目をまっすぐに見た。「よし！　自己憐憫にひたるのはここまで。あなたにメイクをしてドレスを着せたら、大急ぎで礼拝堂へ向かわないと。ヴィクトリアとケイレブの結婚式に遅刻してしまうわ」

「こんな状態じゃとても――」

ミリーがすっと立ちあがった。彼女は両肩を引いて胸を張ると、見下すような目をトビーに向けた。「愛する男性を国王にしたいのなら、あなたも女王のようにふるまいなさい。女王たるもの、心の内を他人に見せてはいけません」

「ランコニアではそうかもしれないけど――」

「カルパティア！」その語気にトビーは思わず立ちあがった。

「わかりました、陛下。わたしのなかにいる小さな女王をいま呼びだします」

ミリーはにこりとせずにトビーの両肩に手を置くと、じっと目を見た。

「あなたの王子はたぶん結婚式にやってくる。十九世紀の衣装をつけた彼は、目がくらむほどすてき。その彼からもう一度、駆け落ちしてくれといわれたら、あなたはついていく？」

「たぶん」

ミリーは怖い顔でトビーをにらんだ。

「わかった。駆け落ちと、お手軽結婚式にはノーという。でもベッドでの一夜かぎりのお遊びはオーケイするわ」

ミリーは眉をひそめた。

「そこだけは譲れない」

「いいでしょう。そのときは知らせて。ジリーとケンの家に泊まらせてもらうから」

トビーは渋い顔をした。「わたしの男運の悪さを考えると、グレイドンはとっくに新しいガールフレンドを見つけているかもしれないけどね」

「こんな美しい髪をしたあなたを捨てて？　もしも彼が尻込みしたら、この髪を投げ縄にして彼の首に引っかければ、ほいほいついてくるわよ」

トビーは笑った。「グレイドンがこの髪を気に入っていること、どうして知っているの？」

「あなたがいったんでしょうに。さあ、メイクの最短記録に挑戦するわよ」

前面がガラス張りのロジャー・プリマスの大邸宅は、島の南側の海に面していた。建築の専門誌から抜けだしてきたような家だった。家具のレイアウトも完璧で、すべてが白とブルーで統一されていた。海と空の色だ。

レクシーはこの家の内装が気に入らなかった。本土の室内装飾家は、料金はばか高いくせにどうして白い家具とブルーのクッションしか思いつかないのだろうと、ナンタケットの住民はみな不思議に思っている。壁にはクジラをモチーフにした美しい絵画や錨《いかり》が芸術的に配されていた。

結婚したら家じゅうの模様替えをしたいと、ロジャーにはすでに伝えてあった。それに対するロジャーの答えは「なんならこの家を取り壊して、きみのいとこのジャレッドに新しいのを建ててもらえばいい」。おかげでレクシーはお金の無駄遣いについて長々と説教するはめになった。けんかのあとは、ベッドのなかで四時間かけて仲直りした。

レクシーはいま白いソファに座り、向かいにある揃いのソファにはグレイドンがいた。どちらも十九世紀の衣装をつけて、礼拝堂に出かける準備はできていた。グレイドンが一日じゅう、ランコニアにいる誰かと携帯電話で話していたことは知っていた。どうやら事はうまく運ばなかったらしく、いつもは背筋が伸びているグレイドンが、いまはソファの背にぐったりともたれていた。いまの彼は王室の末裔にはとても見えなかった。

グレイドンがスーツケースひとつであらわれたのは、昨夜遅くのことだった。そしてドアを開けたロジャーに泊めてもらいたいと頼んだ。ロジャーは寝ぼけた顔のまま寝室のひとつを指差した。レクシーのいるベッドに戻ったロジャーは誰が訪ねてきたのかいわなかった。きっとレーシング仲間だろうと思い、レクシーはふたたび眠りについた。

ところが今朝早くにレクシーが階下におりていくと、気むずかしい顔をしたグレイドン王子が、背中を丸めてボウルに入れたシリアルを食べていた。

少し話したところで、ふたりともヴィクトリアの結婚式でトビーをあっと驚かせるつもりでいることが判明した。レクシーは予定より早く帰国したばかりか、ロジャーと婚約したことを友人に告げるつもりだった。グレイドンのほうは、予期せぬ登場そのものがサプライズになるはずだった。

「これはロジャーがパリで買ってくれたの」レクシーはいま、ピンク地に白い刺繍をほどこしたドレスのことを指してそういった。

「よく似合っているよ。それに指輪もすてきだ」

レクシーは左手を顔の前にあげ、ロジャーから贈られた五カラットのダイヤモンドが輝く婚約指輪を見つめた。「本当はこういう指輪は好きじゃないんだけどね。派手で、仰々しいし。でも……」

「でもロジャーらしい？」

「そうなの。まるで指にロジャーをつけて歩いているみたい」グレイドンのほうを見たとき、レクシーは少し浮かない顔をしていた。

「婚約のことをトビーに話すのが不安なのかい？」グレイドンは尋ねた。

「ううん、そんなことない。トビーは、やっぱりね、っていうんじゃないかな」

「かもしれない。とても洞察力のある女性だから」

絶望したようなグレイドンの顔を見ているのは耐えられなかった。ふと、ロジャーなら彼の力になれるかもしれないと思った。レクシーは立ちあがった。「用事があるから失礼するわ。ひとりで大丈夫？」

「もちろん」グレイドンは手を伸ばしてレクシーの手を取ると、甲にキスした。「きみのニュースを聞いたら、トビーはきっと大喜びするよ」

「あなたたちも――」レクシーはその先の言葉をのみこんでグレイドンにほほえむと、大きなリビングルームから出ていった。

そのまま二階へあがり、グレイドンの話を聞いてあげてとロジャーに頼んだ。「あのふたり、深刻な問題を抱えているみたいなの」

「ぼくらと違って？」ロジャーはにやにやした。「ぼくもきみに気に入ってもらうまでに、しばらくかかったけどね」

「あなたがしつこいから根負けしたのよ」レクシーはいい、つかまえようとするロジャーの手から逃げた。「とにかく、彼にやさしくしてあげて。いいわね？」

「ぼくはいつだってやさしいよ」

「わかってる。でなきゃ、あの人の力になってあげてなんて頼まない」

「で、彼になにをいえばいいんだ？」

「わからない。男どうしの話とか。とにかくやさしくね。かわいそうに、ひどく苦しんでいるみたいだから」

ロジャーは階下へおりると、リビングルームにひとりでいるグレイドンを見つめた。ふたりとも黄褐色の半ズボンに丈の短いジャケットというでたちだった。グレイドンは祖先が使っていた上靴を履き、ロジャーはロングブーツを合わせていた。ロジャーが勧めた酒をグレイドンは断った。兄弟なのにまるで違うな。そう思わずにいられなかった。ローリーはいつだって陽気なのに、兄のほうはピエロでも落ちこみそうな暗い顔をしている。そもそも、未来の国王となんの話をすればいいんだ？

「ええい、知るか」ロジャーは酒の入ったグラスを手にグレイドンの向かいに腰をおろした。「きみにやさしくしてやれとレクシーに頼まれたんだが、そのしけた顔を見ているのはもううんざりだ。とにかくあきらめるな。いいか。あきらめたら負けだ。ぼくを見てみろ。ついにレクシーを手に入れた。何年もかかって、ようやく振り向かせたんだ。今回の旅行だって、レクシーはたまただと思っているが、練りに練った計画なんだぞ。レクシーをフランスへ連れだすために妹に嘘までつかせたんだ。そのうえ、常にむすっとしている芝居までさせた。

暇を持て余したレクシーがビルから飛びおりたくなるくらいに」ロジャーはグラスに口をつけた。「妹の協力を取りつけるのに、次のパーティで有名シェフのボビー・フレイに料理を作らせると約束させられたよ。ともかく、そこでいよいよぼくの登場だ。折ってもいない腕にギプスをはめて。そこまでしてようやくレクシーはぼくのドライブ旅行につきあうことに同意したんだ」

ロジャーは身をのりだし、グレイドンをにらんだ。「ぼくがなにをしたと思う？　レクシーに運転を任せたんだ。オートマ車にしか乗ったことのない彼女がクラッチを踏まずにギアチェンジしようとして、V12オーバーヘッド・カムエンジンのギアがガリガリ鳴っているのが聞こえても、口を閉じたままでいる。それが〝真実の愛〟というものだ」彼はいったん黙り、そのときの恐怖をグレイドンに想像させた。「プロポーズを断られたくらいであきらめたら男がすたるぞ」

グレイドンは我慢強い表情でロジャーを見た。「ぼくの場合は酌量すべき事情があるんだ」

「ああ、それね。いずれ国王になるってことだろう？　それがなんだ？　誰にだってハンディキャップのひとつやふたつはある。ぼくの場合は女性に役立たずだと思われるのがそれだ。リッチでハンサムだけど、使えないやつだってね。レクシーに惹かれた理由のひとつは、彼女がぼくをこき使うからだ。あのトビーって娘はきみになにをしてくれるんだ？」

「王子だということを忘れさせてくれる」

「そんな女性をあきらめるのか？　どうしてあきらめなきゃならない？」

「国のため？」皮肉たっぷりの口調でいった。

ロジャーは鼻で嗤った。「歴史にはさほどくわしくないが、惨めで不幸な男に名君はいないんじゃないか。よく考えてみるんだな。ひとりの男としての自分と王としての自分、はたしてどちらが大切か」彼は酒を飲み干してグラスを置くと、部屋から出ていった。

グレイドンは席を立って外へ出た。海を見ながら考えるために。

28

ミリーとトビーが到着したときには、礼拝堂はすでにゲストで埋まりはじめていた。その半数は衣装を着ていて、ヴィクトリアの予言どおり、まわりに引けを取らないよう最大限の努力をしていた。女性たちはみなシルクやサテン、リボンや宝石で飾り立てていた。ある有名作家は「わたしはヴィクトリアではなくジェーン・オースティンに敬意を表してこのドレスを着ているのよ」といっていた。

「それはようございました」ミリーがあまりに皮肉たっぷりにいうものだから、トビーは笑ってしまった。

夕暮れのなか、ふたりは礼拝堂の開け放った扉のそばに並んで立ち、結婚式の流れを説明したプログラムをゲストに手渡していった。オルガン演奏（ヴェルディ）。ヴィクトリアの担当編集者による詩の朗読。新郎新婦の誓いの言葉。ジャレッドのいとこたちがゲストを席まで案内していた。

「あなたはわたしのことを全部知っているのに、わたしはなにも知らない」トビーは

〈ニューヨーク・タイムズ〉紙のベストセラーリストの常連作家にプログラムを渡しながらミリーにいった。「結婚はしていらっしゃるの?」

「ええ。すばらしい人とね。ついでにいうと、わたしはこの国の生まれじゃなく、お見合いで結婚したのよ」

「嘘でしょう!」プログラムを差しだしたまま手が止まり、犯罪ノンフィクション作家の男性がむしり取るようにして持っていった。「あっ、ごめんなさい!」男性の背中に謝ってから、ミリーに視線を戻した。

「本当よ。両方の親が決めた結婚だったの。でも親は知らなかったんだけど、夫になる人とわたしは結婚式の前に一度だけ逢い引きしていたの。彼のお膳立てでね」ミリーの目は遠くを見ているようだった。「真夜中のデートで、見ていたのは馬と月明かりだけ。窓からこっそり抜けだしたわたしは彼の駆る裸馬で森を走り抜けた。その先にはシャンパンと、チョコレートをかけたイチゴが待っていたわ」三人のゲストにプログラムを渡すあいだ、話が途切れた。「夜明け近くまでふたりで過ごして、それから馬で家に戻った」そしてミリーも現実に戻ったようだった。「それ以来、わたしはどこまでも彼についていった。彼がわたしの運命の人よ」

トビーはため息をついた。「こんなにロマンチックな話は聞いたことがないわ」

「あら、あなただって経験しているじゃないの。あなたが王子と出会ったときもシャンパンとイチゴがついてきたんじゃなかった？　王子はあなたにひと目惚れしたからあの家に転がりこんだのでしょう？」

「転がりこんだのはそのとおりだけど、恋愛感情からじゃないわ」トビーは新たなプログラムの束を取りあげた。

「恋愛感情じゃなければなに？　わたしの知るかぎり、あなたと彼は出会った瞬間からずっと一緒にいるようだけれど。ふたりで仕事に精を出し、ふたりで問題を解決する。それなのに性愛的な側面を除外している理由がわからない。昔ながらのベッドでのお遊びを放棄するなんてもったいないじゃないの」

「放棄してないわ。つまり、セックスはしたけどしてないってこと。グレイドンはすばらしい恋人で、わたしは結婚初夜に妊娠した。だけど――」

ミリーは目を丸くしてこちらを見ていた。

「ちょっとしゃべりすぎたみたい。わたしたちの席が誰かに取られてしまっていないか見てくるわね」

ミリーが彼女の手をつかんだ。「よけいなお世話かもしれないけれど、世の中には理屈や常識では解決できない問題もあるの。そんなときは自分を信じるしかないのよ。憎まれることを恐れて愛をあきらめてしまったら、愛が憎しみに負けたことにならない？」

「どうかしら」結婚式のはじまりを告げる音楽が流れだすと、トビーはつかまれていた手をほどいて自分たちの席に向かった。ふたり分の椅子にリボンを渡して取っておいたのだ。そのリボンをほどいて自分の席についた。

まもなくケイレブ・ハントリー博士とケンが横手のドアから入ってきて祭壇の前に立った。うしろの扉のむこうではアリックスとジリーに付き添われたヴィクトリアが、ジャレッドと腕を組んで通路を進む瞬間を待っているはずだ。

そのときミリーがついてきていないことに気づき、トビーはうしろを振り返ったが、新しい友人の姿はどこにも見えなかった。代わりに摂政時代のスーツを着てこちらに歩いてくるグレイドンが見えて、トビーの心臓は痛いほどに高鳴った。

グレイドンは彼女の隣に腰をおろした。そこはミリーの席だといわなきゃいけないのはわかっていたけれど、いえなかった。グレイドンはトビーの手を取って口づけると、自分の肘にその手を置いた。椅子が小さいせいで腿と腿が触れた。

曲が変わり、淡いピンクの地にクリーム色の糸で刺繍をほどこしたドレスをまとったジリーが、白い絨毯に深紅のバラの花びらを散らした細い通路を進んできた。つづいて、熟れたアンズのような色のドレスを着たアリックスが姿を見せた。どちらの女性も白バラに青い小花をあしらったブーケを手にしている。

結婚行進曲がはじまると全員が起立した。グレイドンが小声で訊いた。「あの青い花はどこで手に入れたんだ？」

「ニューヨークよ。ミリーが注文したの」トビーも小声で返した。

「ミリーというのは？」

「わたしのアシスタント。あなたの知らない人よ」

そして花嫁の入場となった。腕を貸すジャレッドは黄褐色のズボンに黒い上着がよく似合っている。ヴィクトリアは白いドレスに身を包み、さまざまな色調のグリーンで織られたペイズリー柄のショールを腕に絡ませていた。柄の緑が映って、エメラルド色の瞳がきらめいている。小ぶりなブーケに使われているのは白いランで、まわりをふんわりと囲んでいるのは、先ほどグレイドンに質問された青い小花だった。

いわれるまで気がつかなかったけれど、ここ何年も多くの種類の花を扱ってきた自分があの青い花を見たことがなかったのは、考えてみると妙な話だった。

祭壇の前に主役が揃うと参列者は着席し、式がはじまった。伝統的な誓いの言葉が交わされたあと、ケイレブは自分の言葉でヴィクトリアへの愛を誓った。「数百年の時をまたぎ、数々の試練を乗り越え、悲しみの涙も喜びの涙も、敗北の苦渋も勝利の美酒もともに分かち合い、永遠にきみを愛することを誓う」

ケイレブの言葉が終わるころには、グレイドンは骨も折れよとばかりにトビーの手をきつく握り締めていた。同じ激しさで抱き締められていたのならよかったのに、とトビーは思った。

「ぼくをひとりにしないでくれ」ヴィクトリアとケイレブが夫婦になったことを宣言する牧師の声が響くなか、グレイドンがそっと囁いた。「場所はどこだろうとかまわない。ナンタケットだろうとランコニアだろうと。ただぼくのそばにいてくれ、お願いだ」トビーに向けたその目には涙が浮かんでいた。

トビーは短くうなずくと、口づけを交わす新郎新婦に視線を戻した。

グレイドンがトビーの手を口元にあげてキスしたとき周囲で拍手喝采が起こり、新郎新婦は礼拝堂の扉に向かって通路を駆け抜けていった。

「さあ、これで料理にありつけるぞ」うしろの席で誰かがいい、誰もが笑いながら出口へ向かいはじめた。

トビーはグレイドンを見あげた。「やらなきゃいけない仕事があるから」

「手伝おうか？」

このままここでグレイドンと話していたかったけれど、ビュッフェ式ディナーの大混乱をミリーひとりでさばききれないのはわかっていた。「ええ、お願い」トビーはうしろ向きに歩きながらいった。「ゆったり座れるようにスペースを空けたいから、オペラチェアを少し壁際に片づけてちょうだい。ウェスを手伝いによこすわ。終わったらミリーをさがして、彼女の指示に従って。わたしは……」トビーは出口のところでためらった。

「わかってる」グレイドンはほほえんだ。「ところでレクシーがきているよ。きみをびっくりさせる知らせを持って」

「さてはロジャーのことね。結婚？　それとも婚約？」

グレイドンは笑った。「婚約だ。結婚式のプランはきみに任せたいそうだ」

「ああ、勘弁して！　いつからこれがわたしの本業になったの？」トビーは最後にもう一度グレイドンに目をやってから大テントのほうへ駆けだしたが、そこで急に立ち止まった。さっきグレイドンにうなずいたとき、自分がなにを承知したのかよくわからなかった。これからなにが起こるのかも。ひとつだけたしかなのは、グレイドンがここにいてくれてすごくうれしいということ。彼が島を去って以来ずっと、自分の一部をもぎ取られたような喪失感に苛まれてきたけれど、それがいま埋まった。

テントに入ったトビーがまず目を留めたのはミリーだった。「式を見損なったわよ」

「いいえ、見ていたわ」いつも笑みが絶えないミリーの顔が、いまは険しかった。「あなたがあなたの王子と一緒にいるのも見た。とても真剣な顔で話しているところを。彼はいまどこにいるの？」

「礼拝堂でオペラチェアを片づけてもらってる」

「彼に〝オペラチェア〟を片づけてといったの？」トビーがうなずくと、ミリーはつづけた。「椅子の片づけを王子にさせているの？」

トビーは笑った。「グレイドンはなんだってできるのよ！　料理に掃除、結婚式のプランを練ることだって――」

「国を司ることも？」

「ええ、それもできるわ」トビーはそこで声をひそめた。「よくわからないんだけど、彼との結婚を承知してしまったかもしれない」

「よくわからないってどういうこと？」ミリーは詰め寄ったが、トビーがぶるぶる震えていることに気づくと、彼女をテントから連れだして外に並べてあった椅子に座らせた。

「怖いの」トビーはいった。「怖くてたまらない。この島で、わたしの知っている世界で彼と生きていくならいいわ。だけど……」ミリーに向けた目には恐怖の色がありありと見えた。

「彼は王子で、いつの日か国王になる人よ。国家を率いていく人なの。それに彼にはあの母親がいる」

ミリーは眉根を寄せた。「あなたが考えているほどひどい母親ではないと思うわよ」

「最悪よ。きっとわたしのことを忌み嫌うわ。ランコニアの基準からしたら、わたしは背が低くて肌の色も薄い――」トビーはそこでふっと笑った。

「なんなの？」

「わたしもグレイドンに同じことをいったから」

ミリーはトビーの顔をじっと見つめ、いま聞いた話に思いをめぐらしているようだった。

「落ち着くまでここで座っているといいわ。どこへも行ってはだめよ。わたしは来賓の方々の様子を見てくるから」そういうと、テントのほうへ体をめぐらせた。

「ブーケに使ったあの青い花はどこで手に入れたの？」トビーは訊いた。

「ニューヨークから仕入れたのよ。いったはずだけど」

「グレイドンはあの花に興味を持っていたみたい」

ミリーはトビーに背中を向けたままでいた。「あらそう。あの人、ほかにもなにかいっていた？」

「いいえ、あの花のことだけ。なにかわたしの知らないことが起きているの？」

「いやね、そんなことあるわけないでしょう？」ミリーは気楽な口調でいうとテントのなかへ戻った。ゲストたちのほうへ向かおうとして気が変わり、そのままテントの奥まで進むと、その先に広がる森へ入っていった。ゲストたちから見えないところまでくると立ち止まり、そして待った。胸を張り、頭をあげて。

案の定、木の陰からグレイドンがあらわれた。ミリーの前までくると、彼はすっと腰を落として地面に片膝をついた。剣こそ持っていなかったが、手のひらを下に向けて両腕を前に伸ばすと、頭を深く垂れて首をさらし、裁きを待った。

「お立ちなさい」ランコニア語でミリーはいった。

頭をあげて立ちあがったとき、グレイドンの目は怒りに燃えていた。「ここでいったいなにをしているんです、母上」

29

「いいドレスだ。見おぼえがありますよ」女王である母に畏敬の念をあらわさなかったのは、これが初めてだった。とはいえ、別人になりすましてナンタケットにあらわれるようなまねをしたのだから、そうされて当然だ。母が着ているドレスは、王室の公式写真で祖先の女性が身につけていたものだった。島にきたのはローリーのことを探るためだろうか？「父上と……兄上は変わりありませんか？」

「ローリーのことを訊いているのなら、ぴんぴんしています」

「ああ、では気づいていたんですね」グレイドンは必死に平静を装った。母はぼくのことを探りにきたんだ。

「息子たちが入れ替わっていることに？　当然でしょう」

「ですが、あなたは電話でローリーにひどいことをいった。あれは――」

「電話に出たのがあなただと知らなかったとでも？　あなたとローリーが入れ替わっていることに？　あれほどの怒りを感じたのは生まれて初めてです！　いまだに腹立たしい」声が

高くなった。「弟が想いを寄せている女性と結婚しようとしただけではまだ足りないの？　よくもあんな残酷なまねができたものね！　ローリーを地下牢に入れて拷問したほうがまだましです。体の傷はいずれ癒える。でもあなたがあのままダナと婚約していたら、ローリーの心には生涯消えない傷が残ったはず！」

グレイドンは驚きのあまり口をあんぐり開けて母を見つめた。「しかし、ダナをぼくの許嫁に選んだのはあなただ」

「そうするよりほかにないでしょう？　三十一歳にもなるふたりの息子が、いっこうに妻を見つけようとしないのだから。ダナと結婚するようわたくしがいったとき、あなたはなんの反応も示さなかった。ローリーも口を閉じたままだった！　自分の愛する女性が兄のものになるのを阻止しようとはしなかった」

「つまり、ローリーがダナを愛していることを知っていて、あえて彼女をぼくの許嫁に選んだというんですか？」

「ええ、そのとおりよ。ダナは自分のものだと声をあげざるをえない状況にあなたの弟を追いやりたかったのです。世界じゅうを飛びまわり、危険なスポーツに明け暮れるような生活はやめさせなければいけませんから」

グレイドンは両眉を吊りあげた。「それで、ぼくについてはどんな計画を持っていたんです？」

「あなたには国よりも大切に思える女性と恋に落ちてほしかった。ロイヤルウェディングになにより必要なのはそれだからよ。でも、あなたの三十回目の誕生日に希望を捨てたの。女性に関しては、ローリーよりむしろあなたのほうが始末が悪かった」

グレイドンは自分の耳を疑った。これまでの人生が根底から覆されたような気がした。「なぜ?」なんとか声を絞りだす。「子どものころ、あなたはローリーをぼくから引き離した。理解できない」

ミリーの怒りが消えてなくなった。「でしょうね」やわらかい声でいった。「いつか自分の子を持ったらあなたにもわかるはずよ。わたくしには役割がふたつあった。ランコニアの女王という役割と、あなたたちの母親という役割が。あなたたちを甘やかし、キスして悩みを取り除いてやるわけにはいかなかった。いずれ公務につく日のために教育しなければいけなかったからよ」

彼女は二、三歩前に進み、そこでグレイドンに向き直った。「ローリーをおとなしくさせるのは、魚に靴を履かせるようなものだった。いいつけられたことをやらずにすむなら、あの子は平気で部屋に火を点けたでしょう。でもあなたは違った。学ぶことが大好きだったわ。あなたが落ちこむのは、なにかをうまくやれなかったとき。あなたが楽しいと思うのは、新しい言語を学び、ダイル卿と殺し合いのまねごとをすること。どうすればあなたを笑わせられるのか、学校の先生たちとどれだけ話し合ったことか」

「トビーはぼくを笑わせてくれる」グレイドンはいった。「スイスの温泉保養地へ行くといっていたあなたがここにいる理由は彼女なんですね？」

「正直いうと、あなたがどんな女性に夢中になっているのか見てみたかったの。だって、興味があるじゃないの！　あなたを畏れ敬い、あなたに……さらなる完璧さを求めるような女性？　それともあなたを笑わせてくれる人？　あなたを〝殿下〟と呼ぼうとせず、椅子の片づけを手伝わせるような人？」

「トビーはまさにその後者です」怒りはだいぶ収まってきていたものの、まだすべてを水に流す気にはなれなかった。「どうやらぼくの人生は、ずっとあなたに操られていたようですね」

ミリーが怪訝な顔をした。「当たり前じゃないの。それこそがわたくしの務めだもの」

「忠臣に対する女王の務めということですか？」

「まさか！」ぴしゃりといった。「母親としての務めです。いっておくと、それがわたくしの本業よ。大事なのはそちら」

「でも、子どものころのぼくはとても孤独だった。あれにはどんな理由があったんです？」

「グレイドン、わたくしの大事な息子。あなたは忠誠心が強すぎるの。だからもっと交友関係を広げてほしかったのよ」

「それでローリーを遠ざけ、ダイルを遠ざけたんですか？」

「ええ」ミリーはしばらく黙った。「わたくしが三十一年かけてできなかったことを、結婚式のグルームズマンを務めるためにこの島で過ごした一日が成し遂げてしまうなんて誰が想像したかしらね。あなたのアメリカ人のおばのジリーに感謝しなくては」

「では、ここへきたのはトビーのことを知るため？」

「そうです。あなたとローリーの策略にはずいぶん楽しませてもらったわ。病室であなたのお父さまと大笑いしたものよ。とくにロシア人実業家に使った手法は見事でした。兄弟で力を合わせてよくぞ乗り切ったと、ふたりで感心していたのよ」

グレイドンはいま聞いた話を理解しようとしていた。「ひょっとして、トビーのドレス選びには母上も関わっていたのですか？」

「そうよ。アリアとふたりでこれぞと思うものを選んだの。訊かれる前にいっておくと、あなたのおじいさまのJ・Tはなにも知らないわ。あなたと同じで彼も高潔で正直な人だから」

「単純で騙されやすいということですか？」

「思い当たる節がある《イフ・ザ・シュー・フィッツ》でしょう、シンデレラ？」

ガラスの靴をもじったそのいいまわしに、グレイドンの顔に初めて笑みが浮かんだ。「どうやらこの国に長くいすぎたようですね、母上」

「そろそろあなたのお父さまのところへ帰るつもりよ。問題は、あなたがこれからどうするかだわ」

「その口ぶりからして、トビーのことを気に入ったと思っていいんですね？」

「ええ」ミリーは笑顔で答えた。「どんな女性でも仕込めばこの仕事はできるわ。でもわたくしは彼女があなたを愛しているのか王子の身分を愛しているのか知りたかった」

「それで？」グレイドンは片方の眉をあげた。

「トビーはあなたを深く愛している。あなたの幸福のために自分の幸せを犠牲にしようとするほどに。彼女はあなたのよき妻になる。そして彼女を女王に迎えれば、かならずやランコニアの益になるはずよ」

グレイドンはしばらく口がきけなかった。心から愛する女性とこの先ずっと一緒にいられるのだという事実がなかなか理解できずにいた。「ダナの父親のことは？」

「あの男のことは気にしないでよろしい」ミリーの口調はいかにも女王然としていた。「あれだけの財をなすには、危ない橋もずいぶん渡ってきたはず。彼には女王の父ではなく王子の義父で満足してもらいます。うるさいことをいうようなら、ランコニアの正義を示すまでです」

手で顔をこするグレイドンを、ミリーはじっと見ていた。「トビーに話さないと。彼女とぼくは……ぼくたちは……」彼はあたりを見まわした。「ぼくとトビーはここからスタートしたんです。礼拝堂に近いこの場所でシャンパンを飲みながら食事をした。もう一度あれを再現できるかもしれない。テーブルクロスとキャンドルを用意して――」

「それにチョコレートをかけたイチゴも」夢見るようなその口調は、グレイドンが初めて聞くものだった。「黒馬が欠けているのは残念だけど、あなたの着ているその衣装があればじゅうぶんね」

「そうですね」グレイドンは目をしばたたいた。母親の口からこんなロマンチックな言葉が出るなんて。

「トビーをさがしに行きなさい」ミリーはいった。「三十分したら、ここに連れてくるのよ。それまでにすべて用意しておくから」

グレイドンは言葉が見つからなかった。女王に一礼すると、テントのほうへ戻っていった。

グレイドンの顔を見たとたん、なにかあったのだとわかった。こんな彼を見るのは初めてだった。大またでこちらに向かってくる彼はゲストたちには目もくれず、トビーだけを見ていた。彼が王子に見えることはよくあったけれど、いまのグレイドンは王だった。

「なにがあったの？」グレイドンが目の前までくるとトビーはいった。

「三十分後にきみをここから連れだす。たとえ黒馬にまたがってさらってでもね」

トビーは笑った。「まるでギャレットか――ミリーのご主人みたい」

「というと？」

トビーはウェディングケーキに群がる子どもたちに皿を渡しながら、ミリーから聞いた月夜のピクニックの話をした。

「窓からこっそり抜けだした？　あの人が？」

トビーはグレイドンを見つめた。「グレイドン、さっきあなたに〝ひとりにしないでくれ〟といわれてうなずいたけど、だからってなにも変わらないわ。わたしたちにはまだ乗り越えられない障害が山ほどある。だから――」

グレイドンが身をかがめ、トビーに素早いキスをすると、まわりにいる子どもたちがくすくす笑った。「あと二十五分だ」そういうと彼はくるりと背を向け、テントから出ていった。

「だから、あなたの手に負える人じゃないといったでしょう？」うしろでレクシーの声がした。

レクシーはロジャー・プリマスと腕を組み、左手に大きなダイヤモンドの指輪をはめていた。驚かせてごめん、といいたげな顔をしている。

きゃーきゃーいいながらハグし合ったあとでトビーはいった。「こうなることは水仙祭りの日からわかっていたわ。あなたを見る彼の顔には〝きみに夢中〟と書いてあったもの」

「いってくれればよかったのに」

「いったところであなたは耳を貸さなかったわよ。さあ、全部聞かせて」

そのとき、そろそろ衣装コンテストの結果発表の時間では、と声をかけられた。そのゲストはヴィクトリアが招待した有名作家のひとりで、深紅に黒のパイピングが印象的な美しいドレスを着ていた。

「ほら！」レクシーがいった。「行って仕事を片づけてきて。明日話そう。あなたの王子はどこへ行ったの？」

「さあ。ミリーがあとを追いかけていったようだったけど。彼に会いたいといっていたから」ふたりは人波に押されるようにして離れ、レクシーはロジャーに引っ張っていかれてしまった。

「明日ね」レクシーが声を張りあげた。

トビーはうなずき、それから受賞プレートを並べたテーブルのほうに目を向けた。ヴィクトリアとミリーとアリックスが手伝ってくれることになっていたのに、ヴィクトリアは新郎とダンス中で、まわりのことは一切目に入っていない。ミリーとアリックスの姿も見えなかった。トビーはやれやれとばかりに小さく腕を振りあげるとテーブルのところへ行って、各賞の受賞者を決めていった。

グレイドンがテントに戻ってきたときには、何人もの作家が笑顔で受賞プレートを抱えていた。とてもこの場を離れられないと思ったけれど、そこへミリーとアリックスがあらわれ、文字どおりトビーをテントの外へ押しだした。「あなたの仕事はここまで」ミリーがいった。

「あとはわたしたちに任せて。さあ、行って」

「ここからはわたしたちの出番」アリックスがいった。「それにロジャーからレクシーを引き離して手伝わせるから。あのゴージャスなフィアンセが腹を立ててくれるといいんだけど。そうしたら取っ組み合いのけんかができるから」

「いまのはジャレッドに聞かせないほうがいいわよ」トビーはうしろ向きに歩きながらにっこりした。「でもあなたがロジャーと取っ組み合うつもりなら、いつでも加勢する」そういいつつも、この喧噪《けんそう》と明かりから逃れて、一刻も早くグレイドンのところへ行きたかった。

「さっさと行って！」ミリーはドアをぴしゃりと閉めた。

グレイドンは森の際のところで待っていた。トビーは彼の腕を取り、並んで歩きだした。目の前にはおとぎ話から抜けだしてきたような光景が広がっていた。地面には雪のように白いクロスが敷かれ、枝つき燭台に立てた何本ものキャンドルが淡い光を放ち、シャンパンのボトルとパン、パテとチーズが並んでいた。それに銀の皿に山と盛られたイチゴのチョコレートがけも。

「これだけのものをどうやって？」

「ぼくは王子だからね。魔法のランプを持っているんだ」グレイドンはまじめくさった声で答えた。

彼の目には、結婚初夜でしか見たことのない光が宿っていた。でもあの夜のわたしたちはギャレットとタビサで、ふたりの前にはまだ見ぬ未来が広がっていた。「なにがあったの？」

トビーは改めて尋ねた。

「食事をしながら話そう」

白いクロスに向かい合って座ると、グレイドンは料理を口に運びながら、自分が島を去ってからのことをあれこれ質問した。新しい友人ミリーのことを訊かれると、トビーの口から言葉があふれだした。「ミリーがいなかったら、今日の日は迎えられなかったと思う。彼女ほど親切で、力になってくれる人に会ったのは初めてよ。この髪を結ってくれたのも、ドレスを着る手伝いをしてくれたのもミリーなの。肩で泣かせてくれたこともあるわ」

「ぼくを想っての涙だろうね？」

「もちろんよ」トビーはパテを塗ったクラッカーをグレイドンの口に運んだ。「女を泣かせるのは男と決まっているもの」

「ぼくが聞きたかった答えとは違うな。それで、その美徳の鑑《かがみ》の女性とはどうやって知り合ったんだ？」

「やきもちを焼いているように聞こえるけど」

「きみと時間を共有できる人間には、誰だろうと嫉妬するね」

「グレイドン」トビーの声が真剣みを帯びた。「やっぱりだめよ。なにも変わらない――」

グレイドンは彼女の口にチーズを押しこんだ。

食事を終えたあとにはトビーは木に寄りかかり、グレイドンは横になってトビーの膝に頭をのせた。

「ぼくがふつうの男だったら？」グレイドンが訊いた。「ぼくと結婚してくれるかい？」

トビーは考えたくなかった。シャンパンの酔いが心地よくまわって、いまはただ、ここでこうしていたかった。彼女はグレイドンの額を撫で、髪に指を絡めた。「どうやってわたしを食べさせていくつもり？」そうからかった。

「シェフになるよ。男性ストリッパーもいいかもな。それで『マジック・マイク』の続編の主役に抜擢されるんだ」

そんなのんきな口調にトビーは騙されなかった。「王位を捨ててストリッパーになるなんて無理よ」

「これは、〝もしも〟の話だ。もしもぼくがいとこたちみたいな一般人で、メイン州で育って、プリンストン大学を卒業して――」

「そして、頭に王冠をのせていない、やさしくて思いやりのあるお母さんがいたら」

「そう。きみのミリーみたいな母親はどう？」

「だったら最高ね」

「それならぼくと結婚する？」

「ええ。あなたがごくふつうの一般男性だったら、いますぐ結婚する。それに……」トビーはひと呼吸置いた。「あなたが未来の国王じゃなければ、いますぐ飛びついて、息もできないくらいに強く抱き締める」グレイドンの笑みがみるみる大きくなった。「そして母と戦うわ。ランコニアの武器を借りてでもね。父は結婚に賛成してくれると思うけど、母は——」

グレイドンは体を起こした。「どうしてお母さんと戦う必要がある？　お母さんはぼくのどこが気に入らないと思うんだ？」

「そうねえ、これが〝もしも〟の話だというのはわかっているけど、国王にならないのなら、なにをして生計を立てていくの？　職業訓練のようなものは受けていないわけでしょう？〝国を治められる男性求む〟なんて求人広告は見たことないもの。まあ、数カ国語を操れることは特技といえるわね。だったら——」そこでグレイドンのキスに言葉を封じられた。

「きみにかかると国王もかたなしだな」彼はベストに手をやり、懐中時計を入れておく小さなポケットを探った。「きみに渡したいものがあるんだ」

グレイドンの差しだした指輪がキャンドルの光を受けてきらめいた。変わった色の宝石は——ラベンダーダイヤモンドだわ。彼が指にはめてくれた指輪を、トビーは言葉もなく見つめた。「ダナがつけているのとまったく同じもので申し訳ないんだが。でも彼女はきみの義理の妹になるわけだし——」

「やめて！」トビーは立ちあがった。「グレイドン、これはやりすぎよ。ここまではあなたのゲームに喜んでつきあってきたけど、さすがにこれは笑えない」指輪をはずそうとしたけれど、ぴったりはまって抜けなかった。

グレイドンは立ちあがってトビーを引き寄せ、包みこむように抱き締めた。キスしようとすると、トビーは顔をそむけた。「ぼくにいわせれば、ぼくらの結婚を阻んでいるのは周囲の反対だけだ。いつか女王になることについては、きみにも異存はないようだし。一度くらいは想像したことがあるだろう？」

「いいえ、一度もありません」

「きみは嘘をつくとまばたきが増えるって知ってたか？」

トビーは彼の胸を押しのけた。「いいわ。たしかに想像した。人のためになりたいというのはアメリカ人にかけられた呪いなの。生まれついてのお節介焼きなのよ。誰かの家が焼け落ちたと聞けば、毛布と食べものを持って駆けつける」

グレイドンは彼女のほうに足を踏みだした。「ぼくの国には改善の余地がまだまだある。山岳地帯の村にはいまも学校に通えない子どもたちがいるんだ。そういう村に複式学級を作りたいと考えている」

「アメリカにも昔はあったわ。大きな成果をあげていた」

「まだアイデアだけで、具体的な計画は進んでいないんだ。なにしろやることがありすぎてね。ローリーとのやりとりを見ていたきみならわかると思うが」

「たぶんダナが――」

「ダナは動物好きでね。ランコニア原産の羊を輸出したいと考えている。愛するトビー、正直いってぼくの国は多くの分野で助けを必要としているんだ。きみが王室の一員になることを誰もが歓迎すると、もしもぼくが証明したら、この責務を引き受けてもらえるだろうか？」

トビーは眉間にしわを寄せていた。「その〝もしも〟が不可能なことぐらい、あなたもわかっているでしょう？　ダナの父親は事業を引きあげるだろうし、あなたのお母さまだって――」

グレイドンはトビーの肩をぐっとつかんで、その目をのぞきこんだ。「ぼくを愛しているか？」

「ええ。わかっているくせに。ハントリー博士の誓いの言葉じゃないけれど、わたしは時を超えてずっとあなたを愛してきたわ」

「では、結婚してくれるね？」

「無理よ、もしも――」

「〝もしも〟はおしまいだ。この先ずっとぼくのそばにいてくれないか？　ずっと一緒に。ぼくのランコニア流のやりかたや、ランコニアの友人たちを受け入れてもらえないだろうか？」

「それはとっくに受け入れているけど」グレイドンはトビーの目をじっと見つめ、答えを待っている。「わかった。あなたと結婚する。永遠にあなたのそばにいる」

グレイドンは身をかがめて彼女にキスした。それは約束のキスだった。未来につながるキス。頭を起こしたとき、グレイドンの瞳には決意の光があった。

「でもやっぱり――」トビーはいいかけた。

グレイドンは彼女の唇に指を当てた。それから彼女の手を引いてキャンドルの火を吹き消していった。トビーに視線を戻すと、彼女はほほえんでいた。次に起こることを期待して瞳が欲望にけぶっている。「行こう」グレイドンはいった。「きみに紹介したい人がいるんだ」

「ああ、最高！」トビーは皮肉たっぷりにつぶやいた。グレイドンが振り返り、問いかけるような表情をした。「今度こそこのいまいましいバージンを捨てられると思ったのに、あなたときたら〝紹介したい人がいる〟ですって」

グレイドンは笑った。「その重荷はすぐに取り除いてあげるから。じつは、ちょっとエネルギー補給をしてあげようと思ってね。ぼくの記憶が正しければ、きみは上になるのが好きだっただろう？　上になるのは疲れるし、幸福は力になるからね」彼はトビーの手を握ったままテントのほうへ歩きだした。

「わたしの記憶にあるのは、あなたの背中に彫られたブロンドのゲイシャよ。ねえ――」

「いや、刺青を入れるつもりはない」グレイドンはきっぱりいった。

森の際まで出てくると、テントの外にミリーがいるのが見えた。こちらに背を向けている。

「きて」トビーはグレイドンの手を引っ張った。「あなたに紹介したい人がいるの」

そのときミリーが振り返り、するとグレイドンはいきなり足を止めた。トビーが当惑顔を向けると、彼は肩を引き、背筋を伸ばして、深々と頭を下げた。「カルパティア」王子の声でグレイドンはいった。「私の母でランコニア女王のミリセント・ユージニア・ジュラ陛下をご紹介します」

グレイドンとミリーの顔に視線を行ったり来たりさせているうちに、ようやく事情がわかってきた。グレイドンの気分が不幸のどん底から幸せの絶頂へと変わったのは、母親と、女王と話をしたからなんだわ。ここ数週間にあったことが頭のなかを駆けめぐった。ミリーとふたりで声をあげて笑い、気の置けない友だちみたいにハグし合い、ワインとピザを分け合って、秘密の告白をした。パズルのピースがぴたりとはまった瞬間、すべての明かりが消えたみたいに目の前が暗くなった。「わたし――」めまいがして、体がぐらりと揺れた。

地面に倒れこむ前にグレイドンが抱き留めた。

グレイドンはトビーを抱いたまま母を見ると、心の底からうれしそうな顔をした。「トビーが承知してくれました」

エピローグ

一週間後

トビーは家に入っていきながら額の汗を拭い、三つ編みからほつれた髪を耳にかけた。ランコニアの流儀に慣れるまでには少し時間がかかりそう。午前中はずっと、庭でグレイドンや彼の両親とトレーニングに励んでいたのだ。シャワーを浴びたら、レクシーとアリックスと最後のランチに出かける予定だった。明日のいまごろは新たな生活の地へ向かっているはずだから。なにもかもきっとうまくいく、とミリーはいってくれるけれど、不安はいまも消えなかった。やっぱりむこうに着いてみないと——。

トビーははっと足を止めた。一階の居間で知らない男が新聞を読んでいた。一瞬、庭でロイヤルファミリーを警護している六人のボディガードを大声で呼ぼうかと思ったが、そこで思い直した。ここはナンタケットよ。この男性は、山ほどいるジャレッドのいとこかもしれないじゃないの。

声をかけようとしたとき、男性がこちらを向き、トビーのことを上から下までじろじろと眺めまわした。その目はトビーがなにかのテストに落ちたといいたげだった。トビーはピンクのヨガ用タンクトップに、着古したグレーのスウェットパンツ、くたびれたスニーカーという格好だった。

「ラヴィディアの娘というのはきみか？」信じられないという声でいった。

「ええ」トビーは背筋をしゃんと伸ばした。男の態度が気に入らなかった。「で、あなたは？」

「スティーヴン・オストランドだ」その声はひどく偉そうだった。「料理ができると聞いたが。本当か？」

「どなたか知らないけれど、いますぐわたしの家から出ていって」

彼は、せっかくのチャンスを棒に振ったな、といわんばかりの顔でわずかに眉をあげると、ゆっくり立ちあがった。「きみの母親から、娘は癇癪《かんしやく》持ちだが大目に見てやってくれといわれていたが、なるほどそのとおりだ」

この失礼な発言に応酬しようとしたとき、トビーの母が部屋に飛びこんできた。娘に声すらかけずに若い男に走り寄ると、両手で腕をしかとつかんだ。「スティーヴン！　まさか帰るわけじゃないわよね？」彼女はトビーに一瞥《いちべつ》をくれた。「この人になにをいったの？」

「お母さん、わたしはその人のことを知らない。だからこの家から出ていってといったの」

「ああ」ラヴィディアは手をひらひらさせた。「それなら挨拶すればすむ話じゃないの。スティーヴン、これがずっとお話ししていたわたしの娘」

彼はラヴィディアの手を腕から引き剝がし、玄関のほうへ足を向けた。「ぼくは失礼するから、あとはふたりで話をつけてくれ」そこでもう一度、トビーの全身を眺めまわした。「もっとも、この人とぼくがうまくいくとは到底思えないが」そういい捨てて出ていった。

「お母さん！」トビーはいいかけたが、ラヴィディアはそれ以上いわせなかった。

「なんてことしてくれたの！　あの人にここへきてもらうのにどれだけ苦労したかわかってるの？　スティーヴンとはクルーズ船で知り合ったの。スーパーマーケットをいくつも経営しているのよ」

ようやく事情がわかってきた。「あの人にうまいことといって、わたしと結婚させようとしたのね！」トビーは息を吸いこんだ。「いっておくけど、わたしには好きな人が――」

「キングズリー家の男ね！」ラヴィディアは吐き捨てるようにいった。「あなたがあのジャレッドにそそのかされて家を出たとき、きっとろくなことにならないとわたしはいったのに、誰も耳を貸そうとしなかった。案の定、あの男のいとこと同棲《どうせい》しているというじゃないの。なにをしている男なの？　釣り船の船長？　カルパティア、あなたにはプライドってものがないの!?」ラヴィディアは両手を振りあげた。「いますぐその男を追いだしなさい。いいわね？」

「トビー？」うしろでグレイドンの声がした。

トビーは後ずさりして彼に近づいた。強烈な既視感《デジャヴュ》に襲われた。トビーがタビサだったあの夜、サイラス・オズボーンという若い商店主と無理やり結婚させられそうになったときのことが一気によみがえった。このスティーヴン・オストランドがサイラス・オズボーンの生まれ変わりということはあるだろうか？

グレイドンを見ると、ラヴィディアはショックを受けたように真っ青になった。目が生気を失い、手で胸を押さえた。「あなたのことは知ってる。娘をわたしから奪いたいんでしょう？　でもあなたに……娘を幸せにすることはできない。娘は悲嘆に暮れたまま短い生涯を終えるのよ」うわごとのようにつぶやいた。

突然、トビーはすべてを理解した。グレイドンとふたりで過去を変えたけれど、将来に対するお母さんの強い不安を取り除くことはできなかったんだわ。トビーはグレイドンのそばを離れると、何年かぶりに母の肩に腕をまわして抱き締めた。

「大丈夫よ」やさしくいった。「彼は海へは出ない。わたしたちを路頭に迷わせるようなことはしない。忘れたの？　ギャレットは海を捨てて、ずっとわたしたちと一緒にいたでしょう？」

一瞬、怒りに満ちたラヴィディアの顔を安堵の色がよぎったが、すぐに眉根を寄せて娘から離れた。「いったいなんの話？　海がどうしたっていうの？　カルパティア、わたしは将来有望な男性を紹介したのよ」彼女はグレイドンのことを上から下までじろじろと見た。グレイドンは汗だくのTシャツに、くたびれたスウェットパンツというでたちだった。「この男があなたになにをくれるの?」

「王冠と宮殿よ」ミリーが息子の横に並んだ。

「ラヴィディア!」トビーの父がスティーヴン・オストランドを従えて部屋に駆けこんできた。「いったいなんの騒ぎだ?」トビーのほうに顔を向け、娘の隣にいる若く精悍《せいかん》な男性と年かさの女性を見たとたん、驚きに目が飛びだしそうになった。世界各国のニュースを常に追っている彼には、目の前にいるふたりが誰かわかった。「いったいぜんたいなぜ……」

いい終える前に、スーツを着て耳にイヤホンをした六人の長身男性が部屋に入ってきた。彼らに取り囲まれているのは同じくらい背の高い年配男性で、トレーニングウエアを着ていても威厳が感じられた。

トビーの父は目を丸くしていた。父はその目を娘に向けた。「彼は——? 彼とおまえは——?」なんとか声を絞りだした。

「そうよ」トビーは答えた。父と娘は昔から気持ちが通じ合っていた。

「なにもかも気に入らない」ラヴィディアは声を荒らげた。「スティーヴン、お願いだから——」

そのときトビーの父が妻の肩に腕をまわして、ぐっと力を入れた。「こちらのおふたりはランコニア国王夫妻で、若い男性はその王子だ。彼は私たちの娘と結婚するそうだ。トビーは王女になるんだよ」

ラヴィディアが夫の言葉を理解するのに、まるまる一分かかった。ひとり娘を安心して任せられる甲斐性のある男性を見つけるのが母としての務めだと思ってきた。どうやらその役目は終わったらしい。長年の肩の荷が一気に下りた気がした。

ラヴィディアは夫に目を向けた。「わたしは――」彼女は夫の腕のなかで気を失った。トビーの父親は目で笑いながら娘を見あげた。「お母さんはとても幸せなんだと思うよ」

訳者あとがき

アメリカ、マサチューセッツ州ケープ・コッドの南に位置する高級避暑地、ナンタケット島を舞台にした〈ナンタケットの花嫁〉シリーズ第二弾『誘惑は夜明けまで』（原題*For All Time*）をお届けしました。楽しんでいただけましたか？

遠縁のいとこの結婚式でグルームズマンを務めるためにナンタケット島を訪れたグレイドン・モンゴメリーと、ブライズメイドのトビー・ウィンダムの出会いは最悪でした。グレイドンが（ある事情から）双子の弟のふりをしたことをトビーが見抜き、「嘘つきは嫌い！」といわれてしまったのです。親しい友人ですら区別がつかないほどそっくりな一卵性双生児の兄弟をひと目で見分けたトビーに、グレイドンは興味を惹かれます。実はモンゴメリー一族には「双子を見分けられる人は真実の愛で結ばれた運命の相手」だという言い伝えがあったのです。言い伝えの真偽を確かめるべく、グレイドンは一週間の休暇を取って島に残ることにしますが、それにはひとつ問題がありました。グレイドンはヨーロッパの小国ランコニアの皇太子だったのです……。

理想の男性のことを〝白馬に乗った王子さま〟と表現することがありますが、グレイドンは正真正銘のプリンス。でも白いタイツが似合う〝おぼっちゃま〟タイプではなく、熊の毛皮をまとい、広刃の剣を差した古の戦士の血を引く、筋骨たくましい王子です。そのうえ料理と掃除が得意で、マニュアル車まで乗りこなすのですから、まさに最強です！

一方のトビーは、若いながらも古風な美しさと落ち着きを持った女性です。ナンタケットに別荘を所有する大富豪の令嬢でありながら父親の財力に頼ることを嫌い、フラワーショップで働き、自活しています。

最初こそ衝突したふたりですが、王子だからといって特別扱いしないトビーはグレイドンの目に新鮮に映り、〝逆玉〟狙いの男たちに辟易していたトビーもまた、グレイドンの誠実さに触れて少しずつ心をひらいていきます。しかし、友情が愛情へと姿を変えはじめたとき、思いもよらぬ試練がふたりに降りかかって……。

〈ナンタケットの花嫁〉シリーズ二作目の本書は、前作『この夏を忘れない』の続編ともいえるものですが、トビーとグレイドンの物語として単独で読んでいただくこともできます。ただ、前作からのつながりがわかっていたほうがより楽しめるシーンもありますので、個性豊かな登場人物たちのことをもっと知りたくなったら、ぜひ一作目のページをひらいてみてください。とくに本作で謎めいた発言をくりかえすケイレブ・ハントリー博士の〝秘密〟には驚かれることと思いますよ。

そして、本シリーズの陰の主役は〝家〟です。築二百年以上のお屋敷がごろごろしているナンタケット島は、世界一幽霊が多く出没する場所としても知られているそうで、今回も〝時を越えて〟の名称を持つ古い屋敷がストーリーに大きく関わってきます。どう関わってくるかは……本編をお読みになったみなさんなら、もうおわかりですね。

三部作の最後を飾る〝*Ever After*〟についても少し触れておきましょう。理学療法士のハイアシンス・ハートリーは、存在すら知らなかった親戚の遺言で、ナンタケット島にある古い屋敷を譲り受けます。順調ながら単調な日々に飽いていたハイアシンスは、その屋敷の一室をリハビリ専用のトレーニングジムにしようと思い立ちます。患者第一号としてあらわれたのは、スキー中の事故で脚を痛めたハンサムな男性、ジェイミー・タガートでした。おなじみの島民たちに加え、ハイアシンスの意地悪な継姉妹や、縁結びが趣味の幽霊まで登場するというのですから、おもしろくないはずがありません。引きつづきご紹介できることを願っています。

二〇一六年六月

ザ・ミステリ・コレクション

誘惑《ゆうわく》は夜明《よあ》けまで

著者　ジュード・デヴロー
訳者　阿尾正子《あおまさこ》

発行所　株式会社 二見書房
東京都千代田区三崎町2-18-11
電話 03(3515)2311［営業］
03(3515)2313［編集］
振替 00170-4-2639

印刷　株式会社 堀内印刷所
製本　株式会社 関川製本所

落丁・乱丁本はお取り替えいたします。
定価は、カバーに表示してあります。

ISBN978-4-576-16113-6
http://www.futami.co.jp/

この夏を忘れない
ジュード・デヴロー
阿尾正子［訳］

高級リゾートの邸宅で一年を過ごすことになったアリックス。憧れの有名建築家ジャレッドが同居人になると知るが、彼の態度はつれない。実は彼には秘密があり…

この恋が運命なら
ジェイン・アン・クレンツ
寺尾まち子［訳］

大好きだったおばが亡くなり、家を遺されたルーシーは少女時代の夏を過ごした町を十三年ぶりに訪れ、初恋の人メイソンと再会する。だが、それは、ある事件の始まりで…

眠れない夜の秘密
ジェイン・アン・クレンツ
喜須海理子［訳］

グレースは上司が殺害されているのを発見し、失職したうえとある殺人事件にかかわってしまった過去の悪夢にうなされ始める。その後身の周りで不思議なことが起こりはじめ…

夜の記憶は密やかに
ジェイン・アン・クレンツ
安藤由紀子［訳］

二つの死が、十八年前の出来事を蘇らせる。そこに隠された秘密とは何だったのか？ ふたりを殺したのは誰なのか？ 解明に突き進む男と女を待っていたのは──

あの丘の向こうに
スーザン・エリザベス・フィリップス
宮崎 槙［訳］

気ままな旅を楽しむメグが一文無しでたどりついたテキサスの田舎町。そこでは親友が〝ミスター・パーフェクト〟と結婚式を挙げようとしていたが、なぜか彼女は失踪して…!?

逃避の旅の果てに
スーザン・エリザベス・フィリップス
宮崎 槙［訳］

理想的な結婚から逃げ出した前合衆国大統領の娘ルーシーは怪しげな男に助けられ旅に出る。だが彼は両親に雇われたボディガードだった！ 二人は反発しながらも愛し合うようになるが…